Les Éditions La Plume D'or
3485-308, ave Papineau
Montréal (Québec) H2K 4J8
http ://editionslpd.com

Cydartha
Médiums Voyageurs

M.A. St-Pierre

La Plume d'Or

Catalogage avant publication de Bibliothèque et Archives nationales du Québec et Bibliothèque et Archives Canada

St-Pierre, Marie-France, 1990-, auteur

Médiums voyageurs / Marie-France St-Pierre.

(Cydartha ; 1)

Publié en formats imprimé(s) et électronique(s).

ISBN 978-2-924849-41-5 (couverture souple)

ISBN 978-2-924849-42-2 (PDF)

ISBN 978-2-924849-43-9 (EPUB)

I. Titre.

PS8637.A458M42 2018 C843'.6 C2018-941915-6

PS9637.A458M42 2018 C2018-941916-4

SODEC Québec Canada

Nous reconnaissons l'aide financière du gouvernement du Canada par l'entremise du Fonds du livre du Canada (FLC) ainsi que celle de la SODEC pour nos activités d'édition.

Conception graphique de la couverture : M.F. St-Pierre

Dépôt légal – 2018

Bibliothèque et Archives nationales du Québec

Bibliothèque et Archives Canada

Imprimé et relié au Canada

1re impression, janvier 2019

Prologue

Il n'y a pas de créancier plus patient et plus impitoyable que le karma. Lorsqu'il vient chercher son dû, aucune négociation n'est possible. Que ce soit les regrets, les promesses, les menaces, le déni ou le fait de se mettre en position de victime… Rien ne peut le faire sourciller. Une dette reste une dette.

Si par un quelconque miracle, un individu arrive à fuir ses obligations, il revient en force, le sourire aux lèvres et plus déterminé que jamais à jouer les justiciers. Et, si la personne ne comprend toujours pas le message ? Pas de problème. Ce cycle infernal durera aussi longtemps que nécessaire.

***

Royaume-Uni

Dans son costume blanc, Matabei Yamazaki traversait la fête foraine d'un pas pressé. Sa destination : la tente d'une célèbre diseuse de bonne aventure, installée à l'écart du site.

—Isoide ! (dépêche-toi), commanda-t-il en solidifiant sa poigne.

Il traînait derrière lui son fils de huit ans qui peinait à suivre ses grandes enjambées. Pour le peu que cela lui importait, il avait d'autres raisons de s'inquiéter. Le garçon se reposerait plus tard, avait-il décrété.

Autour d'eux, les employés de la fête foraine débarrassaient les échoppes du champ. Ils partiraient bientôt vers la prochaine ville prévue à leur itinéraire et recommenceraient leurs numéros de la même manière qu'ils le faisaient depuis le début de l'été.

Le chaos qui régnait sur place résultait de l'obligation de respecter l'échéance. Gardiens de sécurité, marchands, clowns et préposés à l'entretien couraient dans tous les sens, certains en traînant des boîtes par-ci, des tables par-là... Les manèges, quant à eux, étaient rapidement démontés par les mécaniciens.

À eux seuls, les préparatifs de départ duraient plusieurs jours. Quelques rares attractions restaient toutefois accessibles jusqu'au dernier moment et c'était le cas de la diseuse de bonne aventure que Matabei cherchait. L'Oracle Mirabella Filloni. Voilà certes un joli nom, mais trompeur, compte tenu du fait qu'il n'y avait point une goutte de sang italien dans les veines de cette dernière. Question d'entretenir l'anonymat et un brin d'exotisme, paraît-il.

Lorsque Matabei fut sur le point d'entrer dans la fameuse tente, il croisa un couple à qui l'on venait de prédire l'avenir. Enfin, prétendument. Il se déplaça sur le côté, puis écarta son fils du chemin.

—J'espère qu'elle a raison, soupira la femme.

—N'oublie pas ce qu'elle a dit. Ne précipite pas les choses si tu veux que ça fonctionne, répliqua l'homme.

Découragé, Matabei roula les yeux vers le ciel. Mais le plus choquant, pour lui, fut de découvrir l'allure de Mirabella lorsqu'il entra. Elle se prenait drôlement au sérieux avec sa boule de cristal, ses cartes de Tarot et ses habits dignes d'une bohémienne.

—Quelles supercheries leur as-tu racontées? l'interrogea-t-il, perplexe, alors qu'il scrutait chaque détail de ce décor artificiel.

La dame continuait d'éteindre ses bougies sans lui jeter le moindre coup d'œil. Elle n'avait pas besoin de le regarder pour deviner son identité. Son corps vibrait de toutes parts, plus fort qu'avec n'importe lequel de ses confrères, et l'énergie ressentie dégageait une émotion propre aux Élémentaires. D'autant plus que seulement deux familles de cette souche magique étaient suffisamment puissantes pour agiter ses sens de la sorte. Mais vu l'accent de son interlocuteur, elle savait qu'il n'était pas un membre de la lignée chinoise.

—Le clan du Vent qui réclame les services d'un humble Oracle... Qui t'a parlé de moi?

—Interrogez vos cartes. Il paraît que vous êtes la meilleure dans votre domaine, répondit Matabei dont le visage trahissait la surprise après avoir été si facilement reconnu.

—Contrairement à la tienne, ma magie n'est pas palpable. Elle ne vient pas sur commande et nécessite de la préparation.

L'homme s'approcha de la table et prit l'une des cartes étalées dans le désordre. Il était facile de deviner qu'elles avaient été achetées dans une vulgaire grosserie. Sûrement, aussi, qu'elles avaient été fabriquées dans une entreprise de masse, donc par des gens dépourvus de toute connaissance en la matière et qui ne les avaient pas soumises aux rituels requis. Des cartes des plus rudimentaires, en somme, comme tous les objets qui se trouvaient sur place.

—Et vous vous dites Oracle? Sagishi (escroc), accusa-t-il son hôtesse, les yeux toujours rivés sur le bout de carton lustré.

Sans doute s'attendait-il à ce que la vieille femme ne comprenne pas son langage. Insultée, celle-ci arrêta ses occupations, et se tourna pour l'affronter du regard.

—Pardon ?

Aussitôt, le bambin se cacha derrière son père, effrayé par la tournure des événements.

—Nous savons, vous et moi, que vos tours ne sont pas de la magie.

La petite taille de Matabei, typique des gens de son pays, aurait pu le faire passer pour un homme docile et peu menaçant, n'eût été l'air sévère de son visage qui tendait à intimider les autres. Et c'était sans compter sa puissante aura, sa posture confiante et ses habits de marque. Il imposait le respect, certes, mais pas assez pour faire ciller Mirabella. Une dame de sa trempe ne se laissait pas impressionner aussi facilement.

—Sache que personne ne souhaite vraiment connaître la vérité, rétorqua-t-elle. Les gens me paient pour leur dire ce qu'ils veulent entendre et c'est exactement ce que je fais.

Cela dit, elle reprit son bien d'un mouvement sec. Que quelqu'un ne croyait pas en ce qu'elle faisait, cela ne la dérangeait guère, mais consentir à de telles accusations, il en était hors de question. Surtout de la part d'un sorcier de premier niveau qui se croyait supérieur aux autres.

—Je répète ma question… Pourquoi es-tu venu ici ? s'enquit-elle d'un ton sévère. Souhaites-tu réellement connaître l'avenir ou souhaites-tu un simple entretien avec une diseuse de bonne aventure ?

—La vérité. Celle des vraies cartes.

Le faciès renfrogné, Mirabella croisa brièvement le regard du petit garçon.

—Onegai shimasu (s'il vous plaît), s'inclina le père, en y allant d'un geste qui relevait plus de l'impatience que de la politesse.

Utiliser la magie comportait son lot de risques. Elle l'aurait bien envoyé balader, mais un danger se profilait à l'horizon et c'était peut-être là sa seule porte de sortie.

—Venez.

Elle leur indiqua le chemin d'un signe de tête, puis les trois pénétrèrent dans la roulotte située à quelques pas de la tente. L'Oracle prit soin de verrouiller la porte et de fermer les stores pour empêcher les curieux d'être témoins de son réel pouvoir. Elle tendit ensuite la main vers l'enfant, qui attendit l'approbation de son père pour la suivre. Un hochement de tête lui indiquait qu'il n'avait rien à craindre.

Sur ce, la femme le conduisit jusqu'à sa pseudo-chambre et déposa un livre à colorier sur le lit.

—Ma petite-fille adore ça.

Bien qu'issu d'une famille trilingue, le garçon était encore trop jeune pour bien comprendre l'anglais, encore moins lorsqu'il était parlé avec un accent britannique. Il saisit toutefois la demande lorsque l'Oracle pointa les crayons. Du coup, il se mit à l'ouvrage. Jamais Mirabella n'avait eu la chance de voir un enfant aussi docile que ce bambin.

Elle revint sur ses pas et ferma le rideau de perles qui laissait entrevoir la pièce d'à côté. Elle sortit ensuite une boîte en bronze, visiblement défraîchie par le temps, qu'elle avait dissimulée sous un banc.

—Installe-toi, dit-elle en pointant sa petite table.

Ils s'assirent l'un en face de l'autre, puis elle sortit une clé qu'elle gardait sous son chemisier, bien à l'abri des voleurs. Une clé ancienne, vu les taches rougeâtres de la rouille qui sillonnaient le métal dépoli. Mirabella l'inséra dans le trou de la serrure et un *clic* retentit. Le trésor se dévoila enfin.

À l'intérieur du coffret, on pouvait voir des cartes du même gabarit qu'un jeu de tarot ordinaire, sauf qu'elles étaient vierges de toute image. D'après leur couleur jaunie et les coins ébréchés, elles servaient sans doute l'Oracle depuis plusieurs années. Peut-être était-ce un héritage qui se transmettait de génération en génération ?

Un mal de crâne atroce tenaillait la vieille femme depuis qu'elle avait touché le gamin. Tant et si bien, qu'elle se frotta la tempe. Ces maudits sorciers de pure souche… Leurs auras magiques titillaient ses pouvoirs qu'elle avait déjà utilisés plus que nécessaire durant sa longue vie.

—Filoni-san ? s'inquiéta Yamazaki.

—Vous n'êtes pas sans savoir que tout ceci a un prix, n'est-ce pas ?

—Haï, approuva-t-il. Dites le prix et je paierai.

—J'ai entendu dire que plusieurs chefs de clans Élémentaires rivaux ont formé un Cercle de Magie. Nous ne sommes pas Élémentaires, ni de premier niveau, mais je veux que ma famille en fasse partie.

Mirabella ne parlait pas pour elle, mais pour sa fille et sa petite-fille qu'elle voulait savoir en sécurité le jour où elle ne serait plus de ce monde ; heure qu'elle sentait arriver pour bientôt.

—Une protection ?

—Les fréquences sont de plus en plus agitées. Quelque chose de gros se prépare dans les rouages du destin, mais je pense que vous vous en doutiez déjà, n'est-ce pas ? Autrement, le Vent n'aurait jamais formé d'alliance avec des ennemis tels que le clan de la Terre et du Sang.

Yamazaki oscilla entre la méfiance et le respect à l'égard de la perspicacité sans faille de son interlocutrice. Puis, il eut cette pensée : « Jusqu'où un homme serait-il prêt à aller pour rembourser une dette ? Surtout un karma de cette envergure, sachant que ni l'argent, ni le temps et ni le travail ne pouvaient en venir à bout ? » Ses réflexions s'écourtèrent rapidement.

Si cette sorcière était aussi douée que la rumeur le disait, il devait oublier sa fierté et ses réticences, et saisir cette chance. Le fait est qu'ils avaient besoin l'un de l'autre.

—Ōkē, acquiesça-t-il avec son accent japonais. Montrez votre talent et nous vous initierons.

Mirabella parut plus apaisée.

—Bien. Quelle est ta question ? demanda-t-elle en mélangeant ses instruments de divination avec l'agilité d'un croupier.

—Je veux savoir où est Kigen no Hashira…

Yamazaki réfléchit à la meilleure façon de traduire ce concept dans la langue de Shakespeare, puis se reprit.

—Euh… comment vous dites dans votre langage ? Le Pilier d'Origine ?

L'Oracle arrêta brusquement son ouvrage et dévisagea son invité d'un air suspicieux.

—Est-ce vraiment ce que tu cherches ? Le sujet qui te trotte dans la tête ne concerne-t-il pas l'avenir de ton fils ?

L'homme ne savait que répondre. Elle avait donc vu juste.

—Un Sans-Pouvoir dans une lignée de pure souche, reprit-elle sans le moindre tact. Je ne croyais pas cela possible.

Son client continua d'observer le silence. La honte pouvait se lire sur son visage et pourtant, il n'y avait pas de quoi se sentir humilié. Mirabella le sentait. Une aura pleine de vigueur et de magie entourait le petit. Le blocage ne résultait donc pas d'un mauvais gène, mais d'ailleurs. Elle présenta finalement le paquet en ordonnant :

—Bien. Pose ta main là-dessus.

Matabei obéit sans dire un traître mot, après avoir rectifié l'intensité de son appareil auditif pour la troisième fois depuis son arrivée. Lorsqu'il se fut exécuté, Mirabella commença à faire défiler les cartes avec ses pouces, une par une. Durant le processus et uniquement lorsqu'elle jugeait nécessaire de le faire, elle en sortait une du lot, puis la déposait sur la table. Elle passa finalement sa main au-dessus du tas et la magie opéra.

Les cartes se placèrent d'elles-mêmes en trois groupes. Le passé, le présent et le futur. Matabei ne voyait rien, mais la cartomancienne, elle, était en mesure de décrypter les traces laissées sur les bouts de carton. Les couleurs et les formes y prenaient vie, selon les empreintes d'énergie propres au consultant. Étant donné son niveau, elle pouvait même être témoin de brèves scènes qui se déroulaient dans l'esprit de ce dernier lorsqu'elle touchait ses instruments.

Après avoir fait le tour du passé et du présent, elle tomba sur le futur ou plutôt, sur une carte qui changea complètement la donne. Son air assuré disparut aussitôt, puis ses yeux roulèrent vers le haut pour ne laisser que deux billes blanches au centre d'un visage de plus en plus crispé. Elle tombait visiblement en transe, mais cet instant où elle perdit le contact avec la réalité n'avait rien d'une transe normale.

Voilà qu'apparurent des images atroces, toujours selon les énergies personnelles de Matabei. À travers les fenêtres de son futur à lui, elle voyait la souffrance et le sombre combat d'un adolescent de son entourage proche. Sans doute le petit qui coloriait dans la pièce voisine. On aurait dit des millions de fils invisibles qui se connectaient à son esprit. Jamais Mirabella n'avait vu autant de vies reliées à celle d'une même âme. Jamais elle n'avait senti le poids d'une si grande pression dans le cœur d'une personne. La noirceur le suivait partout et le suçait jusqu'à la moelle.

La douleur était insupportable pour l'Oracle. Ses mains et son corps se contractèrent à un point tel, qu'ils se mirent à convulser. Voyant cela, Matabei ne savait que faire. Il hésitait à la secourir, car en théorie, il ne fallait jamais intervenir lorsqu'une personne était en communication avec les fréquences de l'univers.

La séance dura à peine une ou deux minutes, temps qui parut une éternité, tant en raison de la violence des visions qu'en raison de leur nombre impressionnant. Et au moment où les dernières images allaient se dévoiler à elle, Mirabella perdit connaissance. La pression était trop forte.

Le réflexe de l'Élémentaire fut de balayer son bras dans le vide, vers le corps qui tombait, en prononçant un mot aussi simple qu'efficace : *Fisiki*. Un tourbillon de vent souffla sous l'Oracle, créant ainsi un coussin pour amortir sa chute. Ouf ! Il était moins une ! Il bondit ensuite à la rescousse de la pauvre femme.

—Filloni-san.

Il la remua délicatement, puis lui donna quelques petites tapes sur la joue... Constatant qu'elle ne reprenait pas connaissance, les pires scénarios affluèrent dans son esprit. Supporterait-elle le poids de la malédiction du sorcier ? De sa main frêle, son fils avait au même moment entrouvert le rideau de perles.

—Chichi (papa) ? demanda-t-il d'une voix tremblante.

Aucune réponse ne vint, tant Matabei était concentré sur sa tâche. Il examina la respiration de Mirabella, puis son pouls. Par chance, elle n'était pas morte. Il prit donc le corps inerte dans le creux de son bras pour poursuivre son intervention.

—Réveillez-vous, lança-t-il en donnant à nouveau quelques petites tapes sur le visage.

Il s'écoula un certain temps avant que la vieille dame n'ouvre les yeux, reprenne son souffle et l'entière maîtrise de ses muscles et ses pensées.

—Daijôbu desu ka (tout va bien) ? l'interrogea Matabei, inquiet.

—C'est elle qui t'a demandé de venir, cette maudite Misako, souffla Mirabella d'une voix sèche et irritée.

Sa bouche... la pauvre femme avait l'impression de ne pas avoir bu une goutte d'eau depuis des siècles. Son client n'eut pas le temps de répondre qu'elle se leva de peine et de misère pour aller se remplir un verre. Par précaution, il la suivit et resta près d'elle.

—Ça n'a aucun sens, marmonna-t-elle à sa propre intention. Si c'est le destin des Yamazaki d'aller là-bas, elle aurait pu les guider elle-même. Pourquoi m'avoir impliquée dans cette histoire ? À moins que... argh ! Espèce de lâche ! Laisser les autres faire le sale boulot à sa place. Tu ne perds rien pour attendre, Misako !

—Filloni-san ?

Comme Matabei ne semblait visiblement pas comprendre ses propos, elle bafouilla, désorientée par ses propres conclusions :

—Vous voulez toujours savoir?

—Haï.

Elle se remplit un autre verre avant de s'appuyer contre le comptoir. Sa main tremblait et son visage était pâle, dégoulinant de sueur. Voilà des signes récurrents d'un puissant état de choc qui lui prendrait un moment à calmer. Ses yeux croisèrent à nouveau le petit qui n'osait pas quitter sa cachette, et son cœur se serra de pitié.

—Ce n'est pas seulement le karma de votre famille qui est en jeu, lâcha-t-elle après une bonne gorgée d'eau.

L'homme fronça les sourcils, encore plus confus que précédemment. Il s'apprêta à lui faire cracher les vers du nez lorsque quelqu'un cogna subitement à la porte de la caravane.

—Grand-mère, c'est moi, s'écria une voix que Mirabella reconnaissait parfaitement.

Une intuition puissante prit cette dernière par surprise. Adèle… La raison pour laquelle on avait voulu l'impliquer dans cette aventure, c'était sa petite-fille...

Le Guide du Sorcier, Article 1

Trois pour cent de la population portent le gène d'une ou plusieurs souches magiques ; Médium, Élémentaire, Psychique ou Surhumain, qui sont elles-mêmes divisées en plusieurs catégories.

Chapitre 1

Canada, dix ans plus tard

Vingt-deux. Voilà le nombre d'heures passées dans la voiture, excluant les *pauses pipi* et les arrêts pour se dégourdir et se ravitailler en nourriture. Bref, une éternité.

J'étais assise sur la banquette arrière, coincée entre la portière et la pile de bagages, tandis que mon frère aîné siégeait à côté du conducteur, notre père Jeremy. Fait étonnant: ils ne s'étaient pas encore chamaillés, ces deux-là. Vingt-deux heures sans prise de bec, ce devait être un record. Mais pour arriver à un tel exploit, s'ignorer l'un l'autre était de mise. Ô, ils se gratifiaient bien sûr de brefs intermèdes selon les exigences du moment. Par exemple, lorsque l'un voulait occuper la place du conducteur pour permettre à l'autre de se reposer, ou lorsque le GPS faisait des siennes et que l'aide d'un copilote devenait essentielle. Cela ne durait toutefois pas longtemps. Une fois que le nécessaire était dit, leur mutisme contraignant revenait en force.

De mon côté, je me sentais prise entre les deux et puisque mon rôle de médiatrice ne servait visiblement à rien, j'avais dû me résigner et accepter le fait que le trajet se déroulerait en silence. C'est pourquoi je passai la moitié du trajet à dormir, histoire de me distraire avec le peu de ressources dont je disposais. Durant la seconde moitié, c'est la musique qui devint ma meilleure amie, mais au bout d'un moment, je me suis lassée de repasser les mêmes pièces de mon répertoire. J'avais besoin de m'occuper l'esprit.

Un *pshiiit* retentit alors que je me débattais pour sortir mon ordinateur portable de mon sac.

—Tu as soif?

—Minute.

Quelques acrobaties miraculeuses plus tard et une fois assise aussi confortablement que possible, je tendis le bras pour quérir la canette que mon père voulait me prêter. Je me permis uniquement une gorgée, toute petite, afin de ne pas me retrouver avec un autre appel de la nature qui retarderait une fois de plus le voyage. Après une si longue route, n'importe qui aurait eu hâte d'arriver.

Sur ce, je voulus reprendre mes occupations là où je les avais laissées. Hélas, mes mains restèrent figées sur le clavier. Je me grattai la tête sous mes écouteurs, puis tressautais du doigt, cherchant l'inspiration susceptible de me sortir du syndrome de la page blanche.

Pourquoi hésitai-je ? Une lettre par jour, ce n'était pas la mer à boire. « N'oublie pas que tu as promis de le faire », pensai-je afin de me motiver.

Mon psychologue avait tenu à ce que cette démarche *cruciale* soit incluse dans la dernière étape de ma réhabilitation sociale et comme c'était le seul moyen de me débarrasser de mon statut de patiente, j'avais accepté de me soumettre à cette volonté fort ennuyante. D'un autre côté, je n'avais rien de plus intéressant à faire. Alors, autant me botter les fesses et m'appliquer.

La voiture traversa un nid de poule, avant de nous faire cahoter violemment dans son sillage. Sitôt après, une boîte glissa sur mon épaule.

—Merde !

—Besoin d'aide ? m'interrogea mon paternel.

Je sentais déjà l'automobile ralentir. Je secouai la tête en lâchant un *mmm* des plus bancals.

Peu importe si j'étais limitée dans l'espace et si je devais me tordre dans tous les sens pour récupérer les babioles éparpillées autour de moi, il était hors de question que nous nous arrêtions en raison d'un incident aussi futile. Je heurtai le bras de mon frère David, qui voulut m'aider dans cette tâche fastidieuse. Tentatives réussies. La boîte retourna en haut de la pile avec tout son contenu, et le véhicule reprit son rythme normal.

Bon après-midi, maman.

Tu vas bien ? Ça fait un bail que nous n'avons pas parlé, toutes les deux.

Pour tout te dire, je me sens perdue depuis notre départ. C'est la première fois que j'affronte réellement le monde extérieur. Mais, je ne regrette pas de quitter Toronto. Loin de là. J'espère d'ailleurs que tu ne nous en veux pas d'être partis de l'endroit où tous nos souvenirs sont rassemblés. Nous devions repartir à zéro.

Tandis que l'orateur automatique me dictait les derniers mots tapés, je sentis une boule d'émotions me monter à la gorge et mes yeux se remplir d'eau. J'ouvris la fenêtre à l'aide du petit bouton électrique que je trouvai après avoir tâtonné la portière. Dès lors, le vent pénétra dans l'habitacle et fit battre ma tignasse brune, presque noire, au gré de ses gambades. Fidèle à lui-même, il emporta aussi un concert olfactif aux combinaisons de fleurs, de céréales et d'herbe fraîchement fauchée qui m'enveloppa de son délicat manteau. Voilà qui contrastait avec les odeurs de pollution, de gaz d'échappement des voitures, de goudron chauffé ou d'ordures en pleine décomposition !

Je pris une grande inspiration et fermai les yeux. Des champs et des prairies se succédaient sans doute autour du véhicule. Je me trouvais bien loin de la vie urbaine, désormais ; là où mes sens étaient sollicités au maximum, allant même jusqu'à me rendre folle lorsque je mettais le pied dehors.

Je sortis ensuite une main dehors, comme pour m'imprégner davantage de l'atmosphère. Un vol plané dans le courant s'ensuivit. Ma main montait et descendait telle une valse dansée au rythme du vent. La chaleur du soleil qui caressait ma peau me dévoilait une journée ensoleillée, mais l'humidité de plus en plus étouffante prédisait de la pluie pour bientôt, peut-être même un orage, compte tenu de la lourdeur qui se pressait sur moi.

Pour l'heure, le temps était magnifique et voilà ce qui importait. Tout était si beau, si calme. En tout cas, dans ma tête, ce l'était. D'autant plus que je laissais mon imagination vagabonder et embellir la scène comme si j'étais la maîtresse de mon propre univers, de mon propre conte de fées.

Cela aurait été cependant plus agréable de pouvoir en voir davantage, d'outrepasser les limites qui me clouaient dans ma propre créativité. Oui. Beaucoup plus agréable.

Les Normaux croient qu'un récit aussi étrange ne peut pas exister dans une réalité comme la nôtre. Rassure-moi. Les choses que nous avons faites ne découlent pas de notre imagination. La sorcellerie existe vraiment, n'est-ce pas ?

D'une part, j'aime croire que nous ne sommes pas fous. J'aime croire que la magie est là, partout autour de nous, qu'il y a un monde dont nous sommes les seuls à percevoir les rouages. Même si ce monde demeure dangereux et effrayant. Ça me convainc que notre vie n'est pas une comédie.

D'autre part, j'aimerais que tout ceci soit un cauchemar inventé par un esprit malade. J'aimerais ne pas être l'une de ces créatures qui hantent les contes de notre enfance. Tu sais, les sorcières ? Ces choses que les gens trouvent laides et démoniaques ?

L'inexorable moment finit par arriver; une larme se libéra de son logis. Voilà la preuve de ma détresse intérieure qui ne voulait pas partir, même après cette pause bien méritée, même après m'être abandonnée à la rêverie pour feindre la réalité. D'un geste furtif du bras, j'essuyai aussitôt ma joue humide, puis je me remis à l'ouvrage.

Enfin bref, concentrons-nous sur le moment présent, veux-tu? Pour l'heure, c'est la meilleure chose à faire.

La voix du chauffeur s'éleva à nouveau, rompant ainsi le silence tranchant des démons intérieurs qui nous rongeaient tous à notre manière.

—Jensfield.

Je crus entendre un soupir s'échapper de la bouche de mon frère aîné. Je me libérai de mes écouteurs afin d'entendre mes interlocuteurs, mais comme personne n'ajouta quoi que ce soit, je dus prendre les devants:

—Comment est-ce?

—C'est fan-tas-tique, lança mon frère avec une pointe de sarcasme bien aiguisée.

—David. Je t'en prie.

Plus aucun mot de la part du frangin. Sa frustration portait un goût désagréable. Mais, malgré le fait qu'il fût aisé pour n'importe qui de deviner sa colère, même pour un Normal ou un Sans-Pouvoir, par exemple, mon père préférait ne pas s'en mêler davantage.

—Nous sommes sur la rue principale, nous informa ce dernier. Je crois que c'est la seule rue commerçante de la ville. Si mes souvenirs sont bons, on devra traverser huit ou neuf feux de signalisation avant d'arriver dans les quartiers du sud.

La voiture s'arrêta, puis repartit un peu moins d'une minute plus tard. «Numéro un», pensai-je en essayant de me situer dans ma tête. Nous continuâmes ensuite notre route sans dire un traître mot. Moi, en replongeant dans mes écrits et les deux autres en observant sûrement la vue qui s'offrait à eux.

Huit feux et deux ou trois intersections plus tard, mon père coupa le moteur.

—Nous y sommes.

Sur ces mots, je quittai mon ouvrage et recommençai mes acrobaties pour ranger mes affaires. David, quant à lui, ne perdit pas de temps. Il se détacha, puis débarqua aussitôt du véhicule. La porte claqua violemment, m'arrachant un sursaut du même coup. Que lui prenait-il, encore ? Je n'aurais pas aimé être à la place de la voiture, en tout cas. En fait, personne ne souhaitait être victime des sautes d'humeur de mon frère, car autant il pouvait être doux et facile à vivre, autant il pouvait se transformer en monstre lorsqu'il ne se sentait pas dans son assiette. Et pourquoi ne l'était-il pas, cette fois ? Voilà qui reste un mystère.

Je l'entendis s'éloigner d'un pas lourd. Il avait probablement décidé de partir à la découverte du quartier. Pour ma part, avant de m'extirper à mon tour de la voiture, je me mis en quête de mon bien le plus précieux.

—Où est ma canne, déjà ? demandai-je.

—Attends. Je vais aller la chercher.

Mon père termina d'étirer ses muscles ankylosés tout en poussant un gémissement soulagé. Ses pas firent le tour de l'automobile, puis je le sentis s'allonger derrière moi. Ma canne était sûrement coincée entre deux boîtes de carton, car il dut tirer un bon coup afin de la déloger de sa cachette.

Il me la refila et je pus enfin mettre le pied à terre. L'anxiété que j'éprouvais à ce moment-là pouvait se résumer à un leitmotiv ressemblant à : « Un petit pas pour l'homme, un grand pas pour l'humanité. »

Pourquoi avoir choisi de déménager dans cette ville pittoresque, perdue dans les confins du Manitoba ? C'est simple. Le lycée de Jensfield a établi un programme pour les non-voyants.

En les mêlant avec les élèves ordinaires, l'école permet aux jeunes souffrant de cécité de vivre au sein de la société dite « normale » tout en leur offrant les outils nécessaires pour accéder aux études supérieures. Un jour, peut-être, si nous avons vraiment de la chance, nous pourrons trouver un emploi décent et vivre une vie ordinaire.

Alors, voilà. Bien que je ne puisse plus vivre de grandes aventures en raison de mon handicap, je suis comme le personnage d'un roman qui doit se trouver de nouveaux repères pour s'orienter. Et comme lui, je dois puiser en moi pour trouver le courage d'affronter tous les obstacles qui se présenteront sur ma route.

—Ça te dit de faire un tour de reconnaissance avant que les déménageurs arrivent ? me proposa mon père.

—Pourquoi pas ? répondis-je en m'étirant à mon tour d'un côté et de l'autre.

Il me délesta de mon sac et je l'entendis le balancer sur son épaule. D'un pas lent et réfléchi, nous prîmes ensuite la route vers la demeure. Un, deux, trois…

—C'est un cottage typique de la campagne, fraîchement rénové, m'informa mon père alors que je m'affairais à compter le nombre de pas que je faisais. Plusieurs pignons, un perron avant et arrière et une clôture blanche. Le revêtement extérieur est d'un jaune clair. Pas un jaune criard, mais apaisant. Tu vois le genre ?

—Je vois.

En fait, non. J'avais de la difficulté à dresser un plan précis dans ma tête, mais mon imagination fit le reste du boulot en attendant que l'habitude me permette de cerner les formes et les dimensions.

—C'est un quartier tranquille, mais les voisins me semblent… continua mon père en tâchant de garder une certaine distance avec moi.

Il s'arrêta brusquement pour faire volte-face dans la direction opposée. Mon impression était donc justifiée. Il y avait bel et bien un regard qui nous épiait par-derrière.

—Bref, peu de voitures passent par ici, conclut-il pour chasser son malaise.

Effectivement, je ne détectais pas le moindre signe de circulation sur la route. Pas pour l'instant, du moins. Seuls les jappements d'un chien qui s'amusait avec des enfants mélangés avec le son lointain d'une tondeuse à gazon rompaient le silence. Je pouvais également entendre un oiseau gazouiller près de nous, mais son chant disparut rapidement dans le néant. Sans doute parce qu'il était effrayé par les curieux personnages que nous étions et qui débarquaient soudainement sur son territoire.

Je devais avouer que cela me changeait de l'éternelle cacophonie de la ville où les moteurs et les klaxons des véhicules agissaient en bruit de fond derrière des sons tous aussi assourdissants les uns que les autres. Ici, tout était calme, comme si le temps avait ralenti sa course.

Soudain, ma canne buta une imperfection au sol. Le béton craquelé me coupa net dans mes réflexions et me força à rectifier la hauteur de ma canne.

—Sois prudente. C'est inégal. Et fais attention, nous allons arriver aux escaliers.

Où en étais-je, déjà ? Ah oui ! Onze, douze, treize… Comme prédit par mon guide, mon bâton heurta une masse solide quelques pas plus loin. Je franchis donc la première marche avec précaution, puis la deuxième, et ce, toujours en tapant la suivante avec ma canne pour me donner une idée de la hauteur à escalader.

Après quatre montées, j'atteignis enfin le balcon. J'attendis que mon père ait déverrouillé la porte et qu'il me montre le chemin à emprunter avant de traverser l'embouchure.

Qui aurait cru que franchir le seuil le plus bénin au monde serait aussi impressionnant ? Lorsque je posai le pied à l'intérieur de la maison, mon cœur se serra. Le choc me prit tellement par surprise, que je me figeai comme une statue de marbre. Quelque chose en moi venait de se briser. Un sentiment de perte m'assaillit.

—Ça va ?

La voix de mon paternel me ramena sur terre. Je jetai mes émotions aux oubliettes et lui esquissai un sourire des plus rassurants.

—Ouais. Ça va.

Quatre claquements de porte suivirent avant que nous puissions saluer notre nouveau chez nous. La coutume, que voulez-vous.

Chapitre 2

—Vous pouvez déposer le reste au salon, indiqua mon paternel.

—Oui, Monsieur.

Vroum, tam, sratch…

Depuis l'arrivée des déménageurs, il y avait trop de va-et-vient dans la maison. Même si je me faisais toute petite, il arrivait toujours un moment où le coin que je m'étais approprié soit revendiqué par un meuble ou une boîte de carton. Les *oups* et les *désolée*, je ne les comptais plus, et l'énergie était si peu familière autour de moi que je me sentais étouffer.

Jugeant plus sage de me retirer du décor plutôt que de rester ici, je m'assis sur la première marche du perron arrière, le seul endroit qui n'avait pas encore été foulé par les autres. Tant mieux. La solitude me ferait du bien. Je me tapotai le thorax afin d'apaiser mes pulsations cardiaques qui s'emballaient depuis quelques instants. Rien à faire. Mon cœur semblait parti pour une course folle et je savais par expérience qu'il ne modèrerait pas de sitôt.

Quand j'entendis mon indicateur d'hypertension sonner à mon poignet, la peur me gagna, ce qui n'aidait guère ma cause. Aussi, après m'être déchargée de mon bâton de bois, je sortis la boîte de médicaments que je gardais toujours dans une des poches de mon jean. Mes mains tremblaient et mon souffle s'accélérait dangereusement. Si bien, que j'eus du mal à ouvrir le pot. Une fois cette fastidieuse étape accomplie, j'engloutis deux comprimés en catastrophe avant de m'appuyer sur la contremarche, le dos étiré vers l'arrière et la tête levée vers le ciel. Voilà la posture idéale pour ouvrir les voies respiratoires ; une position qui m'avait souvent sortie de la misère, en plus de m'éviter des complications encore plus graves.

—Un, deux, trois, quatre, cinq…

Le fait de compter agissait comme un tranquillisant et m'aidait à réfléchir, à me situer dans le temps et dans l'espace. Cela m'aidait aussi à oublier les énervants *bip bip bip* émis par ma montre. D'habitude, je n'avais pas besoin d'aller plus loin que le chiffre cinquante, mais compte tenu de la lourdeur qui oppressait ma poitrine et de la panique que cela m'avait occasionnée, je ne me faisais pas d'illusions. Cette fois, je ne vaincrais pas ma crise d'hypertension artérielle pulmonaire aussi facilement.

—Soixante-deux, soixante-trois, soixante-quatre…

Des bruits de pas se mêlèrent aux sons environnants et mes oreilles captèrent l'ouverture d'une petite porte de clôture.

—Encore une crise? s'inquiéta la voix de David.

Je repris une position normale en inspirant un bon coup, puis expirai un *oui* haletant. Mon frère franchit les quelques marches qui nous séparaient, déposa ma canne plus loin et s'installa à ma droite.

—Ça faisait longtemps que tu n'en avais pas eue.

—Le stress. Ou la fatigue.

—Sans doute, oui.

Il me caressa le dos tout en tâchant de maîtriser ses propres émotions. Je fus heureuse de constater que sa colère s'était atténuée sur ma langue. Plus soulagée qu'heureuse, en fait, car d'une certaine façon, j'avais besoin de sa présence et de sa main rassurantes.

Première règle dans de telles situations: rester indifférent. Cela contribuait à dédramatiser la situation. David était d'ailleurs la seule personne capable de réussir cet exploit. Du moins, parmi les gens que je connaissais. Même s'il pouvait vivre des émotions intenses, il arrivait toujours à les mettre de côté lorsque j'en avais besoin. Peut-être avait-il conscience qu'il était devenu ma seule bouée de sauvetage depuis le naufrage de notre vie?

Peu à peu, je repris mon souffle et l'alarme s'éteignit. Là et seulement à ce moment-là, mon frère se permit de parler.

—Je vais aller chercher p'pa.

—Ne lui dit pas. S'il te plaît, l'implorai-je en m'accrochant à lui.

—Leeze, ce n'est pas lui l'enfant. Arrête de t'inquiéter.

Je ne m'inquiétais pas pour lui, mais parce que je me sentais coupable. Nuance. David n'insista pas.

Nous restâmes muets quelques minutes, savourant tous les deux l'air pur de la campagne et l'ambiance de ce qui serait notre nouveau quartier, notre nouvelle ville. L'air se rafraîchissait et l'humidité battait son plein. L'averse s'approchait à grands pas. Aucun doute là-dessus. Je ne savais pas quelle heure il était exactement, mais sachant que nous étions en fin d'après-midi à notre arrivée, le ciel devait déjà s'assombrir. J'avais calculé qu'on se situait approximativement entre vingt et vingt et une heures.

Puis le vrombissement d'un gros moteur vibra dans l'air, rompant la tranquillité tant appréciée. Le camion de déménagement quitta son poste et quelqu'un nous rejoignit dehors.

—C'est ici que vous vous cachiez ! lança mon père. Je suis affamé ! Que diriez-vous d'aller casser la croûte ?

—Enfin quelque chose de soutenant à se mettre sous la dent, soupirai-je.

David me refila ma canne sans mot dire et m'indiqua la voie à suivre pour gagner la voiture. Notre paternel l'intercepta néanmoins et le prit à l'écart, me laissant seule pour poursuivre la traversée du stationnement. Il croyait sans doute que je ne les entendais pas, mais il se mettait le doigt dans l'œil, car c'est un fait mondialement reconnu : les aveugles ont l'ouïe très fine.

—Dis, est-ce que j'ai besoin de m'inquiéter ? interrogea-t-il.

Avait-il remarqué que je n'allais pas bien ? Je redoutais le pire et je n'étais apparemment pas la seule, car David se garda de lui répondre.

—Montre-moi ton *so*.

« Ah non ! Ils ne parlent pas de moi. », me dis-je. Ceci n'expliquait toutefois pas la nature de leur discussion. Un sot comme idiot, un saut dans le sens de sauter, un seau comme un seau d'eau… à moins qu'il fût question d'un sceau ? « Argh. Fichus homophones ! » Vu le début de la phrase, j'éliminai d'emblée le premier choix. J'avais aussi du mal à imaginer mon frère se trimballer avec un seau ou tout autre récipient. Les deux autres possibilités, par contre, pouvaient correspondre au contexte, bien que dans un cas comme dans l'autre, c'eut été étrange. Encore plus lorsque je me les figurais dans ma tête.

Je tendis l'oreille, à l'affût du moindre indice pouvant trahir la nature de ce fameux *so*. C'est là que j'entendis quelqu'un effectuer un mouvement brusque.

—Lâche-moi ! Je ne suis plus un enfant ! rugit mon grand frère.

—En effet, mais c'est toi qui es son deuxième tuteur, je te rappelle. Plus de poussées de colère et d'expériences dangereuses, c'est clair ? Ta sœur a besoin de quelqu'un de responsable pour prendre soin d'elle.

—Parle pour toi, maugréa David.

—Qu'est-ce que tu as dit ? Répète, pour voir ?

Il était temps d'intervenir avant que la situation dégénère.

—Dites, ce serait bien de se mettre en route si on veut arriver avant la fermeture des restaurants ! prétendis-je en jouant l'innocente. Parce que je doute qu'il y en ait d'ouverts après onze heures, par ici !

—Oui, ma chérie ! approuva mon paternel. On arrive !

« Ouais. Ça sent l'orage, et pas juste dans le ciel. »

Nous entrâmes dans la voiture. Encore. Cela dit, il n'y avait plus de bagages pour nous gêner et cette fois, nous n'aurions pas à nous taper un trajet interminable avant d'arriver à destination. Enfin, en théorie...

Tous les restaurants étaient fermés, sauf un à l'extérieur de la ville. À la bonne heure ! Nous pourrions manger ! Nous pénétrâmes à l'intérieur de l'édifice, fatigués et poisseux de partout, dû à la lourdeur de la température. Aussitôt arrivés, nous fûmes reçus par un silence qui s'éternisa. C'était comme si la planète s'était arrêtée de tourner devant les étrangers que nous étions. Un seul mot pouvait décrire mon ressenti : malaise. Puis, tous retournèrent à leurs occupations comme si de rien n'était.

—Bonsoir ! nous accueillit une femme en traversant la salle aussi vite qu'une flèche. Je suis à vous dans quelques instants !

Voilà une halte routière, selon les dires de mon père, qui faisait également office de bar, de station-service et de boutique souvenirs qui exposait fièrement les créations artisanales de la communauté. Le modèle tout équipé, en somme.

Quand nous nous installâmes à la table la plus près de la sortie, je fus surprise de constater qu'il y avait autant d'animation là qu'ailleurs dans l'établissement. De me savoir sous les projecteurs et devenir ainsi l'objet du regard d'autrui déclencha en moi un sentiment d'embarras. J'anticipais le jugement des autres, comme c'était le cas chaque fois que je me trouvais dans un lieu public.

Mon père me dicta le menu et je finis par arrêter mon choix sur le typique hamburger/frites. L'attente se passa plus ou moins dans le silence. Nous étions tous crevés au point d'espérer que cette journée se termine le plus vite possible, mais l'arrivée du repas contribua à réanimer nos sens. Un regain de vie se fit sentir, de quoi recharger un peu nos batteries avant de boucler notre soirée. C'est là que pour la énième fois, je dus me farcir la fameuse question de mon père.

—Bon. Tu es prête ?

Je soupirai. « C'était trop beau pour être vrai. »

—Argh. Pas ici. S'il te plaît.

—C'est la dernière fois que je te le demande. Promis.

Impuissante, je déposai ma fourchette.

—Et, on ne triche pas, prévint mon père.

—Ah non. Tu abuses, là.

—Tu me remercieras un jour, ma chérie.

Le remercier de quoi ? De me harceler lors de chacune de mes sorties, et ce, depuis maintenant presque six mois ? J'en doutais.

Comme le voulait la tradition, j'appuyai mes coudes sur la table, puis couvris mon nez et ma bouche avec mes mains. David crut bon de venir à mon secours, en disant :

—Tu ne pourrais pas lui ficher la paix, deux minutes ? Je te rappelle que c'est toi qui voulais l'inscrire à cette école.

—Si je ne peux pas toujours être avec vous, je veux au moins m'assurer qu'elle soit en mesure de se repérer en cas de problème.

« Ce n'est pas comme si je risquais de me faire attaquer dans ce fichu lycée ou de me perdre durant plusieurs jours », pensai-je intérieurement.

—Dis, c'est quand tu veux, soufflai-je, pressée d'en finir avec cette stupide épreuve.

Ma voix qui, sous mes mains, ressemblait à celle d'un canard les ramena à l'ordre. Enfin ! Non, mais... c'est que ma bouffe allait refroidir.

—Oui, oui. Désolé, fit mon père, qui s'accorda un petit moment de réflexion avant de commencer.

—Dis-moi combien il y a d'employés.

Une requête tout ce qu'il y avait de plus banale. Je tendis les oreilles, à l'affût du moindre indice, tandis que David et Jeremy ne soufflaient mot, pas plus qu'ils ne bougeaient.

J'entendis quelqu'un faire aller ses doigts sur une caisse enregistreuse, avec, comme bruit de fond, une spatule qui grattait une plaque chauffante et de la nourriture qui grésillait. En voilà donc deux. Le troisième, je ne l'entendais pas spécifiquement, mais je me souvins de la serveuse qui nous avait accueillis à notre arrivée.

—Un cuisinier, un caissier et une serveuse.

—En es-tu certaine ?

—À quatre-vingts pour cent, je dirais, répondis-je avant de me redresser et de retirer mes mains de mon visage.

—D'accord.

Bingo !

—Combien de clients ? renchérit mon paternel.

Cette fois, c'était facile, car j'avais un atout dans ma manche. De plus, comme je redoutais toujours de subir les conséquences de sa paranoïa, je ne courais pas de risque et par réflexe, j'avais l'habitude de noter tous les détails susceptibles de l'intéresser dès que j'entrais quelque part.

—En nous comptant, je dirais... neuf ou dix.

—Vas-y.

—S'il te plaît ! Tu m'as promis de ne plus m'embêter !

—Finis le test, avant.

Un autre soupir, puis je m'exécutai. Je reniflai un bon coup et pointai sans le moindre doute vers ma gauche.

—Un couple là-bas. L'un d'eux est amoureux et le second a des regrets. Sûrement qu'il s'ennuie et qu'il a hâte de terminer leur rendez-vous.

L'aura de mon père changea pour prendre un goût sucré. Du sucré doux sur la langue, qui me valut un soulagement.

—Bien senti.

Le coin de mes lèvres se courba vers le haut. « Un point. » Une autre inspiration. Cette fois, je remuai la langue dans ma bouche afin de décrypter les effluves avec plus de précision.

—Dans la même direction, il y a une autre personne, mais elle semble se trouver plus loin, parce que j'ai un peu plus de mal à la sentir. Je crois qu'elle est dégoutée, ce qui indique qu'elle n'est probablement pas satisfaite de son repas.

Comme prédit, un homme appela la serveuse pour lui faire part de son mécontentement au sujet de la garniture de son hamburger. Selon ses dires, le cuisinier se serait trompé dans sa commande. L'employée s'excusa et lui promit de lui rapporter un autre plat pour se faire pardonner.

—Bien, acquiesça mon père.

—Aussi, il y a deux personnes assises au comptoir, poursuivis-je après avoir senti un mince engourdissement sur ma langue. Ils boivent de l'alcool.

—Exact…

« Plus qu'un et le tour est joué. » Je me concentrai à nouveau, sondant la place comme un radar qui se met à tinter dès qu'il détecte quelque chose dans son champ de vision. Sauf que cette fois, le radar n'était nul autre que mon nez et si je n'étais pas trop sollicitée, j'arrivais à faire le tri lorsque les saveurs se posaient naturellement sur ma langue. Aussi, la focalisation de mes sens était telle, que j'en oubliais presque l'endroit où je me situais ainsi que les mouvements autour de moi. Le décor s'effaçait en emportant ses occupants dans le brouillard par la même occasion.

Il me semblait l'avoir senti... peut-être là ou là. Le dernier client me donnait du fil à retordre. Mon radar interne ne le détectait plus, mais sachant qu'aucun individu n'avait fait sonner la cloche de la porte d'entrée, il devait être encore dans le restaurant.

—Le neuvième est parti à la toilette, déduis-je simplement.

—Impressionnant, dit une voix provenant d'au-dessus de mon épaule.

Je me raidis de stupeur. Depuis quand était-il arrivé, celui-là? Ce qui me surprit le plus était de ne l'avoir ni entendu ni senti s'approcher de nous.

—Ah... Eddie!

Eddie? Oncle Eddie? Mon père se leva de son siège pour échanger une poignée de main avec le nouveau venu. Les saveurs de mon frère, quant à elles, me transmettaient sa méfiance habituelle à l'égard des inconnus.

—Jay, tu as maigri depuis le temps! souligna notre oncle à notre paternel. Et vieilli, aussi.

—Je te retourne le compliment. Pour la vieillesse, pas pour le ventre.

Ils rirent tous les deux, mais j'étais presque sûre que mon père n'était pas tout à fait emballé par la compagnie d'Eddie. Toujours est-il que celui-ci se joignit à nous.

—Wow! La dernière fois que je t'ai vu, David, tu ne marchais pas encore, s'étonna-t-il.

—Ça passe vite. Trop vite, souffla Jeremy.

—Je ne te le fais pas dire.

S'ensuivit une petite pause empreinte de nostalgie qui n'avait de sens que pour eux, jusqu'à ce qu'Eddie s'adresse à moi.

—Dis... j'ai une question, Leeze.

—Oui, répondis-je en dévorant mes frites déjà refroidies.

—Explique-moi comment tu fais pour différencier les odeurs environnantes des essences auriques.

Je fus sans mot, perdue quelque part entre la surprise et l'affolement.

—Hé! Pas de ça ici. Nous sommes dans un lieu public, je te rappelle, le gronda mon père en articulant à peine ses mots, comme s'il serrait les dents.

—Personne ne porte attention. Et puis, tu n'es pas le mieux placé pour me faire la morale, monsieur qui entraîne sa fille en public.

Eddie marquait un point, mais à la différence de lui, nous ne mentionnions jamais les termes interdits devant témoins. Faisant fi des réticences de mon père, il continua d'un ton plus bas :

—Je suis intrigué de savoir comment elle perçoit les auras et les émotions autrement que par les couleurs.

—Donc, tu es un Psychique Empathique toi aussi, conclut mon frère en se laissant gagner par l'insouciance de notre interlocuteur, mais en respectant tout de même la barrière de discrétion.

—Oui, monsieur. Cadeau de ma mère.

J'étais contente de rencontrer un autre membre de la famille qui partageait ce don. Je croyais être la seule à le posséder.

—Alors ?

Il semblait têtu, celui-là, mais ce n'était pas comme si je m'adressais à un inconnu.

—C'est difficile à expliquer, bredouillai-je moi aussi à mi-voix. Je crois que mon odorat et mon sens du goûter possèdent deux échelles bien distinctes. La première, celle que je perçois d'instinct, est la perception normale, et la deuxième apparaît lorsque je me concentre. Sauf dans les cas où les saveurs s'imposent d'elles-mêmes… c'est ce qui se produit lorsque je me trouve, entre autres, avec des personnes que je connais très bien.

—C'est fascinant. Je croyais que la capacité à voir les auras était propre à la vue, mais peut-être l'est-elle uniquement parce que c'est notre sens dominant.

Je le sentis se pencher vers moi quand il ajouta avec un entrain presque effrayant :

—Dis, est-ce que tu as aussi des acouphènes ? Et tes mains ? Sens-tu des vibrations, de la chaleur ou des picotements, peut-être ?

—Euh… non.

L'air niais, il se recula dans sa chaise quand il vit une autre personne s'approcher de la table.

—Un café, monsieur Gordan ?

—Oui. Merci.

—Besoin de quelque chose ? nous interrogea la serveuse après avoir rempli une tasse pour Eddie.

—Non merci, répondit mon père.

Sur ce, elle repartit.

—Ça suffit, rugit Jeremy, craignant qu'on nous surprenne en flagrant délit. Ce n'est pas un interrogatoire. Je ne veux plus vous entendre parler de magie. M'avez-vous bien compris?

—Ne soit pas aussi parano, riposta Eddie. Et ne me dis pas que tu n'as jamais été curieux de savoir.

—Si tu pouvais essayer d'être normal, pour une fois, et te fondre dans le décor sans faire l'imbécile, ce serait grandement apprécié!

Les saveurs épicées de mon père m'indiquaient clairement son exaspération.

—C'est vrai. J'avais oublié que le Sans-Pouvoir que tu es n'a jamais compris et ne comprendra jamais que le monde ne tourne pas seulement autour de la normalité et notre capacité à vivre incognito parmi les Normaux.

Oncle Eddie avait bien accentué les mots *Sans-Pouvoir*, comme pour narguer son frère en lui rappelant qu'il était le seul membre de la famille à n'avoir aucun don. Je comprenais maintenant pourquoi nous ne l'avions pas connu avant ce jour. Ces deux-là s'entendaient comme chien et chat.

—Moi aussi, j'ai une question, les coupai-je pour faire la trêve.

—Dis, répondit mon oncle.

—Comment as-tu fait pour passer inaperçu? Je me souviens t'avoir vaguement détecté, tout à l'heure, mais après... plus rien.

—C'est son restaurant, dévoila mon père.

—Oh.

Cela expliquait pourquoi mon oncle sentait surtout la friture, ce qui le rendait pratiquement indétectable au premier plan. Et comme mon attention s'était portée exclusivement sur la recherche du neuvième client, il était passé sous mon radar.

Suite à cela, nous mangeâmes tout en échangeant avec Eddie sur les faits importants qui avaient marqué nos vies respectives et que nous avions manqués chacun de notre côté. Je n'aimais pas parler du passé. Si j'avais pu le sceller dans un coffre et l'enterrer sous une bonne couche de ciment, je l'aurais fait. Et je n'étais pas la seule dans ce cas-ci. Tout comme moi, mon père et mon frère n'étaient guère enchantés d'exposer nos plus vieux problèmes au grand jour.

Dès que nous eûmes terminé nos assiettes, mon père joua la carte du: «On a beaucoup de boulot à faire» pour s'éclipser, non sans promettre à Eddie de le visiter au cours des prochains jours. *Par pure politesse*, sentis-je. Nous retournâmes donc à la maison en silence, plus exténués que jamais.

Dans ma nouvelle chambre, je terminai de préparer les draps et les oreillers, tandis que mon père régla mon réveille-matin et plaça la bonbonne d'oxygène entre la commode et le lit. Il s'agissait d'un grand cylindre sur roulettes, le genre de truc incommodant et difficile à trimbaler.

—Ce n'est pas le luxe, admit-il, mais j'ai cru que ce serait plus utile pour toi d'avoir ton propre espace.

—C'est parfait, répliquai-je en secouant la tête. Merci.

—Si tu ressens un malaise ou s'il t'arrive quoi que ce soit, tu as juste à peser sur le bouton de panique. Je l'ai accroché au mur, au-dessus de la table de chevet.

—Dac.

Au même moment, son téléphone sonna. Je me disais que c'était une heure bien tardive pour recevoir un appel. S'il avait toujours été au garde-à-vous pour ses recherches, son obsession pour le travail s'était empirée, ces dernières années. Ses absences se faisaient de plus en plus nombreuses et de plus en plus prolongées. Un détail supplémentaire qui s'ajoutait à cette impression c'est qu'il n'était jamais près de nous à cent pour cent, comme s'il avait choisi de se noyer volontairement dans sa quête afin d'oublier l'amère vérité.

—Bonne nuit, ma chérie.

—Bonne nuit.

Puis à l'inverse de tout père normalement constitué, il m'abandonna dans cet endroit frais et humide, sans une accolade ni la moindre marque d'affection. Bien que j'eusse espéré le contraire, je n'en attendais pas plus de lui. Rares étaient les fois où il se permettait d'outrepasser les barrières qu'il s'était fixées entre nous. Peut-être était-ce parce qu'il avait peur de moi, ou parce que le fait de me voir ravivait chez lui de douloureux souvenirs.

Qu'on se le dise, il m'aimait beaucoup et s'inquiétait pour moi. Je ne pouvais pas en douter. C'est juste qu'il ne savait pas comment s'y prendre avec la malade que j'étais devenue. Pas plus qu'il ne savait y faire avec nous, sorciers aux dons particuliers. Le rôle de nous éduquer et de nous rassurer dans ce domaine avait toujours incombé à ma mère.

Je me sentais triste de ne plus trouver la complicité que nous avions, jadis. J'aurais aimé le savoir capable de me rassurer, et le voir dormir dans mon lit cette nuit, comme lorsque j'étais petite.

Je m'assis sur mon lit en tâchant de m'imprégner de l'atmosphère des lieux. Hormis ma salle de bain et la petite pièce à débarras, le sous-sol était un vaste espace ouvert, assis sur un plancher de béton. Un lieu étranger qui ne me donnait ni l'impression d'être une chambre ni le sentiment d'être mon chez-moi. Je me sentais petite au cœur de l'obscurité. Comme si les ténèbres s'étaient épaissies pour m'oppresser de partout.

Après avoir entendu un coup de tonnerre gronder dehors, je rapatriai ma couverture sur mes épaules, puis fis glisser mon ordinateur portable sur mes genoux pour terminer la rédaction de ma lettre. Dans ma solitude, m'emmitoufler de la sorte faisait partie de mes moments les plus tendres et les plus confortables. Ma couverture devenait les bras que j'aurais souhaité sentir autour de mes épaules, mon bouclier contre tous les chagrins du monde.

Les derniers mots enfin tapés, j'entrepris de trouver mon imprimante hybride sans quitter mon cocon de tissu. J'ai dû ouvrir plusieurs boîtes pour y parvenir. Dès que ce fut fait, je me mis en quête d'une prise de courant. «Il doit y en avoir une quelque part», me dis-je. Je tâtai le mur, près de ma table de chevet, tout en tâchant de ne pas m'électrocuter, ce qui aurait été fâcheux. Très fâcheux, même. Ah! En voilà une!

Alors que le papier se faisait bosseler et teinter de noir, je fouillai dans des boîtes de carton. Chaque fois que je croyais toucher l'objet de mes désirs, mon cœur faisait un tour dans ma poitrine. Ces fausses alertes aggravaient mes appréhensions, comme autant d'aiguilles sur une poupée vaudou. Tant et si bien que lorsque je captai enfin mon précieux trésor, il fut impossible de contenir plus longtemps les émotions si vivement refoulées depuis le début.

Voilà un coffre aux souvenirs fait de bois et comportant des moulures et des courbes gravées à la main. Un coffre où étaient enfermées les plus insoutenables vérités du passé. Il me fallut un certain temps pour trouver le courage de terminer ma tâche, quand bien même l'imprimante avait terminé la sienne. Puis, je me décidai enfin à lâcher cette chose sinistre pour plier la lettre et l'insérer dans une enveloppe. J'inscrivis sur celle-ci la date actuelle: *2 septembre 2017*, avant de la dissimuler rapidement dans le boîtier.

Bref, si tu lis ceci, ne t'inquiète pas pour moi. Je vais bien. Tout va bien aller. D'accord ? Je suis plus forte que j'en ai l'air.

Je t'aime, maman. Tu me manques.

Chapitre 3

Boum, boum.

Boum, boum.

Boum, boum…

Un rêve étrange m'extirpa de mon sommeil, mais le retour à la réalité fut encore plus déboussolant. Où étais-je? Quelques secondes me furent utiles avant de réaliser que je ne me trouvais plus dans les confins de mon inconscient ni au centre psychiatrique. Il régnait un silence presque inquiétant autour de moi. Rien à voir avec la cacophonie habituelle.

Je me redressai et passai ma main sur mon visage engourdi par la fatigue. Il faisait chaud. Ma peau était moite et mes draps humides. « Un brin de toilette me ferait du bien. »

Voilà mon premier matin dans une chambre qui m'appartenait réellement, en dehors de la réalité dans laquelle je vivais depuis quatre ans. Je dus user de ma mémoire et de ma logique pour me souvenir de mes nouveaux points de repère. Cette confusion n'était pas sans me rappeler celle qu'était la mienne lors de mon réveil à l'hôpital, le jour où tout avait basculé (à un degré nettement inférieur, tout de même), car rien ne pouvait égaler le sentiment éprouvé à ce moment-là.

***

Quatre ans plus tôt

—M'man... Ne fais pas ça, je t'en prie, implorai-je de peine et de misère, lorsque je repris peu à peu connaissance.

Ma voix était sèche et enrouée, alors que mon visage était compressé sous quelque chose qui me soufflait de l'air. Beaucoup trop d'air à mon goût. Mon esprit engourdi me poussait à croire qu'une paire de mains m'enveloppait du menton jusqu'à l'arête du nez. Quelqu'un voulait m'étouffer.

Sous l'effet de la panique, j'arrachai le masque à oxygène que je confondais toujours avec une paire de mains. Ensuite, je voulus me lever, mais me rendis vite compte que je ne voyais rien. J'avais beau battre des paupières et me frotter les yeux encore et encore, j'étais chaque fois confrontée à l'obscurité la plus totale.

Chose sûre ; je ne me trouvais plus sur le pont qui dans mon esprit, demeurait mon dernier souvenir. Des draps, des oreillers, un matelas… Je me trouvais désormais dans un lit. Le plus effrayant demeurait toutefois cette impression d'être branchée de partout, de me sentir prisonnière de fils et de tubulures que je ne pouvais pas voir, ni comprendre leur utilité.

Tout un tas d'horreurs me traversa alors l'esprit. « Aurais-je été enfermée dans une salle obscure par je ne sais qui et pour je ne sais quelle raison ? me demandai-je. Aurais-je été kidnappée ? Non. C'était impossible. J'étais avec ma mère et… »

—M'man ! criai-je, affolée.

En raison de mon agitation grandissante, une machine sonna l'alarme.

—Mademoiselle Gordan ! s'exclama une femme en entrant promptement dans la pièce. Vous êtes réveillée !

Je l'entendis taper sur des boutons et l'alarme s'éteignit. Elle se pencha ensuite pour procéder à un examen rapide de mon état de santé, mais fut aussitôt confrontée à ma soudaine opposition.

—Comment vous sentez-vous ?

—Je ne vois rien ! Et je… j'ai mal à la tête !

—Vous êtes tombée.

Après m'être inspectée en catastrophe, je constatai qu'il y avait effectivement un bandage autour de mon crâne. L'infirmière, ou peu importe ce qu'elle était, griffonna quelque chose.

—Votre père est parti chercher le dîner et votre frère… Il était pourtant là, il me semble… Quoi qu'il en soit, ils devraient revenir bientôt.

—Qui… qui êtes-vous ? Où suis-je ? Et maman ? Où est-elle ? Vous devez l'arrêter avant qu'Hateya…

Les pas de la femme s'immobilisèrent. Aussitôt, je sentis une odeur étrange et un goût tout aussi étrange se poser sur ma langue. Du salé. Qu'était-ce ? Aucune idée.

—Vous êtes à l'hôpital, saine et sauve, me répondit l'infirmière après un moment d'hésitation. Ne bougez pas. Je vais appeler votre médecin.

***

Je dus faire un effort pour revenir à moi, dans ma chambre actuelle. Mes souvenirs m'avaient menée bien loin. Je me hissai hors de mon cocon en utilisant ma table de chevet comme appui.

« Où est la toilette, déjà ? me demandai-je. Ah oui ! À gauche des escaliers qui se trouvent dix pas plus loin, direction du pied du lit. » Je me mis en mouvement, les bras tendus devant moi par mesure de sécurité. Soudain, mon orteil s'aplatit contre une boîte de carton plutôt lourde.

—Aie ! lâchai-je en sautillant de douleur. Bordel de Grand-Esprit de merde !

Je serrai les dents pour stopper mon élan de clamer tous les jurons du monde. La maison était un véritable champ de mines. Sachant que les objets et les meubles seraient souvent déplacés durant les jours à venir, m'orienter n'allait pas être une partie de plaisir.

Je m'embourbai une nouvelle fois dans mes souvenirs embrouillés.

***

Quatre ans plus tôt

—Ne me touchez pas ! pestai-je contre les aides-soignantes qui voulaient m'aider à me relever de ma chute.

Je refusais mon handicap. Je refusais d'avoir perdu contre la magie. La réalité ne pouvait pas être aussi cruelle. Elle ne pouvait pas m'arracher ceux que j'aimais, en plus de me mettre dans cet état ! Non, non, non ! Cette malédiction devait prendre fin, peu importe la façon. Je devais retrouver ma mère, coûte que coûte.

—Lizy. Laisse-nous t'aider, me supplia mon père venu en renfort. Tu ne peux pas continuer comme ça.

—Allez-vous-en ! Sortez !

Ce disant, je lui lançai tout ce qui me passait sous la main. Il capitula, comme le reste des témoins de la scène. Plus tard, on me retrouva gisante dans une mare de sang. Mon sang.

***

L'eau froide sur mon visage me coupa dans mes songes et me ramena de pied ferme au moment présent. Une fois lavée et séchée, je fouillai dans mon sac de voyage.

—Où êtes-vous ? Allez… je sais que vous êtes là.

Mes doigts finirent par capter ce que je cherchais. « Bingo ! » Sur cette dernière note, je cheminai vers le rez-de-chaussée, non sans rencontrer moult obstacles durant le trajet. La cuisine enfin atteinte, le robinet constituait mon prochain objectif. Je remplis un verre jetable jusqu'à ce que l'eau atteigne le bout de mon doigt inséré à l'intérieur. J'engloutis mes comprimés et bus l'eau d'une traite. Après quoi, j'entendis quelqu'un jeter des clés sur la table, derrière moi.

—Ah ! Enfin debout ! se réjouit mon père.

Une vague de parfums alléchants envahit la pièce. Voilà des pâtisseries de toutes sortes qu'il venait sûrement d'acheter en ville. Mon corps devint plus léger et mon faciès s'illumina. « L'art de commencer la journée en beauté. »

—Assieds-toi, me pria mon père. J'ai apporté le petit déjeuner.

Alors qu'il quittait la pièce, je m'exécutai. J'entendis ensuite un *toc toc toc* frappé sur l'une des portes du couloir qui séparait la maison en deux.

—David ! appela mon père.

Aucun signe de vie à l'intérieur de la chambre de mon cher frère.

—David !

Cette fois, un gémissement se fit entendre.

—Viens manger !

—Ouais, ouais ! Merde ! Laisse-moi le temps de me réveiller !

« L'ogre est enfin debout », pensai-je, le sourire en coin. Une ou deux minutes plus tard, je cernais ses pas qui traînaient au sol. On aurait dit qu'il pesait une tonne.

—Un café pour te remettre sur le piton ? lui proposa mon paternel.

—Que ferais-je sans toi ? répondit mon aîné en émettant un bâillement peu gracieux.

Du sarcasme de si bonne heure ? Il devait être en forme, aujourd'hui !

—Quelle pâtisserie veux-tu, Lizy ?

Mon père me posait la question parce qu'en me voyant renifler comme un chien, nul doute qu'il avait deviné que j'avais repéré notre repas et que j'avais hâte de m'y attaquer.

—Je les veux tous.

—C'est ce que je pensais, dit-il en poussant la boîte vers moi. À droite, muffins au chocolat. Après, aux fruits des champs, des crèmes Boston à l'érable, et à gauche, des beignets à l'ancienne.

Je fis glisser mon doigt sur le bord de la boîte pour me créer une règle imaginaire et pris une pâtisserie de chaque sorte.

—La gourmandise est un péché. Tu le sais au moins ? me gronda David.

—Ouais et alors ?

La manche de mon gilet se retroussait, laissant découvrir mon poignet marqué d'une cicatrice sur toute sa largeur. Je la tirai vers le bas et pris une bouchée de mon muffin au chocolat.

***

Quatre ans plus tôt

—Pourquoi voulez-vous mourir ? Avez-vous le sentiment de ne pas pouvoir vous en sortir ?

Aucune réponse de ma part. Je restais immobile sur le fauteuil, les genoux remontés et les mains agrippées à mes jambes pour me faire la plus petite possible. J'effleurais du pouce l'un des bandages enroulés autour de mes poignets, regrettant amèrement de ne pas avoir réussi mon coup.

—Vous savez. Je suis là pour vous aider. Je ne vous jugerai pas.

—Je veux voir ma mère, dis-je au psychologue.

—Elle est instable. Les visites ne sont pas autorisées pour l'instant.

Un long silence suivit. Un silence qui durait depuis plusieurs rencontres. Le *tic-tac* de l'horloge ne m'avait jamais paru aussi bruyant et aussi terrifiant.

—Vous avez sûrement beaucoup de questions à lui poser, poursuivit la dame.

Je demeurai à nouveau muette. Je comptai quarante coups émis par la petite aiguille avant qu'elle ne dévie le sujet avec une autre question.

—Et votre sœur ? Hante-t-elle encore vos cauchemars ?

Toujours rien. Comme je ne semblais pas vouloir coopérer, elle crut bon d'utiliser la manière forte. Je l'entendis ouvrir un tiroir, puis remonter un mécanisme ; un cadran, sans aucun doute, qu'elle posa devant moi, sur son bureau. Les *tic-tic-tic* rapides se mirent à accompagner ceux de l'horloge dans sa course endiablée.

Mes yeux se remplirent d'eau et mon souffle s'accéléra. J'enserrai mes jambes de toutes mes forces quand je l'entendis me demander :

—Que s'est-il passé sur le pont ?

Je me mordis la lèvre inférieure pour me contraindre à ne plus émettre le moindre son, mais ce fut trop difficile. Tant et si bien que je me bouchai les oreilles. La peur me tenaillait à un point tel, que je ne pouvais plus me concentrer sur ma promesse de garder le secret. De même, j'étais incapable d'émettre la moindre pensée concrète dans mon esprit.

—Arrêtez, je vous en supplie. Arrêtez-les.

La psychologue contourna son bureau et tira l'une de mes mains pour me forcer à affronter mon pire cauchemar.

—Je ne peux pas comprendre ce que vous vivez si vous ne me parlez pas.

Je tremblais, pleurais et me sentais étouffer. Mon cœur convulsait dans ma poitrine. Une autre crise d'hypertension s'annonçait. Fuir. Il fallait fuir le plus loin possible de cette pièce. Mais l'hôpital étant une zone sécurisée, je ne pouvais pas aller bien loin, vu mon état. Aussi, déclencher un code d'alerte me mettrait encore plus dans le pétrin et l'idée de prolonger mon séjour là-bas me faisait horreur.

—Ce… c'est de ma faute, dévoilai-je, essoufflée. J'aurais pu sauver Hateya.

—Ah oui ? Comment ?

—Arrêtez-les, suppliai-je après quelques pénibles inspirations. Je… je ne veux plus les entendre.

La femme me libéra pour ranger le cadran, alors que je me prenais le crâne à deux mains tout en me maudissant intérieurement d'avoir craché le morceau.

Tant de raisons me poussaient à me terrer dans le secret, à ne pas franchir la ligne entre la personne que j'étais réellement et celle que je devais laisser paraître. Toute ma vie, tel que mes parents me l'avaient appris, j'avais réussi à respecter cette frontière. Et bien que j'avais de l'expérience dans l'art de paraître banale, personne ne m'avait préparée à affronter la perspicacité et les assauts cruels d'un psychologue.

Dans un excès de désespoir, et après plusieurs séances éprouvantes, j'ai fini par tout raconter et le diagnostic fut rapidement dévoilé.

—Vous souffrez de stress post-traumatique, exposa l'intervenante lors d'une autre rencontre. Votre sentiment de culpabilité vous pousse à inventer un concept surréaliste pour justifier le sentiment d'impuissance que vous ressentez. Mais il faut comprendre que vous n'auriez pas pu changer le cours des événements. La magie n'existe pas et le temps n'est pas votre ennemi. Ce qui est arrivé est arrivé. Personne ne peut revenir en arrière.

Autrement dit, tout était dans ma tête. Le fait d'avoir prétendument inventé mes pouvoirs magiques, jumelé à celui d'avoir tenté de me suicider, m'avait valu un aller direct dans l'aile psychiatrique réservée aux patients souffrant de troubles anxieux et de graves dépressions. Puis mon séjour s'étira encore et encore... jusqu'à ce qu'on me transfère dans un centre de soins psychiatriques de longue durée.

Il fut un temps où ils avaient à ce point réussi à me convaincre que j'étais atteinte de folie, que j'en suis venue à éprouver du mal à différencier la vérité du mensonge. Quelle était la part du réel et de l'imaginaire dans mes souvenirs? Les choses que je ressentais à l'égard des autres existaient-elles vraiment ou comme tout le reste, était-ce des illusions? Je me demandais aussi à quel point je pouvais être atteinte pour imaginer que même mon père et mon frère approuvaient mes délires.

Quatre ans plus tard, il m'arrivait encore de douter. Il m'arrivait de croire que j'avais imaginé la mort d'Hateya et que ma mère n'avait pas été le monstre qu'elle avait été. Cela aurait été tellement plus simple et tellement plus agréable de me rassurer ainsi.

Or, je n'étais pas folle. La magie existait vraiment et ni ma jeune sœur ni ma mère ne faisaient désormais partie de ma vie.

***

—Allo, ici la terre. J'appelle Leeze Gordan, entendis-je mon patriarche articuler pour me ramener auprès de lui.

—Excuse-moi. J'avais la tête ailleurs, expliquai-je avant de reprendre mon muffin là où je l'avais laissé.

—Je dois animer une conférence en Allemagne, nous apprit-il. Si je réussis à convaincre le musée, nous pourrions obtenir une subvention supplémentaire pour nos recherches.

—Tu pars quand?

—Lundi matin, mais ne t'inquiète pas. Je n'y serai que deux ou trois jours au maximum.

—Tu as intérêt à respecter ta promesse.

Ma mine boudeuse dut le tiquer, car il déclara d'un ton qui frôlait presque le mélodrame:

—Hé! Mais tu ne seras pas seule. David sera là pour prendre soin de toi. N'est-ce pas, David?

—Tu cherches à convaincre qui, là? riposta froidement le principal intéressé.

Du coup, il y eut un malaise, qui fut vite contré par la tactique *du changement de sujet.*

—Sinon, je vous ai acheté de nouveaux téléphones portables.

À ces mots, je tendis la main et on y déposa quelque chose.

—J'ai enregistré le numéro d'Eddie dans votre répertoire. Troisième touche pour toi, ma chérie. La première touche, c'est moi, juste ici, et la deuxième, c'est le numéro de David, expliqua mon père en m'indiquant l'emplacement desdits boutons.

—S'il vous arrive quoi que ce soit durant mon absence, reprit-il, n'hésitez pas à appeler votre oncle. D'accord?

Ses saveurs se relevèrent par le simple fait de voir son frère fourrer son nez dans nos affaires. Il fallait donc que son intervention soit justifiable, qu'elle soit notre dernier recours uniquement.

—Oui papa.

—David?

—Mmm, acquiesça celui-ci, la bouche pleine.

Je l'entendais déjà partir à la découverte de son nouveau jouet, complètement désintéressé de nous.

—Répétez-moi les règles de la maison.

—Quoi? Encore? Argh.

L'inquiétude de mon père n'avait pas de limites, mais je mis ceci sur le compte de l'instinct parental qui poussait toute personne à vouloir protéger sa descendance, coûte que coûte. Je pris une autre bouchée de mon petit déjeuner pour me carburer, puis commençai:

—On ne doit jamais utiliser nos pouvoirs actifs ni dévoiler notre véritable nature aux Normaux *ET* aux autres sorciers, même s'ils ont l'air sympathiques. Si nous sommes témoins d'un truc qui sort de l'ordinaire avec nos pouvoirs passifs, nous devons jouer les innocents et faire comme si rien ne s'était passé. Euh…

Je comptai sur mes doigts pour m'aider à me souvenir, puis ajoutai:

—Personne ne doit toucher nos sacs-médecines. On doit éviter les cimetières, les musées et tous les lieux de cultes bourrés en activités paranormales. Nous ne devons pas laisser entrer des inconnus à la maison, à moins que ce soit des agents de police ou des pompiers... et encore là, il ne faut jamais oublier les premières règles.

Je réfléchis un moment et ajoutai:

—Mmmh. Ah! Nous jurons solennellement de faire honneur à la famille et de nous comporter comme des enfants sages en ton absence.

—O.K., nous avons compris, la comique.

Je fis une grimace amusée à mon cher père et après quoi, le reste du repas se déroula en silence. Puis, lorsque nous nous apprêtâmes à nous éclipser dans nos chambres respectives, il suggéra:

—Nous devrions rendre grâce. C'est ce que votre mère aurait souhaité.

—Ouais. Bonne idée, approuvai-je.

Pour une fois, mon aîné ne contredit pas notre paternel.

Après avoir rassemblé le nécessaire, nous sortîmes dehors et choisîmes un arbre dans la cour. Le pin blanc, tout au fond, fut l'heureux élu. Pourquoi? Parce que le pin est supposément lié à l'élément de l'air et combat les diverses affections respiratoires. Aussi, il paraît qu'il stimule la joie et l'enthousiasme. Notre père creusa un trou au pied de celui-ci, enveloppa des feuilles de tabac séchées dans du tissu rouge et nous joignîmes nos mains dessus.

—Merci de nous offrir ce nouveau chez nous. Puissiez-vous veiller sur nous dans cette nouvelle vie, dit-il d'un ton solennel.

—Merci de protéger notre maison et d'en faire un foyer plein d'amour, enchaînai-je.

—Si vous pouviez les tenir à distance, ce serait très apprécié, lança David après avoir éternué. Mais, merci quand même de nous donner un toit sur la tête et de quoi nous nourrir tous les jours.

Sur ce, le patriarche déposa notre cadeau dans le trou et remit la motte de terre à sa place. Quelques tapes au sol compactèrent le tout.

—Et maintenant? Que doit-on faire? interrogeai-je.

Mon père se frotta les mains, sans doute pour enlever la saleté, se leva et répondit:

—Je suppose que ça peut aller.

—Si tu veux vraiment suivre la tradition, il faut aussi faire des salutations aux six directions, avisa David.

—Je crois que le Grand-Esprit ne nous en voudra pas d'avoir d'autres priorités, rétorqua mon père.

—Si tu le dis…

Oui, la tradition occupait une place importante dans la famille. Ma grand-mère du côté maternelle était une autochtone appartenant à la communauté Namisak, où le chamanisme faisait encore partie du quotidien. Voilà les gènes d'une longue descendance de Médiums Extralucides et de Voyageurs Astraux que mon frère avait hérités, contrairement à moi.

Les Normaux attribuaient ces pratiques aux superstitions et au manque d'éducation. Préférant que ça reste le cas, nous restâmes aux aguets pour ne pas attirer les regards sur nous. Enfin, dans la mesure du possible.

—Hé. Je sens quelqu'un près d'ici, alertai-je subitement.

—Entrons et mettons-nous au travail.

La méfiance de mon père se sentait. Elle se goûtait.

Chapitre 4

Trois jours plus tard

Cette nuit encore, je faisais ce rêve étrange qui me hantait depuis mon arrivée à Jensfield. Encore et toujours le même rêve.

Les ténèbres s'emparaient d'abord de mon esprit. Rien d'anormal jusqu'ici, mais le tout s'est compliqué lorsqu'un battement de cœur a surgi du vide. Résonnant de plus en plus fort, celui-ci était accompagné, dans sa mélodie, par des chuchotements à peine perceptibles. J'avais tout juste conscience de ces voix autour de moi, lesquelles provenaient de partout en même temps.

Boum, boum.

Boum, boum.

Boum, boum…

Au bout d'un instant, les battements se transformèrent en échos qui se percevaient comme des ondes bleues particulièrement lumineuses. Vision quelque peu inattendue, car bien que j'étais aveugle depuis trop longtemps pour voir de vraies images, cette fois, c'était différent. Le brouillard qui voilait habituellement mes rêves avait disparu. Dans ma tête, tout était parfaitement clair.

À chaque pulsation de cœur, une onde apparaissait avant de s'étendre dans tout le secteur. Elle rebondissait sur chaque objet et rapporta dans son sillage une cartographie complète de la zone.

Que m'arrivait-il? J'avais l'impression de voir à travers une échographie, ou plutôt, par une sorte d'écholocalisation visuelle, un peu comme les chauves-souris. Chaque fois que les ondes bleues revenaient à moi, ce qui ne leur prenait même pas une fraction de seconde, elles ramenaient les informations captées durant leur périple. Des images des plus précises, certes, car je pouvais discerner la forme, la position, les textures, les imperfections et les dimensions de chaque objet dans leurs moindres détails.

Puis, une silhouette s'est élevée au cœur de ma chambre. Sa forme me rappelait celle d'un chien dressé sur ses quatre pattes et qui me fixait avec insistance. J'aurais dû me méfier de cette créature, mais ce n'était pas le cas. D'un autre côté, elle semblait sur ses gardes et scruter le moindre de mes gestes. Me craignait-elle?

Je me levai de mon lit et m'approchai du chien ; ou plutôt, de ce qui ressemblait à un chien, car il n'y avait aucun moyen de savoir si les images perçues reflétaient vraiment un chien ou si je m'étais trompée dans mes déductions. Après seulement un pas dans sa direction, il prit aussitôt la poudre d'escampette. Je voulus le suivre en grimpant les escaliers, mais dès que je quittai ma chambre, tout redevint noir…

***

Aujourd'hui, c'était ma première journée d'école et mon réveil fut particulièrement long. Une panoplie de questions hantait mon esprit et je dus prendre plusieurs minutes pour assimiler le fait qu'une fois éveillée, ma vision redevenait comme avant. Les ténèbres. Uniquement les ténèbres. Voilà tout ce que je distinguais.

Un étrange désir me frappa alors. Je savais faire la différence entre l'illusion et la réalité, mais même si ma raison accusait la folie de vouloir atteindre l'inaccessible, mon cœur me disait que dans ce cas-ci, il y avait quelque chose de particulier. Ou plutôt, espérait-il que ce soit différent.

Je voulais revivre cet instant où l'espace n'était plus un concept qui n'existait qu'à travers les souvenirs et les suppositions. En fait, je voulais que ce rêve ne se termine jamais.

—Leeze ! Viens manger ! cria David du haut de l'escalier menant au rez-de-chaussée.

À contrecœur, j'abandonnai mes réflexions pour me hisser hors de mon lit. Mouvements lents et pénibles, tant par l'engourdissement de mes muscles que par le fait de vouloir rester dans le confort de mes draps. Je titubai ensuite vers mon bureau pour empoigner mes vêtements qui y étaient pliés.

Tout avait été préparé la veille afin de me faciliter la tâche au matin. La mesure des distances qui me séparaient des meubles se confondait parfois, autant parce que je n'étais pas encore accoutumée à mon nouvel habitat, que parce que mon cerveau prenait du temps à se réveiller. Cela ne m'empêchait toutefois pas d'accomplir ma routine matinale.

Je me préparai tout en m'examinant des mains, au cas où quelque chose clocherait avec mon accoutrement et ma chevelure. Les détails les plus importants : mes lentilles de contact brunes munies de fausses pupilles pour cacher la couleur douteuse de mes yeux et un large bracelet pour camoufler ma cicatrice au poignet, la seconde étant dissimulée sous mon indicateur d'hypertension.

—Allez. Tu vas y arriver, me dis-je après avoir pris une longue inspiration.

Je chassai mes doutes dans les confins de mon être et affichai mon sourire le plus convaincant. La peur se pointait ? Sourire. La tristesse ? La colère ? Un autre sourire.

Le sourire était le meilleur bouclier derrière lequel je pouvais me cacher, la meilleure arme que je pouvais me servir pour faire croire à mon entourage que je m'en sortirais sans pépin. Me sachant ainsi protégée, j'eus un regain de courage. J'avais l'impression de pouvoir affronter n'importe quel obstacle. La tête haute, je pris donc la route de la cuisine.

—Papa est déjà parti ? demandai-je, lorsque je fus enfin rendue à destination.

J'entendis mon frère ouvrir et fermer la porte du frigo, puis un tiroir, avant de manipuler divers objets. Ses gestes étaient rapides et je les sentais quelque peu nerveux.

—À mon réveil, il était déjà parti, répondit-il tout en s'affairant à confectionner le repas.

Quand les rôties sautèrent du grille-pain, il les empoigna à toute vitesse pour les tartiner d'un mélange que je ne pouvais pas encore identifier. Il effectua plusieurs va-et-vient, puis plus rien. Plus aucun bruit de pas, ni rien d'autre, d'ailleurs.

—J'espère que tu ne le crois pas capable de changer à ce point.

Il avait sans doute remarqué la déception s'afficher sur mon visage pour me confronter ainsi. Je sondai l'emplacement de la chaise avant de la tirer vers moi et de m'y asseoir.

—Non. T'inquiète. Je sais comment il est.

Mensonge. Au fond de moi, j'avais espéré qu'il soit encore là. Surtout à l'occasion de mon premier jour d'école.

Après avoir servi le repas, David s'installa à la table. Comme d'habitude, il prit place à ma droite pour faire face à la télévision du salon, de l'autre côté du couloir. Ç'aurait été un crime, pour lui, de ne pas regarder les nouvelles du matin ! Quant à moi, je pris quelques secondes pour déterminer ce qui m'avait été servi. Je notai l'emplacement de mon assiette et de mes rôties, celui de mon café et de ma salade de fruits, puis enfin, de ma cuillère. Ayant l'habitude de m'assister au quotidien, mon frère savait par expérience qu'il devait toujours disposer mon couvert de la même manière pour me faciliter la tâche.

Mes repères établis, j'attaquai mon repas tandis qu'à la télévision, une chroniqueuse parlait d'un spectacle qui se déroulerait bientôt à Winnipeg. L'événement de l'année à ne pas manquer, selon ses dires.

« C'est la folie au stade. Certains spectateurs font la queue depuis maintenant vingt-quatre heures. Les abris de fortune remplissent le stationnement et la file ne cesse de s'allonger. Plusieurs étudiants qui devraient être en cours ont pris une journée de congé juste pour le spectacle, comme ces jeunes que vous apercevez là-bas. »

Une petite pause suivit, durant laquelle les sons et les voix s'élevaient dans un désordre typique d'une grande ville. Comme je ne voyais rien, mon aîné crut bon de me dépeindre les images qui défilaient à l'écran.

—Le *caméraman* filme le stationnement et elle a raison. Il y a foule, là-bas. Des vigiles ont été amenés sur place pour surveiller les spectateurs. Il y a beaucoup d'admirateurs, surtout des adolescentes qui portent un gilet à l'effigie de l'illusionniste. Aussi, elles portent toutes sortes de *goodies* de style gothique pour se mettre dans l'ambiance du spectacle.

« Les billets pour le spectacle d'Aïza auraient tous été vendus en moins de deux minutes. Avec un tel succès, la ville envisage de négocier avec son agent pour évaluer la possibilité de présenter un deuxième spectacle. »

La nouvelle se conclut par des extraits des anciens numéros de l'illusionniste. Voilà des tours tous aussi impressionnants les uns que les autres et qui, paraît-il, lui avaient valu une notoriété à l'échelle internationale.

—Argh. C'est clair que ce n'est pas un Normal, mais je n'arrive toujours pas à savoir comment il fait, grogna David, irrité par l'énigme qui se déroulait sous ses yeux.

—Regarde comme il faut. Ce n'est pas comme si tes yeux ne fonctionnaient pas.

Quoique mesquine, ma remarque tomba dans l'oreille d'un sourd. David était trop concentré à résoudre le mystère entourant ledit Aïza pour se rendre compte que je le taquinais.

—Il n'y a pas de miroirs, continua-t-il dans son analyse. Donc, ce n'est pas la téléportation… Peut-être la vitesse… En même temps, ça ne peut pas être la vitesse, parce que ce serait trop risqué d'utiliser ce pouvoir devant autant de caméras.

—Peut-être que tu te trompes. Qui sait si ce n'est pas un Normal qui possède juste le talent de duper les gens ?

—Impossible. Son âme porte clairement la signature des Surhumains.

Il arrivait à voir ça, même à travers l'écran ? Ses dons passifs me surprenaient toujours autant.

—O.K., supposons qu'il est l'un des nôtres... ça ne veut pas dire qu'il utilise ses pouvoirs actifs durant ses numéros.

David me poussa pour me forcer à me taire tout en lâchant un *chut* désintéressé. Du coup, ma figure faillit s'écraser contre ma rôtie au beurre de cacahuète.

—Hé ! Attention !

J'avais raison. Il se foutait carrément de tout ce que je pouvais dire, car il se contenta de souffler :

—Mais, en même temps, c'est impossible. Il faudrait être vachement idiot pour s'afficher devant un tel public.

—Moi, je trouve que c'est intelligent. Le meilleur moyen d'enlever les soupçons est de faire en sorte que tous les regards soient braqués sur lui... comme s'il n'avait rien à cacher.

Le silence s'installa, ce que je pris pour du scepticisme de la part de mon frère. Comme je venais de capter son attention, je crus bon d'ajouter entre deux bouchées :

—Penses-y. Personne n'oserait se douter de la supercherie, parce que tout le monde s'attend à ce qu'il y ait un truc derrière ses numéros. Et même si quelqu'un était témoin d'un fait inhabituel filmé par une caméra, on finirait par trouver une explication plausible étant donné qu'à la base, on sait tous que le but d'un illusionniste est de faire croire à la véritable magie.

David croqua lui aussi dans son petit déjeuner avant d'argumenter :

—Mais son stratagème est quand même risqué dans la mesure où les autres sorciers savent que c'est une imposture. Imagine qu'un crétin veuille saboter son numéro et que les Normaux découvrent la vérité sur nous... Sur le fait que les forces occultes existent... Les croisades et la première chasse aux sorcières ne nous ont pas réussi, ni la vague de lobotomies entreprises pour *guérir* les patients souffrants de maladies mentales. Et que dire des pensionnats amérindiens qui nous obligeaient à nous *civiliser*, et de toutes les maudites guerres ou formes d'intimidation, du simple fait que les Normaux n'acceptent pas la différence, aussi infime soit-elle. C'est un fait connu et reconnu : l'humain veut tout contrôler et si on leur prouve que les Normaux n'ont pas autant de pouvoirs qu'ils le croient, ce serait l'hystérie collective.

—Wow ! Tout un monologue, répliquai-je avec une lueur de taquinerie sur les lèvres. Est-ce que tu veux prendre un moment pour respirer un peu, ou tu as encore quelque chose de pertinent à dire ?

—Ah, ah. Et toi ? Tu as d'autres niaiseries comme celle-là à me balancer ?

—Pas besoin. Ma réplique est tellement géniale qu'elle suffit à elle seule.

—Fi !

De l'agacement et de l'amusement passèrent dans mon radar.

—Mais j'avoue que ce ne serait pas de tout repos si les Normaux découvraient la vérité, repris-je d'un ton sérieux.

—Ouais. Et puis, tu sais ce qu'il arrivera si ce crétin de faux illusionniste continue d'abuser…

Cette réplique me piqua le cœur. Oui, je le savais. En fait, tous ceux qui possédaient des pouvoirs surnaturels le savaient. Comme un rappel à l'ordre, la malédiction du sorcier était imprégnée dans notre chair et dans notre tête. Elle nous faisait savoir que personne ne pouvait échapper aux lois de la nature. Personne.

David se leva pour porter la vaisselle dans l'évier. La porte du frigo s'ouvrit et après diverses manipulations, le bruit d'une fermeture éclair retentit dans mes oreilles. Ma boîte à repas était prête.

—Bon. Tu as fini ?

—Puisqu'il le faut, répondis-je en me levant à mon tour, peu convaincue

—Ton inhalateur ? Et tes calmants ?

—Avec mon sac-médecine, dis-je après avoir terminé ma boisson à la hâte.

—Et où l'as-tu mis ?

—Ici, fis-je en tapotant ma poche de pantalon.

Il comprit l'allusion. Après avoir rangé la cuisine au minimum, nous ramassâmes nos effets personnels, vestes et sacs à dos, puis quittâmes la demeure. Une pointe d'appréhension pointa le bout de son nez. La journée s'annonçait particulièrement éreintante, mais je devais rester forte. Pour moi, pour David, et pour mon père…

Le Guide du Sorcier, Article 2

Il y a six niveaux de pureté magique. Le premier niveau, le plus rare, regroupe les sorciers les plus puissants de la planète. Le sixième niveau, quant à lui, est le plus courant et concerne le plus souvent des Sans-Pouvoirs ou des sorciers qui s'ignorent.

Chapitre 5

L'allée principale du lycée était bondée d'étudiants qui papotaient et traînaient ensemble. Les sons et les voix se bousculaient dans ma tête et malgré le vaste espace de la cour, je me sentais étouffer, comme si j'étais prise dans une cage invisible. Je devais à la fois me concentrer sur la mémorisation des distances et surveiller mes moindres gestes pour éviter de frapper les jambes des autres avec ma canne. Les adolescents me contournaient d'un sens, puis de l'autre ; j'avais parfois l'impression qu'ils allaient m'écraser tellement ils circulaient rapidement.

La raison qui me poussait à vouloir étudier dans un établissement public me paraissait effrayante, tout à coup. Durant un court instant, je me suis mise à douter. J'ai pensé que c'était peut-être une erreur de me mêler avec les Normaux.

« Relaxe, me dis-je. Souviens-toi de ce que papa t'a appris. » C'était dans ce genre de situation que je louais le ciel d'avoir un père paranoïaque. Quelques mois plus tôt seulement, je me serais affolée de me retrouver seule contre tous. Je me serais terrée dans un coin en attendant les secours, mais depuis, j'avais appris à sortir de chez moi, de plus en plus loin, et à affronter de multiples situations pour me préparer au moment où je devrais réintégrer la société.

Je devins plus courageuse grâce à ces entraînements et plus expérimentée qu'avant, mais pas assez, toutefois, pour empêcher les sursauts et supprimer le sentiment de fragilité qui m'habitait. Aussi, c'était la première fois, aujourd'hui, que j'affrontais le monde seule, sans la présence de mes proches. Les sentiments d'abandon et de détresse n'en furent que plus grands, mais j'avais assez de courage pour résister à l'envie de prendre la fuite, et assez de maîtrise pour ne pas fondre en larmes, même si la tentation était grande.

Je ralentis le pas pour sonder les lieux avec mes oreilles, en communion avec mon nez et ma langue. À ma gauche : des filles qui avaient sûrement repéré un beau spécimen masculin (vu leurs effluves mielleux), des roulettes (sûrement un skateboard), qui circulaient à ma droite, un garçon qui taquinait un autre devant moi, des voitures… Pour certains, le sucré éclatant dénonçait leur joie de se retrouver après le week-end. Pour d'autres, l'engourdissement trahissait le réveil difficile et l'amer, le dédain de devoir perdre une autre journée à se creuser les méninges.

Puis, un mouvement tout près alerta mes sens, ce qui me força à retourner au premier plan. «Merde. C'était moins une!» Il y avait trop de distractions en même temps. Difficile de distinguer l'aura d'un individu avec précision dans de telles circonstances. Ou peut-être en avais-je la force, mais cela aurait été au détriment de tout le reste.

Je me sentais étourdie. Ce lieu était un océan comparativement aux petits restaurants, magasins ou épiceries dans lesquels on m'avait emmenée.

—Est-ce trop tôt?

—Autant me mouiller jusqu'au cou tandis que j'ai les pieds dedans.

—Comme tu veux.

Heureusement, David restait près de moi et me guidait au besoin, même si à la saveur acidulée de son aura qui se mélangeait à une saveur un brin épicée et un brin amère, je le sentais mal à l'aise d'être ici. Aussi, il marchait avec lourdeur, constamment sur le qui-vive.

—On va bientôt monter trois marches, m'informa-t-il en gardant sûrement son visage impassible de mec *cool*, comme à son habitude.

Et hop! Ma canne buta une dalle de béton. Je l'enjambai avec précaution, puis la deuxième et la troisième.

—La porte est juste devant toi.

Il évitait de me toucher. De toute façon, je ne l'aurais pas toléré. Pas devant autant de gens et pas dans un lieu où je voulais apprendre à me déplacer de manière plus ou moins autonome. Je m'étais juré que personne ne devinerait ma peur, encore moins mes faiblesses. Tant que mon entourage entretenait l'illusion que j'étais forte malgré ma maladie, on me laisserait tranquille.

Je tendis le bras, en quête de la barre, et je m'apprêtai à ouvrir l'accès lorsqu'un élève me devança et se faufila devant moi. J'eus un mouvement de recul, mais David parvint à retenir la porte qui se refermait déjà derrière l'inconnu. Il me laissa ensuite passer devant lui, comme toujours, puis nous pénétrâmes dans le bâtiment.

C'est alors que je fus frappée par des odeurs qui ne manquèrent pas de me rappeler certains souvenirs d'enfance. Celle de la craie, des livres, des papiers sortant tout juste de la photocopieuse, de la cire qui recouvrait le plancher, de la poussière et de la boiserie… tout s'entremêlait dans une harmonie qui définissait l'identité même de l'établissement.

Me voilà donc à l'intérieur d'un lycée dans toute sa grandeur; chose qui m'effrayait à bien des égards. Un éternuement émis par mon frère me saisit.

—Comment est-ce ? le questionnai-je pour mettre des semblants d'images sur ce que je percevais.

Il prit un certain temps avant de me répondre. Bien que je ne pouvais le voir de mes propres yeux, je sentais que c'était parce qu'il voyait des choses autour de lui. Je serrai mes doigts contre ma canne afin d'y canaliser mes craintes.

—Vieux, se contenta de me dévoiler mon frère. Ce doit être un ancien couvent ou quelque chose du genre, vu l'architecture et la croix immense que je vois devant nous.

«Comme si tu ne voyais rien d'autre», pensai-je amèrement. Son intervention n'était pas très pertinente. Je m'abstins néanmoins de lui réclamer davantage d'informations, sachant que ce serait en vain.

—Bon. Maintenant, tourne à gauche.

J'obéis et nous nous arrêtâmes de l'autre côté de ce qui semblait être une demi-porte. Là-bas, une femme parlait au téléphone tout en tapant sur le clavier de son ordinateur. Comment le savais-je ? Les *tac tac tac*, *clic clic clic* ne pouvaient être rien d'autre que des bruits émis par un clavier et une souris.

Nous attendîmes qu'elle mette un terme à la conversation et David fit quelques pas en avant. Pour ma part, je n'en fis un seul. Rien qu'un.

—Que puis-je pour vous ? nous demanda-t-elle après avoir raccroché le combiné.

—On a demandé à ma sœur de se présenter au secrétariat, l'informa mon aîné.

—Votre nom ? s'enquit la dame en s'adressant sans doute à moi.

Avant même que j'articule le moindre mot, mon frère prit les devants.

—Leeze Gordan. Li-se avec deux *e* et un *z*.

—Gordan… Ah oui ! On m'a parlé de vous.

S'ensuivirent quelques bruits de papiers qui défilèrent sous les doigts de notre interlocutrice, puis celui d'un classeur qui s'ouvrit et se referma rapidement. Les *trl trl* que je percevais à ce moment-là étaient manifestement émis par une chaise à roulettes qui se déplaçait.

Entretemps, je m'approchai de David d'un autre pas timide. On vint ensuite déposer une pile sur le comptoir, devant nous.

—Ce sont votre horaire, votre liste de fournitures et quelques indications pour vous aider à vous orienter dans ce labyrinthe... Bien entendu, le premier jour servira à vous familiariser avec les lieux, mademoiselle Gordan. Et même si vous serez accompagnée dans la plupart de vos déplacements, je crois que ce plan vous sera utile.

Cela dit, la femme se leva enfin de son perchoir, puis amena une série de livres qu'elle déposa juste à côté de la pile de documents. Pendant qu'elle s'exécutait, ses talons claquaient le sol avec fougue. Son impétuosité était d'autant renforcée par le ton de sa voix ferme et quelque peu excitée.

—Vos livres de cours... Ah oui ! J'oubliais. Voici votre numéro de casier.

J'ouvris mon sac à dos, puis David m'aida à y insérer le lot de paperasses. Peu nombreux, les livres fournis étaient différents de ceux des gens ordinaires. Les écritures ressemblaient à une suite de points organisés de manière stratégique nommée : *Braille.*

—Et pour le tuteur ? interrogea mon frère en attendant que j'aie fini de glisser la fermeture éclair de mon sac en un long *zip*.

—Mme Lenox devrait arriver sous peu. Vous pouvez l'attendre ici ou si vous préférez, vous pouvez l'attendre devant son bureau.

La dame pointa sûrement la direction à suivre à ce moment-là, mais je n'aurais su dire laquelle. C'est alors que le téléphone sonna.

—Excusez-moi, dit-elle avant de retourner à son travail.

David me guida ensuite à une chaise, ayant choisi de rester sur place plutôt que de nous rendre au bureau de ma future tutrice. Puis nous nous installâmes en observant le silence.

Les secondes s'écoulèrent, puis les minutes. *Tic-tac, tic-tac...* Je ne savais pas où se situait l'horloge, mais plus la trotteuse tournait autour de son axe de rotation, plus elle m'irritait.

***

Sept ans et demi plus tôt – Premier voyage

Mes parents envoyaient souvent David nous chercher après les cours, ma sœur cadette et moi. Si j'avais toujours été le genre sportive et garçon manqué, Hateya était tout le contraire. Ses longs cheveux noirs tressés méticuleusement par notre mère, sa peau mate et son sourire coquet alors qu'elle faisait danser ses robes au gré de ses gambades lui donnaient l'allure d'une princesse tout droit sortie d'une autre époque. La mignonne-petite-princesse de la famille.

Comme d'habitude, notre aîné s'amusait à nos dépens. « Il faut bien que je joue mon rôle de grand-frère ! », disait-il toujours. Ce jour-là, c'était au tour de ma sœur de subir ses taquineries. Il lui déroba la lettre de confidences reçue d'un camarade de classe, ce qui effaça le sourire rayonnant de son visage aussi radicalement qu'un éclair.

—Dave ! C'est à moi ! Dave !

Rouge de honte, Hateya tentait désespérément de reprendre son bien, mais plus elle s'affolait, plus David la narguait.

—Oh que c'est mignon ! Il y a même des bisous à la fin ! Regarde, Leeze !

C'était David dans toute sa splendeur ; un ado tout ce qu'il avait de plus détestable. Je jetai un rapide coup d'œil à la lettre, en évitant toutefois de prendre part à ces sottises.

Hateya tenta un dernier saut, s'agrippa au long bras de David et réussit cette fois à empoigner le papier chiffonné. Comme l'autre refusait de le lui céder, ils finirent par le déchirer en deux.

—Je vais le dire à maman !

—Bien joué ! Tu l'as encore fait pleurer, lançai-je en roulant les yeux vers le ciel.

—Hé ! C'est juste une lettre. Pas besoin d'en faire une montagne, tenta David pour se faire pardonner. Tu pourras toujours lui donner ta réponse demain.

—Tu es méchant ! sanglota Hateya. Je ne veux plus te voir ! Tu devrais te faire adopter !

Ma sœur avait toujours été pleurnicharde. Même bébé, elle nous piquait de ces crises ! Comme elle possédait le don de voir les esprits, elle en avait vu des choses effrayantes. Ses émotions à fleur de peau avaient tendance à m'agacer, même si d'un côté, je les comprenais. À sa place, j'aurais sans doute réagi de la même manière.

Finalement, David lui rendit la seconde moitié du papier. Je dirais que c'était plus par peur de se faire gronder que par réels soucis au sujet de la cadette, car il n'y avait aucun doute que l'incident tomberait dans les oreilles de notre mère. Pour ma part, je repris ma route en soupirant :

—Si vous avez fini, on pourrait y aller. J'ai faim, moi !

Tout à coup, un oisillon tomba de son nid, tout juste sous mon nez. Il m'avait donné une de ces frousses ! Pauvre bête. Je m'accroupis pour l'examiner, mais lorsque mon frère se rendit compte de ce que je m'apprêtais à faire, il attrapa mon doigt en plein vol.

—Ne le touche pas.

—Est-ce qu'il est mort ? demanda Hateya d'une voix encore entrecoupée par les sanglots.

—Mmh, fit David d'un geste de tête. Tu vois le point lumineux au-dessus de lui ?

—Oui.

—C'est son esprit.

—C'est donc à ça que ressemble l'esprit d'un animal ?

—Mmh.

—Où ? demandai-je, du fait que j'étais la seule des trois à ne pas pouvoir voir ce genre de phénomène.

Après s'être assuré qu'il n'y avait aucun témoin, David se pencha, genou contre terre. Commença alors une salutation cérémonieuse pour honorer l'âme qui s'apprêtait à faire le plus grand voyage de sa vie. D'un noble mouvement, il leva sa main gauche à l'horizontale, au niveau de sa poitrine, puis pointa sa tempe de sa main droite, avant de dessiner un arc invisible devant lui. Celui-ci se termina sur la main gauche, scellant ainsi le lien qui les unissait. Ceci fait, il les dirigea toutes les deux vers le corps inerte de l'animal.

—Que mes pensées et mon cœur t'accompagnent jusqu'au Grand-Esprit, déclara-t-il simultanément.

Mon estomac se retourna. Bien que ma mère ne m'avait pas encore appris toutes les prières et cérémonies secrètes de la communauté Namisak, elle m'avait cependant indiqué qu'il ne fallait pas voir la mort comme quelque chose de triste. Il fallait la célébrer et l'honorer.

Je me souvins m'être dit que c'était injuste de penser ainsi. J'aurais aimé que la vie de cet oiseau ne s'achève pas de cette manière. Il avait tant de choses à voir et à découvrir. Ce fut sur ces pensées que tout commença…

D'abord, tout devint silencieux et immobile. Les nuages, la brise, le son… tout. Il me fallut toutefois quelques instants pour comprendre que quelque chose clochait.

—Dave ? Hateya ?

Je passai la main devant le visage de mon frère, mais il resta de glace. À la fois confuse et étonnée, je sondai les alentours avant de réaliser que le monde entier semblait s'être arrêté.

Puis un homme portant un long imperméable noir et un chapeau conique tout aussi charbonneux s'accroupit devant moi. Au-dessus de son épaule flottait une lanterne lumineuse, tandis que sa main tenait un livre aux multiples engrenages.

Nos regards se croisèrent et nous restâmes un moment accrochés l'un à l'autre. Sa peau d'une pâleur extrême contrastait avec ses yeux pénétrants et ses lèvres parfaitement bien sculptées. Tout évoquait les ténèbres, en lui, mais en apparence, il n'avait rien de laid et de méchant. C'était un bel homme comme on en voyait rarement. Il hocha subtilement la tête et fronça légèrement les sourcils lorsqu'il me demanda :

—Tu peux me voir ?

Muette de stupéfaction, je fis signe que oui. Sa question sonnait plus comme une constatation. Difficile à déterminer, car son aura et son visage étaient indéchiffrables. Je me demandais si c'était un fantôme ou, à la limite, un spectre, mais quelque part en moi, je savais qu'il était différent.

D'un mouvement consciencieux, il regarda sa montre de poche, puis revint à mes yeux écarquillés.

—N'aie pas peur, souffla-t-il comme s'il avait deviné mes craintes.

Sur ce, il leva la main. Je me crispai aussitôt, sans qu'il me soit possible de faire quoi que ce soit d'autre. C'est alors qu'il apposa son index au milieu de ma poitrine.

Boom-boom.

Boom-Boom.

Boom-B…

Soudain, mes pulsations cardiaques s'arrêtèrent d'un coup. Pendant une fraction de seconde, je perdis le contact avec la réalité. À mon réveil, je constatai que je ne me trouvais plus devant l'oisillon décédé. J'étais revenue derrière mon frère et ma sœur qui se chamaillaient au sujet de la lettre.

—Dave ! C'est à moi ! Dave ! cria Hateya.

—Oh que c'est mignon ! Il y a même des bisous à la fin ! Regarde, Leeze !

Il me montra la lettre de la même façon que précédemment. Mais plutôt que de jouer le jeu, je scrutai les environs du regard, l'air hagard. Que s'était-il passé ? Comment avais-je atterri ici ? Je me souvenais avoir été là-bas, sous l'arbre, à peine quelques secondes plus tôt.

Un *scratch* retentit. Je tournai mon attention vers mon frère et ma sœur, cherchant des réponses là où je le pouvais.

—Hé ! Je vais le dire à maman ! pleurait Hateya en tenant son bout du papier.

Puis je vis l'oiseau chuter de son nid. Encore. J'accourus immédiatement, mais je ne fus pas assez rapide. Son corps s'écrasa au sol et il mourut une deuxième fois sous mon regard choqué.

Ce n'était pas tant la tristesse de la scène qui me fit tomber à genoux, même s'il y avait aussi une part de cela dans le torrent déchaîné de mes émotions. L'impuissance et l'incompréhension eurent raison de moi. Tout était devenu flou dans ma tête. Par précautions, David s'interposa.

—Ne le touche pas.

—Est-ce qu'il est mort ? s'enquit de nouveau Hateya.

Mêmes tons de voix, mêmes expressions faciales et mêmes gestes de leur part. La question *Comment ?* s'imposa une nouvelle fois dans mon esprit.

J'avais alors dix ans et comme il s'agissait de mon premier voyage, j'ignorais encore la nature de mon pouvoir actif. Mais plus encore, j'ignorais les termes du contrat qui me liait à cet homme mystérieux qui avait disparu sans laisser de traces…

***

Aujourd'hui

Tic-tac, tic-tac… La trotteuse continuait sa course et comptait les secondes une par une, creusant à chacun de ses coups plus profondément dans ma bonne humeur. Pour me changer les idées, je me suis imaginée dans un endroit paisible, loin de l'agitation humaine. Loin du temps.

Je m'imaginais voir des fleurs à perte de vue et marcher dans une prairie teintée de multiples couleurs. Des couleurs floues dues à ma cécité, certes, mais me retrouver là-bas me rassurait tout de même, dans la mesure où j'étais seule dans ce rêve éveillé.

Je m'imaginais voir l'herbe danser et mes cheveux participer jalousement aux longues et délicates ondulations de la brise. La fraîcheur de la campagne, les gazouillements et les trilles des oiseaux accompagnaient la symphonie de la nature. Une grande inspiration, puis j'étendis les bras de chaque côté pour savourer la vie paisible de mes fantaisies. Tout était parfait, sauf une chose : *tic-tac, tic-tac*… À ce son, mes sourcils se froncèrent.

S'il y a une force dans l'univers que j'ai appris à craindre, c'est bien le temps.

Il ne peut être touché, ni vu, ni entendu. Invisible, mais réel, car nous subissons à chaque instant l'influence de sa course sans fin. Il est pour ainsi dire le père du karma impitoyable, si imposant qu'il règne en maître sur le cycle de la vie et de la mort.

Jamais nous ne le verrons s'arrêter ou se retourner, car rien ne peut atteindre son cœur de glace. Le seul moyen de le déjouer est donc de passer par l'un de ses subordonnés.

Mon poing se serra sur ma cuisse. Je ne saurais dire si c'était parce qu'il avait senti mes tourments, mais David me prit discrètement la main, comme pour me rassurer. J'esquissai un sourire, touchée par cette soudaine marque d'affection, mais choisis néanmoins de m'y soustraire. Une autre façon de lui dire de ne pas s'en faire, que j'allais bien.

—Désolé. J'ai oublié que tu détestes qu'on te touche en public

—Merci, Dave.

—Pourquoi ? rétorqua-t-il, visiblement surpris de ma réplique.

—D'être là pour moi. Je… je sais que ce n'est pas facile pour toi.

L'émotion qui émanait de lui à ce moment-là confirma mon impression, car une essence salée pénétra dans mon nez pour ensuite envahir ma bouche. « La tristesse ou le regret », décryptai-je d'instinct.

Je savais qu'il trouvait cette situation difficile à gérer, car il devait non seulement jouer les rôles de guide et de grand frère, mais souvent, aussi, celui de tuteur et de protecteur. Il y avait très peu de place dans sa vie pour jouer son propre rôle. Et lorsqu'il avait la chance de le faire, il s'évertuait à paraître le plus normal possible et terrait sa nature de sorcier au fond de lui.

Je me sentais désolée pour lui et surtout, misérable de lui faire subir toutes ces épreuves. Mais cela faisait maintenant partie de notre vie et nous devions l'accepter. Enfin, telles étaient les paroles qu'il disait toujours. Comme si cela suffisait à me faire sentir moins fautive…

Chapitre 6

Nous attendîmes quelques minutes supplémentaires dans le secrétariat, côte à côte. Quelqu'un ouvrit alors la demi-porte et des bruits de pas traversèrent la pièce.

—Salut, Joanne, dit l'inconnue à l'intention de la secrétaire.

—Melissa ! Que me vaut l'honneur de ta visite ?

—J'aimerais savoir si tu as reçu les appels de ma tante, chercha à savoir la nouvelle venue.

—Quels appels ?

—Elle a essayé de t'appeler plusieurs fois, mais personne n'a répondu. Enfin bref, elle voulait juste te dire qu'elle ne pourra pas se présenter au travail, aujourd'hui.

J'entendis la secrétaire arrêter de faire ses *clic clic clic* habituels pour ensuite tapoter sur quelques touches, probablement celles du téléphone. Cela m'importait peu, car à côté de moi, je sentis brusquement mon frère s'énerver.

Voilà que je ressentais les mêmes goûts que lorsque nous nous trouvions à l'entrée de la bâtisse : épicé, amer et un soupçon d'acidulé que j'associai rapidement aux émotions reliées à la colère, la méfiance et la peur. Mais derrière cette première vague d'effluves, je sentis quelque chose de plus apaisant. Une odeur propre à chaque individu lorsqu'on ressent une attirance physique ou lorsqu'on éprouve de la tendresse envers quelqu'un.

L'umami peut prendre de multiples saveurs ; tout dépend de la personne qui le vit et de la nature de la relation, mais dans tous les cas, c'est une sensation douce qui provoque la salivation, stimule la gorge, le palais et le dos de la langue. Celle de David, je ne l'avais sentie qu'une seule fois. Aussi, cela me surprit de la retrouver aujourd'hui et ici même.

Soudain, la voix de la secrétaire surgit de nouveau, ce qui me sortit de mes pensées.

—Zut, de zut, de zut ! Ça me met dans le pétrin, grogna-t-elle, de plus en plus affolée.

—J'espère que sa cliente n'est pas déjà arrivée.

Durant la brève pause qui suivit, je sentis des regards me piquer, comme si j'étais soudainement devenue le centre d'attraction.

—Ah. Ça pose problème, souffla la dénommée Joanne.

Sur ce, je distinguai des pas qui s'approchaient de nous avant d'arrêter tout juste à notre hauteur.

—Moi, c'est Mel.

S'ensuivit une autre pause au cours de laquelle un sentiment de peur se dégagea des autres dans l'énergie de mon frère. Aucun mouvement de sa part. Il se murait dans sa méfiance. C'est alors que quelqu'un prit ma main sans mon autorisation. Ce toucher imprévisible me fit sursauter, certes, mais ce ne fut pas le manque de tact de l'inconnue qui me surprit le plus.

Des picotements envahirent d'abord ma main, puis un sentiment inhabituel. D'une part, j'avais l'impression de me trouver en face d'une vieille amie, d'être en présence d'une personne profondément chère à mes yeux et d'une autre, je sentais un nœud se créer dans mon estomac. Je n'aurais pu dire si ce nœud était une bonne chose ou non, et si mes doutes au sujet de cette fille ne venaient pas plutôt de mes peurs irrationnelles. Mais le fait le plus troublant était de découvrir que, derrière son parfum artificiel de fraise, je ne sentais aucun effluve émanant de cette fille, comme si elle ne possédait pas d'aura. Elle ne pouvait tout de même pas être morte. Non?

Je chassai cette idée saugrenue de ma tête avant d'en venir à m'effrayer moi-même. De toute façon, je portais mon sac-médecine sur moi et j'osais espérer que même s'il ne pouvait pas faire de miracles, il me protègerait au moins des personnes malintentionnées.

—Et toi? me demanda-t-elle après un bref moment d'attente. Ton nom c'est…

—Leeze.

—Eh bien, Leeze, je te souhaite la bienvenue dans notre lycée. Tu vas voir, ce n'est pas si mal.

Un autre grognement s'éleva dans les airs, ce qui interrompit notre discussion.

—Je suis désolée, s'affola Joanne, mais je vais devoir vous renvoyer chez vous.

Alors que je sentais un courant d'air à côté de moi indiquant que mon aîné se levait déjà de sa chaise, la dénommée Melissa suggéra nonchalamment:

—Mais je peux très bien lui faire visiter l'école, moi.

Si sa proposition me surprit, la secrétaire, elle, interpréta cette initiative comme un affront.

—Tu as des cours, je te signale, rouspéta-t-elle. Je ne vais pas t'obliger à manquer une autre journée d'école.

—Allez, Jojo. Je n'ai rien d'important, aujourd'hui.

—J'ai dit non. Et combien de fois t'ai-je dit de ne plus m'appeler Jojo ?

Chacun de ces derniers mots avait été prononcé distinctement, pour bien démontrer l'opposition de Johanne. Tandis que je croyais la discussion close et que je me levai moi aussi de mon siège, Melissa nous quitta et s'avança vers le fond de la pièce, là où se trouvait le bureau de la secrétaire.

Un silence s'installa. Amer et tranchant, il se mêla au malaise que David et moi ressentions. Qu'est-ce que cette jeune effrontée essayait de faire, au juste ? Je n'en avais aucune idée, jusqu'à ce qu'elle articule :

—C'est pour une bonne cause, et puis ce n'est pas un crime de manquer une journée.

Elle n'avait pas besoin d'en dire davantage pour que la dame se laisse convaincre.

—Très bien, alors. Je te fais un mot d'excuse, lança-t-elle bêtement.

Encore la saveur acidulée. Pour une raison que j'ignorais, David se méfiait de Melissa… à moins que ce ne fût pas d'elle, qu'il se méfiait, mais de son attirance envers elle, car je sentais toujours cette odeur particulière d'umami.

—Écoutez, dit-il. Ce n'est pas grave. Nous allons revenir demain.

—Non, non. J'insiste, insista l'étudiante en revenant vers nous.

—Loin de moi l'idée de t'insulter, mais je préfère que ma sœur soit guidée par un professionnel.

—Que peut-il lui arriver de grave ? Et de toute façon, tu ne pourras pas trouver d'élèves mieux qualifiés que moi pour ce rôle.

Perplexe, je haussai un sourcil. En quoi était-elle plus qualifiée qu'un autre ? Comme si elle avait deviné mon interrogation, Joanne y répondit.

—C'est vrai que la plus qualifiée pour aider les nouveaux ne peut être que la présidente du conseil étudiant.

Ma mâchoire faillit se décrocher tellement je fus surprise. L'acide s'intensifia de plus belle, ce qui provoqua chez moi une soif inimaginable. « C'est quoi le problème de David, au juste ? » me demandai-je. Je lui donnai un coup de coude ; geste qui le surprit au point de lui faire oublier momentanément sa peur.

Sans crier gare, Melissa s'accrocha à mon second bras, ce qui me fit à nouveau sursauter.

—Ne t'inquiète pas, dit-elle pour rassurer mon frère. Je vais prendre soin d'elle. N'est-ce pas, Leeze ?

Si j'étais d'abord embarrassée d'être touchée par une parfaite inconnue, assez curieusement, je ne tardai pas à me faire à l'idée. Ce n'était pourtant pas dans mes habitudes, mais comme je l'avais pressenti lors de notre premier contact, je partageais un lien puissant avec cette fille.

—C'est bon, Dave, dis-je à mon frère pour le rassurer à mon tour.

—Tu es sûre ?

—Ouais.

La cloche sonna, indiquant que le premier cours de la journée allait bientôt commencer. Certes, il fallait tôt ou tard se jeter à l'eau et me laisser affronter le monde toute seule terrorisait sans doute davantage David que moi.

—Tu devrais y aller, ajouta Mel pour se débarrasser de lui.

À contrecœur, il me rendit mon sac, que j'enfilai sur mes épaules après avoir sorti ma gourde d'eau. Or, tout avant de quitter la pièce, il me lança la phrase qui tue, celle que tous les parents diraient à leur rejeton en pareilles circonstances :

—Fais attention à toi et n'oublie pas de prendre tes médocs avant de manger et si tu dois faire des efforts physiques.

—T'inquiète. Ça va bien aller, lui dis-je après une gorgée d'eau bien méritée.

—Je passe te prendre ce soir, devant la porte d'entrée, finit-il par se résigner après avoir ruminé ses doutes.

—Ouais. À ce soir.

Le pas lourd, il quitta les lieux, tandis que je me trouvais là, sans personne à qui me fier, hormis cette fille délurée qui semblait trouver son rôle de tutrice temporaire très amusant.

—Bon sens ! J'ai cru qu'il n'allait jamais partir ! s'exclama-t-elle.

—Je suis désolée. C'est juste qu'il s'inquiète pour moi, arguai-je.

—Ah oui ? Je ne l'avais presque pas remarqué, répliqua Melissa d'une voix nette et éclatante, tout en rigolant de son propre sarcasme.

Et si on y allait, maintenant? suggéra-t-elle en me tirant vers elle à la manière d'un enfant pressé de s'amuser.

—Euh... ouais... allons-y.

Après quoi, elle me traîna vers le couloir. Juste avant de franchir le seuil du secrétariat, elle s'écria:

—À plus, Jojo!

—Oui... À bientôt, souffla l'autre.

Sur ma langue, les saveurs émanant de la secrétaire me paraissaient confuses. Elles se mélangeaient, comme si la dame ignorait quoi penser ou comment réagir devant la tournure des événements. Du coup, je m'interrogeai sur les raisons d'un tel désaccord entre ses paroles et ses ressentis.

Une chose demeurait certaine... Melissa savait s'imposer.

Chapitre 7

Côte à côte, Melissa et moi cheminâmes sur l'allée principale. Plusieurs étudiants saluèrent mon accompagnatrice au passage et échangèrent avec elle de brèves banalités, mais sans surprise, personne ne daignait me parler. Tous préféraient passer par une figure connue plutôt que de m'adresser directement la parole.

—Hé, Melissa ! C'est qui avec toi ? Elle est nouvelle ?

—Elle s'appelle Leeze. Et, oui, elle vient d'arriver en ville.

—Ah…

Voilà le genre de commentaires que je pouvais entendre. D'autres, lancés à la dérobée, se faisaient entendre au sujet de ma canne hors du commun, sans compter les détails croustillants qu'on échangeait sur ma personne. Est-ce que cela m'embarrassait ? Oui, je dois l'avouer, mais comme toujours, je ravalais mes émotions au fond de mon gosier.

J'avais l'habitude de voir les gens confondre la cécité et la surdité. Comme si être aveugle me rendait automatiquement sourde ! Ou peut-être me prenaient-ils pour une simple idiote ? Au fond, ils n'avaient nul besoin de parler pour que je saisisse leur étonnement. Le changement subit d'essences lorsque nous nous croisions en disait long sur l'idée qu'ils se faisaient de moi. Pour ajouter à mon supplice, il fallait aussi que je me retrouve avec la fille la plus adulée de l'école, celle-là même qui attirait tous les regards. « Si je voulais passer inaperçu, c'est raté », pensai-je à force d'être interrompue dans le plan que je dressais dans sa tête.

Moment très pénible, vous l'aurez deviné. Je commençais à me demander si c'était une bonne idée de me faire guider par LA reine de l'établissement. Cependant, je ne pouvais pas la renvoyer ainsi, sans la moindre explication. Tout ce que je pouvais faire se résumait à sourire bêtement et à me laisser porter par le vent…

De son côté, Mel salua un énième camarade avant de se rappeler que j'existais.

—Je suis désolée. Je dois te déranger dans le calcul de tes pas.

—C'est correct.

Je me suis surprise moi-même par la rudesse de mon ton. « Ne l'oublie pas. Ne laisse pas les énergies des autres gérer les tiennes », me répétai-je pour ne pas sombrer dans la colère. Plus facile à dire qu'à faire, par contre.

—Je ne me fis pas juste sur mes pas, précisai-je pour atténuer mon manque de tact.

—Tu fonctionnes donc avec des repères ?

—Exact.

—Dans ce cas, ça ne devrait pas être difficile de t'aider.

Sur ce, elle s'accrocha de nouveau à moi, comme si j'étais sa *petite poupée*, et gesticula pour appuyer ses explications avec des mimiques. Je grimaçai de désagrément. Ce n'est qu'après un certain temps qu'elle réalisa l'absurdité de son comportement, et qu'elle abandonna l'idée de me faire voir tout ce qu'elle voyait.

—Ici, c'est le couloir de l'administration, indiqua-t-elle. À l'intersection qui se trouve devant nous, il se divise en deux. Les casiers réservés aux étudiants de ton programme se situent à droite, là où se dérouleront la plupart de tes cours. Plus loin, nous arrivons aux laboratoires d'informatique et de chimie ; mais je pense que cela ne te concerne pas vraiment.

—Et où sont les autres casiers ?

—Si on tourne à gauche, on descend une pente et on se retrouve dans l'aire commune. Puis on arrive ensuite à la cafétéria. Mais t'inquiète… Je te montrerai les casiers plus tard.

Soudain, à l'aide son bras dont elle se servit tel un bouclier, elle me stoppa dans ma marche. Prenant conscience des bruits de pas devant moi, je réalisai que sans son intervention, j'aurais pu me perdre dans le flot d'élèves qui circulaient dans les deux sens.

—On doit tourner ici, me signifia-t-elle ensuite.

Nous repartîmes, et elle reprit son discours.

—Certains longent les murs pour s'orienter, mais ma tante suggère d'éviter. Un, il y a trop d'obstacles, et deux, on ne sait jamais si une porte va s'ouvrir ou si quelqu'un va sortir d'une pièce en trombe. Le truc est de toujours rester sur la droite pour suivre le mouvement naturel de la circulation et ne pas aller trop vite si tu veux éviter de foncer sur quelqu'un qui s'arrête brusquement.

C'était logique, effectivement, mais je le savais déjà. Nous avions tendance à nous croire seuls au monde et à oublier qu'autour de nous, il y avait plein d'autres personnes, dont certaines n'étaient peut-être pas aussi alertes que nous devant les innombrables obstacles qui se dressaient sur leur route.

Nous poursuivîmes notre chemin, Mel en me racontant tout ce qui lui passait par la tête et moi, en l'écoutant silencieusement. Plus elle parlait, plus j'éprouvais de la difficulté à assimiler les informations. Non seulement tout allait trop vite, mais j'avais perdu l'habitude d'être en compagnie de personnes aussi bavardes et agitées.

Derrière les jubilations excessives de ma camarade, je cernais des bruits de portes métalliques qui se claquaient, des pas tout autour de moi ainsi que des personnes qui parlaient, criaient et s'esclaffaient à outrance, le tout accentué par les échos et les bruits non identifiés. *Sling, scratch, vlam, slurp…* Le brouhaha, ici, me semblait encore pire qu'à l'extérieur. Il va de soi que je ne me risquais pas à tous les identifier… un plan pour perdre la raison.

—Bon. Ton casier est ici, finit par informer Mel, après avoir franchi une trentaine de nouveaux pas.

Nous nous arrêtâmes donc, puis elle guida ma main pour me permettre de cerner les chiffres écrits sur la porte de mon casier. Je me sentais gênée de me faire ainsi manipuler. J'aurais pu l'envoyer balader ou lui faire gentiment savoir que mon handicap ne se limitait qu'à la vision, mais je me résignai. Un, cela aurait gâché son plaisir (ce dont je n'avais pas le courage) et deux… Ah, et puis zut. Il n'y avait pas d'autre raison que ma lâcheté. Leeze Gordan : la reine des lâches !

Je partis à la découverte de mon casier, à commencer par mon cadenas adapté que je mis un certain temps à maîtriser. Une fois cette étape fastidieuse franchie, je rangeai mes affaires tout en écoutant ma camarade discuter avec tous ceux qui croisaient notre chemin. Lorsque le couloir se vida après la deuxième cloche et qu'il n'y avait plus d'oreilles curieuses pour nous entendre, je sentis un poids en moins sur mes épaules.

Mel et moi étions désormais seules. Plus de brouhaha ni de mouvements incalculables à proximité. Juste moi, Melissa et les néons qui bourdonnaient derrière les voix effacées des professeurs que nous percevions à travers les portes des classes. Puisqu'il n'y avait plus d'oreilles indiscrètes pour nous entendre, Melissa crut bon d'entrer dans le vif du sujet. Elle me demanda donc d'un ton plus bas, sans doute pour prévenir la présence d'un témoin potentiel caché quelque part :

—Est-ce que je peux te poser une question… disons… indiscrète ?

Je lui répondis par un *ouais* sonnant davantage comme : « Je ne sais pas si je le souhaite, mais vas-y quand même ». Elle passa outre mon hésitation et se lança.

—De quelle souche es-tu ?

À cette question, je manquai de faire tomber mes livres. Je ne m'attendais certes pas à ce qu'on me demande une chose pareille, encore moins maintenant. Son comportement sortait de l'ordinaire.

—Je… je ne comprends pas.

—Ne fais pas l'innocente, rétorqua-t-elle, toujours à voix basse. Je sais ce que vous êtes, ton frère et toi.

« Ce que nous sommes… » Je comprenais le sens de sa demande, oui, mais cela tombait comme un cheveu sur la soupe. Le moment était si inopportun que je n'arrivais pas savoir si elle plaisantait ou si elle voulait vraiment dire ce que je pensais. À vrai dire, je n'arrivais tout simplement pas à cerner cette fille. Son aura était inatteignable, peu importe la façon dont mes sens surdéveloppés s'y prenaient pour essayer de la détecter. Et ce simple détail ajoutait à ma confusion.

—Et, qu'est-ce qu'on est, selon toi ?

—Bon sens ! gloussa-t-elle, presque offusquée. Est-ce une coutume chez vous de vous méfier de tout le monde ?

Alors que j'hésitais toujours, je sentis une main se poser sur mon épaule. Une sensation d'apaisement m'irradia aussitôt.

—Ça va aller. Je ne dirai rien, me rassura Melissa.

Ces mots vibraient de toutes parts en moi et résonnaient tels des échos persistants. Le nœud dans mon ventre réapparut, accompagné d'une sensation étrange qui semblait agir comme un signal d'alarme. Néanmoins, la confiance que j'éprouvais à ce moment-là était plus forte. J'en oubliai donc mes craintes et mes interrogations. Je sentais que je pouvais tout lui dire, même si rien ne me garantissait qu'elle garderait le secret.

—Je suis une mêlée, avouai-je sans ma retenue habituelle. Médium et Psychique.

Étrangement, Melissa ne semblait pas surprise par cette confession.

—De quel niveau ? interrogea-t-elle.

—Ma mère était issue d'une souche pure et d'une souche inférieure et mon père est un mêlé. Il vient de deux souches inférieures.

—Oh… je vois. Tu es donc de troisième niveau. Le pire des meilleurs.

Elle réfléchit brièvement, puis revint à la charge.

—Et ton frère ? Est-ce qu'il a développé des dons ?

Mon alarme interne repartit de plus belle, mais encore une fois, je ne pus résister à l'envie de répondre.

—Oui, mais nous n'avons pas hérité des mêmes gènes. Il est juste Médium.

Sur ce, Melissa enleva sa main. Je reçus alors tout le poids de mes révélations sur le dos. Venais-je réellement de dévoiler l'un de mes secrets à cette fille? Plutôt que m'être livrée si facilement, j'aurais dû tourner ma langue dix fois dans ma bouche et l'avaler, si possible. Voilà qui m'aurait évité de commettre cette bourde monumentale et de m'en vouloir à mort.

—Tu n'as pas l'habitude d'en parler, n'est-ce pas? me demanda Mel, qui à mon faciès rembruni, devina mon embarras.

Sa voix s'était enrouée au fur et à mesure qu'elle avait prononcé ces mots. Elle se racla donc la gorge pour l'éclaircir, tandis que je lui répondis d'un ton boudeur:

—Non.

—Nous, c'est notre sujet de conversation favori à la maison. Ma tante et moi sommes des Psychiques de troisième niveau; comme toi, donc, sauf que dans mon cas, je suis aussi Surhumaine. Si tu savais comment je suis contente! C'est rare de rencontrer quelqu'un d'aussi puissant.

Je fus soulagée d'apprendre qu'elle était elle aussi un être spécial. Disons que cela minimisait l'ampleur de ma maladresse. Mais un détail me chicotait...

—C'est donc ça que j'ai ressenti lorsque tu as pris ma main.

—Ouais. En tant que Médium et Psychique, tu reconnais sans doute les autres sorciers, supposa Melissa en fouillant dans ce qui semblait être son sac à main. Et comme nous possédons toutes les deux des gènes supérieurs, tu as dû trouver la connexion intense.

Peut-être avait-elle raison. À part dans ma famille, j'avais jusque-là rarement eu l'opportunité de croiser des sorciers possédant des pouvoirs au-dessus des cinquième et sixième niveaux. J'entendis glisser une fermeture éclair avant qu'elle me lance:

—Bon. Tu as fini? Si ça ne te dérange pas, il faudrait que j'aille porter mes billets d'excuse avant de poursuivre la visite. Si jamais je me fais coller pour mon absence, je vais passer un sale quart d'heure.

—Pas de problème. Je te suis.

—J'en profiterai pour te montrer le bloc sportif. Si je me souviens bien, tu as justement un cours de gym, demain.

Je fermai mon casier, puis suivis mon guide là où elle voulait bien me conduire.

Chapitre 8

En route, Melissa jacassait toujours autant, sauf que cette fois, elle s'intéressait davantage à ma vie personnelle qu'à son rôle de guide. Lorsqu'elle me posa quelques questions au sujet de mes connaissances en sorcellerie, je fus surprise de m'entendre y répondre, et ce, malgré que nous nous trouvions dans un lieu public et qu'elle était pour moi une inconnue. Deux des règles familiales venaient d'être enfreintes en un seul battement de cils. «Je me croyais pourtant plus forte que ça», songeai-je.

Melissa dut se rendre compte de mon malaise, car elle tourna rapidement son intérêt vers David. Elle voulait tout savoir: la nature de ses pouvoirs, le genre d'homme qu'il était, ses goûts particuliers... Puis, après avoir effectué quelques arrêts pour remettre ses premiers billets d'excuse, nous atteignîmes le bloc sportif, là où se trouvaient les gymnases et les salles d'entraînement.

—Attends-moi, m'indiqua-t-elle lorsque nous arrivâmes devant l'une des salles. Je n'en ai pas pour longtemps.

Cela dit, elle me quitta et s'infiltra dans l'espace réservé aux cours de natation. Enfin, c'est ce que je fus à même de déduire lorsqu'elle ouvrit la porte, car aussitôt, je fus frappée par l'odeur accentuée du chlore, par l'humidité et les bruits lointains de plongeons. Ne pouvant rien faire de plus, j'attendis dans le couloir, le temps que mon accompagnatrice revienne.

Durant cette attente, quelque chose attira mon attention. Les sons que je percevais à ce même moment me semblaient familiers. Trop familiers, même. Mais puisqu'ils provenaient de très loin, cela aurait pu être n'importe quoi. Incertaine, je tournai les talons et tapotai le sol avec ma canne pour me guider jusqu'au chahut. Les échos semblaient provenir d'une autre salle, à l'autre bout du couloir. Plus je cheminais vers mon objectif, plus je sentais mon cœur se déchirer. «Oh non! Pas ici!»

***

Six ans plus tôt

—Sers-toi de tes jambes, me corrigea mon entraîneur. Lorsque tu frappes, c'est tout le corps qui doit amorcer le mouvement. De la pointe des pieds, jusqu'au bout des doigts… Comme ça.

—Compris.

—Refais-le.

Ma canne en main, je recommençai la manœuvre comme il était indiqué. Une frappe d'un côté, puis d'un autre. Je n'exécutais pas mes mouvements avec autant d'aise que je l'aurais souhaitée, mais d'après l'air satisfait de mon entraîneur, je m'améliorais.

—Bien ! Pratique-toi. Je reviens dans quinze minutes.

***

Je chassai cette sombre pensée de mon esprit, puis m'arrêtai près d'une large porte ouverte ; là d'où les bruits de bâtons qui s'entrechoquaient me parvenaient. Certains combattants lâchaient des *kiai* en exécutant leurs figures. Mélangés au vacarme, ces cris lancés par les adeptes d'arts martiaux m'amenaient à croire que plusieurs duels se déroulaient simultanément. Pas de doute, ces gens se livraient à un art particulier que j'avais pratiqué autrefois.

Un affrontement se démarqua des autres, probablement en raison de la courte distance qui me séparait des combattants. Semblant expérimentés, les deux étaient empreints d'une fougue hors pair. Leurs armes se rencontraient sans relâche, de même que leurs pas étaient précis et leurs mouvements stratégiques.

Je pouvais imaginer la scène grâce à ma propre expérience. Dans ma tête, je voyais les cannes de combat tournoyer dans un sens et dans l'autre avant de se fracasser sur celle de l'adversaire. Je percevais les postures des combattants, ainsi que leurs jeux de jambes. Enfin… disons que le mot *voir* n'est qu'une banale métaphore, car malgré la justesse de ma mémoire, les images demeuraient floues dans ma tête et mes souvenirs se faisaient quelque peu hésitants.

Être témoin de cette scène ranima la tristesse en moi. Et bientôt, de nouvelles images s'incrustèrent dans mon esprit. De brèves séquences de cette époque où je m'entraînais, comme eux, en vue de parfaire mes techniques de combat. Ma main se serra sur ma canne. Mes souvenirs surgissaient dans mon esprit, comme un rappel à la réalité ; un rappel évoquant tout ce que j'avais perdu, tout ce que je n'étais plus en mesure d'accomplir. « Arrête de te faire du mal. Ce n'est plus toi. Tu n'es plus cette fille », me criait mon égo.

J'aurais pu fuir. J'aurais pu succomber à la souffrance, mais je me contraignis à l'immobilité. Masochiste, me direz-vous ? Peut-être. Mais je refusais de m'avouer vaincue aussi facilement. Je m'étais promis de passer à autre chose et j'entendais jouer le jeu jusqu'au bout.

Une voix s'éleva dans les airs, sans doute celle d'un concurrent qui essayait de se libérer de l'emprise de son rival.

—Hé ! Arrête ! T'es malade ! l'entendis-je crier.

—Yamazaki ! rugit aussitôt une voix d'homme, dont l'intervention n'arrêta toutefois pas le combat.

Celui qui venait de parler s'interposa dans l'altercation, puis traîna l'un des adolescents à l'écart, près de la porte. D'où je me situais, je pouvais entendre tout ce qui se disait, sans manquer un seul mot.

—On n'est pas dans un combat de rue, je te signale ! Ce n'est pas parce que ton père finance le cours que ça te donne le droit d'agir en parfait crétin.

—Ce n'est pas de ma faute s'il ne sait pas monter sa garde.

—Ne joue pas à ce jeu avec moi. Si je te reprends à faire un autre de tes sales coups, je te disqualifie du tournoi. Est-ce bien clair ? Maintenant, sors d'ici ! Je ne veux plus revoir ta sale tête de la journée.

—Bien.

J'entendis ensuite quelqu'un jeter un bâton au sol, et bien que mes yeux ne pouvaient le confirmer, je devinai que ce geste avait été posé par le garçon qui venait de se faire sermonner. Nul besoin d'être un génie pour en venir à une telle conclusion. L'adolescent sortit de la salle en trombe et avant que j'aie pu m'éclipser ou, à la limite, me pousser du chemin, il tomba nez à nez avec moi.

De me retrouver subitement près de lui eut un étrange effet sur moi. J'éprouvai un sentiment d'infériorité. Rares furent les fois où je m'étais sentie ainsi devant une personne. Dans ce cas-ci, ce sentiment était provoqué par l'énergie magique et les émotions qui se dégageaient de ce garçon. Le goût qui s'imposait sans que je ne le commande était sans aucun doute l'épicé, la colère, jusqu'à ce qu'il se transforme très vite en amer, le dégoût ou la méfiance.

Pas de demi-mesure. Tout était si limpide que c'en était effrayant. Voilà un sorcier d'une souche très puissante. Aucun doute là-dessus. Et ce sorcier ne semblait pas du tout enchanté de me voir apparaître dans son champ de vision.

—Tss, gloussa-t-il. Si c'est une blague, elle n'est pas drôle.

—Une blague ? C'est de moi que tu parles ? articulai-je sans réfléchir.

—Une infirme comme toi ne devrait pas jouer dans la cour des grands. Retourne chez toi. Ça vaudrait mieux pour tout le monde.

J'aurais voulu lui flanquer mon poing à la figure et lui faire ravaler sa langue fourchue, mais je me contentai plutôt de sortir mon arme secrète : le sourire le plus tranchant de mon arsenal.

—De un, je ne vois pas du tout de quoi tu parles et de deux, ne te méprends pas. Infirme ou pas, je sais me défendre.

Ses émotions changèrent, avant de m'envahir au point de couper mon assurance. Je pinçai mes lèvres pour m'empêcher d'en dire davantage. Quel était mon problème, au juste ? « Je ne tiens définitivement pas à la vie pour lui répondre de la sorte. »

Tandis que je me maudissais pour ma stupidité, l'étudiant s'approcha pour me confronter de manière à ce que je puisse ressentir toute sa puissance.

—Ne fais pas l'innocente. Tu sais parfaitement ce que je veux dire.

J'avais l'impression de rétrécir comme le personnage d'Alice, après qu'elle ait ingurgité un champignon qui avait pourtant le profil parfait d'un aliment aux vertus douteuses.

—Je… Je ne te suis pas.

Tout à coup, ses saveurs auriques s'embrouillèrent. Que se passait-il ? Qu'avait-il vu pour être aussi désorienté ? L'était-il en raison de ce que je venais de dire ?

—Tu n'es pas venue pour…

—Laisse là tranquille, Keishi !

Melissa. Elle ne pouvait pas tomber à un meilleur moment ! Les trompettes de victoires résonnaient sur mon visage. Ma sauveuse allait me sortir rapidement de là. Elle allait lui clouer le bec et nous pourrions partir sans encombre.

—Pourquoi ? soupira le garçon en pivotant sur lui-même. Tu es son garde du corps ?

—Non, je suis son amie. Mais tu ne peux pas savoir ce que c'est, pas vrai ?

Encore cette sensation piquante dans ma bouche, mais cette fois, c'était pire que tout. Poivre, piment de Cayenne, chili, ail, oignon… Bref, un mélange indigeste des saveurs les plus difficiles à ingérer. Il faisait chaud, certes, et la sueur perlait sur mon front. J'avais ni plus ni moins l'impression que ma langue et mon nez étaient en feu. Mais je tâchai de ne rien laisser paraître, m'efforçant d'endurer la situation et de ne pas m'étouffer, non sans espérer que ça se termine bientôt.

—Tu parles ! Des amis comme toi, je m'en passe volontiers, riposta le garçon en s'efforçant de garder son sang-froid.

—Chouette ! Alors, dégage et laisse-nous tranquilles.

Un moment de silence s'ensuivit, silence au cours duquel une bombe aurait pu nous éclater en pleine figure si l'un ou l'autre camp avait eu le malheur de faire le moindre geste.

Il était facile de deviner qu'entre ces deux-là, ce n'était pas une histoire d'amour. Je dirais même que c'était la guerre du siècle. Une guerre au sein de laquelle je venais malencontreusement d'être impliquée et dont j'ignorais tout des enjeux.

L'adolescent décida enfin de nous quitter. Il apparaissait clair qu'il luttait contre les pulsions violentes qui le taraudaient. Au fur et à mesure qu'il s'éloignait, je crus même entendre quelques grognements sortir de sa bouche, dont *: Otokotarashi.*

Otoko quoi ? Ce mot n'avait pas sens, mais mon questionnement tomba vite aux oubliettes en raison de ma difficulté à reprendre mon souffle et le contrôle de mes sens.

Après s'être assurée que le garçon était hors de notre portée, Melissa s'approcha de moi, comme si elle cherchait à servir de barrière entre lui et moi.

—Que te voulait-il ? m'interrogea-t-elle.

Pour la première fois, je distinguai de l'angoisse dans sa voix. La confiance de la reine de l'établissement avait disparu vite fait et il fallait avouer que c'était un miracle. J'essuyai mon front dégoulinant de sueur et me raclai la gorge.

—Rien. Il s'est contenté de m'insulter.

—Tiens-toi loin de lui et de sa famille… Compris ?

Mel disait cela comme si elle voulait éviter un désastre. Mais ce conseil était vain. Pourquoi voudrais-je fréquenter ce crétin ? Et lui, pourquoi voudrait-il se lier d'amitié avec une *infirme*, comme il l'avait si bien dit ? C'était tout bonnement impensable, d'autant plus que j'étais résolue à le haïr jusqu'à la fin de mes jours pour s'être moqué ouvertement de mon handicap.

—T'inquiète. J'ai beau ne rien voir, je ne suis pas idiote pour autant.

Malgré cette réponse qui la satisfaisait, Melissa entoura mes épaules de son bras et m'entraîna dans la direction opposée.

—Promets-le-moi, renchérit-elle. Promets-moi que tu ne lui feras jamais confiance et que tu resteras loin de lui. Je ne veux pas qu'il t'arrive malheur.

Je mis un certain temps avant de reprendre la parole. Plus je réfléchissais, plus les mots *Promets-le-moi* se faisaient insistants dans mon esprit. Je leur devais allégeance, quoi qu'il m'en coûtât.

—Je... je te le promets. Je ne lui ferai jamais confiance.

—Bien!

Sa voix était de nouveau enrouée. Un chat dans la gorge qu'elle avait visiblement du mal à faire partir. C'est lorsqu'elle se remit en route qu'elle détecta mon faciès froncé.

—C'est moi, ou tu es contrariée?

—Ça va, répondis-je en me remettant en mouvement.

—Tu sais, je ne vais pas te dévorer. S'il y a quelque chose qui cloche, tu n'as qu'à le dire.

—Arrête de me toucher, ordonnai-je après m'être arrêtée.

Oups. J'avais lâché ceci avant tant de froideur! Aussi, je crus plus sage de me calmer avant de m'expliquer.

—Désolée. Je vais te faire un topo, d'accord?

Je mis une fraction de seconde pour rassembler mes mots, puis poursuivis.

—Imagine-toi dans une pièce sans lumière. Tu sais que tu n'es pas seule, mais tu ne peux pas voir où sont les gens et ce qu'ils font exactement. Tu ne peux pas connaître non plus leurs intentions envers toi. Viennent-ils vers toi? S'apprêtent-ils à te frapper? Être touchée sans être avertie te fait sentir agressée, parce que tu n'as pas le temps de prévoir le geste et de réagir en conséquence. Tu deviens donc parano au point de sans cesse te demander qui sera la prochaine personne à s'immiscer dans ta bulle et par quel moyen tu parviendras à te défendre en cas de problème... Tu vois le genre?

Melissa ne mit qu'un bref moment avant de saisir jusqu'à quel point son comportement pouvait être irritant.

—Je m'excuse. Je n'avais pas pensé à ce détail.

—C'est bon. Tu ne pouvais pas savoir.

—Je vais faire attention et promis, je vais te demander la permission avant de te toucher.

—Dac.

Plus ou moins satisfaite, je souris et sortis ma bouteille d'eau. L'idéal serait qu'elle arrête également de me prendre pour une poupée, mais c'était au moins cela de gagné. Je songeai aussi que si je continuais de boire ainsi, je passerais le plus clair de mon temps à courir jusqu'aux toilettes.

—J'ai une idée, lança Mel. Si on oubliait le reste de la visite? Puisque j'ai réussi à me dispenser de cours, on pourrait en profiter pour papoter entre sœurs sorcières et se la couler douce. Qu'est-ce que tu en dis?

—Euh… ouais… si tu veux.

Je me doutais de l'interrogatoire que je subirais, mais quel adolescent n'aurait pas voulu passer une journée à *se la couler douce*, comme le disait si bien Mel? De toute façon, je connaissais le principal de ce que je devais savoir. Le reste était dérisoire, et puis j'avais besoin d'une pause. J'avais besoin de prendre le temps d'apprivoiser la foule et d'assimiler tous les calculs faits depuis mon arrivée; chose qui me prendrait certainement plus d'une journée.

Tandis que nous partions à la recherche d'un coin perdu, une quinte violente de toux prit Mel par surprise.

—Besoin d'eau? lui proposai-je après une bonne gorgée.

Elle déclina gentiment mon offre à l'aide d'un *non* qui sonnait davantage comme un grognement.

Chapitre 9

La journée se termina enfin.

—On se revoit demain, dac?

« Dis non. Dis non. » Ma tête voulait une chose, mais ma bouche refusait d'articuler le moindre mot, si ce n'est qu'un faible *euh*.

—Bien. Je te rejoindrai durant la pause de midi. À plus! termina-t-elle en me quittant là où nous nous étions rencontrées.

Ceci scella notre engagement. Allez savoir pourquoi elle semblait tellement prendre ce rendez-vous à cœur! Je n'en avais aucune idée. Ce n'était pas comme si j'avais quelque chose d'utile à lui offrir ou que quelque chose chez moi pouvait susciter un quelconque intérêt. Nous avions eu de bons moments ensemble durant cette longue et fastidieuse journée, certes, et nous avions ce lien étrange qui nous unissait en tant que sorcières. Mais de là à agir comme si nous étions de grandes copines...

Peut-être était-ce ainsi que les choses fonctionnaient par ici. Peut-être était-ce plus facile de s'intégrer et de faire confiance aux autres. Étant une fille de la ville, j'avais besoin de beaucoup plus de temps pour m'accrocher à quelqu'un et encore plus pour le considérer comme un *ami*.

Je sortis de la bâtisse derrière un groupe de filles qui papotaient au sujet d'Aïza, le célèbre illusionniste. Je roulai les yeux vers le ciel. Décidément, ce gars était le sujet favori de tout un chacun. Pourquoi? Qu'est-ce qui les faisait autant s'émouvoir chez lui? Sûrement sa beauté sauvage de rebelle et son côté mystérieux, comme elles le disaient si bien.

Soudain, les adolescentes s'arrêtèrent brusquement, ce qui me força à en faire autant. Je les entendis tapoter sur leurs téléphones portables, comme si je n'existais pas. Je respirai un bon coup afin de ravaler au mieux mon exaspération. Pas que je jugeais ces filles, mais j'étais épuisée. J'en avais marre de cet endroit bondé. Il me tardait de quitter le lycée et d'aller me morfondre dans mon nid douillet, loin de tout ce qui pouvait gruger mon énergie.

—Hum... Excusez-moi. Est-ce que je pourrais passer, s'il vous plaît?

Comme avec Melissa, je ne fus pas assez ferme dans mes propos, car aucune d'elles ne daigna me répondre. Le drame du siècle venait de se pointer, ce qui immobilisait toute leur attention. Le merveilleux, sensationnel et fantasmagorique illusionniste se serait évanoui durant le numéro de cet après-midi et aurait été hospitalisé d'urgence.

Prévisible. « Il avait juste à faire attention », me dis-je en mon for intérieur.

—Oh non ! J'espère que ce n'est pas sérieux ! gémit l'une des filles.

—Est-ce que son prochain spectacle sera annulé ?

Je soupirai. « Bien. Si vous ne voulez pas bouger... » Je me servis de ma canne pour fendre le groupe en deux. L'indignation fusait dans mon nez et ma bouche.

—Désolée !

« Ou pas ». Ce fut sans aucun scrupule que je descendis les marches de ciment. De là, un autre dilemme se présenta devant moi. Comment trouver David dans cette jungle sans merci ? Valait mieux ne pas trop m'éloigner pour l'instant, mais je ne pouvais pas non plus rester sur le chemin. Sachant que l'allée était longue, j'entrepris de marcher tout droit. J'avançai lentement et prudemment, jusqu'à ce que les effluves de mon frère me frappent de plein fouet au cœur du chaos. Comment avais-je réussi à le reconnaître ? Je me surprise moi-même. Trouver où il se situait, par contre, constituait un défi plus corsé. Aussi, tel un chien, je suivis la piste du mieux que je le pus.

Abandonner la perception normale pour se concentrer sur le deuxième plan était risqué. Tout pouvait m'arriver lorsque mon radar était allumé et n'importe qui aurait pu me surprendre. Heureusement, il n'y eut pas d'accrochages et puisque mon frère avait fait la moitié du trajet pour me rejoindre, cela coupa ma tâche en deux.

—On y va.

Il se mit en route aussi vite qu'une flèche. Apparemment, lui aussi était pressé de retourner au bercail et je ne me fis pas prier pour le suivre.

Peu de temps après, nous nous trouvâmes sur l'avenue du parc qui conduisait au lycée. Si je me fiais à la basse humidité qui régnait dans l'air, il devait faire beau. Sous la fraîcheur de l'automne qui pointait le bout de son nez, les arbres sentaient bon, mais la sérénité des lieux se rompit brusquement lorsque les bus scolaires circulèrent à tour de rôle pour reconduire les étudiants à la maison. Le sol vibrait sous ces engins imposants et l'odeur du gaz remplit toute la place.

Voilà un spectacle dégoûtant et particulièrement désorientant pour moi. À tel point, que ce fut un soulagement d'entendre s'éloigner le dernier véhicule.

C'est le moment que choisit David pour prendre la parole pour la première fois depuis notre départ de l'école ; des paroles qui semblaient forcées, vu son tempérament aussi discret que le mien. Sans doute me parlait-il pour chasser ma détresse intérieure.

—Comment s'est passée ta première journée ?

—Bien, répondis-je d'un ton qui lui donna la puce à l'oreille.

—Hé. Tu sais que je ne te jugerai pas.

—Les gens sont bizarres, ici ; c'est juste que je suis fatiguée et que j'ai mal à la tête.

—Ah…

Et le silence revint. Nos pas s'emboîtaient en harmonie, puis nous croisâmes un groupe de jeunes qui nous dépassa de tous les côtés. Mon réflexe, comme à l'habitude, fut de me rétracter le plus possible pour minimiser les chances de heurter quelqu'un.

—Encore un rigolo ! lâcha l'un d'eux, en parlant visiblement de moi.

—Le cirque grossit, renchérit un autre.

Apparemment, accepter la différence n'était pas à la portée de tous et qu'importe si l'effet de rareté s'amoindrissait par la présence de plusieurs aveugles à Jensfield, certains aimaient se complaire dans leur supériorité. Si j'avais eu une grosse fournée de commentaires de ce genre aujourd'hui et que je réprimais mon chagrin de mon mieux, il n'en fallut guère plus pour que David sorte de ses gonds.

—Argh ! ! ! Ces imbéciles ! Ils mériteraient qu'on leur montre ce qu'est le respect !

Oh non… Il n'allait pas encore se bagarrer !

—Je t'en prie. Laisse-les partir, suppliai-je.

—Même pas en rêve.

—Dave ! Arrête !

Je réussis à saisir sa manche, mais pas assez pour l'arrêter dans son élan. La force de son avancée me surprit. Mes jambes s'empêtrèrent dans ma canne, ce qui me propulsa au sol comme un vieux sac de patates. Sous le choc, mon frère s'immobilisa et se précipita à ma rescousse.

—Leeze ! Est-ce que tu t'es fait mal ?

—Non, ça va.

Tous les regards étaient braqués sur nous. Bien que je ne pouvais discerner ce qui se disait, les chuchotements de la foule papillonnaient dans mes oreilles. Quelle humiliation ! En moins de deux, ma fierté venait de se faire piétiner. Piétinée et lancée au loin, avant d'atterrir dans un tas de fumier. Bien profond.

Soudain, une douleur à la poitrine me piqua comme une petite aiguille à peine perceptible.

Après s'être immobilisé un court instant, David me rendit mon bâton et m'aida à me relever. Je l'imaginais jeter un regard réprobateur aux témoins de la scène ; chose pour laquelle il avait du talent. Sur ce, la foule se dispersa, craignant peut-être que ce fou furieux ne pète les plombs. Ses yeux bruns tirant presque sur le noir… quand David n'était pas d'humeur, je savais de mémoire que son regard donnait froid dans le dos.

—Excuse-moi… Je ne voulais pas, dit-il après m'avoir remise sur pieds.

—Ce n'est pas de ta faute. C'est moi. Je n'aurais pas dû m'interposer.

—Ne dis pas de conneries. Comment pourrait-ce être de ta faute ?

—Peu importe… Ne perdons pas plus de temps ici, décrétai-je afin de boucler ce moment honteux une bonne fois pour toutes.

Puis nous reprîmes notre chemin. Le malaise venant creuser une frontière plus grande, nous oscillâmes tous deux entre le désir de l'atténuer ou celui de nous fondre dans le mutisme jusqu'à la maison. Cette fois, je fus celle qui prit les devants, non sans avoir d'abord mâché et ravalé mes mots à maintes reprises.

—Qu'est-ce que tu vois ?

Alors que je m'attendais à obtenir des éclaircissements sur mes doutes, David se contenta de me dépeindre ce qu'il voyait autour de nous.

—Non, pas ça.

Je baissai la voix, consciente que je briserais un interdit capital, mais puisque je l'avais déjà brisé maintes fois depuis ce matin et que personne ici ne semblait faire attention à ces détails, je jugeai mon indiscrétion sans importance.

—Les trucs que les Normaux ne peuvent pas voir. Tu sais… Je suis sûre qu'il y en a.

Plutôt que de répondre, David se fit silencieux.

—C'est vrai. Les règles, ronchonnai-je.

—Qu'est-ce qui te fait croire que j'en vois? soupira-t-il, les dents serrées.

—C'est juste que je te sens à cran et souvent, ta mauvaise humeur est due à… tu sais… ces trucs. Il y a aussi le fait que tu éternues souvent, ces temps-ci; un signe qui ne trompe pas.

Je le sentais ruminer ses émotions nébuleuses, jusqu'à ce qu'il me dise:

—Ce n'est pas le moment et... je sais que tu vas devenir parano si je t'en parle.

—Pas du tout!

Après quoi, il se remit en marche, et je fis de même. Mais encore une fois, ma mine boudeuse eut vite raison de sa détermination.

—Rassure-toi, articula-t-il aussi discrètement que précédemment. Il n'y en a pas, en ce moment. Juste des spectres.

En entendant cela, ma main serra davantage ma canne, prête à m'en servir comme arme en cas de besoin. Réaction saugrenue, car contrairement aux fantômes, les spectres ne peuvent pas s'en prendre à nous. Mais je me sentais tout de même plus en confiance en me sachant capable de me défendre.

—Com… combien?

—Cinq. Trois spectres visuels et deux auditifs.

—Ça fait beaucoup, signalai-je en sentant mon cœur se pincer et mon stress monter d'un cran.

Je n'étais pas du tout rassurée de me savoir entourée par ces trucs, inoffensifs ou non. C'est une chose d'être incapable de voir le monde physique avec ses yeux, mais c'en est une autre de ne pas pouvoir cerner la présence de machins invisibles.

—Pourquoi crois-tu qu'il y en ait autant? déglutis-je.

—Qu'on se le dise, soupira à nouveau David, je hais notre maison, je hais cette école et encore plus cette maudite ville.

Si j'avais conscience qu'il ne me disait pas tout, je jugeai en avoir assez entendu pour le moment.

—Dans ce cas, on est deux.

—Je vais me trouver un boulot, je te le promets. Et après, on pourra enfin quitter ce trou perdu!

Il parlait comme si cette fois, il arriverait à garder son travail. Mais là n'était pas le problème.

—Tu veux encore partir ? questionnai-je.

—Pas toi ?

—Tu oublies papa.

—Ça ne change pas grand-chose. Il n'est jamais là, répliqua David avec une grande indifférence.

—Dave, il a besoin de nous. Nous sommes la seule famille qui lui reste. Tu ne crois pas que ce serait cruel de notre part de l'abandonner ? Et puis, nous avons besoin de lui, nous aussi.

« J'AI besoin de lui. » Une main me retint. C'était celle de David.

—C'est pour cette raison que tu as accepté de le suivre ? Parce que tu te sens coupable de ce qui s'est passé ?

Son irritation pouvait se lire comme dans un livre ouvert… Ou plutôt, comme dans une soupe où on aurait échappé une montagne de poivre.

—Il y a aussi l'école et mon besoin de changer d'air. Sauf que je n'aurais jamais pensé me retrouver dans un endroit pareil.

Cette réponse stratégique sembla adoucir les ardeurs de mon frère et du même coup, mon nez et mes papilles gustatives. Ouf !

—Je me demande ce qui lui est passé par la tête quand il a choisi Jensfield, finit-il par s'interroger à voix haute. Lui qui est citadin jusqu'à la moelle… Ce n'est pas le genre d'endroit qui le fait normalement sauter de joie.

—Peut-être que ça le rassure de me voir inscrite dans une petite école. Comparativement à plusieurs milliers, six cents élèves, c'est plus facile à gérer. Il y a aussi Eddie. J'imagine qu'il se sent moins coupable en sachant qu'il y a de la famille près de nous, advenant le cas où il arriverait quelque chose.

—Hé... tu te rappelles quand il a piqué une crise à cause des papillons ? repris-je après qu'un flash m'ait passé par la tête. Et de la fois où il a…

Nous nous esclaffâmes en chœur sur les souvenirs plus qu'éloquents de notre enfance. Souvenirs que nous nous amusions à étaler les uns après les autres. Était-ce des rires d'amusement ou de fatigue ? Moi-même je l'ignorais, mais ça faisait du bien d'oublier mes problèmes, particulièrement la présence des spectres…

Médiumnité pour les Nuls, Article 1

Il existe des mémoires qui se collent dans l'environnement, des Spectres. Ils peuvent apparaître sous forme de sons, d'odeurs ou de scènes visuelles qui se jouent en boucle. Souvent, ces résidus d'énergies se créent lorsqu'un événement terrible cause la mort d'un individu. On peut aussi en trouver dans la maison d'un défunt, tels des souvenirs qui se seraient creusés au fil du temps et grâce à la routine de sa vie d'antan.

Chapitre 10

Ce fut avec la plus grande joie que je me faufilai à l'intérieur de la maison. Je me déchaussai par la pointe des pieds et me déchargeai de ma canne et de mon sac. Ceci fait, David me posa la question de tous les jours :

—Qu'est-ce que tu veux manger ?

—De la bouffe, répondis-je pour le taquiner.

—Ah ! Ah ! Sérieux. Qu'est-ce que tu veux ?

—Je peux me faire à manger, tu sais.

Comme je semblais ne pas vouloir coopérer, il se résigna à décider lui-même.

—Va pour les spaghettis, dans ce cas.

Aussitôt dit, aussitôt fait. Il partit au front, résolu à jouer le maître des lieux. Quant à moi, je m'orientai vers la porte du sous-sol. Or, lorsque je posai la main sur la poignée, la lourdeur dans mon cœur grimpa, au point de me glacer sur le vif. « Relax. Tu es passée à travers. » J'y allai de quelques tapotements pour atténuer le malaise, suivis de grandes inspirations, mais aucune astuce ne fonctionna. Puis, je crus comprendre d'où provenait le problème ; ma chambre.

Quelque chose me tracassait. Après la journée que je venais de vivre, j'avais le sentiment que je ne trouverais guère de repos tant que ce problème ne serait pas résolu. Sous l'élan d'une idée soudaine, je changeai donc de trajectoire pour prendre quelques instruments de travail. Une fois au sous-sol, mes doigts effleurèrent le grain épais du mur du fond. Pot de peinture et pinceau en main, je cheminais vers son centre lorsqu'un cadre rompit l'homogénéité du décor. Je m'arrêtai pour faire face au miroir mural dont la moulure longeait les arêtes du plancher et du plafond.

« Un autre rigolo. » « Le cirque s'agrandit. »

Je touchai la surface lisse et froide du verre réfléchissant. Étais-je si étrange aux yeux des autres ? Même avec mes lentilles de contact ? Même en cachant mes cicatrices ? J'avais tellement avalé de ces commentaires indigestes que j'étais pleine à craquer. J'avais fait semblant que tout allait bien, mais ce n'était pas vrai. Ces mots revenaient sans cesse à la charge, comme pour mieux me rappeler la cause première de ma cécité.

« M'man ! Non ! Laisse-la partir ! » avais-je crié à ma mère, alors que nous nous trouvions sur le pont. Sur ce, j'ouvris le pot après avoir tapé dessus avec le manche du pinceau, puis j'y trempai ce dernier.

Et ma folie commença. À grands coups de va-et-vient, je couvris tout ce que je pouvais atteindre du haut de mes cinq pieds et quatre. En quoi cela changerait-il que le miroir soit caché ou non ? Tout. Cela changerait tout, dans la mesure où moi je le saurai. Cela changerait tout dans la mesure où j'avais conscience de ce qui était à ma portée sans y avoir accès.

—Si je ne suis incapable de me voir dans ce maudit miroir, tout le monde le sera.

Plus je sombrais dans l'irrationalité, plus la tristesse et la frustration augmentaient en importance, reflétant leur fiel jusque dans mes gestes. Je tachais le sol et la moulure ? Tant pis. Je tachais mes mains, mes bras et mes vêtements ? À quoi bon s'en soucier, puisque je ne voyais rien !

Ah ! Enfin terminé ! Je me dirigeai ensuite dans ma salle de bain privée pour m'attaquer au miroir qui siégeait au-dessus du lavabo.

—Leeze ? Qu'est-ce que tu fous ?

Quelqu'un m'avait parlé ? Aucune idée. J'étais dans un monde complètement à part qu'on appelait *hystérie*. Tellement, que j'en étais venue à ignorer l'alarme de mon indicateur d'hypertension qui vibrait à mon poignet.

—Leeze ?

Si j'avais espéré que mon frère respecterait l'interdit d'une porte close et qu'il me laisserait tranquille, j'avais tort. Il entra.

—Bon sens !

À le voir s'affoler ainsi, ça devait être le bordel autour de moi. Des mains me saisirent les bras pour les immobiliser.

—Leeze ! Arrête !

Je sanglotais, tremblais et me débattais pour terminer mon travail que je jugeais très important. Le souffle rapide et saccadé, j'avais l'impression que mon cœur allait exploser dans ma poitrine tellement il battait fort. David me tira vers lui et me prit dans ses bras.

D'abord sous le choc, je réalisai ensuite mon idiotie. Que s'était-il passé ? Qu'est-ce qui m'avait pris, au juste ? Je lâchai le pinceau, puis refermai mes bras autour de mon frère, incapable de faire quoi que ce soit d'autre.

—Arrête de jouer à la fille forte, me somma-t-il. Dans ces moments-là, tu as le droit de pleurer. Tu as le droit d'être faible.

Sur ses paroles, mes larmes coulèrent de plus belle. Je le serrai encore plus fort, allant même jusqu'à enfouir ma tête contre son épaule.

—Je... Je les déteste. Je... les déteste tous, gémis-je entre deux pénibles inspirations, alors que David répondait à mon geste.

—Je sais. Les gens peuvent être cruels lorsqu'ils s'y mettent.

Sa saveur d'umami enveloppa l'intérieur de ma bouche. De la tendresse. Par sa main qui me caressait délicatement le dos, il propageait cette tendresse comme une délicate source de chaleur, à la fois silencieuse et rassurante. Je percevais de la tristesse, aussi, en raison du goût salé qui accompagnait celui de l'umami.

—Un, deux, trois...

La voix de Dave m'incita à compter avec lui, tout en tâchant de suivre le rythme de sa respiration, chose très ardue dans un cas comme le mien.

—Quatre, cinq, six...

Les chiffres défilaient les uns après les autres, jusqu'à ce que nous atteignîmes les soixante, puis les quatre-vingts... Ma crise allait au-delà d'une simple panique passagère. Mes jambes faiblissaient, mon cœur convulsait dangereusement et chaque inspiration avait l'effet du feu dans ma poitrine.

Dans une tentative désespérée pour lui indiquer que j'étouffais, mes mains s'agrippèrent au gilet de mon frère, qui comprit l'allusion. Il m'accompagna jusqu'à mon lit, où je ne pus que me laisser choir. Tel le parfait protecteur qu'il était, David me donna le masque à oxygène que je m'empressai de porter à mon visage, puis il ouvrit la valve, avant de s'asseoir à côté de moi tout en continuant de caresser mon dos. De l'air... enfin !

—Ça va aller. Ne t'inquiète pas. Je suis là, dit-il dans l'ultime espoir de me calmer.

Une grande inspiration, puis une autre et encore une autre... Cette situation d'urgence, nous l'avions vécue plus d'une centaine de fois. Surtout durant les jours ayant suivi le jour J, au centre psychiatrique, ce jour fatidique qui m'avait rendue *infirme,* comme l'avait si bien dit le garçon de ce matin.

—C'est bien. Continue comme ça.

Inspiration, expiration, inspiration, expiration… C'était pourtant simple à faire, mais malgré tout, je dus recourir à toute ma volonté et à toutes mes forces pour y parvenir. Heureusement, mes efforts portèrent leurs fruits.

—Avec tes crises de panique, je ne pense pas que ce soit une bonne idée de retourner à l'école, jugea David en me refilant deux calmants. Tu imagines si tu avais eu une crise en plein cours ?

—Je ne vais quand même pas pourrir à la maison toute ma vie, soufflai-je après une nouvelle inspiration.

—C'est que… je m'en voudrais toute ma vie s'il t'arrivait quelque chose à toi aussi.

Comment ne pas se sentir misérable après une telle révélation ? J'engloutis les comprimés d'un trait, puis répliquai :

—Rien ne pourra être pire que ce jour-là.

Cela dit, je remis mon masque pour plus de précautions.

***

Cinq ans plus tôt

Nous étions allés au Témiscamingue pour rendre visite à mon grand-père aveugle.

Comme à son habitude, il explora mon visage à l'aide de ses mains. Pour lui, c'était l'unique moyen de savoir à quoi je ressemblais.

—Qu'est-ce que c'est ? m'interrogea-t-il après avoir remarqué que je portais un bandeau de pirate.

—C'est parce qu'on rit de moi à l'école que je porte ce truc.

—C'est clair qu'avec ça sur la tête, ils doivent en avoir pour leur argent ! se moqua-t-il.

J'aurais pu être choquée par sa plaisanterie, mais ce ne fut pas le cas. Je me disais qu'au moins, ils ne se moquaient pas de moi directement, mais de cette chose ridicule que ma mère m'obligeait à porter. Voilà la nuance. Et puis, c'était juste en attendant de recevoir mes lentilles de contact.

—Que se passe-t-il ? Tu as une infection ? s'enquit ensuite mon grand-père. Tu t'es blessée ?

—Les médecins l'ignorent, répondis-je. Ils disent que je souffre peut-être d'une forme rare de cataractes.

Je me souvins qu'il parut ébranlé par cette révélation. De brefs échanges suivirent entre mes parents et lui puis, après avoir ruminé dans sa barbe un court instant, il leur demanda s'il pouvait me parler en privé. Une longue discussion s'annonçait…

Alors que le reste de la famille était parti au village, j'aidai mon grand-père Fernand à s'asseoir sur son fauteuil du salon. Avec son accent typique des Franco-canadiens, il s'empressa de me demander :

—Combien de fois tu l'as fait ?

—Quoi ?

—Voyager.

—Qu'est-ce que tu veux dire ? gloussai-je, surprise.

—Je te parle de faire des sauts dans le temps.

À la fois confuse et étonnée, je déglutis. Il connaissait donc mon petit secret.

—Six fois.

Il se redressa sur son fauteuil, le dos cambré vers l'avant. Quand je vis ses yeux blancs fusiller le vide, je devinai dès lors que ce regard réprobateur m'était destiné.

—C'était ta dernière fois. Pigé ?

Son visage, son ton… Je n'avais jamais vu mon grand-père aussi menaçant.

—Pourquoi ? Qu'est-ce qu'il y a de mal à le faire ?

—C'est leur destin de mourir.

—C'est quoi le destin, de toute façon ? Peut-être que c'est justement leur destin d'être sauvés par une Voyageuse Temporelle. Sinon, ils n'auraient pas croisé ma route.

Pendant quelques secondes, mon aïeul demeura sans mot. On disait souvent que j'étais maline pour une fillette de treize ans, mais cette fois, ce ne fut pas suffisant. À voir son faciès rembruni, j'avais fait une bourde et une bourde monumentale.

—Peut-être.

Il s'affala dans le creux de son siège et s'amusa à faire tournoyer les glaçons à l'intérieur de son verre. Son air songeur laissait présager qu'il cherchait une façon pour me communiquer ses ressentis ou à tout le moins, de mettre de l'ordre dans ses idées pour que tout soit le plus clair et concis possible.

—Écoute-moi, Lizy, soupira-t-il au bout d'un moment. Plus tu paries sur la magie, plus elle te consume. Ne l'oublie pas. Et encore là, tu es chanceuse de ne pas être plus amochée que ça.

Exagérait-il ? J'y réfléchissais.

Je ne compris qu'à ce moment-là pourquoi nous étions venus lui rendre visite. Comme je ne m'étais jamais soucié des avertissements de mes parents, ils avaient joué la carte du vieux papy adoré pour me convaincre.

—Sache qu'aller contre le temps est un pouvoir trop grand pour les limites physiques de ce monde, continua ce dernier devant mon mutisme. J'en connais plusieurs qui y sont restés après un seul essai.

—Mais nous, nous ne mourrons pas si nous le faisons, hein ? Sinon, tu ne serais plus là.

—La mort est toujours le dénouement lorsque nous laissons la magie prendre le dessus et crois-moi, nous ne faisons pas exception à la règle.

À ces mots, je déglutis. S'il voulait me faire peur, c'était gagné.

—Promets-moi de ne plus le refaire, insista-t-il. S'il te plaît. Ne voyage plus dans le temps. C'est trop risqué.

—Même si notre famille est en danger ?

—Même si un membre de la famille est en danger, répondit-il d'un ton ferme et résolu.

C'était quand même injuste de posséder un don sans avoir le droit de l'utiliser. Pourquoi la vie nous transmettait-elle de tels pouvoirs, si c'était dangereux pour nous et les autres ?

L'image de l'homme à la lanterne flottant au-dessus de son épaule s'alluma dans mon esprit. Après tout ce que nous avions traversé, je ne pouvais concevoir l'idée qu'il me fasse du mal ou me place en situation de danger. Oui, je savais qu'il n'éprouvait aucun sentiment, du fait qu'il n'avait sans doute jamais eu d'attaches durant sa longue vie d'immortel. Toujours est-il que nous avions un lien privilégié, tous les deux, et que je lui faisais confiance. Aussi, je recommençai à bombarder mon grand-père de questions naïves.

—Même si c'est le seul moyen de vous sauver ?

—Même si c'est le seul moyen de nous sauver.

Facile à dire, mais lorsque nous sommes confrontés à la mort, c'est une tout autre histoire. Comme j'hésitais toujours, il ouvrit les bras. Attendrie par sa vulnérabilité, j'acceptai l'invitation et m'assis sur lui.

—Promets-le-moi, Lizy. Je ne veux pas qu'il t'arrive malheur.

—Oui, grand-papa. Je te le promets.

—Ça, c'est ma petite-fille, rétorqua-t-il en affichant un large sourire.

Un gros câlin s'ensuivit. Un câlin rempli de chaleur et de sincérité.

Je l'aimais beaucoup ce vieux bonhomme. Or, jamais je n'aurais cru que cette rencontre serait la dernière et jamais je n'aurais cru que la cause de sa mort, et de celle de plusieurs autres personnes, qui plus est, résulterait de la désobéissance à ses conseils.

Chapitre 11

Boum, boum.

Boum, boum.

Boum, boum…

—Leeze ! Qu'est-ce que tu fous ? C'est l'heure de te lever, bon sens !

La voix de mon frère me tira hors du rêve que je faisais constamment. Mais dans celui de cette nuit, j'ai pu faire un pas supplémentaire vers le chien. Il s'enfuyait toujours et chaque fois que je voulais le rattraper, je me retrouvais face aux ténèbres qui m'étaient devenues si familières ; une noirceur aussi implacable et oppressante que ma cécité. Chaque fois, je paniquais à l'idée de perdre cette vision échographique quelque peu singulière, car elle représentait pour moi la seule source de lumière.

Soudain, cette question effleura mon esprit : pourquoi mon esprit s'entêtait-il à revivre cette même scène ? Je n'en avais aucune idée, mais une chose demeurait sûre : je voulais poursuivre l'expérience. Dormir, rêver, m'abandonner dans une autre réalité… Là où les possibilités sont infinies. Si seulement, je pouvais outrepasser les limites du périmètre de ma chambre…

Je m'étirai et lâchai un bâillement peu gracieux. Ma nuque était endolorie. « Tiens… Où suis-je ? » Une fois bien éveillée, je pris conscience que je m'étais assoupie sur mon bureau, devant mon portable allumé. Encore une fois, il faisait si chaud que je dégoulinais de sueur.

Cachée derrière celle de la peinture de la veille, une odeur de chien envahit mon sens olfactif. Un chien ? Non, non, non. Je devais encore rêver. Ou était-ce simplement parce que je venais de me réveiller et que l'image toute fraîche de l'animal faisait remonter en moi le souvenir que je m'en faisais ? Ce serait plausible. « Sérieux. Tu as trop passé de temps avec ton psy. C'est rendu que tu te psychanalyses toi-même », me dis-je.

Je m'apprêtai à me lever de mon siège lorsque j'entendis le bruit d'une feuille qui tombait sur le plancher. Je tapotai le sol de mon pied nu, en quête de l'objet en question, mais ne sentis rien. « Bizarre », pensai-je. C'est à ce moment que David descendit les premières marches du sous-sol pour me crier :

—Hé ! Tu m'entends ?

—Oui, je viens !

Sans doute que ce petit moment de doute ne fut pas assez étrange à mes yeux, pas plus que le nouveau parfum qui régnait dans ma chambre, car je me contentai d'aller me rafraîchir sans prendre la peine de pousser plus loin mes recherches.

***

Après avoir réussi la prouesse de renvoyer mon frère à la maison, j'attendais seule dans le secrétariat, où les minutes s'écoulaient les unes après les autres. Ma tutrice n'allait pas encore me poser un lapin ? J'espérais que non. Alors que je considérais la possibilité de passer une journée supplémentaire avec Melissa, une personne finit par entrer en trombe avant de s'arrêter pile-poil devant moi.

—Bonjour… dit-elle en examinant le papier qu'elle tenait. Du moins, si je me fiais au petit bruit de froissement de feuille que je pouvais entendre.

—Leeze. C'est ça ?

—Mmh, confirmai-je en me levant pour lui tendre la main.

—Je m'appelle Helen Lenox et c'est moi qui serai ta tutrice pour l'année en cours, reprit la dame en échangeant une franche poignée de main avec moi. Je t'accompagnerai lors de la plupart de tes déplacements. Durant les premières semaines, en tout cas. Et c'est à moi que tu devras faire appel si tu as un problème ou besoin de quelque chose. D'accord ?

—Ouais.

—Je ramasse mes affaires et nous pourrons y aller.

—Pas de problème.

Je la suivis en humant discrètement ses odeurs. Mes sourcils se froncèrent en constatant qu'elle non plus ne semblait pas avoir d'aura. « Ça fait peut-être partie de leurs attributs familiaux », me dis-je. Déjà, cette Helen me semblait moins étrange que Melissa. L'impression ressentie en la touchant n'était pas la même. Pas de mal de ventre ni aucune sensation bizarroïde comme ce lien profond et amical qui m'unissait à sa nièce.

Ma tutrice me guida jusqu'à son bureau qui avoisinait le secrétariat. Sur place, je l'entendis ranger un lot de paperasse dans un sac en même temps qu'elle me faisait la conversation.

—Mel m'a parlé de toi, tu sais.

—La conversation n'a pas dû être longue.

—Si, au contraire. Tu l'as beaucoup impressionnée. Elle m'a raconté que tu étais l'une des nôtres, mais que tu ne semblais pas ouverte aux forces occultes. Est-ce qu'il y a une raison particulière pour expliquer cette méfiance ?

Elles parlaient ostensiblement de leurs pouvoirs à une inconnue fraîchement débarquée, et ce, dans un lieu public, comme si elles discutaient du beau et du mauvais temps. Une fierté apparente qui trahit un sentiment de supériorité. Bref, elles affichaient leur intérêt envers les autres sorciers avec tant d'aise, que je me demandais pourquoi aucun Normal ne se doutait de la supercherie à l'heure qu'il était. Surtout dans une ville aussi petite.

—Ce... ce n'est pas un sujet sur lequel nous sommes à l'aise de parler, bafouai-je.

—Ah bon ? Pourquoi ?

—Parce que ce n'est pas un truc dont nous parlons n'importe quand et avec n'importe qui.

—C'est juste, ricana Helen.

Mon embarras était palpable, mais cela ne l'empêchait pas d'étaler des informations toutes aussi croustillantes les unes que les autres.

—Je dois t'avouer que depuis quelques années, nous avons eu affaire à plusieurs sorciers. De niveaux inférieurs, surtout, mais ils ne restent jamais définitivement. Ils se rendent compte que cette ville n'est pas exactement comme ils l'auraient souhaitée, qu'ils ne trouveront jamais les miracles qu'ils s'attendent à trouver. Il y a aussi le passé de Jensfield qui fascine les gens au sujet de la sorcellerie... Je veux dire, de la fausse magie et des trucs de *sorcières*, comme ils disent. Tu vois le genre ? C'est pourquoi nous prenons notre différence avec un peu plus de nonchalance par ici. Les gens se disent que nous sommes tout simplement des illuminés de plus dans la marre. D'ailleurs, tu te rendras vite compte à quel point la ville peut sombrer dans la folie lors de l'avent Samhain.

L'avent Samhain? Parce que les gens d'ici prenaient la fête d'Halloween autant à cœur ?

J'entendis un tiroir se fermer, puis des pas s'approcher.

—Et toi ? Pourquoi es-tu venue ici ? poursuivit Helen.

—Pour le programme spécialisé.

—Rien d'autre ?

—Est-ce que je devrais ?

J'avais l'impression qu'on me soupçonnait d'avoir une idée derrière la tête, chose qui me paraissait exagérée. Tout à coup, je fus surprise par un claquement de doigts émis sur la gauche, tout près de mon oreille. Je sursautai et tournai instinctivement la tête dans cette direction.

—Qu... qu'est-ce que vous faites?

Un curieux brouillard se mit à inonder mon esprit, une sorte de confusion que je n'arrivais pas à décrire tant elle était unique. Mais plutôt que de me fournir une explication, Helen me demanda:

—Mmmh... Est-ce qu'il t'arrive de voir des points de lumière depuis ton accident, ou d'entendre des voix?

Rectification. Elle était aussi étrange que sa nièce.

—Non. Qu'est-ce qui vous fait dire que j'ai eu un accident?

—Tu as encore certains réflexes d'une voyante, indiqua-t-elle en retournant à son poste. Ça m'étonne qu'après tout ce temps, tu tournes encore la tête lorsqu'un bruit survient.

Je l'entendis écrire quelque chose. «Argh! Si seulement je pouvais décrypter ses sentiments.»

—Alors?

—Alors quoi?

—Tu en vois? Ou tu entends des voix?

Pourquoi tout le monde cherchait-il à le savoir?

—Non, articulai-je à peine.

—Mais tu es en partie Médium, pas vrai?

—Pas cette catégorie.

—De quelle catégorie es-tu, dans ce cas? insista ma tutrice, toujours en gribouillant.

—Est-ce vraiment nécessaire, pour vous, de le savoir?

—Désolée. Loin de moi l'intention de te brusquer.

—C'est bon.

Constatant que mon manque de coopération était parvenu à lui clouer le bec, je me sentis fière de moi. Elle y alla d'un dernier gribouillage et lança:

—Bon! Nous devrions y aller si nous ne voulons pas être en retard à ton premier cours.

Ce fut un plaisir de mettre un terme à cette discussion inconfortable et de quitter cette pièce.

Durant le long trajet menant à mon casier, Helen laissa de côté son interrogatoire pour me transmettre des conseils. Elle commença par me suggérer d'entrer dans un club d'activités dédié aux jeunes inscrits dans mon programme, offre que je déclinai aussitôt. Elle me parla aussi de mes cours d'éducation physique qui, selon elle, me feraient découvrir maints sports adaptés à ma condition. Enfin, elle me décrivit mon horaire pour m'aider à le mémoriser.

J'avais remarqué qu'elle me faisait emprunter un chemin différent que celui que Melissa m'avait fait prendre la veille. La secrétaire avait raison; l'image de ce labyrinthe était difficile à mémoriser.

—Au fait, je trouve ta canne très jolie. C'est la première fois que j'en vois une comme celle-là, me complimenta Helen.

—Merci.

—Elle a été faite à la main?

—C'est un souvenir, répondis-je en souriant poliment.

—Oh…

Je me gardai bien de lui dire que mon instrument avait été fait à partir d'une canne de combat. Je me tus également sur le fait que les deux traits gravés sur le manche correspondaient au nombre de vies sauvées et que les plumes qui y étaient accrochées avaient une signification bien précise.

Nous tournâmes à une intersection lorsque je décelai brusquement une sensation d'assèchement dans ma bouche, ainsi qu'une chaleur astringente au plus haut degré. Ce goût, ce ressenti… c'était une première pour moi. Des chuchotements se firent également entendre; une voix de femme qui surgissait dans mon esprit dans un tel désordre que je n'arrivais pas à déchiffrer le moindre mot.

Je m'arrêtai nette, tâchant de réprimer ma frayeur dans les confins de mon être. Était-ce ainsi qu'un Médium Extralucide communiquait avec un fantôme? Ou peut-être était-ce encore mes sens qui évoluaient, suite à la perte de ma vue, et que je percevais maintenant les auras sous une autre forme?

Voyant que je ne la suivais plus, mon accompagnatrice s'arrêta à son tour et fit volte-face. Mon visage crispé dut me trahir, car elle devina aussitôt mon malaise.

—Un problème?

—Où… Où sommes-nous?

—Devant la bibliothèque.

Tous ces ressentis qui affluaient de toutes parts commençaient à m'étouffer. Il fallait que je quitte cet endroit au plus vite. La suggestion de ma tutrice ne pouvait donc pas tomber à un meilleur moment.

—On devrait y aller avant d'arriver en retard.

—Ouais, allons-y.

« Note à moi-même : me tenir le plus loin possible de la biblio... ou du moins, tant que je n'en saurai pas plus au sujet de ce qui se passe là-bas. »

***

Au début de mon cours de littérature, j'avais le trac. À mon arrivée, Helen me présenta à mon professeur, puis quitta le local. Un certain M. Rochester. Bavard, plein d'entrain. Le genre de personnage qui savait tout de suite nous mettre à l'aise, mais qui puait le tabac à mâcher même s'il tentait de le dissimuler derrière un bonbon à la menthe et de l'eau de Cologne de basse gamme. D'après son parfum et sa nature désinvolte, je devinais qu'il était assez âgé. Il n'en était certainement pas à sa première année d'enseignement, en tout cas.

Il se fit une joie de me guider devant toute la classe afin que je me présente en bonne et due forme. Voilà une technique des plus rudes pour briser la glace. Je me figeai devant la salle, que je sentais pleine. On attendait que je dise quelque chose, mais les discours et moi n'étions pas très copains. « Commence déjà par la base ».

—Euh… je m'appelle Leeze Gordan, bafouai-je timidement, je viens de la banlieue de Toronto.

—Toronto ? s'étonna l'enseignant qui se tenait à côté de moi. Intéressant. Les étudiants du programme viennent habituellement des Prairies. Je dois dire que c'est la première fois qu'on accueille quelqu'un du sud de l'Ontario. Es-tu logée chez une famille d'accueil ?

—Mmh, répondis-je en secouant la tête. Nous avons déménagé ici il y a quelques jours.

—Pourquoi faire tout ce chemin ? Il n'y a pas de programmes spécialisés dans les grandes villes ? questionna un élève que je détectai en face, tout près moi.

—Oui, répliquai-je en cherchant mes mots, mais mon père a jugé qu'ici, je risquais moins d'être bizutée ou de subir un accident.

« Enfin, je crois ».

—Il est du genre protecteur, hein ? Je compatis, ma grande, soupira un garçon. Ma mère est devenue complètement dingue depuis que j'ai perdu la vue.

—Ne m'en parle pas, intervint une fille d'un ton exaspéré. La mienne exige que je lui envoie des photos tous les jours pour être certaine que je suis toujours en un seul morceau. Une aveugle qui prend des *selfies* à l'école… Franchement ! Elle ne réalise pas à quel point c'est ridicule. Et c'est sans compter ses satanés appels vidéo.

Mon visage s'égaya d'amusement. « Eh bien ! Je ne suis pas la seule à être victime de harcèlement parental. »

—O.K., O.K., conclut M. Rochester. Désolé d'interrompre vos si belles confidences, mais j'ai un cours à donner.

Cela dit, il déposa ses mains sur mes épaules pour me faire pivoter dans le bon sens, puis m'indiqua :

—Il y a une place de libre près de la fenêtre. Premier pupitre.

—Merci.

Facile à trouver. Il fallait juste atteindre le mur et prendre le premier pupitre que je trouverais. Si je n'avais pas été aussi confiante, j'aurais sûrement pu deviner qu'il y avait un obstacle sur mon chemin. Mon bâton se cogna contre quelque chose de moelleux. Sans crier gare, le gémissement d'un animal retentit et la chose recula de quelques pas. Je me sentis rougir aussitôt.

—Oups. Désolée.

—Ce n'est rien. Tu ne pouvais pas savoir… C'est bon. Tout doux, Fiével.

La voix de l'étudiant était étonnamment douce et posée. Je repérai mon bureau, puis ma chaise. Lorsque je m'y assis, j'étais si embarrassée qu'il n'y a pas de mots pour le décrire.

—Je m'appelle Zackary. Et lui, c'est Fiével, mon chien-guide.

—Salut, répliquai-je en sortant mes bouquins.

L'étudiante située derrière moi se pencha près de mon épaule pour me chuchoter :

—Moi, c'est Evelyne. Enchantée de te connaître.

—Mmh.

—Ne te fais pas de soucis. On a tous l'air idiots de temps en temps. Moi, par exemple, j'ai déjà fait trébucher quelqu'un avec ma canne. Devine qui c'est ?

Elle parlait au pluriel lorsqu'il était question des bévues commises. Je n'étais donc pas au bout de mes peines. Je me concentrai sur le deuxième plan ou plus précisément, sur ses saveurs auriques pour détecter un quelconque indice à son sujet.

—Euh… M. Rochester ? me risquai-je à répondre.

—Bingo ! Et à la cafétéria, en plus.

—Imagine la honte ! fit Zack. Conseil… Tiens-toi loin de la cafèt' si tu veux survivre à cet enfer.

—Hum, hum… nous coupa la voix du professeur.

Les cours du matin furent calmes. Nous étions vingt-deux étudiants inscrits au programme. Un seul groupe. Autant dire que nous étions voués à nous apprécier. Sinon, pas de chance. Il faudrait s'endurer tous les jours.

Heureusement, mes nouveaux camarades semblaient compréhensifs et ouverts d'esprit. Très accueillants, mais en même temps, respectueux de notre espace personnel ainsi que de nos envies de solitude et d'autonomie, chose qui fait défaut aux voyants.

La tension baissait. Peut-être ne serait-ce pas aussi difficile que je le croyais ? Peut-être même qu'après tout, je me plairais dans cette école ? En ce lieu, je me sentais presque normale. Tout le monde était sur la même longueur d'onde, car nul n'était considéré comme un être handicapé. Finalement, je parvins à me convaincre que j'avais peut-être bien une place, dans ce monde, que je n'étais pas totalement étrangère aux humains.

Je n'avais rien à prouver et pour la première fois depuis quatre ans, je ne me sentais pas coupable d'être un fardeau. J'étais juste un peu stressée, ce qui s'estomperait certainement avec le temps.

Chapitre 12

Quand midi sonna, nous sortîmes de la classe.

—Tu viens manger avec nous ? me proposa Evelyne.

—Hé, Leeze ! Qu'est-ce que tu fais ? On t'attend !

—Ce ne serait pas la voix de Melissa Lenox ? s'enquit Zackary, tout aussi surpris que nous.

—Ouais.

—Wow ! Elle ne m'a pas adressé le moindre mot en un an, s'étonna Evelyne.

—Dis plutôt qu'aucun de nous n'a eu cet honneur, souligna Zackary.

—Allez, viens, lança Mélissa en me rejoignant d'un pas enthousiaste. J'ai des potes à te présenter.

—Euh... O.K.

—Je peux ?

—Ouais. Tu peux.

Sur ce, elle s'agrippa à moi et me tira comme elle aimait si bien le faire.

—À tout à l'heure ! cria Evelyne.

Au fur et à mesure que je m'éloignais, je pouvais sentir l'interrogation de mes pairs disparaître dans l'océan de fragrances du lycée. Je passai donc l'heure du dîner à la cafétéria, avec Melissa et sa bande. Plus par obligation que par désir, je dois avouer. Je ne comprenais pas pourquoi cette fille s'évertuait à vouloir m'inclure dans son univers. Peut-être avait-elle pitié de moi ou encore, qu'elle voulait entretenir le lien particulier qui nous unissait, étant donné que nous étions toutes les deux des sorcières.

Aux dires de Zackary, je devais rester sur mes gardes dans cette jungle sans pitié. Et il avait raison. Il y avait vraiment de quoi se sentir déboussolée. Des spécimens de toutes sortes occupaient la salle où régnait le *chacun pour soi*.

—Hé ! C'est mon lunch ! cria un étudiant près de moi.

—Tu ne savais pas ? Il y a une taxe de bienvenue dans ce lycée. Tout le monde doit payer, informa le ravisseur.

Quelques pas plus loin, je sentis quelque chose me frôler le nez. Je m'arrêtai sur-le-champ. Un gros projectile que je faillis recevoir en pleine tête venait de traverser l'allée. « Je vais m'en sortir. Je sais me défendre », me rassurai-je intérieurement.

—Ça va aller. Je suis là, dit Melissa comme si elle avait deviné mes craintes.

Bien qu'à mon air choqué, ce n'était sûrement pas difficile à deviner.

Je m'installai là où elle me guida. Sans dire un traître mot, je m'efforçais de ne pas gêner les autres avec ma canne, chose qui relevait de l'utopie dans un lieu aussi bondé.

Beaucoup d'umamis circulaient dans l'air ; effluves que les garçons dédiaient à la présidente du conseil étudiant. Savait-elle qu'elle était autant admirée ? En tout cas, elle en donnait l'impression. Elle donnait également l'impression d'aimer ce statut de reine aux multiples prétendants.

Elle s'assit à ma droite et me présenta rapidement à son cercle privilégié de connaissances. La voix suave, elle nous gratifiait de rires et de mouvements exagérés, comme si elle cherchait à se rendre plus intéressante. La totale pour attirer l'attention sur elle, en somme. Et ça fonctionnait. Tout le monde, dans cette école, l'admirait, y compris les professeurs et les employés. Tous étaient à ses pieds et elle n'avait qu'à choisir les pigeons dans la cage, selon son humeur et ses besoins du jour. Bien sûr, les charognards étaient les premiers à répondre à l'appel. Tout pour se tailler une place près du podium.

Soudain, elle se mit à tousser violemment. Le mot *karma* fut ma première pensée. Je me rappelai ensuite que ce n'était pas la première fois qu'elle toussait depuis hier. Une grippe ?

—Ne tombe pas malade. Ce n'est pas drôle quand tu n'es pas là, articula un garçon dont j'avais oublié le nom.

—Non, vas-y. Tombe malade… à condition que je puisse te servir d'infirmier personnel, répliqua la voix que je reconnaissais comment étant celle d'Ethan.

Quel ringard ! Si je savais son nom, c'est parce qu'il n'arrêtait pas de faire l'idiot. Il se permit même de mettre ses doigts dans mon plat alors qu'il parlait pour faire diversion. Et deux fois plutôt qu'une, en plus ! « Pas question que je me fasse avoir une troisième fois », me promis-je intérieurement tout en m'efforçant de garder mon sang-froid. Mel lui jeta quelque chose, sûrement de la bouffe, en lançant :

—Idiot !

—Quoi ? Tu ne veux pas ? Allez ! Je te dis que tu vas passer les meilleurs moments de ta vie !

Je remplis ma bouche au mieux pour cacher mes grimaces de dégoût avec mon sandwich. Qu'est-ce que je foutais là ? Qu'est-ce que je foutais avec eux ? Je n'avais rien en commun avec ces gens. Je ne souhaitais que terminer mon repas au plus vite afin d'aller me terrer dans un coin, le plus loin possible de la cafétéria.

—Hé, Mel… Tu as vu comment il te dévisage ? fit remarquer un autre membre du groupe.

—On dirait qu'il va te bouffer toute crue, renchérit Ethan.

—Ah oui ? Tu crois ? lança Mel avec un air de défi dans la voix, après s'être retournée sur sa chaise.

Pendant qu'elle ricanait, je la sentis reprendre sa position de départ. Curieuse de savoir qui, dans ce bas monde, pouvait bien détester la vénérable Melissa Lenox, je me penchai vers elle pour lui demander :

—De qui parlent-ils ?

—D'un crétin.

Ma mine se renfrogna, déçue qu'elle me cache la vérité. Un nom me vint à l'esprit. « Keishi Hua Yaza… Yama… Enfin, ce crétin de Keishi. »

—Hé, Leeze… Est-ce que tu viens avec moi faire les boutiques, vendredi ? Ce serait sympa de se faire une soirée entre filles.

J'étais distraite, car trop occupée à détecter les saveurs autour de moi, histoire d'obtenir plus d'informations sur le tempérament de mes pairs et sur les raisons qui les motivaient à tous détester un seul et même individu. Ce n'était pas un secret. Keishi avait un caractère de merde. Mais à ce point ? Voilà peut-être la conséquence de fréquenter une école aussi petite. Les nouvelles circulaient vite, et les opinions se forgeaient tout aussi rapidement.

—Hé... Tu écoutes ?

—Désolée. Tu disais ?

—Tu viens avec moi, vendredi ?

—Désolée, mais ce n'est pas trop mon truc.

—Allez ! Ça va être chouette. Je te promets que tu vas aimer. Attends... Je peux ?

Sans attendre la réponse, Mel appuya son bras sur mes épaules, mais le retira dès que je ripostai :

—Je passe mon tour. Mon père arrive ce soir et je veux profiter du peu de temps que je passe avec lui.

Encore une fois, Ethan prit la parole. Et comble de la surprise, c'est à moi qu'il s'adressa. Oui... À moi !

—Tu pourrais aussi venir à la fête de Jamie, ma belle. Ce sera l'occasion d'élargir ton cercle de connaissances.

Mon sourcil se braqua. Ma belle ? Franchement ! Quelle hypocrisie !

Soudain, j'empoignai sa main qui tentait encore de me piquer des raisins, geste qui surprit tout le monde. Tous les témoins de la scène retinrent leur souffle, comme s'ils craignaient que je la lui arrache ou que je la mange. Parce que oui, ils avaient tous peur. La saveur acidulée dans ma bouche le confirmait.

—Aïe ! D'accord, c'est bon ! Je ne le ferai plus ! gémit Ethan en se tortillant de douleur.

Oh là ! Je n'avais pas réalisé que je le serrais si fort. Je le libérai donc et repris mon sandwich là où je l'avais laissé. Fort heureusement, cela apaisa sa douleur que je sentais dans ma bouche.

S'ensuivit un moment de malaise au cours duquel plus personne n'osait faire quoi que ce soit. Je sentais tous les regards braqués sur moi.

—Co… comment as-tu fait pour deviner ? bafouilla enfin Ethan, déboussolé à l'idée que je sois parvenue à découvrir son petit jeu.

—Tu empestes l'oignon, lui appris-je. Et puis, je ne suis pas idiote. J'ai bien remarqué que le tas de raisins descendait plus vite qu'il n'aurait dû.

Tout le monde pouffa de rire. Tout le monde, sauf Ethan et moi.

—Bam ! Ça t'apprendra à voler les plus démunis ! le taquina un de ses potes.

—Démunis, démunis… Elle n'est pas si démunie que ça, la nouvelle, maugréa Ethan.

—Tiens… tu peux prendre mon milk-shake, m'offrit un ado assis à la table derrière moi.

—Garde-le pour toi ! riposta Melissa.

Outrepassant les ordres de la présidente, le garçon s'appuya sans le moindre scrupule sur ma chaise, me contourna par la gauche et déposa enfin le milk-shake devant moi.

D'abord sceptique, le doute s'intensifia d'un cran lorsque je me rendis compte que toute la tablée attendait patiemment que je m'exécute. Pour plus de précautions, je me concentrai sur leurs essences auriques. Du sucré. De l'amusement. Mais il ne s'agissait pas d'un sucré agréable à la bouche. Non. C'était un goût déplaisant. Un peu comme quelque chose qui aurait brûlé. On me tendait un piège.

Le problème résidait dans le fait que j'étais aveugle et donc, techniquement, incapable de connaître les intentions de mon *bienfaiteur*. Forcée de jouer le rôle d'une fille normale, je n'avais d'autre choix que d'utiliser la carte de la naïveté.

Je courbai les lèvres vers le haut et articulai un *merci* des plus regrettés avant de soulever le milk-shake. «Peu importe ce qu'il a mis là-dedans, ça ne durera que quelques secondes», me consolai-je. Approchant le liquide encore plus près de ma bouche, je détectai l'ingrédient secret de la recette.

Du moisi. Pire encore, on aurait dit qu'il avait été abandonné plusieurs jours dans une voiture, et ce, en plein soleil du mois de juillet. Je déposai mon *cadeau* sur la table tout en tentant de dissimuler mon dégoût. Rectification: personne ne me ferait avaler ce truc peu ragoûtant.

—Désolée, mais je n'ai pas faim. Bois-le, toi.

—C'est pour nous faire pardonner de t'avoir taquinée, insista mon *bienfaiteur*.

—Mes yeux ne sont peut-être plus fonctionnels, mais mon nez et mes doigts, oui.

Je comprenais maintenant pourquoi mes nouveaux copains de classe évitaient la cafétéria. Un vrai suicide social qui nous classait directement dans la catégorie des rejets.

J'affichais un air sec et commençais à ranger mes affaires dans ma boîte à repas, quand quelqu'un agrippa mon épaule. Du coup, je fis une rapide volte-face et saisis l'intrus par le gilet.

—Hé! C'est quoi ton problème? T'es folle ou quoi? s'exclama ce dernier, hébété.

—On ne me touche pas, c'est clair?

Il retint son souffle pendant que je me préparais à une violente riposte. Une riposte qui ne vint toutefois pas, Melissa s'empressant de se pencher vers moi pour me chuchoter:

—Je suis désolée. Je ne savais pas qu'ils feraient ce genre de conneries. Laisse-moi gérer ça, d'accord?

À contrecœur, je libérai l'insolent et comme promis, Mel s'amena en renfort. Elle lui redonna son *cadeau*, en disant:

—Ça suffit, Ben. On sait tous d'où il vient.

—Hé! T'es pas cool, Lenox!

—Excuse-toi.

—C'était juste pour rire.

—Excuse-toi, répéta Melissa en accentuant chaque syllabe. Personne ne s'en prend à elle, sinon vous aurez affaire à moi. Compris ?

—Oui, oui… Je m'excuse.

—Hé ! Hé ! Il se lève ! s'affola ma voisine de gauche en balayant l'air de la main, tout juste devant mon nez.

Parlaient-ils encore de Keishi ? Tout le groupe se tut pour se concentrer sur ladite personne. J'étais la seule à ne pas réagir, tant je me questionnais sur les raisons qui me retenaient encore ici.

—Il ne va pas venir par ici, j'espère, souffla la même adolescente d'un ton qui relevait presque de la supplication.

—T'inquiète, me rassura Mel. Il n'osera jamais s'approcher.

—Comment tu le sais ? l'interrogeai-je, tirée hors de mes réflexions par la perplexité que ses paroles suscitaient en moi.

—Je le sais, c'est tout.

Elle avait beaucoup de culot. Comme si son assurance démesurée pouvait la protéger de tout. D'une certaine façon, j'avais de la chance de l'avoir rencontrée. Elle me protégeait en cas de besoin et ne me jugeait pas en raison de ma différence. Et puis, elle était tout de même la présidente. Je ne pouvais pas jouir d'un meilleur soutien parmi les étudiants. Mon alliée était de taille et gare à ceux qui osaient s'en prendre à moi.

Chapitre 13

La journée se conclut par le cours d'éducation physique. Durant celui-ci, nous sortîmes dehors, près de la piste de course, où une classe constituée d'étudiants normaux se joignit à nous. Curieusement, Helen attendit que tout le monde soit sur place avant de se résoudre à me quitter. Bien que je ne sois toujours pas arrivée à saisir ses saveurs, son comportement n'était pas sans me rappeler celui de mon frère lorsqu'il me quittait le matin. Elle redoutait quelque chose.

—Je te rejoins après le cours, me dit-elle finalement.

—D'accord.

Son ton de voix me conforta dans mes impressions, du fait qu'il était subitement plus détendu. Comme si le danger qu'elle soupçonnait s'était éloigné ou s'il n'existait pas là, tout compte fait.

—Bonne chance !

—Euh… merci.

Dès qu'elle s'éclipsa, une nouvelle personne s'amena.

—Ah ! Yamazaki ! Vous ne séchez pas mon cours, aujourd'hui ? C'est une première ! s'exclama l'enseignant de la classe normale.

—Mmh, souffla l'adolescent, désintéressé.

—Vous êtes en retard.

—Je sais.

« Mais attends… Yamazaki… Dans le sens… Keishi Hua Yamazaki ? » Je me fis toute petite, tout à coup. Peut-être qu'il ne m'avait pas remarquée, après tout.

Cette fois, ce fut au tour de mon professeur de prendre la parole.

—Bien ! Maintenant que tout le monde est là, je demanderais aux élèves du 3-S de déposer leurs affaires sur les estrades qui sont à notre droite.

—Et pour mon chien ? interrogea Zack.

—Lui aussi.

Je suivis le mouvement lorsque je sentis quelqu'un se positionner à ma gauche. Une aura magique qui me fit connaître vite fait l'identité de l'inconnu. Je m'immobilisai en soupirant et demandai d'un air faussement assuré :

—Qu'est-ce que tu me veux, Keishi ?

—Tu connais mon nom ? C'est drôle, mais je n'ai pas le souvenir d'avoir été présenté. Et comment as-tu su que c'était moi ? À ce que je sache, tu es aveugle.

Grillée. « Il n'aura pas fallu de temps pour qu'il se doute de quelque chose ! »

—J'ai... J'ai entendu parler de toi.

—Par Melissa et sa tante, je suppose.

—En quelque sorte.

—Ça ne m'étonne pas. J'imagine le portrait ô combien déplorable qu'elles ont dépeint de moi.

Ouf! Son dédain plus qu'évident envers la présidente l'avait distrait au point de lui faire oublier sa petite enquête.

Quelqu'un me bouscula pour passer. Des excuses suivirent des deux côtés, puis je repris ma route pour placer ma canne près des autres.

—Mel et sa mère sont douées pour se faire aimer des gens, reprit Keishi en m'escortant. Ne trouves-tu pas ?

À croire qu'il était comme ce chien qui suivait son maître au pas. Si je l'écoutais à moitié et que mon visage trahissait mon désintéressement, il n'en fut guère affecté.

—Un conseil ; ne crois pas tout ce qu'elles racontent.

« Comme si ta parole valait quelque chose ! » En guise de réplique, je poussai mon audace plus loin et le défiai d'un sourire narquois.

—C'est bizarre, mais elles m'ont dit exactement la même chose à ton sujet.

—Tu as une tête, non ? Alors, utilise-la.

Ma tête... Que me disait-elle, au juste ? C'était embrouillé, mais je savais par contre que je devais garder mes distances avec ce garçon. En fait, c'était la seule chose dont j'étais certaine. Ce type, je ne devais pas lui faire confiance.

—Bon ! lança une voix. Je demanderais aux élèves du 3-A de choisir un partenaire.

Aussitôt, les étudiants de la classe normale se mirent en mouvement. Les membres mon groupe, quant à eux, attendaient qu'on leur affecte un compagnon de course. Je fis quelques pas sur le côté, en espérant de tout mon être qu'une âme charitable daigne me choisir. N'importe qui ferait l'affaire. N'importe qui, sauf lui.

En entendant quelqu'un faire un pas vers moi, mon faciès s'illumina. Pendant une fraction de seconde, je me croyais enfin sortie d'affaire, mais non. C'était encore lui.

—Trouve-toi quelqu'un d'autre à enquiquiner, rugis-je, les dents serrées.

—Nan. C'est toi que je veux, dit-il sur ton qui frisait presque l'amusement.

Le sucré que je percevais de lui confirmait qu'en effet, il se délectait de me voir dans une pareille situation.

—Je ne t'appartiens pas.

—En effet. Mais je suis le seul, ici, qui a assez de patience pour endurer ton sale caractère.

Je ne pouvais pas l'affronter, car je perdrais assurément. Mais je ne voulais pas non plus rester avec lui. « Il veut jouer à ce petit jeu? Bien ! » Je levai la main en lançant :

—Monsieur le professeur !

—Oui, mademoiselle Gordan ?

—Est-ce que je pourrais avoir un autre coéquipier, s'il vous plaît ?

—Quelque chose ne va pas ?

Bon. Il était temps de sortir mon côté de pauvre petite victime de la vie.

—Comme vous l'avez si bien dit, il doit y avoir un lien de confiance entre le guide et le coureur, et moi, je ne me sens pas à l'aise de laisser ma vie entre les mains d'un gars qui se moque ouvertement des gens en difficulté.

Je détestais m'entendre parler ainsi. Ça ne me ressemblait pas. Mais au diable la fierté. Je devais me débarrasser de ce pot de colle.

—Il a fait ça ?

Si le superviseur semblait irrité d'apprendre une telle chose, celui qui s'enflammait le plus intérieurement était Keishi. Finalement, ce n'était peut-être pas une bonne idée d'impliquer une tierce personne. « Tu as commencé la guerre. Maintenant, assume. » Je voulus donc jouer mon rôle jusqu'au bout, mais mon harceleur me prit de court.

—Désolé. C'est mon erreur. Je crois qu'il y a eu un malentendu entre nous.

—Tant que tu reconnais tes torts, c'est correct. Mais tâche de faire attention à tes paroles à l'avenir.

—Je vais faire de mon mieux, M. Adams. Je vous promets que je ne vous décevrai pas.

—Ça va, ça va. Pas besoin de t'incliner. Tu vas me foutre mal à l'aise.

Je crus perdre la mâchoire. Depuis quand un ado s'inclinait-il devant quelqu'un ? Comme si mon professeur était le roi et nous, ses subordonnés. Cette fois, Keishi m'avait eue à mon propre jeu. Tant et si bien que l'enseignant nous prit à l'écart pour nous parler en privé.

—Écoutez. C'est votre première course en tandem et je comprends que vous ne soyez pas à l'aise, mais ce travail d'équipe a pour but d'apprendre la tolérance. C'est aussi un moyen d'apprendre à fonctionner selon les points forts et les faiblesses de chacun et de s'ajuster en conséquence. Essayez, et si ça ne marche pas, on vous assignera un nouveau partenaire, d'accord ?

Je fulminais tellement de rage, que j'en oubliai mes craintes quant aux pouvoirs du sorcier. « Moi ? Travailler avec lui ? Oh, que non ! » Le professeur et Keishi me laissèrent seule quelques secondes. Je profitai de ce moment de liberté pour proposer un changement de partenaire à une autre équipe. Mais ce fut hélas sans succès.

À croire que personne ne voulait se frotter à Keishi. En parlant de lui, le voilà qui se ramenait. Je l'entendis enfiler quelque chose avant de s'adresser à moi.

—Viens. On doit s'étirer.

Je refusai de bouger, résolue à ne pas me laisser avoir aussi facilement.

—Nameruna, soupira-t-il en me prenant par la main.

Puis il m'entraîna en direction des autres équipes, pendant que je me laissais trimballer comme un animal en laisse. Il croyait peut-être que je n'avais pas entendu, mais je n'étais quand même pas sourde. Ni idiote, d'ailleurs. Ça sentait l'insulte à plein nez, peu importe la langue qu'il parlait.

Après quelques directives, la classe se sépara en quatre groupes de cinq équipes qui décolleraient sur la piste les unes après les autres, à un intervalle de trente secondes. Si l'on devait procéder ainsi, c'était, selon les enseignants, pour éviter de se retrouver en troupeau serré et de nuire aux étudiants plus rapides.

Puisque Keishi et moi étions dans le dernier peloton, nous devions attendre notre tour. J'en profitai donc pour étirer mes muscles. Survint alors le comble de l'embarras : mon insolent coéquipier tenta de passer ses bras autour de ma taille pour m'aider à enfiler le harnais qui devait nous ligoter ensemble. Ensemble ! Je me mis aussitôt sur la défensive, repliant les coudes près de mon corps.

—Que… qu'est-ce que tu fais ?

—Ma fierté en prendrait un coup si ma partenaire se retrouvait avec quelqu'un d'autre.

Blague de mauvais goût qui avait le mérite de me méduser.

—T'as fini de faire la gamine, maintenant?

—Euh…

—Bien. Maintenant, arrête de bouger.

Je lui décochai un air offensé, mais suivis ses ordres, les bras tendus de chaque côté. Il recommença donc la manœuvre et passa le harnais autour de ma taille. Son corps était si près du mien que j'avais l'impression qu'il m'enlaçait. Moi qui n'aimais pas les contacts physiques, j'étais servie! Il se pencha ensuite pour fixer la sangle.

Il faisait chaud. Très chaud. Son silence ajoutait à ma nervosité, car j'avais un laissez-passer pour accéder à son aura. Plus intime encore, à ce stade, je pouvais sentir, entre autres, ses odeurs corporelles comme son désodorisant au parfum relevé et son shampoing combinant les arômes de plusieurs fleurs et d'épices. Il fallait vite que je dise quelque chose pour contrecarrer cette situation bizarre.

—Est-ce que je peux savoir pourquoi tu tiens tant à courir avec… comment tu disais, déjà? Une *infirme*?

—Moi non plus, ça ne me fait pas plaisir, mais c'est le seul moyen de t'approcher sans que l'Otokotarashi ne te tourne autour.

Encore ce mot imprononçable. Or, même si cela tiquait ma curiosité, une question plus urgente méritait une réponse et j'étais résolue à le faire parler.

—Allez… Dis… Qu'est-ce que tu veux?

—Pas ici. Trop d'oreilles curieuses.

Au moins, il était plus prudent que Melissa. J'osais toutefois espérer que s'il faisait tout ce numéro, c'était parce qu'il avait quelque chose d'important à me dire. Et plus vite il cracherait le morceau, plus vite je serais débarrassée de lui.

—C'est toi qui tenais à faire équipe avec moi. Alors, parle.

Comprenant que je ne lâcherais pas le morceau de sitôt, il termina de serrer le harnais d'un geste brusque, non sans en profiter pour m'étouffer un bref instant par pure mesquinerie, puis il se releva.

—Hé!

—Je veux m'assurer que tu ne feras pas quelque chose que tu finiras par regretter, se contenta-t-il de dire après avoir reçu une claque sur l'épaule.

Tout d'un coup, l'énergie qui se dégageait de lui différait. Ce n'était pas de l'irritation, comme je m'y serais attendue, qu'il dégageait, mais de l'hésitation et une pointe d'acide, de peur.

—Comme fréquenter Mel ou Helen, par exemple ?

—Entre autres.

—Pourquoi ?

—Ton frère t'en a sûrement parlé, lui qui semble si doué pour comprendre les gens.

Selon ce que je pouvais constater, il n'aimait pas mon frère. Et d'où le connaissait-il, d'ailleurs ?

—Non, il ne m'a rien dit.

—Demande-le-lui, alors.

—C'est à toi que je le demande.

Notre petite joute verbale se fit interrompre pile-poil au moment où j'allais enfin découvrir ce qu'il mijotait.

—Mademoiselle Gordan ! En piste !

Agacée, je pinçai les lèvres. « Mince ! J'y étais presque. »

Sur ce, Keishi me tira jusqu'à une allée. La corde qui nous liait n'était pas longue, même pas un mètre. Vu notre difficulté à nous placer l'un à côté de l'autre sans nous gêner et nous disputer, je doutais être en mesure de revenir au point de départ en un seul morceau.

—Souvenez-vous. Ce n'est pas le guide qui commande, mais le coureur. Assurez-vous juste qu'il n'y ait pas de collisions ou que le coureur ne se ramasse pas hors de la piste, compris ?

—Compris, acquiescèrent en chœur les participants du 3-A.

Tous, sauf mon coéquipier qui garda le silence.

—Bon. À vos marques…

À ces mots, je me mis en position de départ. Mes poings se serrèrent et mon rythme cardiaque augmenta. Ma montre… Je priais de tout mon cœur pour qu'elle ne se mette pas à sonner durant la course. Mais fort heureusement, je n'avais pas oublié d'apporter mon inhalateur. Aussi, j'avais en ma possession une petite réserve de calmants, juste au cas où.

J'avais peur, certes, car je n'avais pas fait ce genre de truc depuis des lustres et à ce stade-ci, tout pouvait arriver. « Allez, allez ! Tu es capable. C'est juste une course. Tout le monde peut le faire. »

Je pris une bonne inspiration, puis entendis :

—Prêts… Partez !

Aussitôt dit, aussitôt fait. Je me jetai à l'assaut du quatre cents mètres que je devais compléter au moins trois fois pour répondre aux exigences du cours. Le choc fut brutal. J'avais perdu ma forme d'antan. À peine la moitié du premier tour et je sentais mes muscles se raidir. C'était horrible, comme sensation, mais tellement jouissif de sentir son corps travailler. Cela m'avait manqué. J'aurais pu profiter de cet instant magique, n'eût été mon accompagnateur qui s'était mis à courir à reculons.

—C'est tout ce que tu peux faire ? me lança-t-il en me tapotant la tête.

Il était à peine échauffé alors que moi, je suais déjà à grosses gouttes. Mon souffle, quant à lui, se faisait de plus en plus bruyant. Je ralentis le pas, craignant une crise d'insuffisance cardiaque. Pendant ce temps, les autres équipes nous dépassaient à qui mieux mieux, ce qui égratigna l'orgueil de Keishi.

—Allez, allez ! Un peu de nerf ! lâcha-t-il en tirant sur la corde.

—Toi !

J'ignore ce qui me prit alors. Soit j'étais déconcentrée par mon envie de l'étriper, soit j'avais deux pieds gauches, mais toujours est-il que j'ai perdu l'équilibre.

Par la suite, tout se passa rapidement. N'ayant pas eu le temps de réagir, je me retrouvai par terre. Et comme nous étions en pleine course, je fus traînée comme un tas de viande, écorchant mes mains et mes genoux au passage. Le son d'un autre corps qui heurta ensuite le terrain, accompagné d'un grognement, me rappela que j'avais un guide accroché à moi. Du coup, ma bouche s'engourdit. Keishi était blessé.

—Argh ! Tu pourrais faire attention ! rugit-il.

Un coup de sifflet résonna au loin, puis les voix affolées des instructeurs criant nos noms. « Bien joué ! Maintenant, tout le monde saura que j'ai gaffé ! »

Après quoi, j'entendis mon coéquipier se relever en maugréant quelques jurons dans sa langue maternelle. La fougue de ses mouvements m'indiquait qu'il allait bien, malgré ce que j'étais à même de percevoir. Enfin, assez bien pour arriver à se tenir sur ses deux jambes et marmonner des trucs incompréhensibles. Je voulus l'imiter, mais la douleur freina mon geste.

—Aïe ! Merde !

—Tu l'as bien cherché !

Je bouillais intérieurement, autant de honte que de rage. Si bien que je restai assise à me maudire. D'abord moi, puis l'idiot qui m'avait déconcentrée, sans oublier la loi de Murphy et sa méchanceté gratuite.

Dommage pour moi, je ne possédais ni le don de l'invisibilité ni celui de la téléportation. Personne n'était mort non plus. Quoique je n'aurais pas pu me servir de ces dons, car nous étions en public. Je devais donc vivre cette fâcheuse situation jusqu'au bout.

—Lève-toi.

—Lâche-moi ! rouspétai-je en frappant la main de Keishi qui tentait de me relever par le gilet. Je n'ai pas besoin de toi !

Baissant vivement la tête, je protestai d'un grognement sourd. Ce satané lien, ce satané travail d'équipe… Tout était de leur faute. Il fallait que je me débarrasse de ma ceinture, ce que je réussis à faire, à force d'acharnement.

—C'est moi qui devrais être frustré d'être avec une coéquipière aussi idiote ! pesta Keishi en me voyant paniquer.

Je ne pris même pas la peine de répondre. Une fois libérée du lien qui nous unissait, je me hissai debout. Ceci fait, je fus prise d'un insatiable désir de vengeance.

—Non. Je n'ai besoin de personne.

Cela dit, je m'élançai sans crier gare, plus décidée que jamais à réussir ce fichu quatre cents mètres.

Chapitre 14

J'oubliais tout. Ma douleur, ma fatigue, et le fait que je me dirigeais peut-être tout droit vers une impasse. Je voulais courir jusqu'à perdre haleine, jusqu'à ce que mes jambes ne tiennent plus le coup, peu importe où ma foulée me conduirait. « Cette fois, mon handicap n'aura pas raison de moi. Je ne m'avouerai pas vaincue aussi facilement. » J'en oubliais même l'alarme qui sonnait à mon poignet et la voix du sorcier qui se rapprochait dangereusement de moi.

—Arrête ! Tu vas en prendre plein la gueule !

Peu de temps après, je sentis une main m'agripper et me tirer dans le sens opposé. Je ne sais pas pourquoi cette simple intervention me monta à la tête. Toujours est-il que je pris la chose comme un affront. Un tour de main pour casser le poignet de mon adversaire, suivi d'un coup sur son bras pour m'en libérer et d'un coup de pied circulaire pour le mettre à terre… En théorie, ç'aurait dû fonctionner.

Malheureusement, je fus bloquée à la deuxième étape de ma technique. En moins de temps qu'il faut pour le dire, on m'empoigna la jambe avant de me faire basculer vers l'arrière. Il n'en fallait guère plus pour que je me retrouve étendue de tout mon long sur le gazon.

—Lâche-moi ! Je t'ai dit de me lâcher !

Alors que je me débattais, Keishi bloquait mes épaules au sol à l'aide d'un bras, tandis qu'avec l'autre, il retenait l'une de mes mains aux intentions meurtrières. À demi maîtrisée, je le frappais et le poussais. Tous les moyens étaient permis pour me libérer de son emprise.

Las d'être victime de mon délire passager, il me secoua un bon coup. Rien qu'un.

—Réveille-toi !

Plus aucun geste. Plus aucun cri. J'étais complètement paralysée, comme si je venais de renouer avec la réalité. Keishi se méfia d'abord, craignant que je revienne à la charge, puis s'écarta de moi en lâchant un long soupir. Je venais de retrouver mes esprits.

Quel était mon problème, au juste ? Pourquoi piquais-je d'aussi violentes colères ? Hier soir, et maintenant aujourd'hui… En fait, je ne savais plus si j'avais toute ma tête. Tout était si confus. J'étais confrontée au même dilemme qu'au centre, où on testait mille et un médicaments pour stabiliser mes humeurs, ce qui occasionnait davantage de désordres émotionnels et davantage de problèmes, alors que j'entrevoyais aussi la possibilité d'avoir imaginé la moindre contrariété qui me perturbait.

Je me redressai par en-avant, encore plus embarrassée que précédemment, et me frottai la poitrine endolorie.

—Désolée. Je… Je ne sais pas ce qu'il m'a pris, bafouillai-je, essoufflée.

Je tirai deux bouffées de mon inhalateur, puis absorbai un calmant, pendant que mon coéquipier me sondait du regard. C'est le chatouillement que je ressentais au visage qui me permettait de deviner qu'il avait les yeux posés sur moi. Cet examen silencieux me faisait sentir encore plus misérable.

—Quoi ? Tu n'as jamais vu quelqu'un prendre des médocs ?

Son aura changea à peine. Bien que surpris et irrité par ma remarque, il garda son calme.

—Tu dois être une personne très sensible pour péter les plombs comme tu viens de le faire.

Mon sourcil se braqua, quand il ajouta :

—Rassure-toi. Tu n'es pas la seule. Cette ville déclenche des réactions disproportionnées chez certains d'entre nous. Nos bons côtés, comme les mauvais, sont amplifiés et parfois, ils deviennent difficiles à contrôler.

« Donc, ce n'est pas moi qui suis folle », songeai-je à voix haute.

—Si tu l'es.

Plaisantait-il ou le pensait-il vraiment ? Son impassibilité me laissait perplexe et ne m'aidait pas du tout à y voir plus clair.

—Mais pas assez pour perdre la tête comme tu viens de le faire, ajouta-t-il comme s'il avait deviné mes pensées.

—Et... est-ce que les symptômes vont s'aggraver ?

—Tout dépend à quel point tes énergies sont stimulées.

Tout le monde semblait en savoir plus que moi sur les particularités de Jensfield et sur les changements qui s'opéraient dans ma tête. Pour ma part, j'étais tout simplement larguée, livrée à moi-même dans un gouffre sans issue. Je sursautai lorsque j'entendis une voix m'appeler :

—Mademoiselle Gordan ! Êtes-vous blessée ? Non de Dieu ! Expliquez-moi ce qui vient de se passer !

Voilà les renforts qui s'amenaient en troupeau. Des élèves curieux, sans aucun doute. J'esquissai alors le sourire le plus faux et le plus rassurant possible et répondis :

—Je vais bien. Tout est réglé. Regardez...

Je me levai péniblement pour prouver à tout ce beau monde que je n'étais pas aussi faible que j'en avais l'air. Par orgueil, cela va de soi, car je me crampais de douleur.

—Aïe.

Mes mains. Maintenant que l'adrénaline redescendait, elles me faisaient encore plus mal. Ma taille, là où était installé le harnais, me faisait également souffrir, de même que mes jambes.

—Vous devriez aller à l'infirmerie, suggéra une voix que je reconnaissais comme étant celle de M. Adams, le professeur.

—Pas la peine. J'ai juste besoin de me reposer.

—On ne sait jamais.

—J'ai dit que ça va ! répliquai-je en repoussant brusquement la main qui m'était tendue.

Oups. Ma bouche était allée encore une fois plus vite que ma pensée. Il fallait que je me calme et que je contrôle mes fichues impulsions. Mon cœur qui vibrait à toute allure, surtout.

—Je vais l'accompagner jusqu'aux vestiaires, fit Keishi.

—Oui, bonne idée, s'empressa d'acquiescer M. Adams, complètement déboussolé par mon comportement digne d'une furie.

Sceptique, je maintins d'abord ma position, puis je me dis qu'il valait mieux être escortée par lui plutôt que par mon instructeur. Pas dans mon état. Voilà pourquoi j'acceptai la proposition sans ronchonner, mais en restant toutefois sur mes gardes.

—Elle est dingue, cette fille, chuchota une étudiante.

—Je ne sais pas ce qu'il lui est passé par la tête, ajouta un autre. Elle a failli s'écraser dans les gradins.

—Allez-vous nous reluquer longtemps, comme ça ? Retournez donc courir !

L'intervention de Keishi cloua les voyants sur place, ce qui suscita chez moi bien des interrogations. Où était passé le garçon exécrable de la veille, celui qui me faisait peur au plus haut degré ? Et où était passé le crétin arrogant de tout à l'heure, celui qui s'amusait à mes dépens pour prouver sa force et sa supériorité ? La douceur de ses gestes, son intention chevaleresque de se porter au secours de la demoiselle en détresse alors qu'elle animait les cancans autour d'elle... Qui était le vrai Keishi ? Celui-là, ou celui d'avant ? « Il doit y avoir une ruse quelque part... À moins qu'il m'ait prise en pitié, ce qui serait encore pire. »

—Ne te force pas, dis-je en frottant ma poitrine endolorie. Je peux me débrouiller seule.

—Arrête de jouer la dure, répliqua-t-il en m'obligeant à reprendre la route. On sait tous que tu as besoin d'aide.

Il le faisait encore… Me piquer au point de me rendre incapable de riposter. Alors qu'il me tenait par le poignet, l'engourdissement dans ma bouche s'intensifia sans pour autant devenir insupportable. Peut-être que sa blessure ne se résumait qu'à des contusions ou, à la limite, une légère foulure ? Enfin, j'espérais que ce soit le cas.

—Désolée.

Une odeur amère envahit alors l'environnement. Un parfum tellement dégoûtant que j'en vins à grimacer.

—Tu l'as déjà dit, grogna Keishi en refermant ce qui semblait être un petit contenant.

Du coup, sa douleur s'atténua dans ma bouche.

—Je ne voulais pas te blesser, dis-je. Enfin si, mais…

Oh mince ! Décidément, mon idiotie n'avait pas de limites.

—Ce que je veux dire, c'est que…

—Ne gaspille pas ta salive, j'ai compris.

Et voilà ! Je l'avais de nouveau vexé ! Je me pinçai les lèvres en me jurant de ne plus prononcer un traître mot. Au bout de quelques pas, il s'arrêta et tendit le bras au niveau de ma poitrine pour me barrer la route.

—On est arrivé, m'avisa-t-il froidement.

Je repris ma canne que je reconnus sans peine parmi les autres.

—Elle ressemble à la mienne.

—Quoi ?

—Ta canne ressemble à la mienne… Parce qu'à la base, c'est une canne de combat, n'est-ce pas ?

Plutôt que de répondre, je m'efforçai de rester muette et pivotai vers la gauche. De mémoire, je savais que l'allée où nous étions conduisait vers le bloc sportif. Il suffisait de la suivre.

Marchant à mes côtés, Keishi se résigna d'abord à respecter mon silence, mais la curiosité eut vite raison de sa discrétion.

—Leur en as-tu parlé ?

—À qui ?

—Tu sais de qui je parle.

« Il parle encore de Melissa et de sa tante, je suppose. »

—Au sujet de quoi ?

—De tes aptitudes au combat.

—Non.

—Bien.

Il avait donc deviné. Jusqu'où avait-il remarqué mes talents particuliers, je l'ignorais.

Alors que nous gravissions les marches de ciment, le silence reprit ses droits. Les saveurs qui se dégageaient de Keishi se bousculaient en moi, embrouillant du même coup mes propres réflexions.

Je ne savais pas pourquoi son aura se livrait aussi facilement. Nul besoin de me concentrer pour la détecter, comme si elle prenait toute la place. D'après mes déductions, il devait être de deuxième niveau, ce qui était très rare à notre époque. Impossible qu'il fût de pures souches, car selon ce que j'en savais, les sorciers de premier niveau s'étaient presque tous éteints. « Peu importe ce qu'il est. Pour moi, c'est une raison de plus de rester aux aguets », me convainquis-je.

—Allez… dis, l'invitai-je.

—Te dire quoi ?

—Les questions qui te trottent dans la tête.

La surprise se lisait en lui. Il prit un certain temps pour réfléchir, puis se risqua à se jeter à l'eau.

—Tu n'as pas répondu à la deuxième question.

—Laquelle ?

—Comment as-tu su que c'était moi, tout à l'heure, lorsque je suis arrivé ? Tu as les pouvoirs d'une Surhumaine Sensorielle ou d'une Psychique Empathique ? Ou peut-être que tu es une Psychique Oracle ? Et de quel niveau es-tu ? Parce que c'est clair que tu n'es pas de niveau inférieur.

Un autre qui voulait connaître les détails croustillants de mes pouvoirs.

—C'est un secret.

—Tss. Tu as au moins le mérite d'être butée, dit-il, déçu, avant de se faufiler devant moi pour m'ouvrir la porte.

—Merci, soufflai-je d'un air forcé.

—Pas de quoi, répondit-il du même ton.

Quelle ambiance ! Nous pourrions jurer que l'hiver avait déjà pointé le bout de son nez ! « Endure-le encore un peu et tu seras enfin débarrassée de lui. »

—Hé. C'est quoi un Otoko… Otora… Le truc que tu disais pour désigner Melissa ? demandai-je à la suite d'une subite illumination.

—Otokotarashi ?

—Mmh.

—Secret.

« Karma. »

—Ah ! Ah ! J'avoue que je l'ai mérité, celle-là.

—En fait, ça représente une fille chasseuse d'hommes, expliqua Keishi avec une certaine retenue.

Incrédule, j'intégrai ce nouveau mot à mon vocabulaire. Otokotarashi. Je dus effacer l'amusement qui traversa mon regard. Il fallait avouer que le mot était bien choisi, vu le nombre de prétendants qui se traînaient aux pieds de la présidente du conseil étudiant.

—Ce n'est pas drôle.

Mince ! Il avait remarqué. Non sans quelques difficultés, je repris mon air passif.

—Non, pas du tout.

—Tu n'as pas l'air de comprendre dans quel merdier nous sommes à Jensfield.

Soudain, un claquement de porte de métal me fit sursauter. Mon interlocuteur se mura aussitôt dans le mutisme. L'acide était à son apogée ; émotion qu'il refoula rapidement pour glisser furtivement sa main dans la poche de mes shorts. Alors que je voulus répondre à ses attouchements, il me ramena vers lui pour me dire à voix basse :

—Si tu veux avoir des réponses sur ce qui se passe ici, rejoins-moi ici même après les cours.

Puis sans rien ajouter, il me faussa compagnie, me laissant le choix d'accepter ou non sa proposition. Dilemme qui ne dura pas longtemps, car la voix de Melissa s'imposa de nouveau dans ma tête. « Ne lui fais pas confiance. Reste loin de lui », me prévenait-elle chaque fois que l'idée de lui accorder le bénéfice du doute s'incrustait en moi.

—Est-ce que ça va ? C'est lui qui t'a blessée ? Ton professeur m'a dit que vous avez eu une altercation, tous les deux.

En voyant Helen, je chassai les questions qui fusaient de toutes parts dans mon esprit.

—Oui, ça va. Et non, il ne m'a rien fait. C'est moi l'idiote qui nous a fait trébucher durant la course en tandem.

—D'accord... Mais tu es sûre que ça va ? Tu ne veux vraiment pas que je t'emmène à l'infirmerie ?

—Puisque je le dis.

—Tu m'en vois soulagée... Va te changer. Je crois que tu as assez donné pour aujourd'hui, lança-t-elle en saisissant mon coude pour me guider dans les vestiaires. Au fait, je ne savais pas que tu fraternisais avec les Yamazaki, crut-elle bon de dire quelques instants plus tard, alors que je fouillais dans mon sac pour trouver mes vêtements de rechange. Je dois dire que ça me surprend.

—On s'est croisé une fois ou deux, Keishi et moi.

—Si je peux me permettre, tu devrais mieux choisir tes fréquentations. Ce garçon est tout sauf quelqu'un de recommandable.

—Je sais. J'ai entendu les rumeurs.

—Non. Je veux dire qu'il vient d'un clan très puissant de sorciers et je doute que tu veuilles devenir sa prochaine cible.

Je déglutis. Sa prochaine cible? Pas une cible comme... *victime*, j'espère? C'était tout de même curieux, car lui aussi semblait considérer Helen et sa nièce comme des ennemies. Peut-être était-ce une simple question de rivalité et de territoire...

D'instinct, ma main se porta sur le mystérieux objet qu'il avait laissé dans ma poche. Ce truc n'allait pas me nuire, non?

—Ne t'inquiète pas. Tant que tu resteras avec nous, tu ne risqueras rien, renchérit-Helen en devinant mes interrogations.

—Il n'y a pas de soucis à se faire, car je n'ai pas l'intention de fraterniser. Plus loin je me tiens de lui, mieux je me porte, la rassurai-je en terminant de me changer.

Les mots étaient sortis de ma bouche en une diarrhée verbale impossible à retenir. Un *bong* retentit ensuite; c'était le cadeau de Keishi qui venait de heurter la paroi d'une poubelle.

Il était hors de question d'embarquer dans son jeu. Le porte-malheur ou porte-bonheur qu'il venait de me refiler ne contrôlerait pas ma vie, peu importe ce dont il s'agissait. De toute façon, j'avais déjà mon sac-médecine pour me protéger et je n'avais pas envie de prendre parti pour un quelconque camp. Leur guerre se fera sans moi.

Médiumnité pour les Nuls, Article 2

L'univers est séparé en trois couches. Nous retrouvons d'abord la réalité Spatiotemporelle, dit le Monde des Vivants, qui englobe tout ce qui est perceptible, tout ce qui est tangible et soumis aux contraintes de l'espace et du temps. Cette couche est munie de plusieurs bras qui bougent, s'étendant ainsi toujours plus grand et se divisant selon les diverses possibilités créées par les Voyageurs Temporels.

La réalité Supratemporelle, mieux connue sous les noms de Royaume Céleste ou du Paradis, est la partie qui subsiste au-delà du temps et de l'espace. Entre les deux, il y a finalement les Limbes, le Royaume des Morts. C'est un vide obscur qui chevauche partiellement le Monde des Vivants… là où les âmes décédées se retrouvent si elles refusent de quitter notre monde ou si elles se perdent malgré elles dans ce trou infini et sans repère.

Chapitre 15

Accueillant la fin des cours avec joie, je rejoignis mon frère et nous quittâmes le lycée sans traîner.

—Hé. Ç'a été, aujourd'hui? me demanda-t-il alors que nous marchions côte à côte.

—J'ai survécu, si c'est ce que tu veux savoir.

—Si pire que ça?

Mon visage était chaud et tendu, comme si j'avais cuit au soleil toute la journée. J'esquissai un autre sourire forcé, sans doute le centième depuis ce matin, puis lançai:

—Et toi? Ç'a été?

—Oh... détournement d'attention.

—Ouais. C'est exactement ça, avouai-je en riant cette fois pour vrai.

—Mmh. Ouais. Ç'a été. La routine.

La réponse classique.

—Tu sens la sauge, fis-je constater.

—J'avais besoin d'une pause.

Il parlait de ses pouvoirs, car même s'il voyait uniquement les esprits et les spectres qui se situaient dans le périmètre restreint de sa lumière aurique, nul doute que la sauge parvenait à l'isoler. Je me demandais jusqu'à quel point il se sentait étouffer dans cette ville pour ressentir le besoin de se protéger. Hélas, comme il ne m'en dit pas davantage, je me tus.

«Une dernière intersection et c'est fini», me consolai-je après plusieurs minutes de marche. Arrivés à la maison, un chat nous accueillit affectueusement devant l'entrée. Il se frotta contre ma jambe tout en miaulant pour attirer l'attention. Il n'en fallait guère plus pour chasser ma mauvaise humeur et me convaincre de poser le genou au sol pour le caresser.

—Salut les enfants! lança M. Colsman, notre voisin d'en face.

—Euh... salut, répondit David avec méfiance.

Nous voulûmes reprendre notre route, mais l'homme demanda:

—Votre père n'est pas là?

—Il doit arriver bientôt, informa poliment mon frère avant de me tirer par le coude pour que nous quittions les lieux.

—Bonne soirée! cria Colsman.

—Euh... ouais! À vous aussi!

—Qu'est-ce qu'il te prend, David ? chuchotai-je.

Je secouai le bras pour me libérer de son emprise, puis nous franchîmes l'allée de devant.

—Il donne froid dans le dos, répondit évasivement David en grimpant les marches du perron.

Je n'étais donc pas la seule à penser qu'on nous épiait un peu trop dans ce quartier…

—Est-ce qu'il nous regarde toujours ?

À cette question, David pivota sur ses talons. J'osais espérer qu'il l'avait fait discrètement.

—Ouais, acquiesça-t-il.

—Com… Combien de temps ça va durer, tu crois ? m'inquiétai-je pendant qu'un frisson faisait hérisser tous les poils de ma nuque.

—Quoi donc ?

—Qu'on nous regarde comme des bêtes de foire.

—Toujours ?

—Ah ! Ah !

—Les joies de la campagne, sans doute, soupira David.

Je compris alors pourquoi il n'y avait pas de caméras de sécurité en campagne. Ces régions n'en avaient pas besoin, puisque tout le monde se connaissait et chacun était à l'affût du moindre changement. Des systèmes de surveillances vivants et qui plus est, particulièrement précis.

***

Durant la soirée, j'entendis quelqu'un descendre lentement les escaliers menant à ma chambre. Sourire en coin, je levai le crayon de mon devoir de mathématique.

—Papa, je sais que c'est toi.

—Toujours aussi perspicace, à ce que je vois, gloussa mon paternel.

—C'est toi qui m'as entraînée, je te signale.

—J'ai bien fait mon boulot, dans ce cas.

Maintenant qu'il était démasqué, il termina sa descente avec moins de minutie, puis vint m'étreindre sur ma chaise.

—Content d'être de retour.

Je m'étonnai de cette démonstration d'affection. Il était drôlement sentimental comparativement à son habitude. Cela dit, je ne m'en plaignais pas. J'en avais tellement besoin, que je dus retenir mes larmes de soulagement.

—Moi aussi, je suis contente que tu sois revenu.

La boule d'émotion monta pour lui aussi. Il s'écarta de moi, s'assit sur mon lit et reprit la parole en disant:

—Je vois que tu as décidé de faire des modifications dans ta chambre.

Parlait-il de la peinture sur le miroir? Embarrassée, je me grattai la tête, à la recherche d'une excuse plausible.

—Je... disons juste que c'est une expérience qui a mal tourné.

—S'il te plaît... la prochaine fois que tu voudras changer les couleurs, laisse-nous le faire. D'accord?

—J'ai compris la leçon. T'inquiète.

Il ricana. Ouf! J'étais sortie d'affaire.

—Sinon, est-ce que tout s'est bien passé avec David? reprit-il.

—Ouais. Rien de spécial. Pourquoi?

—Pour savoir.

«Ouais, ouais... je te crois.» Il y avait tellement de non-dits dans la famille, tellement de secrets enfouis dans les confins de nos cœurs que cela creusait une frontière de plus en plus nette entre nous.

—Papa, il faudrait que vous arrêtiez de jouer à qui pisse le plus loin, David et toi.

—J'en prends note, merci, plaisanta-t-il.

—Ah, mais de rien! répondis-je sur le même ton pour embarquer dans son jeu.

J'abandonnai mes bouquins ennuyeux et vins le rejoindre sur mon lit en tâtonnant du pied, les bras légèrement tendus devant moi.

—Et l'école? Est-ce que tu t'es fait des amis? As-tu eu de la difficulté à t'adapter?

«Vaut mieux ne pas le lui dire pour Melissa.»

—C'est déstabilisant, c'est sûr, me contentai-je de répondre. Mais ma tutrice m'aide à m'orienter et répond à mes questions. Sinon, ça peut aller. Je le saurai davantage durant les jours à venir... Et toi, ç'a été en Allemagne? Tu les as charmés avec ta conférence?

—Tu sais bien que personne ne résiste à mon incroyable charisme.

—Ah! Ah! C'est pour ça qu'on dit toujours que je te ressemble?

—Probablement.

Nous sourîmes silencieusement, comme à notre habitude, puis mon père retrouva son sérieux.

—Le musée s'est montré intéressé par nos découvertes. Il prévoit financer nos recherches et les fouilles de l'équipe archéologique du Royaume-Uni.

—Tu ne repars pas tout de suite, j'espère.

—Vendredi. C'est que… hésita-t-il, cette fois, je risque de m'absenter plus longtemps.

—Combien de jours ? m'enquis-je en ravalant le cri de rage qui menaçait de sortir.

—Plusieurs semaines. Peut-être même un mois ou plus.

—C'est trop long… Dis-leur que tu ne peux pas ! m'exclamai-je d'une voix aussi tranchante que catégorique.

—Je vais voir ce que je peux faire…

Une autre façon de dire *non*. Il entoura son bras autour de mes épaules, puis ajouta :

—Tu verras… ça va passer rapidement. Tu n'auras pas le temps de t'ennuyer que tu m'auras encore dans les pattes.

—Ouais… on verra.

« Il me touche encore… » fut ma première pensée, mais la colère prenait tant de place que je n'en fis pas de cas.

—J'ai un cadeau pour toi, m'apprit-il après un court instant.

Sur ces mots, il prit ma main, déposa quelque chose à l'intérieur et la ferma comme s'il venait de me remettre un trésor très précieux. D'après la forme, l'objet ressemblait à un petit cylindre fermé à l'aide d'un bouchon. Une fiole, donc. Je la soupesai, puis la secouai près de mon oreille pour cerner le bruit à peine perceptible d'un liquide.

—L'équipe de fouilles l'a trouvée sur l'un de nos sites.

—Qu'est-ce que c'est ?

—C'est la plus grande découverte depuis celle du feu.

Tout en écarquillant les yeux, je secouai à nouveau la fiole, histoire de trouver un indice pour déterminer ce que ça pouvait être.

—Ce machin tout minuscule ?

—Ce *machin*, comme tu dis, confirme que nous sommes sur la bonne voie, que nous nous approchons d'une nouvelle ère.

—Désolée, mais je ne te suis pas.

—Tu te souviens des légendes que je vous racontais ?

—Ça dépend de laquelle tu veux parler.

—Comme tu le sais, dans toutes les cultures, il existe des mythes qui parlent plus ou moins d'un endroit secret à l'intérieur de notre monde. Le mythe d'Agartha des bouddhistes, les neuf strates souterraines des Mayas, l'Atlantide ou encore, l'Abzu des Sumériens. Il y a aussi le Sidh des Gaéliques, l'Avalon des Bretons, le Tlalocan des Indiens... Certains de ces mythes seraient liés avec la théorie de la Terre Creuse, tandis que d'autres prennent plutôt l'apparence d'une île mystique. Mais si on regarde de plus près, tous ces mythes ont un point commun. Tu te souviens lequel ?

—L'eau. Pour y accéder, il faut passer par l'eau, me souvins-je.

—En effet. Une eau spéciale que j'ai nommée : *Aqua Vitae*. À ne pas confondre avec l'alcool, précisa mon père pour me taquiner.

« C'est donc ainsi qu'il occupe ses journées… Courir après des légendes », pensai-je, sceptique.

—La fiole que tu tiens entre les mains est le premier échantillon qui confirmerait peut-être l'existence de cet endroit, continua-t-il. L'équipe de fouille l'a trouvée près du Stonehenge, dans ce qui ressemble à une gourde, d'après mes analyses.

—Ça me semble un peu…

—Fantaisiste ? Tiré par les cheveux ?

—Genre…

À cette réponse, mon paternel ricana. Au moins, il avait conscience de la singularité de ses propos.

—Le travail des archéologues et des historiens ne consiste pas seulement à déterrer et décortiquer les événements du passé, expliqua-t-il d'un ton encore plus enthousiaste. Notre travail consiste aussi à nous aventurer au-delà de notre raison et de nos certitudes actuelles pour trouver des réponses sur des faits que nous n'aurions pas soupçonnés avec notre mentalité d'hommes modernes.

—L'Aqua Vitae pourrait fournir les réponses que l'humanité cherche depuis des millénaires, continua-t-il. Elle pourrait même expliquer l'origine des souches magiques. Donc… notre origine. Elle pourrait aussi nous conduire là-bas, dans cet univers secret. Tu imagines l'ampleur d'une telle découverte et l'impact que cela pourrait avoir sur la façon d'interpréter le monde qui nous entoure ?

Si j'avais bien compris, il croyait que nous venions d'ailleurs. Cela faisait donc de nous des extraterrestres ou plutôt, des intraterrestres. « Oh là ! Le délire de fou. »

Je commençais sérieusement à me demander si finalement, mes antécédents psychiatriques n'étaient pas héréditaires.

—Si ce truc est aussi important, tu devrais le garder, dis-je.

—Redonne-la-moi à mon retour, répliqua-t-il en refermant mes doigts autour de la fiole. Ce sera notre gage. D'accord?

—Je n'ai plus cinq ans, tu sais. Je n'ai pas besoin d'un jouet pour me rassurer.

—Pour moi, tu resteras toujours ma petite fille, signala mon père.

Sur ces mots, il me reprit dans ses bras, cachant sa tristesse derrière un masque d'assurance et d'espoir. «Ça y est. C'est clair. Il y a quelque chose qui cloche.» Peut-être m'en faisais-je pour rien, mais j'avais l'impression que tout ce surplus d'amour et ces confidences bizarres sonnaient comme des adieux.

—P'pa, tu es sûr que ça va?

—J'ai juste hâte que ça se termine, répondit-il en s'étirant, comme pour chasser ses émotions. Oh… Je vois que tu as installé ton capteur de rêves...

—Ouais.

—Est-ce que tu pries, le soir?

—Je ne pense pas vraiment à ce genre de choses.

—Fais-le, s'il te plaît. C'était important pour ta mère, dit-il en se levant. Attends… je vais le faire avec toi.

Comme ma mère le faisait, il appuya l'instrument chamanique sur mon front et colla le sien à lui. Nez à nez, nous commençâmes à prier.

—Puissent les anciens m'envelopper de leurs bras protecteurs et me soutenir dans les plus dures batailles jusqu'au lever du jour. Puissent-ils attraper mes mauvais rêves et les envoyer jusqu'au Grand-Esprit.

Ma voix était devenue tremblotante, prête à se transformer en sanglots.

—Bonne nuit, ma Lizy, me souhaita mon père après avoir raccroché le capteur de rêves.

—Bonne nuit, papa.

Il emprunta les escaliers et au moment où il quitta le sous-sol, encore plus de salé s'apposa sur ma langue. Beaucoup de salé, mêlé à un brin d'engourdissement. Je compris que mon père pleurait en silence. Sans doute me quittait-il parce qu'il ne voulait pas que je sois témoin de sa propre souffrance. Du coup, je me mis à pleurer à mon tour. Pourquoi le faisais-je? Moi-même j'avais du mal à le savoir.

Sans doute la peur ou encore, la fatigue et la peine de le voir aussi chagriné.

Chapitre 16

La présence de mon paternel me donna l'impression que tout était plus facile ou disons, plus tolérable. Comme je ne voulais pas l'inquiéter et ajouter de la pression sur ses épaules, j'avais une bonne raison de refouler mes émotions.

Durant tout le reste de la semaine, il vint me déposer et me chercher à l'école. Le fait d'y aller en voiture faisait déjà une grosse différence et me permettait de me changer les idées. La fille mal dans sa peau et perdue dans les confins du labyrinthe du lycée versus la fille sûre d'elle-même qui rigolait avec son père. C'est que nous avions appris l'art de nous murer dans une forteresse, lui et moi. Fuir nos problèmes et faire comme si de rien n'était ; nous étions les champions dans ce domaine.

Mais curieusement, à force de faire *comme si*, j'arrivais parfois à oublier celle que j'étais devenue. Je revenais en arrière et reprenais le rôle de la Leeze de mon enfance, pleine d'espoirs face au futur. Parfois, le sourire que j'affichais était sincère. Je m'accommodais de cette nouvelle vie ou du moins, je m'efforçais de le faire.

Puis le vendredi soir, mon père plia bagage. Il m'enlaça tendrement sur le bas de la porte et me chuchota à l'oreille :

—N'oublie pas, Lizy. Garde la fiole pour moi.

—Oui, papa, soufflai-je, l'estomac noué.

—David, enchaîna-t-il en se tournant vers mon frère qui était resté à l'écart, prends soin de toi et de ta sœur, compris ?

—Franchement ! Ce n'est pas la première fois que tu pars, riposta sèchement David.

—Je le sais, mais faites-moi la promesse de rester ensemble, peu importe ce qui arrivera.

—T'inquiète, nous n'avons pas l'intention de disparaître, gloussa mon frère.

Mon père hésitait. D'après l'acide dans ma bouche, il s'inquiétait et cela me rendait d'autant plus nerveuse de le voir partir.

Son téléphone portable sonna brusquement.

—Oui, répondit-il, je suis en route.

Il empoigna ses valises et franchit le seuil en disant :

—Je vous appelle dès mon arrivée à l'hôtel.

—D'accord, dîmes en chœur David et moi.

Et il s'esquiva en flèche. Nous sortîmes sur le perron pour le *regarder* partir.

—Non. Je n'ai pas changé d'idée, lança mon père à son interlocuteur avant de s'engouffrer dans la voiture.

—Il n'est pas comme d'habitude, déclarai-je à mon frère.

—Vaut mieux ne pas essayer de comprendre.

Sur ce, David rentra. Je ne le suivis qu'après avoir entendu l'auto s'engager sur la route. Mon cœur était tiraillé entre la peine de voir mon paternel partir et le soulagement d'accueillir la fin de semaine.

***

Comme tous les matins, mes réveils du samedi et du dimanche furent marqués par la même odeur de chien. Comme toujours, j'avais fait le même rêve, celui où je m'approchais de plus en plus de la bête sans parvenir à la toucher. Sachant que chaque maison dégageait un parfum propre à son histoire et à sa composition, je me disais que cela venait peut-être de la chambre. D'un autre côté, mes rêves ne duraient jamais longtemps. Peut-être qu'un animal venait rôder près de la demeure durant la nuit et qu'une mauvaise isolation des murs ou des fenêtres créait un petit courant d'air ?

On m'avait si longtemps étiquetée comme une personne atteinte d'une maladie mentale que j'avais peur de le devenir réellement. D'une façon rationnelle, je cherchais toujours à expliquer ce qui m'arrivait, comme si j'avais rejeté une partie de la sorcière en moi. Je croyais en la magie et je m'accrochais fermement au soutien de mon frère et de mon père, mais dès qu'un événement me faisait sortir hors de ma zone de confort, je me rétractais dans le doute instauré par la logique et la notion de normalité.

Mais il fallait avouer que tout s'était enchaîné trop vite. Sans avoir eu le loisir de réfléchir et d'accepter le changement, je dus aussitôt me créer de nouveaux repères, m'adapter à de nouvelles personnes et vivre des événements tout aussi étranges et mystérieux que les précédents.

C'est pourquoi j'accueillis la fin de semaine comme un second souffle, une pause bien méritée pour faire le point. J'en profitai donc pour me reposer, tout en attendant de recevoir des nouvelles de notre père. Un appel par jour pour nous faire savoir qu'il était toujours en vie et que tout se passait bien de son côté. Bien entendu, il ne manquait pas de s'informer de nous. Un père reste toujours un père.

Sauf pour faire les courses, David et moi évitions de mettre le pied dehors. Pas que nous avions peur, mais parce que nous nous sentions plus à l'aise ensemble, rien que tous les deux, sans regards braqués sur nous. Ceux des vivants pour ma part, et ceux des morts du côté de mon frère.

Le dimanche après-midi, David regardait la télévision pendant que j'écoutais un roman audio sur mon ordinateur portable. Comme dans trop d'histoires fantastiques, on y retrouvait la fameuse scène du rêve prémonitoire. Du coup, je levai les yeux vers le ciel en grognant intérieurement: « Toujours la même rengaine ».

Si je ne pouvais guère concevoir la possibilité de vivre ce genre d'aventures rocambolesques, car trop emmurée dans ma logique tendancieuse, j'avais un drôle de sentiment de déjà-vu. Je me demandais à quoi pouvaient bien rimer les étranges rêves que je faisais et surtout, pourquoi ces derniers ne me hantaient que depuis notre arrivée à Jensfield. Je fus sortie de mes pensées par un coup de coude de mon frère.

—Hé… tu écoutes ?

—Qu'est-ce que tu veux encore ? répondis-je, agacée de me faire ainsi interrompre dans mes réflexions.

—Wow ! Tu respires la bonne humeur, à ce que je vois.

—Tu vois pas que tu me déranges ?

—Tss.

Tout à coup, David me saisit par les épaules et m'écrabouilla entre ses puissants bras. Je détestais de me faire prendre de la sorte et il le savait !

—Argh ! Lâche-moi !

Après moult efforts, je réussis à me défaire de son emprise et à le repousser sur le divan.

—Moi aussi, je t'aime, petite sœur, lança-t-il en rigolant de sa propre plaisanterie.

—Idiot ! rugis-je, furieuse, en tentant de le frapper.

—Ah ! Ah !. Manqué ! pouffa-t-il après avoir facilement esquivé le coup.

« Il a de la chance que je sois aveugle, pensai-je. À forces égales, je lui aurais donné une raclée. » Considérant sa victoire satisfaisante, David se leva de son perchoir, puis annonça :

—Très bien, je te laisse. Si tu as besoin de moi, je suis dans ma chambre.

—Non ! Attends ! J'ai une question ! l'arrêtai-je, frappée par une subite illumination

—Ouais ? répliqua-t-il en s'arrêtant de marcher.

—Tu ne trouves pas que tout est bizarre, ici ?

—Y a-t-il déjà quelque chose de normal dans notre vie ?

—Je sais, mais tu ne trouves pas que c'est pire que d'habitude ?

—Toujours à tourner autour du pot ! soupira David. Qu'est-ce que tu veux ?

—J'aimerais savoir s'il s'est passé des trucs étranges dans cette ville.

—Tu me demandes de faire des recherches ?

—Ce serait apprécié, oui.

—Dac.

Aussitôt, il prit mon ordinateur et s'installa sur le plancher, devant la table basse du salon. Tout en demeurant sur le divan, je me glissai derrière lui, le coude appuyé sur le coussin moelleux et les jambes remontées pour plus de confort.

Dans ma tête, j'imaginais toutes sortes de scénarios. Des rituels magiques pour invoquer des esprits, les activités macabres d'une secte ou plus extravagant encore, une malédiction proférée par un sorcier très puissant dans le but de punir les habitants de cette chère bourgade.

O.K. La dernière option relevait plutôt d'une fiction digne d'un film fantastique. « Ne divague pas trop, quand même. »

—Qu'est-ce que tu veux savoir ?

—Tout. Je veux tout savoir sur cette ville.

—Rien que ça !

« Lui et son sarcasme… » Il se mit au boulot, accompagnant son silence de clics de souris et de tapotements sur les touches du clavier. Derrière sa concentration à toute épreuve, quelques boules d›émotion envahirent ma langue en raison du lien très puissant qui nous unissait tous les deux. Un goût acide se manifesta d'abord, mais j'ignorais si cela relevait de la simple surprise ou de la crainte au sujet des découvertes qu'il faisait, car les deux étaient possibles. Interpréter une émotion avec précision n'est pas toujours aisé. Tout dépend du contexte : la façon dont la personne réagit à la situation et quel degré de magnitude est atteint sur l'échelle des sentiments. Puis, les saveurs devinrent embrouillées, comme si ce que David lisait le rendait confus. Peut-être avait-il simplement du mal à trier les informations ?

L'attente était insoutenable et le fait de n'avoir qu'un aperçu de ses recherches que par l'entremise de ses émotions m'énervait. Au bout d'un moment, il commença enfin.

—La chasse aux sorcières n'a pas seulement frappé la côte Est des États-Unis. Si Salem est populaire pour les exécutions qui ont été commises, Jensfield n'a rien à lui envier. C'est fou, souffla-t-il en se baladant d'un site à l'autre. Des dizaines d'hommes, de femmes et même d'enfants ont été jugés pour avoir supposément fraternisé avec la magie et de supposés démons. Il y a eu beaucoup d'exorcistes et plusieurs auraient mal tourné. Quelques prêtres catholiques auraient aussi été accusés d'avoir joué avec les forces occultes. L'un d'entre eux, qui s'appelait Nicholas Barkley, aurait été jugé coupable et exécuté pour avoir influencé des fidèles à suivre la voie de la sorcellerie.

Des exorcismes, des exécutions, un gourou… Je déglutis.

—Selon les statistiques, continua David, il y aurait eu beaucoup d'immigrés provenant d'Irlande et d'Écosse durant les années 1800, d'où les superstitions étranges qu'entretiennent les gens du coin. En région, la criminalité serait aussi plus élevée qu'ailleurs.

Et moi qui croyais que notre père nous avait emmenés ici pour troquer la violence de la ville contre une vie paisible et nous mettre à l'abri des regards superstitieux.

—Y a-t-il quelque chose à propos du lycée ? réussis-je à babiller après m'être souvenue de l'impression bizarre que j'avais ressentie devant la bibliothèque.

—Est-ce qu'il s'est passé quelque chose ?

—Peut-être. Je ne suis pas sûre. Mais toi, je sais que tu sens quelque chose, parce que tes saveurs changent lorsque nous nous approchons de l'école.

—Les statues et la croix dans le hall d'entrée laissent présager qu'il s'agit d'un ancien couvent ou peut-être, d'une église.

—Ce que tu vois, ce sont donc des spectres religieux.

—Attends, je regarde, dit David pour détourner le sujet, en faisant à nouveau entendre quelques clics de souris. Le lycée St-Joseph de Jensfield...

Les secondes passèrent, puis les minutes. Me sentant inutile dans cette quête de la vérité, je me levai de mon siège.

—Je vais chercher quelque chose à boire.

—Mmh, mmh.

Je pris la direction de la cuisine, contournai la table et les chaises avec précaution et fouillai dans le frigo. Puisque chaque chose se trouvait à sa place habituelle, je n'eus pas besoin de chercher longtemps.

—J'ai trouvé ! s'écria David à partir du salon.

Ah ! Enfin ! Je me dépêchai de remplir les verres et retournai au salon au pas de course.

—À l'origine, c'était un séminaire qui formait des prêtres catholiques.

—Oh… je vois.

Je lui donnai son verre et m'assis sur le divan, puis sirotai le mien tout en méditant sur le sujet.

—Donc, beaucoup de morts, beaucoup de colère, de souffrance et d'injustices… enchaîna mon frère. J'ai hâte au mois de novembre. La fête du Samhain risque d'être une partie de plaisir.

—N'empêche que tout ceci explique la présence d'autant de spectres et de fantômes en ville, déduisis-je après avoir réfléchi à la question.

—À vrai dire, pas tant que ça. La plupart des spectres que je vois ici ne sont ni violents ni morbides. Ils ont beau être dérangeants, mais ce ne sont que des mémoires collées dans l'environnement. Par contre, les fantômes sont toujours aussi flippants.

—Ce serait dû à quoi, selon toi ?

—Les spectres ? Je ne sais pas. On dirait qu'ici, ils s'accumulent comme des *post-it*.

—Hum… c'est étrange.

—Je ne te le fais pas dire, soupira David. Moi qui croyais qu'en campagne, j'aurais droit à des moments de répit.

—Tss, ronchonna-t-il en se levant. Voir moins d'esprits constituait le seul avantage que j'espérais trouver dans cette ville et il fallait que ce soit le contraire.

Bien que nos pouvoirs fussent différents, nous vivions les mêmes dilemmes. Je croyais moi aussi être en mesure de gérer mes sens surdéveloppés et de vivre avec ma maladie sans trop de tracas, mais voilà que c'était tout le contraire qui se produisait. Je me sentais revenir quatre ans en arrière, au début de ma réhabilitation, alors que j'étais aux prises avec des problèmes de santé. À cette époque, j'avais même de la difficulté à percevoir les essences auriques de certaines personnes, comme si je manquais d'expérience.

David alla s'occuper dans sa chambre. Il se plongerait sûrement dans l'un de ses mangas favoris. Quant à moi, je méditais sur ce que nous venions de découvrir. Suite au départ de mon père qui sonnait davantage comme un adieu, une seule question restait en suspens…

Telle une peluche, je serrai le coussin contre ma poitrine pour me réconforter. « Pourquoi tenais-tu tant à nous emmener ici, papa ? Pourquoi nous laisses-tu seuls ? »

Chapitre 17

—Ah... j'oubliais... est-ce que tu as rencontré quelqu'un, récemment ? demandai-je à David. Je veux dire... quelqu'un de mon âge ?

—Précise...

—On m'a parlé de toi la semaine passée.

—Il y a eu ce morveux de sorcier qui est venu m'avertir de nous tenir loin du lycée, répondit-il après avoir brièvement réfléchi. En fait, je dirais que c'était plus une menace qu'un avertissement.

—C'est lui tout craché.

—Tu le connais ?

—Malheureusement, oui, soupirai-je.

—Il a filé rapidement, comme s'il fuyait quelque chose.

Parlait-il du même Keishi ? Parce que j'avais de la difficulté à croire que ce gars sans vergogne craigne quoi que ce soit. Puis je me souvins de la manière dont il avait détalé lorsqu'Helen nous avait interrompus. « Étrange qu'une personne avec une essence magique aussi puissante puisse avoir peur d'une femme comme elle. Cela veut donc dire qu'elle représente pour lui une rivale de taille. »

C'était lundi. Nous étions en route vers l'école depuis environ cinq minutes. J'avais sensiblement la même allure que d'habitude : lentilles de contact, bracelet pour cacher ma cicatrice, jean moulant, t-shirt descendant en bas des fesses, baskets aux semelles plates, cheveux détachés. Pas de décolleté ni rien qui nécessitait une attention particulière, histoire d'éviter les petits accidents de parcours.

Comme tous les matins, la rosée tapissait la ville en un voile de gouttelettes timides. Aussi, la brise automnale commençait à se faire sentir. Fraîche et parfumée telle une terre humide à proximité d'un sous-bois. Une essence douce et âcre en même temps, avec une pointe de champignon. Bientôt, la senteur des feuilles mortes accompagnerait ce concert d'odeurs.

Mes pas emboîtaient ceux de David dans un rythme lent et régulier. Comme d'habitude, les tapotements de ma canne nous accompagnaient et bien loin dans le ciel, des bernaches cancanaient au-dessus de nous. À cette période de l'année, elles migraient de toute évidence vers le sud. Mes lèvres s'étirèrent vers le haut lorsque je me dis qu'elles étaient si près des nuages qu'elles pouvaient les fendre en deux.

Rendus à une intersection, nous tournâmes pour emprunter l'avenue du Parc où les passants se faisaient plus nombreux. C'est alors que nous fûmes témoins d'une bousculade impliquant plusieurs individus. Certains prirent la poudre d'escampette, talonnés par la voix d'un homme qui criait:

—Voleur! Argh!

Le premier réflexe de David fut de me ramener près de lui pour me protéger. On nous contourna dans tous les sens, les premiers avec fougue, tandis que le dernier de la file peinait à les rejoindre. C'était la victime, sans aucun doute, et elle ne me semblait pas en grande forme, d'après son souffle gras et ses foulées aussi inégales que chancelantes.

Puis ce dernier s'immobilisa brusquement. Mes oreilles captèrent ensuite le bruit d'une chute. Il venait de s'effondrer, comme ça, sans crier gare. En conséquence, j'eus l'impression de sortir de chez le dentiste après m'être fait geler chaque côté de la mâchoire. D'instinct, je cachai ma bouche dans le creux de mon bras. L'engourdissement devint tel, qu'il m'empêchait de retenir ma salive avec ma langue. Une situation dégoûtante qui rendait le problème encore plus alarmant, car cela signifiait que la victime souffrait sévèrement. Blessure ou maladie grave? Je n'en avais aucune idée. Chose sûre, la sensation disparut aussi vite qu'elle était apparue.

—Monsieur! Monsieur! Réveillez-vous! criait une passante. Appelez les urgences!

—Oui allo? Nous avons un blessé grave, ici, avisa un autre témoin de la scène par l'entremise de son cellulaire.

«Erreur. Il est mort. Décédé», que je voulus leur dire. Mais je m'abstins. Je m'essuyai le menton. Heureusement, je n'avais pas bavé au point de ressembler à un chien enragé. J'en avais juste un peu sur le coin.

«Tu ne peux interférer dans les rouages du destin.» Dans ma tête, je répétais ces mots tel un mantra tout en poursuivant mon chemin. Or, le temps s'arrêta comme il le faisait chaque fois que la mort frappait et que son appel venait atteindre mon cœur. C'est alors que je sentis une présence à côté de moi; c'était l'homme à la lanterne qui m'avait accompagnée durant tous mes sauts dans le temps.

—Où étais-tu? le grondai-je.

—Navré, mais je suis soumis à certaines obligations.

—Tu mens, l'accusai-je les yeux remplis d'eau. Tu ne peux pas être désolé, parce que tu n'as aucune idée de ce qu'est la compassion.

Son aura changea un tantinet. «Du salé? C'est la meilleure! Depuis quand ces *choses* ont-elles des sentiments?»

—Je ne suis pas ton ennemi, tenta-t-il pour se justifier.

—Regarde ce que je suis devenue et ose me dire que tu veux mon bien! Ose aussi me dire que ce qui est arrivé à ma mère et à ma sœur était pour leur bien!

Je tremblais de rage et de chagrin. Puis l'émotion l'emporta, en raison des souvenirs déchirants qui me liaient à cet être. Je le frappai avec mon bâton, mais il ne réagit pas. La pensée qu'il ne ressentait sûrement pas la douleur me mit hors de moi. J'y allai donc d'un autre coup, puis un autre et un autre… Je me défoulais corps et âme sur lui en hurlant:

—Où étais-tu, hein? Je t'ai appelé! Combien de nuits j'ai passées à pleurer et à prier en espérant que tu m'entendes!

Il ne souffla mot. J'aurais bien aimé voir son visage, pour scruter son regard: affichait-il de la tristesse, des regrets ou son éternel air glacial?

—Pourquoi n'es-tu pas venu? Tu savais à quel point je souffrais, gémis-je de désespoir. Tu savais pourquoi je voulais mourir et tu as quand même décidé de me laisser pourrir dans l'injustice.

Sur ces mots, je sentis une main glacée se positionner au-dessus de ma tête, mais mon interlocuteur abandonna l'idée de me toucher, comme s'il redoutait d'outrepasser ses barrières émotionnelles. «Cruel. Sans cœur.» Sachant qu'il était inutile de discuter avec lui, je pris une grande inspiration tout en tâchant de reprendre le contrôle de mes émotions.

—Va-t'en! Je ne veux plus te voir!

L'homme à la lanterne hésita, n'ignorant pas qu'il lui était impossible de partir, du fait qu'il avait une âme à recueillir. Et d'ailleurs, pourquoi obéirait-il à une Médium Voyageuse? Mais vu ma peine évidente, il rétorqua d'une voix tranchée:

—Si tel est ton souhait.

Après quoi, il me poussa hors de la couche supérieure du temps, me ramenant ainsi à la réalité Spatiotemporelle. Sa disparition me replongea dans l'environnement tel qu'il était plus tôt: l'homme décédé et moi, toujours aussi désemparée.

Comme j'étais maintenant à découvert, je ravalai mes larmes et continuai ma route tout en me contraignant à exhiber un air plein d'aplomb. David était sans doute le mieux placé pour comprendre le combat intérieur que je vivais. Son hésitation me rendait d'autant plus mal à l'aise, car cela signifiait qu'il avait deviné ce qui venait de se passer, même si à l'instar des autres passants, il avait été figé dans le temps. Au moins, il avait le tact de ne rien dire.

—Ça va ? Tu veux en parler ?

« Oh merde ! » Finalement, il avait osé aborder le sujet.

—Pourquoi je n'irais pas bien ? répliquai-je d'un ton sévère, avec la ferme intention de lui faire savoir que je n'étais pas d'humeur à subir son interrogatoire.

Devant mon refus de parler, il se tut et ne souffla plus un mot durant tout le reste du trajet. Lorsqu'il s'arrêta, je fis de même, le visage toujours figé dans la froideur.

—C'est ici, indiqua David.

—Dac.

Une fois à destination, je retrouvai mon assurance. J'abandonnai mes pensées mélancoliques, résolue à ne pas me laisser abattre par cette journée qui avait mal commencé. Nous pivotâmes vers la droite et au bout d'un moment, nos pieds se posèrent sur le pavé de ciment conduisant aux portes principales du lycée. Le combat contre la foule recommençait.

Je repérai Mel qui riait au loin. Apparemment, je ne fus pas la seule, car mon frère se mit en mode défensif. Il s'approcha de moi pour me dire discrètement :

—J'ai quelque chose à te demander… S'il te plaît, ne laisse pas cette Melissa te toucher. D'accord ? Du moins, aussi longtemps qu'on ne saura pas ce qu'elle est et qu'on ne connaîtra pas ses intentions envers toi.

—Pourquoi ?

—Je ne sais pas. Je ne vois rien en ce qui la concerne.

—Comme si elle n'avait pas d'aura ni d'âme, déduisis-je.

—Exactement.

Comme des étudiants se chamaillaient près de nous, David m'entraîna sur la pelouse pour plus de discrétion.

—Mais ce n'est pas ça qui me chicote le plus, enchaîna-t-il.

—Quoi donc ?

—Elle est trop parfaite.

—Depuis quand être parfait est un défaut ? gloussai-je, sourire en coin.

—Je veux dire, c'est quand même bizarre qu'elle représente le modèle parfait de mon fantasme. Physiquement parlant, je veux dire. Tellement parfait, qu'elle m'obsède. Tu vois le genre?

Malaise. O.K. Même si je pouvais comprendre qu'un homme approchant la mi-vingtaine pouvait avoir des désirs et des besoins à assouvir, ce n'est pas là le genre de détails qu'une sœur aime imaginer au sujet de son grand frère. Surtout lorsque la personne concernée est une camarade d'école.

Réalisant sa maladresse, David tenta de se reprendre en disant:

—Euh... c'est comme si... bref, tu dois avoir remarqué que je ne suis pas le seul à le penser.

—Attends... Est-ce que tu dis ça parce qu'elle est plus jeune que toi ou parce que tu as peur d'oublier Winona?

—Rien à voir, s'empressa-t-il de répliquer.

Oups. Apparemment, je venais d'aborder un sujet sensible.

—Je sens juste qu'il y a un truc de pas normal, chez cette fille... je ne sais pas quoi, et ça m'énerve.

Je réfléchis. Oui, Melissa était bizarre, mais tout le monde semblait l'être, ici. Oui, je me sentais confuse près d'elle; en sa présence, j'étais à la fois confiante, amusée et irritée, mais dans ce dernier cas, c'était peut-être en raison du stress engendré par le fait que je côtoyais de nouvelles personnes. Peut-être, aussi, était-ce parce que son énergie ne m'était pas familière. Oui, elle était collante. Très collante, même. Mais sa patience à toute épreuve compensait largement cette manie.

Jusque-là, elle avait toujours fait preuve de compréhension et de générosité avec moi. En une semaine, elle fut témoin de plusieurs de mes sautes d'humeur. Et plutôt que de s'en plaindre, elle s'est toujours portée à mon secours. De ce fait, je ne voyais pas en quoi elle représentait une menace.

—Ah! Leeze! Tu es arrivée!

«Quand on parle du loup...» Les émotions de David devinrent aussitôt chamboulées. Quelques fois, celui-là n'était pas sans me rappeler notre père. Surtout lorsqu'il considérait chaque individu comme un danger potentiel pour la pauvre handicapée que j'étais devenue.

—Bref, fais attention. O.K.? insista-t-il en demeurant sur la défensive. Du moins, jusqu'à ce qu'on en sache plus sur elle.

—Dac.

—À ce soir.

—Ouais. À plus.

Sur ce, il me laissa aux mains de Melissa et partit d'un pas pressé.

—Hé ! Bonjour quand même ! s'étonna ma copine en le voyant s'éloigner aussi promptement.

Si elle espérait le charmer, ou simplement fraterniser avec lui, elle rêvait en couleur ! Quoique... Elle représentait tout de même le fantasme de mon frère et l'umami que je sentais chez ce dernier trahissait une faille dans son instinct de surprotection. Perdue dans mes pensées, je sentis une main s'accrocher à mon bras.

—Oups... j'ai oublié de demander, s'excusa Mel en s'écartant. Je peux ?

Chose promise, chose faite. Je contestai en reculant d'un pas, puis, tout en tenant ma canne près du corps, je rétorquai :

—Désolée. J'ai promis de retrouver Evelyne et Zack, avant le cours. Nous devons terminer nos devoirs ensemble.

Sur ce, j'étirai les commissures de mes lèvres vers le haut. Ce faisant, j'exhibai davantage un rictus qu'un réel sourire, mais j'osais croire que c'était suffisant pour la convaincre de prendre ses distances. Et heureusement, ce fut le cas.

—Euh... d'accord. Tu as besoin que je t'accompagne ? s'enquit-elle sur un ton laissant transparaître une légère animosité.

—D'ici, je connais le chemin. Merci.

Je me sentais ingrate de me montrer aussi distante alors qu'elle m'avait tant aidé, mais je l'abandonnai ainsi, en serrant secrètement mon sac-médecine pour garder courage. Malgré la banalité de cette décision, je dus user de toute ma volonté pour la prendre et la maintenir.

Suite à cet épisode, les jours se succédèrent, puis les semaines. Avec l'aide de mes camarades de classe et de ma tutrice, je commençais à me créer des repères. Melissa, quant à elle, respectait mon besoin d'indépendance. Enfin, la plupart du temps. Il était difficile de garder mes distances, étant donné que je passais beaucoup de temps avec sa tante. Il faut dire aussi que le lycée était petit. Nous nous sommes donc croisées quelques fois, mais toujours, je tâchai d'écourter nos entretiens.

Étrangement, même quand ni l'une ni l'autre des Lenox ne me gratifiait de sa présence, il m'arrivait quand même de me sentir épiée. Parfois même suivie. À la cafétéria, dans les couloirs, près de mon casier... Cette aura familière veillait sur moi d'un regard dédaigneux, comme si ma présence suscitait chez cette elle de la méfiance et de la crainte. Par contre, elle se tenait toujours loin et ne cherchait pas à m'aborder. Bien que ce ne fût pas la seule personne à se pençher sur mon cas avec vigilance dans cette ville, cela me rendait mal à l'aise de me savoir dans la mire de quelqu'un. Surtout à l'école, où je ne pouvais pas compter sur mon frère pour venir en renfort s'il m'arrivait malheur.

Un matin, je me suis arrêtée brusquement, juste pour tester la réaction du traqueur. Keishi me contourna habilement, son gilet frôlant à peine mon bras, et continua sa route comme si de rien n'était. Il croyait certainement qu'il se faisait discret et que je ne remarquais pas sa présence, mais je savais. Je sentais ses odeurs et dommage pour lui, c'étaient les seules que je pouvais reconnaître sans peine. « Ne pense pas que je vais me laisser intimider par toi », le menaçai-je intérieurement.

Puis arriva le vingt-cinq octobre, journée marquant le début d'un avent particulier, un événement célèbre à Jensfield. Une fête qui s'étendait jusqu'au premier novembre et dont la soirée de l'Halloween et la journée du Samhain constituaient les points culminants.

Selon les dires des officiels, l'avent visait à se remémorer les victimes injustement accusées lors des procès pour sorcellerie, mais d'après Evelyne et Zack, c'était quelque peu différent. Il y avait d'abord l'aspect festif, grandement influencé par le capitalisme moderne, et ensuite, l'aspect religieux où les vieilles superstitions catholiques et païennes étaient encore pratiquées et parfois même, utilisées à outrance pour épater la galerie.

Durant le jour, les commerces se livraient à toutes les ruses possibles pour attirer les touristes férus d'horreur. Et ça fonctionnait. Avec les gens venus des quatre coins du pays, la population venait de tripler d'un seul coup.

Des activités étaient organisées et des musées ouvraient spécialement pour l'occasion. Nous avions même droit à des reconstitutions, comme des faux procès qui se concluaient par de fausses exécutions en direct… Si les visiteurs se bousculaient pour voir le spectacle, ce n'était pas mon cas. Pour moi, c'était la limite à ne pas franchir. J'étais d'ailleurs soulagée de faire partie d'une classe spéciale et d'être aveugle de surcroît. Cela m'avait évité de prendre part à une sortie éducative franchement glauque. Mais d'après les racontars, ce n'était pas le détail le plus choquant du décor. Au goût des superstitieux qui redoutaient une vengeance de l'au-delà, certains poussaient le jeu plus loin qu'ils ne le devraient.

Par exemple, l'ouverture de *maisons hantées* toutes plus sordides les unes que les autres. Nous nous trouvions au cœur d'une compétition dont le vainqueur était déterminé par la réaction des spectateurs. Plus ils étaient effrayés, plus la maison gagnait des points. Les plus populaires étaient sans conteste les résidences des défuntes sorcières, là où les *reconstitutions* prenaient des proportions démesurées. Tous les coups étaient permis pour semer la peur, m'avait-on prévenue. Mais c'était surtout le comportement des gens qui inquiétait. Et je n'avais pas de difficulté à le croire. Il était facile de cerner la vague de folie qui s'emparait de Jensfield.

La chasse aux sorcières fascinait. Son côté mystérieux inspirait à la fois la crainte et l'admiration.

Cela faisant partie du patrimoine, nulles étaient les chances pour que nous soyions dispensés d'une bonne leçon d'histoire. Aussi, eûmes-nous droit à un cours complet sur la chasse aux sorcières et un autre où il était question du cas de Jensfield.

—La magie a longtemps foulé ces terres et bon nombre de malédictions furent proclamées à l'intention de Jensfield et de ses habitants. Même si ces sorciers ont été exorcisés en bonne et due forme, il vaut mieux rester sur nos gardes. Rester aux aguets et veiller à ne pas mettre en colère les forces du mal. Nicholas Barkley, que Dieu lui pardonne, pourrait renaître de ses cendres et nous emporter tous !

Même M. Rochester s'amusait aux dépens de ce qui fut un véritable massacre. À quel point les faits avaient-ils été exagérés pour en arriver à ces ramassis de conneries ? Je gardai pour moi un soupir de désespoir, mais je n'étais pas au bout de mes peines.

—La nuit, c'est encore plus intense, me raconta Evelyne durant une pause.

Selon ses dires, les habitants fermaient les rideaux des fenêtres chaque soir, dès le coucher du soleil. Ils éteignaient les feux et toutes les sources de lumière, sauf les navets décorés à la façon de *Jack'O'Lantern* et éclairés à l'aide de cierges bénis. Ceci, pour éviter d'attirer l'attention des esprits vengeurs, c'est-à-dire les victimes des procès dont personne n'avait pu prouver l'innocence et, en particulier, le fameux Nicholas Barckley, qui avait été, et était toujours, de l'avis de Zack, l'incarnation du diable en personne.

Une fois leurs foyers sécurisés, les puritains se réfugiaient à l'église pour assister à une messe spéciale. Les autres s'aggloméraient autour d'un feu de joie préalablement béni et allumé près du lieu des pendaisons. Chaque personne portait un masque et un costume de monstre pour ne pas être reconnue par le mal… Et gare aux malheureux qui osaient les enlever ! Si les touristes et les gens plus terre-à-terre y voyaient un simple amusement, les villageois superstitieux, eux, prenaient la chose très au sérieux.

De là débutaient des festivités bruyantes que nous entendions même de la maison, à l'autre bout de la ville. Bien que cela n'avait aucun rapport avec le massacre, tous s'y adonnaient avec grand plaisir. Les gens buvaient, mangeaient, chantaient des chansons folkloriques et dansaient à la lueur des flammes. Un petit rappel de leurs origines, sans doute, car il ne fallait pas oublier que le Samhain était d'abord et avant tout une célébration celtique visant à souligner la transition entre la saison claire et la saison sombre.

—Ces soirées sont épiques, m'assurait Zack pour faire une autre parenthèse aux discours d'Evelyne qui s'éternisaient chaque fois que je m'intéressais au sujet d'un peu trop près.

—Arrête de m'interrompre ! le coupa la jeune femme. J'ai oublié ce que je voulais dire, maintenant… Ah oui ! Ça me revient !

Toujours selon ma camarade, lorsque minuit sonnait, les plus sages regagnaient leurs foyers pour ne plus en sortir jusqu'au matin. Quant aux personnes en mal de sensations fortes, celles-là s'offraient plutôt une bonne dose de frayeur. Soit elles erraient dans le cimetière, soit elles jouaient à ouija, soit elles participaient à des rituels de magie blanche ou de magie noire.

Très mauvaises idées, certes. Surtout dans une période de l'année aussi précaire que celle-ci. Mais comment pouvaient-ils savoir que les manifestations perçues étaient des Touchers Fantômatiques et que cela signifiait qu'un esprit puissant rôdait dans les parages ? Comment pouvaient-ils savoir que ce genre de cas ne révélait que la pointe de l'iceberg, qu'il y avait quelque chose d'encore plus inquiétant derrière tout ceci ?

David et moi savions. Nous savions que ce qui nous attendait était le Hepi Nunn Awaci (nuit des esprits errants). Nommé ainsi par les Namisaks, cet événement survenait deux fois par année et tombait malheureusement le même jour que le Samhain. Ce fut d'ailleurs l'une des raisons qui nous avaient poussés à nous tenir éloignés des festivités. Nous n'y avions pas notre place. Et puis, cela contredisait les règles de la famille: rester en retrait. Sans compter que l'avent nous rappelait constamment les épreuves que nous devrions bientôt affronter.

Le midi du 30 octobre, alors que les étudiants s'agitaient en raison de la soirée d'Halloween du lendemain, je surpris une conversation entre Melissa et sa tante. Nous nous trouvions devant le bureau de cette dernière. À découvert, donc, mais cela n'empêcha pas la présidente du conseil étudiant de chuchoter secrètement à ma tutrice:

—J'ai besoin d'une dose.

—Tu peux m'attendre ici, s'il te plaît? me pria Helen.

Jugeant qu'il valait mieux faire comme si je n'avais rien entendu, j'esquissai un sourire innocent et répondis:

—Ouais. Pas de problème.

—Entre, ordonna-t-elle ensuite à sa nièce.

Leur discussion fut en grande partie étouffée par la porte qu'elles avaient refermée derrière elles, mais en m'approchant quelque peu, je pus entendre certaines phrases. Helen parlait sévèrement, ce qui ne lui ressemblait pas. Peu importe ce que Melissa lui avait demandé, ça ne semblait guère la ravir.

—Je ne peux pas t'en donner, lança-t-elle. Pas à l'école.

—S'il te plaît, insista Mel. C'est urgent. Je ne tiendrai pas jusqu'à…

Elle toussa et ajouta:

—Jusqu'à ce soir.

—Tu es consciente que tu seras vulnérable, le temps que ça fasse effet?

—Je me débrouillerai.

On fouilla dans un tiroir, puis j'entendis un *stak*. J'avais déjà entendu ce même bruit, avant… c'était à l'hôpital ou au centre psychiatrique. Ça ressemblait à… quoi déjà? Ah oui! Un auto-injecteur médical.

—Fais attention. Je sais que c'est tentant, mais n'abuse pas des bonnes choses, prévint Helen. Il y a des limites à ce que le sérum peut faire et nous aurons besoin de tes talents plus tard.

—Compris.

«Oh, bordel!» J'avais l'impression d'avoir assisté à une action illégale. Je devais vite retourner à ma place avant de me faire prendre la main dans le sac. «Ouf! Juste à temps!» Une fois hors du bureau, Melissa se racla la gorge et se parqua à côté de moi.

—Tu veux que j'aille te reconduire? me proposa-t-elle avec une voix plus claire et respiration moins grasse que tout à l'heure. Je ne veux pas m'imposer, ajouta-t-elle en voyant que je tardais à répondre. C'est juste que c'est sur mon chemin...

—Euh... ouais. Si tu veux, bredouillai-je.

—Si tu as besoin de moi cet après-midi, tu sais où me trouver, m'indiqua Helen.

—Ouais. Merci.

Puis nous partîmes. Chemin faisant, Mel émit encore quelques toussotements pour chasser définitivement le chat de sa gorge.

—Est-ce que tu vas bien? m'enquis-je.

—Ça va mieux, oui.

—Tu es diabétique, ou quoi?

—Non, ce sont mes bronches qui ont tendance à s'encrasser, confessa-t-elle d'un ton évasif.

—Ah.

Je mis mes sens surdéveloppés en alerte, mais rien. En sa présence, je n'étais qu'une simple aveugle et cela m'énervait.

—T'inquiète. Ce n'est pas si grave. Je vais bien.

Rassurée, je souris en me disant: «Maudite imagination.»

David avait raison sur un point. Je ne savais pas du tout pourquoi je faisais confiance à cette fille, pas plus que je ne savais d'où émanait cet étrange sentiment d'amitié que j'éprouvais à son égard. Mon estomac se tordit de nouveau. D'instinct, je portai ma main dans ma poche pour serrer mon sac-médecine. Le signal d'alarme était clair, mais dommage pour moi; j'étais sous l'emprise de Melissa, soumise à ses moindres caprices... comme tout le monde ici, d'ailleurs. Et bien qu'elle voulait respecter mes décisions, elle semblait adorer ma présence.

Chapitre 18

Vendredi, la veille du Samhain, la veille de notre Hepi Nunn Awaci. De minuit le samedi matin à minuit le dimanche, les manifestations occultes atteindraient leur apogée.

David prit une grande respiration, comme s'il cherchait du courage au fond de lui, puis ouvrit la porte en trombe pour déposer du tabac et un plateau d'épis de maïs sur le perron. Ni une ni deux, il referma et verrouilla l'anse. L'offrande était maintenant faite. Nous osâmes espérer que cette initiative apaiserait certains esprits.

« Il ne reste plus que la cérémonie de purification, maintenant. »

—Je vais devenir dingue, lança David, le nez congestionné.

—Peut-on mourir à force de trop éternuer, tu crois ?

—J'aimerais bien, répondit mon frère avant d'éternuer à nouveau. Ne fais pas cette tête. Je plaisante, se reprit-il en voyant mon air réprobateur.

—Ce n'est pas drôle.

Nous préparâmes le matériel dont nous avions besoin, puis il m'expliqua la procédure à suivre. Constatant que son masque de cérémonie embrouillait ses paroles, je me dis qu'il devait faire sacrément chaud là-dessous.

—Bon... commençons.

Il y avait une signification derrière le rituel. Respectant les enseignements de la roue de médecine, il réunit les quatre éléments chamaniques des peuples autochtones. Le coquillage où étaient posées les feuilles de sauge séchées représentait l'eau. La sauge, qui représentait la terre, brûlait grâce au feu et la fumée s'envolait en raison des mouvements de la plume de héron que tenait mon frère. Paraît-il que cette fumée constituait le lien entre le Grand-Esprit et nous, qu'elle portait nos prières jusqu'à son oreille.

Peu importe nos croyances, la sauge demeurait un ingrédient de choix pour les rituels de purification et de protection. Son parfum accentué, qui avait tendance à s'imprégner dans l'environnement, balayait les énergies négatives à la manière d'une personne qui recule devant la puanteur qui se dégage d'une moufette. D'ailleurs, j'ai toujours trouvé que la sauge sentait un peu l'urine de moufette. Est-ce que ces deux odeurs sont liées d'une quelconque manière ? J'aimais imaginer que oui.

Je suivais David dans sa ronde en tapant du tam-tam. Il s'arrêtait pour enfumer chaque issue menant vers l'extérieur de la maison: portes, fenêtres, cheminée, trappe du grenier, conduits d'eau... Tous les orifices devaient y passer.

Chaque frappe sur le tambour résonnait en un écho que nos ancêtres appelaient les battements de cœur de la Terre Mère. *Tam, tam, tam, tam…* Il est vrai que d'une certaine façon, le bruit du *tam-tam* se jumelait parfaitement à mes pulsations cardiaques, comme si les deux étaient programmés sur la même fréquence.

—D'habitude, le chaman chante durant les rituels, soulignai-je pour taquiner mon frère.

—Si tu veux le faire, fais-le.

Belle esquive de sa part. Moi qui souhaitais entendre toute la subtilité derrière sa voix un peu rêche, j'avais raté mon coup.

—Je ne me souviens pas des chansons de rituel, dis-je.

—Chante ce que tu veux. Le Grand-Esprit ne doit pas être très pointilleux.

—Euh... O.K.

Prise à mon propre jeu, je réfléchis un instant. Seule la célèbre chanson amérindienne *The River is Flowing* me vint en tête. Je m'exécutai donc, au même rythme que mon instrument.

The River is flowing

Flowing and growing

The River is flowing

Back to the Sea

Mother Earth carry me

A Child I will always be

Mother Earth carry me

Back to the Sea

La nostalgie me ramena jusqu'à ma mère qui nous chantait souvent cette berceuse mélancolique. Je la revoyais m'accompagner de sa voix douce et aimante alors que la mienne était redevenue celle de mon enfance. Du coup, un pincement me transperça le cœur.

Elle n'était plus là. Nous ne pouvions plus compter sur elle durant le jour le plus effrayant pour les Médiums Extralucides et les Voyageurs Astraux. Dommage que David se trouvait dans les deux catégories. Pour lui, cela rendait la chose doublement plus difficile.

Je me demandais comment il avait pu passer à travers les autres fêtes de la Toussaint seul, alors que j'étais au centre psychiatrique et que notre père se trouvait je ne savais où dans le monde. Il avait dû en baver. Peut-être était-ce pour cette raison qu'il abordait le problème avec autant de nonchalance.

—Ne me dis pas que c'est la seule chanson dont tu te rappelles ! me réprimanda-t-il.

Son ton laissait présager qu'il était tout aussi peiné que moi. Une idée de génie me traversa alors à l'esprit pour alléger l'atmosphère devenue trop lourde.

—Je peux aussi chanter : *Ani couni chaouani* (Quand le soir descend au village indien).

—Nan ! Tais-toi !

J'aurais pu lui obéir, certes, mais ce n'aurait pas été drôle. Je me mis donc à taper plus fort sur le tam-tam et à beugler la comptine tout en me déhanchant de droite à gauche :

—*Awawa bikana caïna ! Awawa bikana caïna !* (Le sorcier apparaît dans la vallée).

Je pris une pause théâtrale pour ajouter encore plus d'emphase sur la finale.

—*E aouni bissini* ! (Et le voilà qui arrive) E aoun…

Je n'eus pas le temps de finir qu'il m'arracha le tambour, ce qui me stoppa net.

—Arrête ! me somma-t-il. Sinon, je t'assomme avec !

—Dommage ! Une si belle chanson !

—Argh. Bien joué. Je vais l'avoir dans la tête, maintenant.

—*Ani couni chaouani*, repris-je plus bas en trottinant autour de lui et en rigolant. *Ani couni…*

Mon manque de concentration me faisant oublier la notion d'espace, je m'écrasai contre la commode à côté de la porte d'entrée. Cette fois, ce fut au tour de mon frère de rire de moi.

—Merde ! me lamentai-je de douleur.

—Toi, je te jure…

—Ça fait mal, tu sauras.

—Tu l'as bien cherché.

La loi de Murphy avait encore frappé, ou je dirais plutôt, une plaie créée par un esprit sadique qui se plaisait à torturer les vivants.

Soudain, une main m'empoigna le bras et me tira brusquement. La surprise fut telle, que j'avais l'impression d'être devenue la proie d'un esprit malfaisant.

—Lâche-moi !

—Ne reste pas près de la fenêtre, me prévint David sur un ton qui me glaça.

—Il… il y en a un… c'est ça ? balbutiai-je, confuse.

—Ne reste pas là, un point c'est tout.

Cette fois, il n'éternua pas. Sûrement que la sauge faisait son œuvre. En revanche, beaucoup d'acide émanait de lui. « Oh, bordel ! Il y en a plusieurs ! » À l'heure qu'il était, les fantômes devaient sûrement se rassembler autour de la maison. Je les imaginais le nez collé à la fenêtre, cherchant la moindre faille pour entrer. La chair de poule me prit d'assaut. Aux aguets, je détaillais le moindre son et la moindre odeur. Soudain, quelqu'un toqua à la porte.

—Ya ! lâchai-je en laissant mon poing s'aplatir contre quelque chose de dur et de tendre en même temps.

—Argh ! C'est quoi ton problème ? grogna David.

Je l'entendis chanceler vers l'arrière et s'appuyer contre le mur. L'engourdissement ressenti me prouvait que je ne l'avais pas manqué.

—Désolée. Cette histoire de *Jour des Morts* me rend nerveuse.

—Tu crois vraiment que le fait de se transformer en ninja va changer quelque chose ?

—Je n'y peux rien. C'est un réflexe, répliquai-je, embarrassé, en me grattant la tête.

—Franchement ! Tu parles d'un réflexe ! râla David.

« Attends. C'est peut-être l'un d'eux », voulus-je lui dire, mais il alla ouvrir la porte avant que je n'aie le temps d'articuler ma phrase.

—Qu'est-ce que tu fais là ? l'entendis-je demander à quelqu'un.

—Ton père dit que c'est une journée spéciale pour toi.

C'était la voix d'Eddie. Du coup, je respirai à nouveau.

—S'il te plaît, entre et ferme cette foutue porte, commanda David.

Notre oncle obtempéra, non sans faire du boucan avec ses sacs d'épicerie.

—Reste loin de ma sœur. Elle est dangereuse.

—Écoute… je t'ai dit que j'étais désolée !

Si notre petite incartade suffisait à le faire s'interroger, un autre détail tiqua davantage Eddie.

—Dis donc... Ça sent drôle, ici.

—C'est pour repousser les mouches indésirables, informai-je.

—Ces trucs chamaniques fonctionnent vraiment?

—Ça aide, en tout cas.

—Maudit Samhain! pesta David.

—En quoi ce jour est-il différent des autres?

—C'est le jour où la frontière qui sépare les Limbes de notre réalité est la plus mince, expliquai-je. Les deux se mélangent, ce qui augmente l'intensité des fréquences *subtiles*. Toutes les empreintes d'énergies laissées par les personnes décédées, aussi infimes soient-elles, s'activent dans l'environnement. Ces mémoires ont pour nom: des spectres. Les fantômes se réjouissent aussi, parce qu'il leur est plus facile d'errer d'une place à l'autre, comme si le voile des ténèbres s'ouvrait partiellement sur notre monde... J'ai bien résumé, Dave?

Assez étrangement, mon frère ne répondit pas.

—Dave? répétai-je.

Toujours pas de réponse. Je me mis donc à sa recherche, malgré ma cécité.

—Dave? Qu'est-ce qu'il y a? C'est bien toi? Dis-moi que c'est toi, suppliai-je en battant des mains dans le vide.

Ma voix le réveilla de sa torpeur. Quand il attrapa mes poignets au vol, je fus saisie par son geste. Un sentiment contradictoire de soulagement et de perplexité me frappa. J'étais soulagée parce qu'il donnait enfin un signe de vie, et perplexe parce que ses poignes me serraient fortement. Si fort que j'en avais mal.

C'était bien lui? Non? D'après l'épicé qui émanait de sa personne, j'interprétai de l'agacement. Mais agacé par quoi? Que je panique? Que je redoute le moment où il subirait le même sort que notre mère? Ou peut-être était-ce autre chose...

Par le doute qui m'assaillait, j'usai de tous mes sens pour déterminer à qui j'avais affaire.

—Relaxe. Qui d'autre ce pourrait être? finit-il par me rassurer.

—Tu n'étais plus là. Tu étais complètement déconnecté de la réalité, signifia Eddie.

—Je suis juste fatigué, expliqua mon frère en se décidant enfin à me libérer de son emprise.

Là, je n'étais pas convaincue. Non seulement il semblait confus, mais ses saveurs s'entremêlaient. Durant une fraction de seconde, je ne les avais pas reconnues, comme si une quatrième personne s'était trouvée avec nous dans la pièce, à la place de mon frère.

—Dis, est-ce que tu crois qu'ils peuvent entrer en toi... même quand tu es réveillé? demandai-je d'une voix tremblante tout en frottant mes poignets endoloris.

—Je vous assure que je vais bien. Ne vous inquiétez pas. Lorsque cette fichue journée sera terminée, tout rentrera dans l'ordre. Je vous le promets.

Ne pas m'inquiéter... Plus facile à dire qu'à faire, étant donné tout ce que nous avions vécu dans le passé.

—Tu as intérêt, ronchonnai-je.

Les bruits de sac se firent de nouveau entendre, comme si on les secouait.

—Bon! J'ai apporté de quoi grignoter jusqu'à Noël! s'exclama notre oncle. J'espère que vous avez faim!

—Toujours partante pour me mettre quelque chose sous la dent, répondis-je en exhibant un large sourire qui étouffa en partie mes craintes.

—David, tu veux m'aider s'il te plaît?

Tous deux allèrent à la cuisine, pendant que les saveurs de mon oncle trahissaient son désir de m'écarter de la conversation. «Pas très subtile.» Il était évident que s'ils me tenaient à l'écart, c'était parce qu'ils ne tenaient pas à ce que je connaisse leurs petits secrets. Cet instinct de surprotection à mon endroit commençait à m'énerver. Ou peut-être était-ce parce qu'on me jugeait inapte à comprendre la situation? Argh! Puisqu'on ne voulait rien me dire, je décidai d'aller moi-même à la pêche aux informations. Je les suivis donc, discrètement, et je me cachai derrière le cadrage de la porte, les oreilles grandes ouvertes.

—Je vais te dire la vérité, commença Eddie. Je suis ici parce que ton père m'a demandé de te surveiller. Selon lui, il y a des chances pour que le *so* ne soit pas efficace, aujourd'hui.

De quoi voulaient-ils parler par *so*? Bien que je n'aie jamais trouvé le courage de le demander, je n'arrivais pas à m'enlever cette question de la tête depuis le déménagement.

—Il ne s'inquiétait pas autant les autres années, confessa David.

—Tu as sans doute remarqué qu'ici, tout est différent.

Une pointe de rancune épicée se déposa sur ma langue.

—Donc, p'pa le sait pour Jensfield ?

—Ne va pas t'imaginer des trucs bizarres. Ce n'est pas pour cette raison qu'il vous a fait venir ici.

—Ah bon ? Et pourquoi, alors ?

—Ce n'est pas à moi de vous le dire.

S'ensuivit un moment de silence durant lequel mon aîné semblait agacé.

—Dis, tu es sûr qu'il ne se brisera pas ? reprit Eddie.

—À cent pour cent.

—Non, mais… tu me le dirais s'il y avait un problème, n'est-ce pas ?

—Crois-moi, s'il était brisé, nous n'aurions pas cette discussion.

Je fronçai les sourcils. Qu'avais-je manqué durant mes quatre ans d'absence ? David avait changé, c'était évident. Il s'était replié sur lui-même. Quelque chose me disait que je n'étais pas l'unique victime de la magie. Peut-être que cela avait un rapport avec ses Voyages Astraux ?

Quoi qu'il en soit, la soirée risquait d'être longue…

Chapitre 19

Je ne savais pas quelle heure il était exactement, mais chose sûre, minuit approchait tranquillement. Nous nous retrouverions bientôt au beau milieu d'un film d'horreur durant au moins vingt-quatre heures.

—Tu devrais aller te coucher, me conseilla David.

—Jamais. Pas avant que ce soit terminé, refusai-je.

—Si c'est ce qui t'empêche de dormir, je vais veiller sur toi.

—Je ne te laisserai pas affronter ça tout seul.

Couché sur le divan, les ronflements d'Eddie rivalisaient avec la musique que nous avions mise pour camoufler les spectres auditifs qui se faisaient de plus en plus nombreux. Et heureusement, cela semblait efficace. David réagissait moins aux stimuli autour de lui. Parfois, il tressaillait ou se déplaçait pour fuir un spectre visuel, m'expliquait-il pour justifier ses gestes, mais sa santé mentale tenait le coup.

—Lui, on peut dire que rien ne le perturbe, railla mon frère en parlant d'Eddie.

—Tu parles d'un gardien !

Tout à coup, quelqu'un cogna à la porte, ce qui nous fit sursauter.

—Bordel ! J'ai eu tellement peur, soufflai-je, la main sur la poitrine.

—Argh ! Encore ces maudits enfants, grommela notre oncle.

Puis j'entendis les ressorts du divan couiner lorsqu'il beugla :

—Laissez-nous tranquilles ! On dort, ici ! Maudite fête d'Halloween…

Cela dit, il remplaça ses marmonnements par des ronflements.

Pourquoi avoir transformé une fête aussi effrayante en cette ridicule course aux bonbons qu'est l'Halloween ? Chaque fois qu'un enfant cognait à notre porte, mon cœur flanchait. Je craignais que ce soit l'œuvre d'un Toucher Fantômatique, une ruse de la part des âmes errantes pour nous faire sortir de notre forteresse.

Mon frère émit un éternuement. Mauvais signe. Nous avions peut-être oublié une issue ?

—Merde ! L'échangeur d'air ! lança-t-il.

—Plus crétin que nous, tu meurs ! me fâchai-je en me tapant la tête et en ayant encore un goût de citron dans ma bouche.

—Tu veux faire une tente comme lorsque nous étions petits ? me proposa David, choisissant cette ruse d'enfance pour nous rassurer tous les deux.

—Que fait-on avec Eddie ? questionnai-je. On construit la tente autour de lui ?

—J'ai ma petite idée.

Nous assaisonnâmes notre invité avec du sel pour créer une barrière, puis nous mîmes des épines de thuya près de sa tête. Juste pour prévenir le pire. Ensuite, nous installâmes la tente dans le salon, de façon à ce qu'elle soit à une distance sécuritaire de la cheminée, mais suffisamment près pour nous permettre de jouir de la chaleur du feu.

Avant d'y entrer, David jeta des épines de thuya dans le brasier en guise d'offrande et pour favoriser les énergies positives autour de notre petit château. Aussi, nous y rassemblâmes notre précieux coquillage suintant l'odeur de la sauge, nos sacs-médecines et mon capteur de rêves, histoire de créer une bulle de protection autour de nous.

Dans cet espace restreint, je me sentais plus en sécurité. Moins de recoins à craindre, mais cela ne changeait pas grand-chose pour David. Bien que nous fussions près du feu, il grelottait toujours. Rien ne semblait parvenir à le réchauffer. Ni la couverture ni le feu. Le souffle plus court, il luttait sans doute, alors que j'ignorais quoi faire pour l'aider. La seule idée qui me passa par la tête fut de prendre sa main. Mais il se rétracta aussitôt dans son coin, comme s'il craignait mon contact.

—Pour une fois que je te permets de me toucher, profites-en, dis-je.

—C'est mon combat, pas le tien.

—Tu as été là, pour moi, lorsque j'étais au plus bas, répliquai-je en lui tendant la main pour qu'il la reprenne. C'est mon tour, maintenant.

Il hésita. Sans doute qu'il n'avait pas l'habitude d'être celui qu'on protège. Il finit néanmoins par m'attirer près de lui lorsqu'un esprit y alla d'un Toucher Fantômatique sur la tente. La toile siffla sur tout son pourtour, comme si quelqu'un y frottait ses doigts pour nous effrayer.

Je regrettais amèrement d'avoir laissé ma canne près de l'entrée. Puis, je pris conscience de mon idiotie. « Comme si les arts martiaux pouvaient faire une différence contre un esprit ! »

—Que… Que disent-ils ? Où sont-ils ? bégayai-je.

—Tu parles des spectres, ou des fantômes ?

—Les fantômes.

—Certains me supplient de les aider, et d'autres rôdent autour comme des prédateurs… Mais ne t'inquiète pas. Ici, ils ne peuvent pas nous toucher.

—Ils arrivent quand même à gruger ton énergie.

—Effectivement…

—Tu sais que tu ne peux pas dormir.

—Je sais. Pas aujourd'hui.

Je devais donc trouver un moyen de le tenir éveillé. Peut-être qu'en poursuivant la discussion, ça lui dégourdirait l'esprit. Mais quoi dire ?

—Raconte-moi comment c'est, là-bas, dans les Limbes, finis-je par trouver.

—Tu ne veux pas savoir.

—Oui, je le veux.

—Tss. Maudite tête de mule ! lâcha David avant de respirer un bon coup. Imagine que tu as froid, mais que ni le feu ni tes vêtements ne peuvent te réchauffer. Imagine que tu as faim, mais qu'aucun aliment ne peut te rassasier. Il fait noir, là-bas, et les directions se confondent. Même le haut et le bas semblent flous. Nous nous demandons parfois si nous n'avons pas la tête à l'envers et si le trou béant dans lequel nous nous trouvons a une fin. Tout ce que nous pouvons manger se résume à la nourriture donnée en offrande, ou plutôt, à l'énergie qu'elle dégage. Tout ce qui peut nous donner un semblant d'espoir est la chaleur et la lumière de notre propre corps, à condition d'être encore en vie et de rester près de lui. Sinon, il suffit de rester près d'un être cher, d'un endroit familier ou d'un Médium Extralucide pour pouvoir jouir d'une fenêtre sur le monde physique. C'est seulement là que les ténèbres sont rompues.

—C'est ce qui explique pourquoi les fantômes cherchent à te suivre… Parce qu'ils se sentent en vie lorsqu'ils sont près de toi.

—Mmh.

—Je comprends, maintenant.

Notre oncle gémit dans son sommeil, puis après avoir remué, il reprit à sa symphonie de ronflements.

—Eddie a de la chance d'être juste un Psychique, soufflai-je. Il peut dormir sans craindre d'être hanté par ces choses.

—Tu n'as pas grand-chose à craindre toi non plus. Ta lumière n'est pas aussi alléchante que la mienne et je ne pense pas que tu risques de te retrouver là-bas un jour, puisque tu n'es pas ce genre de Médium.

—Mais, comment ça fonctionne ? Comment arrives-tu à t'orienter dans les Limbes si tu ne vois rien ? Je n'arrive pas à saisir.

—Les voyages astraux sont compliqués. Il suffit de penser à une personne chère pour que notre esprit se retrouve aussitôt près d'elle. Mais dès qu'on la perd de vue, nous sommes encore perdus dans le noir. On a l'impression d'être à des kilomètres plus loin, alors qu'un seul pas a été franchi. Comment t'expliquer… C'est comme si l'espace pouvait s'étirer et se rétracter, sans que nous puissions réellement contrôler ce phénomène. Je ne sais pas si c'est pareil pour les âmes mortes, mais pour moi, c'est ainsi que ça fonctionne.

—Dans un tel contexte, ce doit être difficile de retrouver notre chemin.

—Ce n'est pas si difficile. Il suffit de suivre le fil de vie qui relie notre âme à notre enveloppe charnelle. Tout le monde en a un. Même toi.

—Je sais. C'est ce qui détermine si tu es vivant ou non. S'il reste des résidus de ce fil après la mort, ça nous laisse une chance de revenir à la vie.

—Tu parles par expérience ?

—Mmh.

Mon air se rembrunit. David prit le temps d'assimiler la nouvelle et poursuivit ses explications.

—Le hic, c'est qu'en faisant le saut, on se retrouve dans un état de coma profond. Et comme tu le sais, plus le coma dure longtemps, plus il est difficile de retrouver son corps. Ça peut être mortel, aussi.

—Parce que le fil de vie s'amincit ?

—Tu as tout compris.

—Oh…

Soudain, sa main me serra plus fort.

—Dave ?

—Dans mon cas, le délai est court, confia-t-il comme pour se changer les idées. M'man pouvait voyager toute la nuit pour communiquer avec les autres Voyageurs Astraux de sa tribu. Mais moi, je ne suis pas aussi talentueux.

—Normal. Elle était de deuxième niveau.

—Je dirais que le plus difficile est de s'assurer que notre fil de vie ne soit pas perturbé par les fantômes… et de protéger notre corps physique aussi.

—Attends... non seulement ils peuvent voler ton corps, mais ils peuvent aussi couper ton fil de vie ?

—Si le fil est suffisamment mince ou si tu rencontres un… tu sais… un démon. Oui, ça peut arriver.

« Oh, purée ! Pourquoi parle-t-il de démon, tout à coup ? » Effrayée, je me blottis contre lui.

—Rassure-moi... Dis-moi qu'il n'y en a pas en ce moment.

—Non, pas de démons. T'inquiète… l'énergie positive du thuya leur fait peur.

—Je comprends pourquoi maman refusait que tu le fasses et pourquoi la plupart meurent durant leur premier voyage.

—C'est comme avec tes voyages temporels ou tout autre pouvoir actif. Il y a toujours des conséquences à nos actes. La différence est qu'en tant que Médiums, notre vie tire plus du film d'horreur que les autres, étant donné que nous sommes liés aux morts.

—Ce serait tellement chouette d'être des Élémentaires ou des Surhumains, soupirai-je.

Je me demandais combien de fois mon frère l'avait fait, jusqu'à quel point il était familier avec cet univers macabre. Il me donnait l'impression d'avoir beaucoup d'expérience, mais peut-être était-ce trop indiscret de le questionner à ce sujet.

« Et puis zut ! » La curiosité l'emporta.

—Dis, quand l'as-tu fait pour la dernière fois ?

—Il y a un bout de temps.

—Mais quand ?

—Je n'ai pas l'intention de le refaire. Ce n'est pas un endroit pour les vivants.

Beaucoup de questions pendaient encore sur le bout de mes lèvres, mais je m'abstins d'embêter davantage mon pauvre frère. Je m'estimais chanceuse de ne pas avoir un don comme le sien. Errer dans un endroit aussi effrayant et aussi dangereux… Non merci ! J'aimais mieux affronter les vivants, aveugle ou pas. Pour me rassurer, je remontai ma couverture sur mes épaules.

—Hé, tu es réveillé ? demandai-je au bout de quelques secondes, après avoir constaté le silence et l'immobilité de Dave.

N'obtenant aucune réponse, je lui donnai un petit coup d'épaule.

—Dave ?

Il tomba sur le côté. Du coup, l'état d'alerte sonna dans mon esprit.

—Dave ! Dave ! Dave !

Ma peur était telle que toute logique m'abandonna. Je le brassais et criais toujours, tandis que mes yeux s'emplirent de larmes et que ma montre sonna. Au même moment, Eddie se réveilla d'un bond et vint me rejoindre à toute vitesse. Il me poussa pour s'installer près du corps endormi de mon frère en disant :

—Laisse-moi faire.

Je l'entendis déboucher quelque chose et faire couler de l'eau. Comme il ne se passa rien, un *slap* sourd claqua à côté de moi.

—Argh !

Heureusement, c'était la voix de David et heureusement, ses saveurs étaient les siennes.

—Dave ! Tu m'as fait peur ! me lamentai-je. Je pensais que… Je pensais qu'ils t'avaient eu !

—Je me suis juste assoupi, me répondit-il en se redressant et en gémissant de douleur.

—Parfois, une bonne tape remet les choses en place, rigola Eddie. Hé ! Hé ! Je plaisante. Vous, vous avez vos trucs chamaniques et nous, on a l'eau bénite. J'en garde toujours un peu sur moi durant l'avent. Avec les fous qui se trouvent en ville, on ne sait jamais...

Les effluves de David se corsèrent. Faut dire que notre oncle ne l'avait pas manqué avec sa claque. De par ma bouche engourdie, je pouvais percevoir sa douleur et sa colère évidente m'indiquait qu'il ne la trouvait pas amusante. Pas drôle du tout, même.

—Est-ce qu'ils t'ont…

—Je n'ai pas eu le temps de partir, me rassura David.

Je poussai un long soupir de soulagement. Dès lors, nous décidâmes d'être plus prudents. Nous jouâmes donc à des jeux pour nous tenir réveillés, bûmes du café, beaucoup de café, et nous restâmes en troupeau, peu importe où nous allions… même à la toilette.

David avait les nerfs de plus en plus à fleur de peau. Nous aussi, d'ailleurs, mais ce n'était rien comparativement à ce qu'il endurait. Parfois, je sentais un frisson me parcourir l'échine et j'entendais des bruits suspects dans la maison. Quelques fois, c'était un souffle dans mon cou ou une main dans mes cheveux. Chaque fois, je sursautais et me rétractais dans un coin.

Je haïssais le fait de ne pas pouvoir voir, entendre et sentir la présence des spectres. J'étais si nerveuse, que le moindre bruit suspect me faisait sursauter.

—Allez ! Continuez ! Vous verrez de quel bois je me chauffe ! s'écria Eddie à côté de moi.

Je n'en pouvais plus de cette interminable journée.

—Ne les provoque pas en plus ! suppliai-je en frappant le coussin du divan pour le faire taire.

—Ils vont bien finir par se fatiguer.

—Ils sont morts, je te signale. Aucune chance qu'ils se fatiguent, dis-je en repliant mes jambes sur le divan et en m'efforçant de garder mon sang-froid.

J'ignorais si ce que je venais de dire avait du sens. La seule chose dont j'étais certaine, c'était que de jouer les durs n'arrangerait rien. Je craignais même que cela n'empire la situation.

Pendant ce temps-là, mon frère se faisait serrer solidement les bras. Même qu'à une reprise, il sentit une pression autour de son cou. Bien que faibles et très brefs, les Touchers Fantômatiques se multipliaient. Je redoutais qu'une âme plus puissante rejoigne la foule invisible qui me paraissait déjà substantielle. En pareil cas, David risquerait de se faire étrangler.

—J'en ai marre. Comment tu as fait pour passer à travers les quatre derniers *Hepi Nunn Awaci* ? demandai-je au bout de plusieurs heures.

—On m'a aidé, répondit David d'une voix faiblarde.

—Qui t'a aidé ?

—Une personne spéciale, mais elle a rejoint le Grand-Esprit.

À cette réponse, son cœur pinça, au même titre que le mien.

C'est fou quand on y pense. Durant plus de vingt-quatre heures, il y a eu toute une armée de fantômes qui est passée dans la maison et pourtant, tu n'es pas venue.

Je me dis que tu n'es peut-être pas perdue dans les Limbes. Peut-être que tu es là-haut, avec Hateya, et que vous veillez sur nous. Enfin, je l'espère. J'espère vraiment que tu n'es pas là-bas avec ces âmes désespérées. Ou pire encore, que tu sois devenue comme elles.

C'est injuste. J'aurais aimé que tu sois là. Ç'aurait été tellement plus facile pour nous. J'aurais aussi aimé que papa soit ici. Je voudrais tant retrouver cette époque où notre famille était unie. J'ai l'impression que papa nous a abandonnés, lui aussi. Pourrais-tu me donner un signe, maman ? N'importe lequel pour me faire savoir que tu es là.

Je vous aime de tout mon cœur et vous me manquez.

Médiumnité pour les Nuls, Article 3

Le Toucher Fantômatique survient lorsqu'une âme décédée interagit avec un corps physique : une matière, un objet ou une personne. Il est souvent utilisé pour attirer l'attention ou faire réagir les gens. Comme il faut beaucoup de temps et d'effort pour accumuler l'énergie nécessaire, c'est un phénomène relativement rare.

Chapitre 20

David avait passé toute la journée du dimanche à dormir. Jugeant que le danger était écarté, Eddie en avait profité pour retourner chez lui, après m'avoir promis que s'il surgissait un autre problème, il serait au rendez-vous. Pour ma part, même si j'affichais mon habituel sourire plein d'assurance, je ne pouvais me résoudre à baisser ma garde. Le surplus de caféine qui se trouvait dans mon sang augmentait ma vigilance et mes craintes à un degré nettement au-dessus du raisonnable. Tout au long de la journée, je me sentis tiraillée dans ma paranoïa. Dans la soirée, lorsque David se réveilla, l'adrénaline finit par tomber. J'avais la preuve qu'il allait bien et que nous avions enfin passé à travers cette grande épreuve. Je m'écroulai dans mon lit et m'endormis en seulement quelques secondes.

Le lendemain, le cri strident de mon réveille-matin me tira hors de mon sommeil. Je tapai dessus pour le faire taire, frustrée de devoir reprendre le rythme de vie d'une étudiante dont les cours commençaient beaucoup trop tôt à mon goût. Mais surtout, j'étais peinée de retrouver ma cécité.

Encore cette étrange puanteur de chien. Sans surprise, cette fois, car j'en avais maintenant l'habitude. Cette nuit, dans mon rêve, j'avais réussi à effleurer le nez du cabot. Il ne fallut qu'une demi-seconde avant qu'il ne s'enfuie, mais cette petite victoire personnelle me rendait plus que fière, vu le nombre de semaines qui s'étaient écoulées avant que j'y parvienne.

Je me hissai en position assise, le visage fripé et l'esprit engourdi par la fatigue. Mes pieds se posèrent sur quelque chose de chaud, de moelleux et de poilu qui se trouvait au pied de mon lit. Une fourrure épaisse. « Non… attends… une fourrure ? » Vrai ou pas, je ramenai mes jambes dans mon lit aussi rapidement qu'un ressort. Rêvais-je ? Je me tapotai les joues.

—Réveille-toi. Allez. Ce n'est pas le temps de dormir.

Seulement, je ne rêvais pas. Il y avait une bête dans ma chambre. Comment le savais-je ? Elle haletait. D'ailleurs, elle se mit à bouger. Je venais de la réveiller.

La peur me poussa à empoigner la première chose qui me passa sous la main ; mon oreiller. Sans doute l'arme la moins efficace, mais je m'en satisfaisais parce qu'il n'y avait rien d'autre à ma portée. Je me dérobai ensuite sous ma couverture et reculai le plus loin possible de la chose.

Où était-elle ? Qu'allait-elle faire ? Impossible de le savoir avec précision, car malgré l'odeur de son pelage qui s'imprégnait dans toute la pièce, elle n'avait pas d'aura.

***

Sept ans plus tôt – Deuxième Voyage

David s'élança à ma poursuite lorsqu'il me vit courir vers la scène de l'accident qui avait immobilisé la circulation sur deux voies.

—Leeze ! Idiote ! Qu'est-ce que tu fais ?

Je ne l'écoutais pas. Tout ce que je voulais se résumait à aider la ou les victimes. Or, aucun corps ne se trouvait devant la bagnole, malgré que le capot était bosselé. J'avoue n'avoir pu jeter qu'un rapide coup d'œil, car David fit vite de me ramener vers lui par le gilet.

—Hé ! m'exclamai-je en me débattant.

—Monsieur ! Vous allez bien ? s'enquit David auprès du conducteur qui sortait de sa voiture.

Ce dernier se toucha le front, qui affichait une énorme bosse. Ses pas étaient chancelants et son faciès tout blême ; sûrement le choc de la collision.

—Ce… ce satané chien ! balbutia-t-il. Il s'est mis en travers de la route !

Le conducteur du véhicule qui l'avait tamponné sortit à son tour et poussa des jurons. Et tandis que tous deux se querellaient pour déterminer qui était le coupable et qui allait payer les dégâts, mon attention fut attirée par des souffles gras et des gémissements qui s'élevaient de sous l'engin. L'animal était en vie. Ni une ni deux, je me penchai pour tenter de lui venir en aide.

—Leeze ! Ne fais pas ça ! tenta de me raisonner David.

—Il faut l'aider ! répliquai-je en me glissant pour rejoindre le chien.

L'horreur. Le pauvre animal se débattait pour se relever, laissant une traînée de sang au sol. Sa cage thoracique était écrasée et tout autour de lui, le halo de lumière qui caractérisait son aura perdait peu à peu ses couleurs. Il agonisait.

Lorsqu'un bon samaritain se pencha à son tour pour prendre la relève, je ne me fis pas prier pour le laisser passer. J'avais du mal à lutter contre la sensation angoissante qui me prenait par les tripes. Tandis que je retournais auprès de mon frère, l'homme retira le chien de sa cachette. L'animal poussa son dernier soupir dans ses bras, après avoir lutté de toutes ses forces contre l'asphyxie. À ce moment-là, nos regards s'étaient croisés. Ses yeux appelaient à l'aide. Ils reflétaient la peur et la souffrance dans leur nature la plus déchirante.

Je posai une main tremblante devant ma bouche pour réprimer mes sanglots et me réfugiai dans les bras de David. À onze ans, ce n'est pas le genre d'images que je me faisais de la mort. Oui, je savais que c'était horrible, mais pas à ce point. Que de cauchemars m'attendaient ! Et ce, toute la vie durant.

Puis tout se figea. Je m'écartai de mon frère et découvrit l'homme à la lanterne près du chien. Il avait exactement la même allure que la dernière fois, livre mécanique en main et arborant la même expression indéchiffrable.

Se sentant observé, il leva le regard vers moi.

—Ah… Encore la Médium Voyageuse.

J'eus un mouvement de recul. Mon âme s'agitait, frétillait de tout son être, mais je savais que ce n'était pas de peur. Non. Je n'avais pas peur de lui. J'avais la ferme conviction qu'il ne me voulait aucun mal.

Mais comment savoir si cette certitude n'était pas erronée ? Comment savoir s'il était vraiment différent de ces *choses* qui harcelaient ma mère, mon frère et ma jeune sœur ? Comme je n'avais jamais vu de fantômes de ma vie, il aurait été fort probable que ce fût la manifestation tardive de dons Extralucides. Aussi, j'ignorais encore l'existence des Voyageurs Temporels. Je croyais, à ce moment-là, que l'homme à la lanterne parlait de voyages astraux.

—Qui… qui êtes-vous ? m'enquis-je, confuse. Êtes... êtes-vous un fantôme ?

Il ferma son livre, qui disparut derrière une volute de fumée et vint à ma rencontre, les mains jointes dans le dos. Ses pas nonchalants lui donnaient une impression de légèreté et de confiance, comme si rien ne pouvait l'atteindre.

—Selon les époques et les croyances, on nous attribue plusieurs noms et plusieurs apparences. Shinigami, anges de la Mort, esprits psychopompes… Aujourd'hui, la mode veut qu'on nous appelle: *Faucheuses*.

—*Nous*? répétai-je, le souffle coupé.

Il sortit une poudre scintillante d'une poche de son imperméable et me la souffla au visage. Du menton, il pointa ensuite derrière moi tout en détaillant le panorama du regard. Je scrutai les lieux et pris conscience qu'il n'était pas le seul dans son genre. Sur le boulevard, des hommes et des femmes tout aussi ténébreux que lui se comptaient par dizaines. Autour d'eux, des boules de lumières de toutes les couleurs et de toutes les grosseurs virevoltaient, avant de se loger dans les lanternes qui flottaient dans le vide. Voilà sans doute les esprits de toutes les créatures qu'ils venaient recueillir; un spectacle à la fois impressionnant et profondément triste.

—Tu as peur, constata-t-il.

—Il y a de quoi.

—Si la mort n'existait pas, il n'y aurait plus de place pour le nouveau, expliqua-t-il en regardant sa montre de poche. Nous devons faire vite… Son délai sera bientôt expiré.

—De quoi parlez-vous? questionnai-je en quittant mon état d'effarement.

—Tu souhaites lui sauver la vie, répondit-il, comme si c'était l'évidence même.

—Mais le temps s'est arrêté, soulignai-je.

—Le temps ne s'écoule pas sur une seule ligne droite. Chaque fois qu'un Voyageur Temporel utilise son pouvoir, il crée un fil temporaire qui dévie de la tapisserie.

—Et, je suis censée comprendre quelque chose? rétorquai-je en affichant un rictus de confusion.

Plutôt que de répondre, il tendit une main vers moi. J'eus alors un moment d'hésitation. Bien que je savais que je devais la prendre, on m'avait souvent prévenue de ne jamais me mêler aux forces occultes et de toujours choisir la voie de la normalité.

Ses yeux ne montraient aucune malice, mais rien de bon en même temps. Avec une telle expression, impossible de deviner ses intentions. Même chose avec son aura, qui restait gris sombre. Une couleur unique dont j'ignorais la signification.

Quand mon regard se porta finalement vers le cadavre du chien, tous mes doutes s'envolèrent. Je déposai ma main dans celle de la Faucheuse, qui avait une peau très douce, mais étonnamment froide.

Comme lors mon premier voyage, mes battements de cœur s'arrêtèrent une ou deux secondes, avant de retrouver un rythme lourd et puissant. Lorsque je rouvris les yeux, je n'étais plus à côté du cadavre, mais sur le trottoir. Quant à l'homme à la lanterne, il avait disparu.

Perdue dans les limites de la compréhension humaine, je sondai les alentours du regard. Le chien était là. Toujours en vie, il s'engageait nerveusement sur le boulevard.

—Va-t'en ! Ouste !

Comme il ne m'entendait pas, je me précipitai vers lui pour le tirer en arrière. Les crissements de pneus retentirent tout près de ma tête, puis j'entendis des coups de klaxon. Une autre voiture me frôla par-derrière, sur la deuxième voie, après avoir effectué des manœuvres époustouflantes pour nous éviter. J'étais paralysée, perdue au milieu des nombreuses voitures qui nous contournaient à vive allure. Le danger avec lequel je venais de danser aussi imprudemment me fit réaliser à quel point mon geste était stupide ; mais il était trop tard pour regretter.

David se jeta sur moi, cette fois avec plus de précautions, et me ramena à bon port en me tirant par le bras, non sans laisser sortir des douzaines de jurons et d'insultes de sa bouche. Je ne l'avais jamais vu aussi furieux de ma vie. De mon côté, je tenais fermement la bête pour éviter de la perdre.

—Idiote ! Tu aurais pu te faire tuer !

—Je m'excuse.

—J'espère que tu es désolée ! Tu as intérêt à ne plus jamais me refaire ce coup ! Sinon, je te fous une raclée dont tu vas te souvenir toute ta vie !

Impossible de dire quoi que ce soit pour me défendre. J'étais tout simplement sous le choc. Ce n'est que lorsque l'adrénaline finit par redescendre, peu après cet épisode, que je remarquai la minuscule tache noire qui obstruait la vision de mon œil gauche.

***

3 novembre 2016

Tu sais, maman, ce n'était pas ainsi que je concevais la mort. Un « dénouement inéluctable », tu me disais toujours.

Peut-être espérais-tu que je comprenne ton désir de me préserver du pire, mais ce ne fut pas le cas. Peu importe les avertissements que tu m'as servis sur la magie, j'avais l'impression que le monde n'avait plus de secrets pour moi. J'avais le pouvoir de faire des miracles et dès lors, j'ai su ce que je voulais faire de ma vie ; je voulais sauver des vies...

Mais je comprends maintenant que je ne suis pas infaillible. Je suis juste une Voyageuse Temporelle, une sorcière affiliée à une Faucheuse. Si c'est le temps qui me permet de figer le monde autour de moi et de retourner dans le passé, ce n'est pas son appel que j'entends. Ce n'est pas lui le déclencheur de mes rencontres avec l'homme à la lanterne.

Le désir de vivre est sans doute le plus puissant de tous les vœux. Une énergie primaire commune à toutes les créatures vivantes. Et c'est ce vœu déchirant qui trace un chemin jusqu'à mon cœur...

Cachée derrière mes boucliers de protection, j'attendis. Au bout d'un moment, je compris que si la créature voulait m'attaquer ou si elle était un tant soit peu dangereuse, elle m'aurait déjà attaquée.

Toujours dans mon lit, je me penchai lentement vers l'avant, à l'affût du moindre bruit suspect, puis glissai ma main sur mon bureau. Réveille-matin, boîte de mouchoirs... Aucune de ces breloques ne pouvait m'être utile. Et comme la loi de Murphy se plaisait à me torturer, je laissais toujours ma canne à l'entrée de la maison. « Les objets ne sont jamais là lorsque nous en avons réellement besoin. »

Que faire ? Le bouton de panique. Voilà l'unique solution. Je pesai dessus et en moins d'une demi-seconde, je cernai les cris lointains du bipeur. Mon frère s'agita aussitôt au rez-de-chaussée, alarmé par mon appel à l'aide. S'il avait pu dégringoler l'escalier sur la tête, il l'aurait fait.

—Qu'est-ce qu'il y a ? questionna-t-il, à bout de souffle, avant même d'avoir franchi les dernières marches.

—Un animal !

—Où ?

—Ici ! indiquai-je en pointant le sol et en me cachant aussitôt derrière mon oreiller.

—Tu es sûre qu'il y a un animal ici ?

À croire que je m'amusais à peser sur le bouton pour rien !

—Je te dis qu'il y a quelque chose ! Tu ne sens pas ?

—Sentir quoi ?

—Ça pue.

—Je ne sens rien moi, répliqua David en reniflant l'air.

Hein? Je humai l'air à mon tour, puis constatai qu'il n'y avait plus d'odeur, comme si la chose s'était subitement évaporée.

—J'aurais juré que…

—O.K.… attends. Je regarde.

J'entendis ses pas se diriger vers ma salle de bain. Ensuite, il fit le tour de ma chambre, se pencha près de mon lit en s'appuyant sur le matelas et se releva peu de temps après.

—Tu as fait un mauvais rêve. La seule chose qu'il y a ici, c'est ce truc…

À ces mots, il déposa quelque chose qui ressemblait à un bout de carton lustré dans ma main. De forme rectangulaire, il était plus grand qu'une carte de jeu ordinaire.

—Ce n'est pas un rêve. Je t'assure qu'il y avait quelque chose dans ma chambre, affirmai-je en quittant ma cachette.

Le bond que j'avais effectué pour mettre le pied à terre n'était pas sans rappeler celui d'un enfant craignant de se faire attraper par un monstre caché sous le lit.

—Peu importe ce que tu as cru entendre ou sentir, il n'est plus là, assura David en me tapotant la tête pour me taquiner. Et puisque tu es debout de bonne heure, c'est toi qui vas préparer ta boîte-repas.

—Hé! m'écriai-je en voulant agripper sa main qui continuait à me tapoter comme si j'étais une gamine.

—Manqué! rigola-t-il en quittant la pièce.

J'avais l'impression de ressembler à cette fille qui vivait dans la chambre d'en face, lorsque j'habitais au centre de psychiatrie. Je me souvenais que cette dernière voyait des créatures partout. Elle avait peur de chaque recoin et de chaque zone d'ombre autour d'elle, car elle croyait qu'*ils* l'attraperaient et la dévoreraient. Or, je n'avais aucune idée de qui pouvait être les *ils* dont elle parlait. Elle ne me l'avait jamais expliqué et pour ma part, je n'avais rien senti de suspect. Mon frère non plus, d'ailleurs.

Je me doutais parfaitement que cela venait d'elle, de sa perception biaisée par ses phobies irrationnelles. C'est pourquoi, en me voyant réagir comme je venais de le faire ce matin, je me suis dit que j'aurais sans doute réagi de la même façon que David si la situation avait été inversée. J'aurais fait comme si de rien n'était, car c'est exactement ce que j'avais fait avec ma voisine de chambre. Aussi, jugeai-je plus sage de déposer le papier cartonné sur mon bureau, près de mes effets scolaires, non sans me questionner sur ce qu'il m'arrivait.

Chapitre 21

M. Rochester était en feu durant le cours de littérature.

—Vous devrez constamment surpasser vos limites pour vous adapter aux nouvelles normes de la société, débuta-t-il. N'oubliez pas que vous vivez dans un monde de voyants. Un monde qui évolue à vive allure et qui n'attend pas les plus faibles pour suivre son chemin.

Il se permit une petite pause pour prendre une gorgée de café au parfum corsé, puis il reprit en disant :

—Pour un vieux comme moi, c'est déjà compliqué de suivre les nouvelles technologies. Vous êtes les mieux placés pour comprendre que c'est pire lorsque nous ne correspondons pas à la norme établie.

Il se mit à déambuler entre les pupitres en continuant son discours et en veillant à ce que nous l'écoutions attentivement. On l'entendit tapoter sur un pupitre pour réveiller un étudiant somnolant, fermer un cahier qui ne devait avoir aucun rapport avec le sujet traité. Étant au nombre de ses victimes, je dus abandonner un gribouillage qui ne ressemblait sans doute à rien.

Pour le premier cours du matin, il nous en demandait beaucoup. Nos cerveaux étaient à peine réveillés, à peine capables de se situer dans l'espace et le temps, et déjà, nous devions nous concentrer.

Je rangeais mon agenda dans mon sac lorsque j'entendis quelque chose de léger tomber au sol. Les pas de l'enseignant rebroussèrent le chemin, puis il déposa l'objet sur mon pupitre. La carte, la même que ce matin. « Elle est chaude, constatai-je. Non, pas seulement chaude... Elle dégage une énergie. » Je n'arrivais pas à identifier la nature de cette étrange sensation sur le bout de mes doigts, mais chose sûre, je ne l'avais pas ressentie à la maison.

—Sachez que les trois quarts du temps, on ne vous demandera pas votre avis, précisa Rochester en continuant sa route, et on ne cherchera pas à vous comprendre si vous ne revendiquez pas votre place. C'est vous qui devrez faire les premiers pas et vous débrouiller, parce que personne ne le fera à votre place. Pigé ?

—Ouais, répondirent en chœur quelques élèves plus alertes que les autres.

L'enseignant s'arrêta quelque part au milieu de la salle, puis lança :

—Wow ! Ne vous manifestez pas tous en même temps. On risquerait de devenir sourds.

Toute la classe sortit alors de sa torpeur pour répéter un *ouais* plus convaincant. Une odeur sucrée émana du professeur, ce qui imprégna, dans ma tête, l'image d'un vieux bonhomme souriant à pleines dents, satisfait d'avoir capté notre attention.

—On note déjà du progrès, ironisa-t-il en reprenant sa route. Le projet de ce semestre portera sur la littérature du dix-neuvième siècle et comptera pour vingt pour cent de votre note finale. Je vous donne la liberté d'utiliser n'importe quel support pour la présentation de votre œuvre. Un livre audio que vous pouvez recréer à votre guise, une adaptation cinématographique, votre propre pièce de théâtre... Lâchez-vous et n'ayez pas peur de mettre la technologie à votre disposition. Le but, ici, est de présenter un livre et un auteur en utilisant sa créativité, parce que c'est la créativité qui vous sauvera la mise en cas de problèmes.

Une fois de retour à l'avant de la classe, il tapa des mains.

—Bon ! Placez-vous en équipe de deux ou trois. Et attention, je ne veux voir personne mis de côté. C'est clair ?

Les voix de mes camarades s'élevèrent, puis des chaises et des pupitres se firent traîner sur le sol. Evelyne se pencha vers moi, tel qu'elle aimait si bien le faire, pour me demander :

—Est-ce que tu veux faire équipe avec Zack et moi ?

—Euh… si vous voulez.

Alors que mes voisins me rejoignirent, je rangeai la carte dans ma poche de pantalon. Le dos de ma main effleura Fiével, qui se parqua entre son maître et moi. Je dus faire preuve d'une discipline à toute épreuve pour ne pas le caresser. Pauvre bête. Elle devait s'ennuyer ferme à toujours attendre qu'on lui donne des ordres. Sans perdre de temps, Evelyne prit la parole.

—Je me suis dit que ce serait bien de créer une émission de radio avec de la musique, un animateur et un invité spécial. Qu'est-ce que vous en pensez ?

—Question musique, je suis toujours partant, approuva Zack.

—Et toi, Leeze ? Est-ce que tu trouves que c'est une bonne idée ?

« O.K., laisse le chien tranquille et concentre-toi. »

—Mouais. Et vous voulez parler de quel livre ?

—Pas de bouquin du genre Jane Austen… pitié… gémit Zack.

—Oui, oui… je sais. Rien de trop fleur bleue. Pour créer notre programme, on pourrait s'inspirer de livres audio, comme le professeur l'a suggéré.

Décidément, Evelyne s'était attribué le rôle de chef d'équipe. Pas que je m'en plaignais. Tant que je pouvais rester discrète, cela faisait mon affaire. Cela semblait également arranger Zack, tout juste assis à côté de moi. Peut-être était-ce parce qu'il avait l'habitude de travailler avec elle et que les rôles étaient établis depuis longtemps.

Au fait, je cernais quelque chose de louche entre ces deux-là. Je ne savais pas lequel, mais l'un en pinçait pour l'autre. Un umami timide, sans perversité, qui semblait muselé par la nervosité. Un premier amour sans aucun doute.

—Hé ! J'ai une idée ! s'exclama subitement Zack, ce qui ramena aussitôt mon esprit errant à l'ordre.

—Dis… l'encouragea Evelyne.

—On pourrait diffuser notre programme sur les ondes de la radio du lycée.

Mauvaise idée.

—Euh... parler devant toute l'école ? hésitai-je. Vous êtes sûrs ?

—Ouais ! Ce serait cool et Rochester pourra nous féliciter pour notre originalité, tenta Zack pour me rallier à sa cause.

—Tu dis ça parce que tu n'as pas encore digéré le fait qu'ils ont refusé que tu fasses partie de l'équipe radio, maugréa Evelyne.

—Je veux leur prouver qu'ils ont eu tort, ces crétins !

—Et comment vas-tu t'y prendre pour les convaincre ?

—Nous pouvons plaider qu'il s'agit d'un projet scolaire… sans compter que nous avons Rochester de notre côté.

Peu importe les arguments de Zack, c'était et resterait toujours une mauvaise idée. Me ridiculiser devant une classe complète, ça, je pouvais le gérer. Mais devant toute l'école… Voilà qui ne m'enchantait guère. Hélas, mes deux amis semblaient penser tout autrement.

—D'accord. On fait comme suit : Leeze et moi irons à la bibliothèque pour trouver des romans audio traitant du dix-neuvième siècle, dicta notre chef d'équipe sans me laisser encore une fois le temps de prendre la parole. Et toi, Zack, tu te chargeras de convaincre l'équipe de la radio étudiante et d'obtenir l'autorisation du prof.

—Ouais. Ça me va.

—Est-ce que tu es libre ce midi, Leeze ?

—Qui ? Moi ? balbutiai-je, toujours plongée dans le doute.

—Oui, toi.

—Euh... hésitai-je en me rappelant des sensations bizarres que j'avais ressenties devant la bibliothèque.

—S'il te plaît… À deux, ça ira plus vite. Tu n'imagines pas le temps que ça va prendre juste pour écouter les préfaces de ces bouquins.

Encore une mauvaise idée. Très mauvaise, mais je ne pouvais pas non plus la laisser faire tout le boulot.

—Si tu veux, je peux créer le programme, à la place.

—Ce serait mieux de le créer durant le cours, tandis que nous sommes tous ensemble. Allez… s'il te plaît…

—O.K., va pour ce midi, soupirai-je d'impuissance, en me disant qu'en cas de problème, j'avais mon sac-médecine avec moi.

—Parfait ! Maintenant, on devrait faire un remue-méninges sur ce qu'on pourrait dire dans l'émission, suggéra Evelyne.

« De toute façon, peu importe ce qu'il y a à la biblio, tu vas devoir y mettre les pieds un jour », me dis-je pour m'encourager. Certes, toutes les excuses étaient bonnes pour me convaincre que je ne faisais pas une bourde monumentale. Mais il fallait rester réaliste. Avec mon aura de Médium, minces étaient les chances pour que je n'attire pas l'attention du fantôme, et ce, même si contrairement à mon frère, je n'étais pas une Extralucide.

Chapitre 22

Evelyne et moi posâmes l'une après l'autre nos cartes étudiantes sur le détecteur magnétique pour traverser la barrière de sécurité. Voilà. J'y étais.

Une odeur de bouquins et de renfermé enveloppait l'espace. Je captais aussi un silence qui n'en était pas un, car même si personne ne soufflait mot, l'endroit était animé par des sons propres à une bibliothèque. Des pages qui se tournaient, par exemple, un crayon qui griffait du papier, la bibliothécaire qui tamponnait des livres ou une chaise qu'on traînait au sol avant de s'y asseoir. Certains lisaient des livres dramatiques, d'autres d'humours ou de suspenses. Les émotions naviguaient au gré des lectures, ce qui donnait vie aux mots et aux œuvres imaginaires. D'autres élèves, en revanche, dégageaient de l'ennui ou une concentration à toute épreuve, sûrement en raison d'une surcharge de devoirs.

Mais derrière l'ambiance calme et posée se cachait un secret dont j'étais la seule à percevoir. Je mis ma main dans ma poche, prête et parée à me défendre en cas de nécessité.

—La médiathèque se trouve au sous-sol, m'informa Evelyne.

Nous passâmes par une petite porte latérale débouchant sur un escalier en colimaçon. La sensation d'assèchement s'intensifiait au fur et à mesure que nous descendions vers le niveau inférieur.

Suivant ma camarade de classe, mes pas quelque peu hésitants contrastèrent avec mon cœur qui galopait dans ma poitrine. Pour plus de précautions, j'inspirai encore une fois afin de cerner les essences auriques autour de moi. De même, je me concentrai pour déployer mon ouïe à son maximum, histoire de filtrer les sons : le souffle de ma coéquipière, le bourdonnement des néons, les lourds tic-tac de ce qui ressemblait à une horloge grand-père, les pas qui résonnaient à l'étage supérieur... Je cartographiais la zone et comparaient les emplacements les uns avec les autres. C'était ainsi et seulement de cette manière que je pouvais savoir si quelqu'un ou quelque chose s'approchait de moi.

Hormis Evelyne et cette chose qui murmurait des plaintes inaudibles pour les Normaux, il n'y avait personne au sous-sol. L'endroit semblait d'ailleurs isolé du reste de la bibliothèque. On aurait dit une basse-fosse où on envoyait les prisonniers sombrer dans l'oubli.

—Je ne sais pas pour toi, mais moi, j'ai l'impression de descendre dans un cachot, dis-je.

—Les joies de faire partie de la minorité… Ils se disent sans doute que nous n'en ferons pas de cas puisque nous ne voyons rien.

Devais-je être rassurée ou m'inquiéter ? Mes pensées oscillaient entre les deux, mais je me rassurais en me disant que si le fantôme avait voulu s'approprier d'une partie de ma lumière, il m'aurait rejointe à l'entrée de la bibliothèque.

Lorsqu'Evelyne s'arrêta enfin aux abords d'une immense salle, je fis de même.

—Bienvenue dans notre monde, lança-t-elle.

—Wow ! C'est… magnifique.

—Laisse-moi t'expliquer… rigola ma collègue de classe qui s'attendait sûrement à une réaction du genre. Nous sommes passés par l'escalier ouest, mais il y en a un identique à l'est. Aussi, il y a une sortie de secours dans la section des archives.

Elle fit un quart de tour. Je l'imitai.

—Si on pivote vers le nord, poursuivit-elle, on trouve, tout au bout de la salle, les archives et trois cubicules pour ceux qui veulent écouter un enregistrement auditif en groupe ou naviguer sur les ordinateurs adaptés. Info : seuls les étudiants de notre programme sont autorisés à entrer dans les cubicules. C'est pourquoi il nous faut notre carte étudiante.

—Dac, répondis-je d'un air effacé, trop occupée à sonder les alentours avec mes oreilles et mon nez.

—Une médiane verticale traverse la salle. C'est l'allée principale et de chaque côté, il y a des tables avec des lecteurs de disques et des écouteurs intégrés. Au milieu de ces tables, il y a un grand cercle vide. C'est le point central du sous-sol. À ce niveau, nous avons une médiane horizontale qui marque une autre séparation. Repère-toi grâce à ces allées. L'horizontale conduit aux étagères qui se trouvent de chaque côté de la salle.

—Mmh.

Soudain, un bruit insolite attira mon attention. Du coup, je tressaillis. Je tendis l'oreille en espérant l'entendre à nouveau, juste pour me confirmer que ce n'était pas la peur qui me jouait des tours.

—Un problème ? s'enquit Evelyne.

—Non, non… répondis-je bêtement.

—Par ici.

« Ne fais rien de stupide. Essaie de paraître normale, au moins pour cette fois », me répétai-je en me remémorant les règles de la famille.

Nous reprîmes notre route en longeant l'allée verticale qui nous conduisit jusqu'au point central ; là où ma canne glissa sur un rassemblement de petits carrés irréguliers. « On dirait une grande mosaïque », pensai-je. De là, nous pivotâmes vers la gauche pour suivre la médiane horizontale, telle qu'Evelyne m'avait indiquée. Finalement, nous atteignîmes les étagères.

—Si tu les touches, expliqua-t-elle, tu remarqueras que les genres et les collections sont inscrits en boucle au-dessus de chaque tablette. Ici, par exemple, ce sont les romans écrits en braille, dans la collection des biographies et des non-fictions. Juste à côté, nous trouvons la collection des bandes dessinées et de littérature jeunesse.

Bien que je n'entendis que partiellement son discours, dû à la distraction, mes sourcils se levèrent d'étonnement au moment où elle articula sa dernière phrase.

—Des bandes dessinées ? Tu me fais marcher, là…

—C'est une nouvelle découverte, m'informa-t-elle en prenant un livre au hasard avant de l'ouvrir. Regarde…

Ensemble, nous évaluâmes les gravures à l'intérieur des pages très épaisses.

—Dans cette BD, les personnages sont représentés par des cercles de différentes profondeurs et de différentes grosseurs. À nous d'en modeler la forme avec notre esprit. Comme tu peux voir, ce n'est pas trop chargé ni trop compliqué. Cela facilite notre compréhension et stimule notre imagination. Ça laisse le lecteur le loisir d'interpréter les décors et l'histoire à sa manière. Mais, si nous sommes confus, il y a un glossaire à la fin.

Mon visage s'égaya et la curiosité m'emporta plus loin dans mes découvertes. Tant et si bien, que j'en finis par presque oublier la présence qui rôdait autour de nous et la sensation de chaleur et d'assèchement que je ressentais dans ma bouche. Puis Evelyne jugea qu'il était temps de retourner au travail. Je l'entendis déposer la BD sur la tablette, sans doute parmi les dizaines du genre. Me déconnecter de ce merveilleux bouquin me ramena à la triste réalité.

—C'est chouette, n'est-ce pas ? chuchota Evelyne alors que je sortis ma bouteille d'eau de mon sac.

—Mmh, fis-je en prenant une gorgée.

—C'est ici que nous passons nos midis, Zack et moi.

Oh! Du sucré et un léger goût d'orge.

—Ça fait longtemps que tu le connais? demandai-je, intéressée.

—Depuis que je suis inscrite ici, donc depuis l'année dernière. Nous habitons dans la même famille d'accueil. Il n'y a que durant les congés que nous sommes séparés, car nous devons retourner chez nous. Il habite le sud de la province.

—Vous semblez bien vous entendre.

—Il est sympa. Parfois imbécile, surtout lorsqu'il fait le bouffon, mais c'est le gars le plus gentil que je connaisse. C'est grâce à lui si j'ai pu me réadapter facilement à la vie de lycéenne et il me console souvent lorsque ma famille me manque. Et tu devrais entendre ses compositions de musique! Il a beaucoup de talent.

Ho là là! Elle en avait long à dire sur le sujet. Voilà donc la réponse à mon interrogation de tout à l'heure: Evelyne aimait Zackary et comme toute adolescente, elle vivait son premier amour à sens unique. Ses sentiments ne me regardaient pas, certes, mais j'aimais en être témoin. Les énergies négatives avaient tendance à attirer davantage notre attention que les énergies positives, car elles étaient explosives et se vivaient sans retenue. Alors quand j'avais la chance de sentir quelque chose d'aussi doux et sincère que l'umami de ma copine, cela mettait un baume sur mon cœur déjà lourd en émotions.

—Tu devrais le lui dire.

—Quoi donc?

—Que tu l'aimes. C'est peut-être réciproque...

—Pas du tout! C'est que... nous sommes amis et...

Comme c'était mignon! Elle paniquait!

—C'est compliqué, tu vas me dire? l'interrompis-je pour la taquiner.

—C'est... c'est si évident que ça? bafouilla-t-elle.

—Si je n'étais pas aveugle, je suis sûre que je verrais des étincelles pétiller dans tes yeux.

Ne trouvant rien à répliquer, elle se remit en route en indiquant:

—Il y a une section pour les livres audio... juste derrière.

Nul besoin de recourir à mon don extrasensoriel pour deviner son embarras.

—Ouais. Allons-y, me contentai-je de dire en souriant.

Une dernière gorgée d'eau avant de remettre la gourde dans mon sac et contourner prudemment les deux premières sections.

Si je pouvais aussi connaître l'emplacement exact de l'entité, ce serait un grand plus. Or, les chuchotements provenaient de partout à la fois. Aucune direction précise, pas le moindre indice sur la provenance de cette sensation bizarre qui envahissait ma bouche. Finalement, j'avais le sentiment qu'il ne s'agissait pas d'un fantôme, mais d'un spectre auditif. Enfin, j'espérais de tout mon être que ce soit le cas. Voilà qui m'éviterait une confrontation.

Nous partîmes donc en quête de classiques du dix-neuvième siècle, chose qui fut beaucoup plus facile que je le pensais. Jules Verne, Mary Shelly, les sœurs Brontë, Jane Austen, Charles Dickens, Oscar Wilde, Henry James… Tous les grands auteurs posaient fièrement devant nous. Il ne nous restait plus qu'à choisir. Déjà, on pouvait éliminer les romans trop sentimentaux, ce qui réduisait considérablement la pile. Tant et si bien, qu'il ne nous restait que douze livres à inspecter.

Ceux-ci en main, nous rebroussâmes le chemin afin de regagner le centre de l'étage. Je me doutais qu'Evelyne voulait me familiariser avec ce point de repère. Or, midi sonna. La puissante horloge grand-père se mit à tinter.

—Argh.

Tout à coup, les plaintes que j'étais la seule à entendre s'intensifièrent. Aussi, chaque son de cloche s'incrustait plus profondément dans ma tête, comme si on y creusait un trou avec un marteau. Mon réflexe fut de tout lâcher et de me prendre la tête à deux mains.

—Leeze? Ça va?

J'ignorais combien de fois Evelyne avait prononcé mon nom, car je ne l'entendais qu'à moitié. La douleur était telle, que je me crispais en position de crevette. Mon corps entier se compressait, pendant que mon rythme cardiaque s'accélérait dangereusement. Tellement, que je craignais de m'effondrer au sol.

Boom-Boom

Boom-Boom

Boom-Boom.

Puis le douzième coup sonna, et ce fut le silence complet. Plus de tic-tac, plus de bourdonnement de néons, plus de respirations, hormis la mienne.

—Eve? Tu m'entends? Où es-tu? demandai-je avant que mon pied s'empêtre dans ma canne. Eve… S'il te plaît, réponds-moi, renchéris-je en ramassant la chose.

L'incertitude me prit de court. Être isolée dans le noir complet, sans comprendre ce qui m'arrivait, sans pouvoir confirmer mes doutes à l'aide de mes yeux. Tous les signes annonçaient un arrêt dans le temps, mais comme personne n'était mort autour de moi, je ne pouvais me résoudre à y croire.

Soudain, je heurtai brusquement le bras d'Evelyne. Celui-ci était figé dans les airs, tout comme le reste de sa personne. « Ce doit être l'œuvre de Faucheuse. » Il n'y avait pas d'autre explication logique.

—Qu'est-ce que tu me veux encore ? Et depuis quand…

Je me tus en pensant qu'il n'était peut-être pas venu pour récolter l'âme de ma camarade ou de je ne sais qui. Peut-être était-il venu pour moi ? Car j'avais vraiment cru que j'allais mourir au son de la cloche… Mais si tel était le cas, la Faucheuse aurait dû se manifester. J'aurais dû trouver mon corps inerte quelque part. « M'a-t-il obéi à ce point ? A-t-il vraiment décidé de me ficher la paix comme je le lui ai demandé ? »

Puis je sentis un amas d'énergies se rassembler à quelques pas de moi. L'entité qui errait dans les environs venait de prendre forme devant moi. Comme nous trouvions dans un ancien séminaire, je m'imaginais qu'elle avait l'apparence d'une religieuse de l'époque. Qui d'autre prierait dans une bibliothèque ? Le plus effrayant, c'est que si elle réagissait toujours malgré l'arrêt du temps, cela écartait la théorie du spectre et ramenait celle du fantôme.

À cette idée, mes muscles se crispèrent et ma mâchoire se bloqua. C'est alors que quelque chose se mit en mouvement. Nul doute que c'était l'entité qui s'approchait tranquillement de moi. Devais-je fuir ou l'affronter ? Et si jamais, bien que peu probable, le temps ne s'était pas réellement arrêté et qu'on m'entendait parler toute seule ? Voilà qui me vaudrait à nouveau la réputation de folle dérangée. J'espérais vivement qu'il n'y avait aucune caméra de surveillance. « Dans une bibliothèque de petit lycée campagnard… sûrement pas », me convainquis-je.

—Qui… qui êtes-vous ? réussis-je à demander avec fermeté, mais le plus discrètement possible.

—Répondez ! insistai-je après avoir entendu la chose faire un nouveau pas dans ma direction.

—D'ici, je peux tout voir, déclara l'inconnue d'une voix empreinte de mystère.

—Voir quoi ?

—Vous. Ou plutôt, le potentiel qui se cache en vous.

Mon souffle s'arrêta une demi-seconde. J'essayai de déglutir, mais ne réussis qu'à contracter les muscles de ma gorge, tant elle était sèche. Pendant ce temps, l'entité effectua un autre pas. Je pouvais presque sentir sa chaleur sur ma peau. Une chaleur qui ne caractérisait pourtant pas les morts.

—Vous voulez voir? demanda la femme.

—Ne… Ne vous approchez pas.

Sur ce, je brandis mon sac-médecine devant moi. Si ça ne pouvait pas la faire fuir, cela aurait au moins dû la faire réagir. Or, il en fut tout autrement.

—N'ayez pas peur, me rassura-t-elle d'un ton calme et posé. Ce ne sera pas long…

J'étais mal barrée. Qu'allait-elle me faire? Je fis un pas sur le côté, puis un autre, et tentai de m'enfuir droit devant en braquant mon bâton près du corps, un peu comme un bouclier. Sans crier gare, quelqu'un m'agrippa avec une telle force que j'en fus clouée sur place.

—Vous ne pouvez sortir d'ici. Voilà deux cents ans que le processus a été enclenché. Deux cents ans durant lesquels les rouages du temps se sont tordus pour vous amener à ce moment précis.

Une main se posa ensuite sur ma tête. Une main chaude qui vibrait d'une intensité surprenante. D'instinct, je balayai ma canne dans le vide, jusqu'à ce qu'elle se bute contre quelque chose de solide. Encore une fois, la *chose* ne réagit pas. Déjà, le fait de pouvoir la toucher n'était pas normal. J'avais beau me débattre de toutes les façons possibles, elle restait plantée comme un arbre solidement enraciné au sol.

Ma poche se mit alors à me brûler la peau, exactement là où se trouvait la carte, puis l'entité me libéra de son emprise.

—Aie! Merde!

Je me tapais la cuisse en me tortillant de douleur. Après quelques secondes, plus rien. «C'est quoi ce bordel?» Je n'avais pas encore repris mon souffle qu'un grognement retentit devant moi. Un grognement accompagné d'une odeur que je n'eus aucune peine à reconnaître.

—Zack! Fiche le camp d'ici!

Aucune réponse ni la moindre réaction. Zackary ne se séparait pourtant jamais de son chien-guide. Et si ce n'était pas lui…

Le mot *impossible* fut le seul qui me vint en tête. Nous étions dans une bibliothèque, et au sous-sol de surcroît. Comment un chien aurait-il pu s'infiltrer ici sans que personne ne le sache ? L'animal s'approcha à son tour, créant ainsi une barrière entre la sortie et moi. Ne pouvant emprunter cette voie, j'entrepris de faire le chemin inverse, tranquillement et toujours en mode *défensive*. Mes pieds glissèrent alors sur la surface irrégulière de la mosaïque. J'étais revenue au point de départ, c'est-à-dire au centre de la salle.

—Tout doux, soufflai-je à l'intention de la bête, en gardant les bras levés et en tâchant de la garder dans ma mire.

Façon de parler.

Si elle était apparue comme par magie, cela avait au moins le mérite d'avoir fait fuir l'entité, puisque je ne la détectais plus. Ni avec ma bouche ou mon nez, ni avec mes oreilles. Un regain d'espoir m'amenait à penser que l'animal était peut-être un allié. Peut-être était-ce le même chien qui me hantait à la maison ? Son point d'ancrage serait donc la carte. La carte ! Où était-elle passée ? Elle avait disparu en même temps qu'il était apparu. Cela ne faisait donc plus aucun doute… La carte et lui étaient bien liés.

Puis je me souvins que dans mon rêve, je n'avais pas encore apprivoisé la bête. Je ne devais pas courir de risques. Je devais éviter de l'effrayer et surveiller ses moindres faits et gestes. Du moins, dans la mesure du possible.

Ma tactique semblait porter ses fruits. Je me crus sortie d'affaire pendant une fraction de seconde, car le chien s'immobilisa. Abandonnait-il l'idée de m'attaquer ou cherchait-il un nouveau moyen de m'atteindre ? Je baissai ma garde pour lui prouver mes bonnes intentions. Je n'eus toutefois pas le loisir de savoir ce qu'il mijotait. Avant même que j'ai pu faire quoi que ce soit, il passa en mode *offensive* et se jeta sur moi.

Je me mis à la recherche d'un support que je perdis en allant à la rencontre du vide. Du coup, mon corps s'écrasa au sol. Si je n'avais pas eu les réflexes aiguisés, ma tête aurait servi d'amortisseur.

Bam ! Les dents de l'animal se fracassaient sur ma canne, que je tenais devant moi. Il la tirait dans tous les sens dans l'intention de me l'arracher. La bave coulait sur mon visage et les grognements fusaient. Je tenais bon, mais je craignais de ne pas être en mesure de gagner ce duel de force. Et quand bien même je gagnerais, la bête pouvait tout aussi bien changer de cible et s'attaquer à une autre partie de mon anatomie. « Frappe-le. C'est une situation d'urgence. N'aie pas peur de le blesser. » On aurait dit que la bête avait pressenti mes intentions, car elle réagit au quart de tour. Hélas, mon bras eut la malchance de se trouver trop près de sa gueule. Aussitôt, ses dents mordirent dans ma chair, ce qui me soutira un gémissement. Désespérée, je la poussai pour me libérer de son emprise, main en vain. Alors que j'étais persuadée de me défendre inutilement, le chien lâcha prise.

Il remplaça ses grognements par des lamentations, comme s'il regrettait son geste. Voilà qui me laissait une chance. Ni une ni deux, je me glissai sur les fesses et m'aventurai plus loin sur les pièces irrégulières de la mosaïque, sachant que de l'autre côté des tables, tout au bout de l'allée, je pourrais gagner un cubicule et m'y mettre à l'abri... Un geste des plus pénibles à effectuer lorsqu'on tient sa blessure contre sa poitrine, le sac-médecine dans une main, et un bâton dans l'autre.

Qu'importe les difficultés et le peu de chances d'y arriver en un seul morceau, tout ce que je voulais, c'était fuir de là. Survivre. Voilà ce que mon instinct me dictait. Sauf qu'en un battement de cils, l'animal changea de position. Alors qu'il se trouvait derrière moi à peine une seconde plus tôt, il se tenait maintenant face à moi.

La peur me glaça jusqu'à l'âme. Alors que je figeai mes muscles en un gros bloc de marbre, mes pensées s'embrumèrent. Dans cette position d'infériorité, j'étais à la merci de mon ennemi, sans la moindre possibilité d'appeler à l'aide. Que faire ? Comment fuir cette scène d'horreur ? Immobile, la chose haletait. Étrangement, elle ne semblait plus menaçante, mais refusait que je bouge.

Mon avant-bras saignait. Je sentais le liquide chaud couler sur ma peau avant de dégoutter à terre. Quand la mosaïque aux multiples carrelages se réchauffa, je perdis connaissance.

Chapitre 23

Debout, encore assaillie par le choc et la frayeur qui me saisissait par les tripes, j'avais l'impression d'avoir sauté du haut d'une falaise. Je rassemblai mon courage, ouvris les yeux, puis écartai les bras que j'avais ramenés près de ma tête pour me protéger de la chute. Si je m'y attendais ? Alors là, pas du tout.

Je me figeai d'abord, comme si mon esprit avait subi un court-circuit et je battis ensuite plusieurs fois des paupières en me tapotant les joues pour m'assurer que je ne rêvais pas. « Impossible. Non. C'est tout à fait impossible ! »

Non, je ne rêvais pas. Je voyais. Tout était comme jadis, avant le début de mes voyages temporels. Comment réussissais-je un tel exploit ? Aucune idée. Le plus étrange était que je me sentais parfaitement à l'aise de renouer avec la vue, un sens que je n'avais pas utilisé depuis des années. On aurait dit que je n'avais jamais été aveugle, que tout ce que je voyais était familier. Je reconnaissais ce que je voyais.

Une brise m'enveloppa, mais je ne la sentais pas. Enfin, pas de la manière que je la sentais habituellement. Je pouvais néanmoins la voir dans l'herbe qui dansait. Voir les nuages poursuivre leur longue route dans le ciel et le soleil inonder la Terre de son éclat de lumière.

Mes yeux s'emplirent d'eau et mon souffle manqua. Je faillis défaillir. J'étais envahie par la peur de faire une autre crise. « Mes médocs. Vite ! » Telle fut ma première pensée. Hélas, je réalisai que je n'avais pas de poches, ni pantalon, ni t-shirt. Même pas de chaussures ! Non. Au lieu de mes vêtements de tous les jours, je portais une robe. Mais pas une robe ordinaire ou une robe médiévale… Je n'avais jamais touché ce genre de tissu, pas plus que je n'avais déjà vu un truc aussi singulier.

—Attends. C'est quoi cette connerie ?

En me tâtonnant, je vis mes cheveux tomber devant moi. Sauf qu'ils n'étaient plus bruns froncés. Ils étaient blonds et plus longs que je ne les avais jamais portés. Lorsque je pris une mèche, je remarquai que je n'avais plus de marques de morsures sur le bras. Comme si j'avais guéri instantanément. De même, ma peau présentait une couleur laiteuse, loin de ma teinte naturelle. Pas d'indicateur d'hypertension non plus.

N'y comprenant rien, je cherchais des réponses dans le panorama qui s'affichait devant moi. Je voyais une série de pierres gigantesques.

Dressées en cercle, elles étaient en position verticale. D'autres étaient posées par-dessus, mais en position horizontale. Le tout formait des arches. À l'intérieur de ce premier cercle imposant se trouvait une autre série de pierres, encore plus grandes que les autres. Au nombre de cinq, ces arches formaient un demi-cercle.

Je me creusai la tête pour me souvenir de ce dont il s'agissait, puis m'exclamai : « Oui ! Je sais ! » Un cromlech. Il me semblait que c'était le nom qu'on donnait à ce genre de lieu sacré. On pouvait voir leurs ruines dans les pays du nord de l'Europe. Seulement, ici, le site n'avait pas été démoli. Les fosses qui délimitaient le périmètre, les tumulus (des sortes de bâtiments recouverts de terre), les *Heal Stones* à l'extrémité, les pierres bleues… D'où je me situais, je ne pouvais pas tout cerner, mais chose sûre, j'étais devant une architecture vieille de plusieurs milliers d'années et tout semblait en parfait état. Même la peinture.

J'avais déjà vu un documentaire, là-dessus, lorsque j'étais plus jeune, et de mémoire, je savais qu'il n'y avait qu'un seul site de cette envergure : le Stonehenge.

J'eus alors un mouvement de recul. Mes idées s'embrouillèrent. Ce n'était pas possible. Non, non, non ! J'étais allée trop loin. Beaucoup trop loin dans le temps comparativement à mes voyages antérieurs. Aussi, le fait de voir parfaitement et qui plus est, de me retrouver sur un autre continent contredisait les lois physiques les plus rudimentaires. J'étais une Voyageuse Temporelle. Pas une Surhumaine pouvant se téléporter ou une Polymorphe capable de changer d'apparence. Encore moins les trois à la fois ! Je devais être morte. Voilà la seule explication logique qui me vint en tête.

—Faucheuse ! Il serait temps que tu m'expliques, là !

Je le cherchai des yeux, persuadée qu'il était dans les environs. C'était obligé, car sans lui, impossible d'utiliser mon pouvoir. Mais plutôt que de retrouver cette vieille et sinistre connaissance, ce fut une tout autre créature que je découvris : un chien. Sans doute celui de la bibliothèque.

Je me contraignis à l'immobilité, secouée par la peur de me faire à nouveau attaquer. Où donc était ma canne de combat ? Et mon sac-médecine ? Sûrement au même endroit que le reste de mes affaires. Se sentant observé, l'animal tourna son attention vers moi. Du coup, mon cœur fit un bond vertigineux dans ma poitrine. Ce regard…

—Ma… Max ? C'est toi ?

Le chien se leva sur ses quatre pattes, haletant, la langue sortie et la queue battant le vide, comme le fait un bon toutou heureux de retrouver son maître. Il fit un pas dans ma direction, puis un autre et encore un autre. J'y répondis en reculant d'un pas. J'hésitai, certes, car je ne savais pas si je devais lui faire confiance. Je notai toutefois qu'il n'y avait aucune malice dans son regard. Rien, sinon l'envie de venir me dire bonjour. En douceur et en méfiance, je me penchai donc pour l'examiner.

Au bout d'un moment, je le caressai. Il était chaud et vivant, comme n'importe quel mammifère. Il n'avait toutefois pas d'aura. Ni par la vue, ni par le goût, ni par l'odorat. Je ne cernais que l'odeur de son pelage. Je ne pouvais même pas sentir son cœur battre. Idem pour son souffle. J'en conclus que cette chose se situait quelque part entre un état éthéré et un être fait de chair et de sang.

En réponse à mon affection, il me lécha et se frotta sur mes mains pour en réclamer davantage. Je le caressai plus jovialement. Après la surprise qui m'avait désarmée durant un court instant, je n'eus aucune peine à identifier le chien de mon deuxième voyage temporel.

—Oui. C'est toi. Qu'est-ce que tu fais ici ?

Taille moyenne, mais un peu maigre sous son épaisse fourrure brune, blanche et noire. L'un de ses yeux était brun froncé, tandis que l'autre était bleu. Autour de celui-ci et s'étendant jusqu'au bout de son oreille, on pouvait voir une tache blanche. L'autre oreille, pour sa part, affichait une cicatrice facilement reconnaissable. Une deuxième cicatrice sillonnait son museau. En somme, d'après les vétérinaires, Max était un magnifique croisement entre un Berger australien et un Berger allemand.

—Tu sais que je t'ai cherché partout, espèce de cabot.

Après lui avoir sauvé la vie, nous l'avions accueilli quelque temps. Il faisait partie de la famille et nous étions inséparables. Hélas, il était vieux et devenait de plus en plus faiblard. On m'avait dit qu'il n'en avait pas pour plusieurs années à vivre et j'en avais conscience. Puis, une nuit, il s'était enfui. Je ne sus jamais pourquoi il m'avait abandonnée. « Comme les aînées de notre tribu, certains animaux se retirent lorsqu'ils se sentent partir », m'avait expliqué ma mère. Il voulait mourir en toute dignité.

Max posa ses deux pattes sur mes genoux pour être en mesure de me lécher le visage. Je trouvais qu'il avait bien de la vigueur pour son âge, à supposer qu'il avait le même âge que lors de notre dernière rencontre, car il était impossible qu'il puisse être encore en vie.

—Oui, oui... toi aussi tu m'as manqué.

J'eus soudainement un éclair de génie. Peut-être n'était-ce pas un retour dans le temps, finalement? Ce pouvait être une simple vision, ou un rêve, ce qui expliquerait pourquoi je pouvais voir et pourquoi je me trouvais si loin de chez moi, avec une tout autre apparence.

J'avais déjà entendu parler de cas de régressions permettant de retourner dans une vie antérieure ou de cas de fusions avec les spectres imprégnés dans l'environnement. Or, les gènes que je portais ne permettaient point cette magie. De plus, mon corps suivait les mouvements que j'exécutais et dont j'avais pleinement conscience. En quelque sorte, j'étais réellement cette fille.

—Si ce n'est pas moi, c'est toi. C'est toi qui m'as emmenée ici. Ai-je raison? interrogeai-je.

La mosaïque, le sang… Quel rituel effrayant. Ça expliquerait pourquoi il m'avait attaquée. Ce n'était pas parce qu'il voulait défendre son territoire ni parce qu'il me considérait comme une ennemie ou qu'il était effrayé. Il m'avait attaquée dans l'unique but de me forcer à venir ici.

—Pourquoi tu l'as fait? Est-ce qu'il y a quelque chose que je dois savoir ou que je dois voir?

D'un air intrigué, Max hocha la tête sur le côté. Il ne comprenait visiblement rien à ce que je lui racontais. «Bien sûr que non. Idiote. C'est un chien!» Je me levai en soupirant.

Un cadeau merveilleux m'avait été offert. J'avais reçu une deuxième chance, celle de posséder un corps en parfait état. Hélas, ce corps n'était pas mien et ce lieu ne représentait pas mon chez-moi. Attristée, je regardai mes mains. Avais-je volé le corps de cette fille pour arriver ici? Se sentait-elle possédée comme les Voyageurs Astraux? J'imaginais ce que mon père et mon frère diraient dans ce genre de situation. «Tant qu'on ne sait rien, on doit faire attention.» Et puis, la magie exigeait toujours une contrepartie. Interagir avec le passé créerait une autre branche dans l'univers Spatiotemporel et ces changements ne se feraient pas sans conséquence.

—Je vais revenir, mais pas dans ces conditions, me promis-je.

Comment faire pour retourner chez moi? Là était la question. Peut-être que la réponse se trouvait au cœur du cromlech? J'y pénétrai d'un pas réfléchi, en passant par l'Avenue (une grande allée qui reliait les *Heal Stones* à la structure principale), et admirai le portrait sous toutes ses coutures, mon fidèle compagnon à quatre pattes à ma suite.

Je tentai de me souvenir des détails que mon père nous fournissait au sujet de ses aventures archéologiques pour les mettre en pratique. La peinture sur les pierres érigées en arche dévoilait des dessins qui semblaient raconter une histoire. Je passai le doigt dessus et après avoir senti la matière, je constatai que tout ceci avait été peint avec de la suie. Temporaire, donc. Ceux qui avaient bâti cet endroit n'y venaient sans doute pas régulièrement. Je fis le tour, à partir de ce que je considérais être le début du récit.

Décrypter tout ceci constituait un défi de taille. J'avais l'impression d'assister à la rencontre de deux peuples. Le premier vivant sur la surface de la Terre et l'autre, plus grand et plus évolué, issu d'une île mystique. Les habitants de l'île semblaient être des dieux vénérés par les Terriens… Enfin, quelque chose du genre. Puisque le Stonehenge était reconnu comme un site funéraire, peut-être que les hommes de la surface y venaient pour effectuer des rituels, dans le but de recevoir des bénédictions, telles des guérisons, de la part de leurs dieux ? À supposer que leurs cérémonies étaient réellement efficaces, cela expliquerait la présence des *Heal Stones* et de la pierre du sacrifice.

Ce que mon père racontait avait peut-être un sens. Peut-être était-ce le témoignage de nos origines ? Mais, qu'avais-je à voir avec cela ? Et puis, des dieux ? Un brin exagéré, tout de même, quoiqu'à une certaine époque, toute situation inexplicable était perçue comme étant d'origine divine. Cependant, beaucoup trop de détails m'échappaient et cela ne m'aidait guère à savoir comment retourner chez moi. Je continuai mes recherches, en quête d'indices ou d'un passage secret. Peu importe ce que je trouverais, pourvu que ce fût utile.

Cela dura un long moment. Si long, que le soleil avait eu le temps de décliner dans le ciel, nimbant ainsi les nuages d'or et de rose. À voir toutes ces tombes et tous ces témoignages de rites funéraires… Pas certaine de vouloir dormir là-dedans !

—La nuit va tomber. Il vaudrait mieux partir d'ici.

Mon regard se porta sur les deux allées qui se transformaient en routes à l'extérieur du cromlech. L'une suivait les collines et l'autre s'enfonçait dans une forêt.

—Est-ce que tu crois qu'il y a un village au bout d'un de ces chemins ?

Max suivit mon regard, mais ne broncha pas d'un poil. Je m'agenouillai donc pour lui parler clairement.

—Le soleil se couche. Si nous restons ici, nous serons à découvert, dans un territoire inconnu. Alors, tu m'aides à retourner à la maison ou pas ?

Encore un hochement de tête et un regard aussi idiot qu'un chien peut l'être.

—Merci. Tu es d'une aide très précieuse, pestai-je, agacée.

Je songeai que si je ne pouvais pas retourner tout de suite chez moi, il me faudrait procéder par priorité. À savoir : passer la nuit en sécurité et être en mesure de me défendre en cas d'attaque. Or, comme je n'aimais pas du tout l'idée de toucher aux différents objets funèbres susceptibles de m'être utiles, je devais trouver le moyen de m'en procurer ailleurs.

La première étape de mon plan consistait à déchirer le bas de la robe en cinq bandes de tissu. Je me servis de la première pour nouer solidement ma tresse et j'enroulai deux autres bandes autour de mes pieds nus pour créer une protection contre les écorchures. Je fis la même chose avec mes mains, puis je marchai en direction des arbres, à la lisière de la forêt. J'arrachai une branche, la plus droite que je pusse trouver, et d'une dimension que je jugeai respectable.

Tout au long du bâton, je brisai les pousses, avant d'égaliser le tout avec une pierre. Un examen rapide... Toujours pas satisfaite du résultat. J'épluchai donc mon instrument pour rendre sa surface lisse et déchirai une autre bande de tissu pour créer une poignée centrale, ce qui me permit d'avoir une meilleure prise qu'avec le bois vert, qui lui, glissait dans mes mains. Voilà ! Mon arme n'était pas parfaite, mais au moins, elle était facile à manier.

J'y allai de quelques jeux de bras, histoire de savoir si je n'étais pas trop rouillée après tout ce temps. Certes, ce corps n'avait pas appris à manier une canne de combat. Les muscles ne reconnaissaient pas ces gestes qui autrefois, m'étaient pourtant si familiers. Ça ferait néanmoins l'affaire pour l'instant. Puisque je voyais maintenant quelque chose, je pourrais mettre mon expérience à profit pour anticiper les attaques ; chose que je ne pouvais guère accomplir lorsque je me trouvais chez moi.

Je lançai un coup d'œil par-dessus mon épaule pour faire un adieu silencieux à ce lieu qui, sur ces terres inconnues, demeurait tout de même le seul que je connaissais. Mais alors que je voulus me mettre en route, une voix féminine surgit derrière moi. Cela me surprit au point de me faire sursauter. Par réflexe, je me retournai, le bâton brandi en position offensive. C'est là que j'aperçus une femme magnifique en tous points.

Si les anges n'existent pas, elle n'était pas loin d'en être un, car tout autour d'elle, brillait son aura d'un blanc pur. Du jamais-vu. Ses cheveux aux éclats d'argent ondulaient jusqu'à ses pieds et à quelques différences près, sa toge blanche n'était pas sans rappeler les peintures représentant la Grèce Antique. Ce qui me choquait le plus était de voir les trois pétales transparents flotter en cercle au-dessus de sa tête. Cela provoquait une traînée de lumière très pâle. Voilà une auréole des plus originales, qui était loin de ressembler aux disques qui flottaient au-dessus des anges traditionnels.

Elle s'exprimait dans une langue qui était tout sauf moderne. Impossible, pour moi, de l'identifier. Ses paroles me semblaient tout de même assez coutumières pour que j'en comprenne le sens, comme si j'avais déjà entendu ce langage quelque part.

—Ry'zatèl, très chère, ne restez pas ici. Ils pourraient vous voir.

La personne que j'incarnais s'appelait donc ainsi? Déjà, un mystère venait d'être résolu. L'inconnue fronça les sourcils en voyant mes yeux, puis esquissa un sourire amusé.

—À moins que vous ne soyez pas ma Ry'zatèl?

Elle apposa sa main sur ma joue et contempla mon regard plus en détail. Apeurée, je m'étais d'abord crispée, mais la douceur de son geste et son air chaleureux eurent vite raison de mes appréhensions. Je la reconnaissais, mais j'ignorais qui elle était. Un sentiment contradictoire et quelque peu déroutant, certes.

—Quel est votre nom?

Je m'apprêtai à répondre lorsqu'un bruit retentit au bout du chemin. Il ne fallut qu'une fraction de seconde pour que la dame me tire dans les buissons, à l'abri des regards. «Il y a un danger? Où ça?» Je n'allais pas tarder à le savoir…

Tout d'abord vinrent un homme et une femme qui me dépassaient d'au moins deux têtes. Leurs cheveux étaient aussi noirs que du charbon, leurs yeux bridés brillaient de mille éclats et chacun tenait une lance en main.

Arriva ensuite un homme à trois yeux, habillé d'une tunique longue qui, à l'instar de sa grande coiffe, était ornée de breloques en bois et de plusieurs plumes. Il levait une coupe en cristal vers le ciel tout en marmonnant des trucs qui, de ma cachette, étaient inaudibles.

Derrière lui, des pas qui claquaient dans un bruit métallique attirèrent mon attention. Ce quatrième personnage revêtait une armure majestueuse. Je ne pouvais voir son visage, celui-ci étant caché sous un heaume assorti à son uniforme. Des ailes en acier s'étendaient derrière lui, des ailes qu'il repliait près de son corps pour ne pas gêner sa marche. Outre ses plumes qui semblaient aussi aiguisées que des rasoirs, il tenait une épée fort impressionnante. Le genre d'arme que je n'aurais jamais pu soulever tant elle paraissait lourde. Elle était ornée de plusieurs symboles indéchiffrables, les mêmes qu'on pouvait voir sur les armes du duo de lanciers et sur la coupe en cristal de son prédécesseur.

Enfin, celui qui fermait la marche portait un immense rocher sur son dos. Bien que ce truc semblait vachement lourd, encore plus que l'épée du chevalier ailé, l'homme traînait son fardeau avec la plus grande ténacité. On aurait dit un esclave au service d'un pharaon durant l'époque de l'Égypte antique. Pourtant, ses cheveux faisaient penser à des filaments d'or et sa peau scintillait comme de minuscules diamants noirs. Aussi, d'après son pagne élaboré, maintenu à sa taille par une ceinture colorée, et ses bijoux coûteux, il ne faisait aucun doute qu'il venait d'un milieu aisé.

C'est avec les yeux écarquillés et la mâchoire décrochée que je regardai le convoi lorsqu'il passa près de nous, avant de pénétrer dans le lieu sacré. J'avais peine à réaliser ce que je voyais. Ce n'était pas seulement du jamais-vu, c'était carrément une scène de roman fantaisiste.

C'est alors que le chevalier déploya ses ailes et prit son envol pour se poser sur l'une des cinq grandes arches du centre. L'homme qui transportait la grosse pierre lança cette dernière sur celle qui était positionnée en face de son prédécesseur, puis bondit pour s'installer à son tour sur le demi-cercle, à l'intérieur du Stonehenge. Le couple piqua une course et effectua un saut à la perche des plus spectaculaires pour se positionner tous les deux sur la même arche. On aurait dit des singes tant ils étaient habiles. Après quoi, ils joignirent leurs lances, lesquelles se fusionnèrent en une seule et même arme. Tout de même plus grande, celle-ci était ornée de multiples pierres précieuses.

En les regardant, je songeai que je ferais une bien piètre adversaire contre eux. Sûr que mon simple bâton et mes compétences rouillées ne feraient pas le poids devant ces créatures aux pouvoirs incommensurables. C'était sans doute la raison pour laquelle la dame en blanc m'avait dit de me cacher. S'il y avait un réel danger que ces êtres me repèrent, valait mieux obéir.

D'un même mouvement, le couple pointa la lance vers l'homme à trois yeux et d'un seul mot, ils commandèrent à une brise de le transporter délicatement sur la quatrième arche. Ils posèrent ensuite le genou à terre, l'un à côté de l'autre, se tenant tous deux sur leur arme céleste, après l'avoir piquée sur la pierre. L'homme ailé s'agenouilla à son tour, l'épée au sol. Avant de les imiter, l'homme à la pierre lança ce qui ressemblait à une graine en or en bas, sur l'autel. Ensuite, celui qui tenait la coupe arrosa ladite graine de son nectar mystique. Ceci fait, les deux s'agenouillèrent.

Poussant à vive allure, les racines longèrent la pierre pour gagner la terre. De là, la graine se transforma en un arbre gigantesque affichant une forme humanoïde. J'avais l'impression de sentir un puissant battement de cœur vibrer de la terre, sous ce qui me faisait penser à une silhouette féminine. Après quoi, j'entendis un fort souffle gronder du tronc.

J'étais si stupéfaite, que j'en avais les jambes coupées. Tellement, que je faillis m'écrouler au sol. Heureusement, l'ange me soutint juste à temps. Pendant tout ce temps, ma voix émettait des sons étranges, des mots que je ne connaissais pas. Ils sortaient de ma bouche pour traduire ce que ma tête voulait dire en anglais.

—Que… quelle est cette chose ?

—Gaïa, l'essence de leur planète.

Ma pensée tiqua sur le terme *Gaïa*, qui me faisait penser à la mythologie grecque, puis sur le mot *leur.* Voilà qui me semblait étrange.

—Que faites-vous ? Est-ce un rituel ou quelque chose du genre ?

« J'aurais plutôt dû dire : *qui êtes-vous ?* Ç'aurait été plus logique. » La dame me sourit tendrement avant de répondre :

—Vous le comprendrez bien assez tôt, mais pour l'heure, restez ici et ne vous faites pas repérer.

Cela dit, elle me quitta pour aller à la rencontre de l'arbre titanesque. Avant de parlementer avec lui, elle exécuta une révérence. L'arbre lui tendit une branche, puis la souleva de terre pour l'aider à se positionner sur la cinquième arche, celle-là même qui était légèrement plus grande que les autres. Les pétales composant l'auréole de la femme se rassemblèrent pour former une couronne royale. « Ce n'est pas un ange, mais une reine. Leur reine», pensai-je en observant la scène de loin.

Je me souvins m'être dit que mon esprit devait être sacrément embrouillé pour imaginer de telles choses. Puis la femme du couple de lanciers jeta un coup d'œil dans ma direction. Elle avait senti ma présence, j'en étais certaine. Soudain, le sol se déroba sous mes pieds et tout disparut.

J'avais d'abord l'impression d'être plongée dans une sorte de néant obscur, jusqu'à ce que je voie une fille du haut des airs, comme si je flottais au-dessus d'elle. Au début, j'étais tellement loin qu'elle m'apparaissait aussi petite qu'un point minuscule. Plus je descendais vers elle, plus je pouvais cerner les formes, les couleurs et son apparence. Elle était inerte, couchée au cœur d'une mosaïque qui dessinait un cercle de flammes bleues autour d'elle. «Cette personne… Je ressemble à ça?» Oui, c'était moi, j'en étais persuadée. Assis à côté de moi, il y avait un chien: Max. Il me vit, ou plutôt, il vit mon esprit s'approcher. Quand il inclina la tête pour me saluer, son corps prit la forme d'une carte. Une carte semblable à celle que j'avais dans ma poche avant qu'elle ne disparaisse.

Je tombais tranquillement, comme si le ciel venait de me larguer. Puis, quand j'entrai en contact avec mon corps, ce fut l'explosion.

Chapitre 24

J'étais étendue au sol lorsqu'une vague de chaleur intense monta. Je me sentais brûler de l'intérieur, comme si chacun de mes muscles fondait sous une pression incommensurable. Cette chaleur pesante était accompagnée de l'odeur âcre et étouffante de la fumée qui s'étendait dans la salle.

Je ne voyais rien, mais mon cœur qui martelait ma poitrine m'assurait que j'étais toujours en vie. Une alarme d'incendie se mit à vibrer et les gicleurs crachèrent aussitôt l'eau provenant du système de secours, apaisant à la fois le feu qui brûlait en moi et la chaleur environnante. Je me redressai. Mes doigts effleurèrent ce qui semblait être des petits carrés. C'est là que je compris que j'étais revenue dans le présent, au centre de la mosaïque de la bibliothèque. Et à nouveau, j'étais aveugle…

—Max, réussis-je à articuler, époumonée.

Je ne détectais plus la présence de l'animal. Il faut dire que la puanteur engendrée par l'incendie était particulièrement envahissante.

—Max.

—Leeze ! Leeze ! Où es-tu ?

Evelyne. Le temps avait donc repris son cours normal. Je grognai un pénible *ici* !, tout en me hissant sur mes jambes à l'aide de ma canne que je trouvai après une brève fouille des lieux. Ce faisant, je repérai également la fameuse carte, laquelle était inerte à côté de moi, et mon sac-médecine qui lui, reposait à mes pieds. Je les saisis au vol et les cachai dans la poche de mon jean.

—Aïe ! lâchai-je en réalisant que ma jambe brûlée me faisait souffrir.

—Ta main ! lança ma coéquipière une fois près de moi.

Après avoir cherché son contact quelques secondes, je finis par m'accrocher à elle. La douleur me rappelait que j'avais une blessure au bras suite à la morsure de Max. Cela me faisait si mal, que je changeai de poigne.

—Suis-moi !

Evelyne connaissait le lycée mieux que moi. C'est pourquoi je crus plus sage de me laisser emporter par elle. Je boitais, mais arrivais à suivre les autres étudiants qui se frayaient un chemin vers la sortie la plus proche.

Mon esprit était embrouillé. Mêlé à la panique générale, le boucan causé par l'alarme d'incendie résonnait dans ma tête. Pas encore remise de mon aventure, encore moins de mon retour à la réalité, voilà que je devais lutter contre le chaos. Je n'avais jamais éprouvé une telle souffrance physique et ressenti autant de fatigue. Le fait d'être trempée jusqu'aux os n'aidait guère ma cause ; cela me faisait me sentir encore plus mal.

Quelque part dans la foulée, je perdis brusquement le contact avec Evelyne lorsqu'une personne cherchant à me dépasser me heurta. Du coup, je devins complètement déboussolée.

—Leeze !

—Eve !

Tout à coup, on entendit un cri de stupeur lancé par une fille qui venait de tomber au sol avec ses affaires.

—Aïe. Hé ! Aide-moi ! implora-t-elle en apercevant le premier venu. Crétin !

Je serrai ma canne plus fortement. Encore une fois, mes pensées étaient tiraillées entre la fille idéale que j'aurais toujours voulu être et celle qui se souvenait justement à quel point cet idéal m'avait mise dans le pétrin dans le passé. « Tu n'es pas la sauveuse du monde. Fais comme tu te l'es promis et concentre-toi sur ta propre survie », pensai-je.

Je me retournai donc dans la direction opposée de la blessée, puis fis un pas en avant, et un autre. Quand bien même la fuite était devenue une habitude, il m'aurait fallu toute ma volonté pour y parvenir. C'est alors que je m'arrêtai, impuissante. « Égoïste. Ingrate. Ce n'est pas comme si tu allais changer son destin ou que tu avais besoin d'utiliser ton pouvoir temporel. »

—Et puis merde ! dis-je en rebroussant chemin. Es-tu capable de marcher ? demandai-je en soutenant la fille une fois parvenue à sa hauteur.

—Aïe ! Non, répondit-elle en essayant de faire un pas. J'ai trop mal.

—Tiens-toi à moi.

Je me servais de mon bras comme crochet alors qu'elle appuyait une partie de son poids sur moi. Ma jambe brûlée me faisait souffrir au point de perturber mon équilibre, mais à deux, nous pouvions nous soutenir l'une et l'autre.

—Leeze ! continuait de me chercher Evelyne.

—J'arrive !

La blessée me guida dans le noir, de telle sorte que nous pûmes rejoindre ma camarade sans problème.

—Peux-tu nous aider, s'il te plaît? lui demandai-je. Je crois qu'elle s'est tordu la cheville.

—Où étais-tu passée? J'ai cru que tu t'étais volatilisée! s'écria-t-elle en tendant les bras vers nous pour prendre compte de la situation.

Je transférai la blessée au bras d'Evelyne lorsqu'une poigne chaude et solide se saisit de moi pour m'attirer dans une tout autre direction.

—Hé !

Voilà une main ferme. Juste assez pour me rassurer. « Imbécile », me dis-je. Cette main ne devait pas être rassurante. Non. Elle était tout sauf rassurante. Je cherchais à me libérer, mais Keishi serra ses doigts plus fortement autour des miens, tout en me contraignant à presser le pas. Je gardais ma canne près du corps, non sans me demander si je devais m'en servir ou pas. « Ne lui fais pas confiance. » Argh ! Encore cette voix énervante dans ma tête !

J'avais peur qu'il m'entraîne dans un guet-apens, mais en même temps, je ne voulais pas lâcher sa main bienfaitrice. Je ne voulais pas non plus le frapper ou le faire trébucher, même si l'idée m'avait traversé l'esprit. Je me fiais simplement à l'espoir qu'il soit là pour me défendre, tel qu'il en avait pris l'habitude. « Oui. Souviens-toi de ce qu'il a fait. » Je me remémorais cette main froide qui m'avait rendu furtivement un crayon que j'avais perdu deux semaines plus tôt et de son aura qui s'éloignait de la scène lorsque quelqu'un avait poussé un chariot pour me bloquer la route, histoire de m'empêcher de rencontrer un obstacle encore plus dangereux.

Au début, je l'avais perçu comme un traqueur. Qui sait… peut-être me percevait-il lui-même comme une nuisance qu'il fallait surveiller de près ? Mais cela avait changé. Quelque part, durant nos jeux du chat et de la souris, il s'était mis à veiller sur moi d'une tout autre façon, alors que mon cœur avait commencé à accepter l'idée qu'il me serve de gardien. Ma tête, par contre, refusait obstinément de remettre en question la piètre opinion que j'avais de lui. Parfois, mon doute s'avérait exact, car j'avais l'impression que l'ancien Keishi revenait en force, comme s'il refusait l'idée de me considérer autrement qu'une intruse de plus sur son territoire. Surtout lorsque Helen et Melissa traînaient dans les parages.

Nous sortîmes de la bâtisse par une porte enfouie dans les confins de l'inconnu, très à l'écart de la foule. Le froid du début du mois de novembre me saisit de plein fouet. Puis Keishi me poussa contre un mur. Enfin une pause ! Je tentais de reprendre mon souffle pendant que je l'entendais faire les cent pas devant moi.

Il cherchait à se contenir. Si dernièrement il avait eu des réactions contradictoires à mon endroit, cette fois c'était différent. Je ne pouvais plus douter de ses intentions. Ses émotions devinrent si obscures, qu'il me parut plus terrifiant que jamais. « Tu aurais dû fuir pendant qu'il en était encore temps », pensai-je.

Dans un excès de colère, il finit par frapper le mur, à seulement un pouce de ma tête. En même temps, il poussa un hurlement digne d'un sauvage. J'en eus le souffle coupé, tandis que mon cœur flancha durant une demi-seconde. Un peu plus à gauche et il me défigurait.

—Idiote ! Tu n'aurais pas dû t'en mêler !

Parlait-il de mon intervention auprès de la blessée ? C'est ce qu'il me semblait le plus logique de croire, non sans me demander pourquoi il en était aussi préoccupé. Aussi, sa voix rêche, jumelée à l'engourdissement que je ressentais dans ma bouche, me confirmait qu'il s'était blessé après avoir frappé le mur ; douleur qu'il cherchait à dissimuler derrière un surplus de fierté.

—Que… qu'est-ce que tu vas me faire ? Me tuer ? babillai-je.

—Ah ! C'est une idée...

Peu importe ce que j'avais fait pour le contrarier, je réalisai que j'étais devenue son ennemie. À présent, les avertissements d'Helen et Melissa ne pouvaient me sembler plus clairs. Ce garçon était dangereux. Aussi, je me préparai au pire.

Il vint me défier. Ses doigts empoignèrent le col de mon gilet, de façon à m'obliger à lui faire face. Par réflexe, je levai ma canne entre nous. Je n'aurais jamais eu le loisir de sentir son aura d'aussi près. Si bien que je détectai aussitôt la variation dans ses sentiments. L'épice était toujours présente, mais une part d'étonnement ou de peur revint également, ce qui calma le jeu. Par contre, j'éprouvais du mal à déterminer laquelle de ces deux émotions l'acide reflétait.

—Où est ton pendentif ? demanda-t-il.

—À… à la poubelle, déglutis-je en conservant toutefois mon sang-froid.

—Et ta canne ? J'imagine que tu ne vas pas me dire pourquoi elle est dans cet état ?

Il me fallut un moment pour me rappeler que Max l'avait malmenée avec ses crocs. Répondre oui m'aurait valu un interrogatoire dont je me passerais volontiers, mais répondre non m'aurait assuré de subir la pire raclée de ma vie. Que dire ? Le piège se refermait en même temps que ses doigts autour de mon collet.

—Non.

Et voilà ! Je l'avais dit. Il ne me restait maintenant qu'à me faire tabasser pour mon audace. Alors que je croyais vraiment que Keishi allait le faire, il me lâcha et empoigna la manche de mon t-shirt, qu'il déchira d'un coup sec et rapide.

—Hé ! Tu es malade !

Je frappai au hasard avec mon bâton, mais il le bloqua avec son bras. Enfin, sûrement. En entendant de l'eau dégouliner au sol, je devinai qu'il tordait le bout de tissu.

—Désolé de te décevoir, dit-il, mais je ne suis pas le genre à m'arracher la chemise pour satisfaire les fantasmes des damoiselles en détresse.

Sans doute que la peur et la fatigue altéraient mon jugement, car je n'arrivais pas à saisir le sens de ses paroles.

—Ne bouge pas, enchaîna-t-il.

Il sortit ensuite quelque chose de son pantalon. Après s'être battu contre ma méfiance et mon bâton qui me servait à nouveau de bouclier, voilà qu'il appliqua une pâte gluante et froide à l'endroit où Max m'avait mordue.

—Aïe ! Ça fait mal !

—Arrête de geindre, me pria-t-il en me retenant contre lui.

La douleur me força à l'immobilité, ce qui lui donna le loisir d'étendre l'épaisse crème sur ma plaie. Je sentis alors des gouttes tomber une à une sur ma peau. Elles devaient sûrement venir des cheveux de Keishi. Apparemment, je n'étais pas la seule à être trempée. À cette heure, toute l'école devait être inondée.

Soudain, mon nez détecta la même odeur dégoûtante et particulièrement amère que j'avais sentie après le cours de gym, durant lequel nous avions couru en tandem. Cela ne venait pas de son aura, mais de la crème. Pas certaine de vouloir savoir ce que c'était.

Le sentiment d'être son ennemie disparut pour céder la place à une tout autre saveur. Une saveur qui me tordait le cœur. « De la tristesse ou de la pitié. » Est-ce que ce goût salé me concernait ou provenait-il de quelque chose d'autre ?

Les doigts de Keishi glissèrent jusqu'à mon poignet, où aurait dû se trouver mon bracelet. Il effleura la cicatrice du pouce, laquelle trahissait ma tentative de suicide. La caresse était douce, gentille, mais timide.

—Je retire ce que j'ai dit.

—Quoi donc ?

—Tu es plus forte que tu en as l'air.

Il voulut me lâcher, mais je le retins. Pourquoi ? Je ne savais pas. J'avais l'impression que quelque chose en moi venait de se rompre.

Un flash me frappa alors. Cheveux qui descendaient jusqu'au fessier… couleur des plumes de corbeaux… barbe longue… vêtements amples et colorés… Nul doute qu'il s'agissait de l'homme à la lance, celui que j'ai vu dans ma vision. Le géant, qui cette fois semblait avoir la même grandeur que moi, me regardait de ses yeux étincelants. On aurait dit qu'il portait l'univers tout entier dans son regard, que dans la noirceur de ses yeux bridés, on pouvait voir les étoiles et les astres s'illuminer.

Un profond sentiment de nostalgie m'inonda. Ce n'était pas le genre de personnage qu'à notre époque, on pourrait qualifier de sexy ou de charmant, mais il y avait quelque chose de beau en lui ; une bonté et une familiarité rassurante.

Keishi me saisit la main pour me détacher de lui, se rendant apparemment compte de mon absence. Curieusement, je crus que c'était cet homme qui s'apprêtait à me quitter. Je résistai, effrayée d'être abandonnée. J'avais l'impression de retrouver un être perdu depuis longtemps et la seule idée d'être à nouveau séparée de lui me faisait paniquer.

—Izanagi. Souviens-toi, dis-je malgré moi.

Ses muscles se raidirent sous ma poigne. Je sentais que ce bras appartenait à Keishi. Je sentais aussi les effluves émaner des questions qu'il se posait dans sa tête, mais dans la mienne, s'affichait toujours le visage de l'inconnu, comme si c'était lui qui se trouvait devant moi.

Keishi me fixa un moment, moment durant lequel l'acide se distinguait un peu de la confusion. Puis je perdis complètement le contact avec lui… ou plutôt, avec la réalité. La vision de celui que j'avais appelé Izanagi prit toute la place. Lorsqu'il me prit contre lui, tendresse et soulagement affluèrent de toutes parts.

En revenant à moi, je n'étais plus dans ses bras, mais dans ceux de Keishi. Cela me prit une fraction de seconde avant de comprendre que nous nous enlacions. Lorsqu'il le réalisa à son tour, il me poussa, à la fois surpris et choqué. Du coup, mon corps alla se percuter contre le mur.

—Aïe !

—Euh… dé… désolé. Je… je ne voulais pas te...

Il se tut, complètement affolé. Pour ma part, je ne sus que dire.

—Tu l'as vu, toi aussi, c'est ça ? lui demandai-je.

—Je ne sais pas ce que j'ai vu.

« Eh bien ! Nous sommes deux », me dis-je.

—Si tu tiens à ta sécurité, ne remets plus les pieds ici, ordonna-t-il. Compris ?

Sur ce, il me laissa. « Quoi ? Il m'abandonne comme ça ? » Je n'arrivais pas à le croire. Soit il était trouillard, soit il se foutait éperdument de moi. La deuxième option lui ressemblait davantage. Tandis que je cherchais des explications plausibles à ce qu'il venait de se passer, mes oreilles captèrent des voix qui discutaient à travers une radio.

—J'en ai trouvé une autre, dit un inconnu à quelques pas de moi.

Encore sous l'effet de la confusion, je ne pus cerner que la moitié de ses paroles. Ses pas s'approchèrent de moi.

—Vous ne devriez pas rester là.

« Je suis fatiguée. C'est ça. Ce doit être la fatigue qui me fait divaguer. »

—Mademoiselle ? insista l'homme devant mon silence.

—Euh. Ouais ? répondis-je après être revenue sur terre.

—Venez avec moi.

—Je crois que je devrais plutôt rejoindre ma classe.

—Vous êtes blessée. Laissez-moi vous conduire jusqu'à une ambulance.

Il attendait que je m'exécute. Personne n'oserait s'obstiner avec un officier de l'ordre ou un pompier (qu'importe lequel des deux c'était), et malgré ma tête de mule, je ne faisais pas exception à la règle.

Le Guide du Sorcier, Article 3

Le corps humain n'agit pas sur la même fréquence que la magie. Chaque fois qu'un sorcier utilise ses pouvoirs actifs, il en résultera des mutations sous forme de maladies physiques ou mentales ou des transformations physiques non négligeables dans la majorité des cas. Il existe cependant des pouvoirs passifs qui ne sont pas soumis à cette règle. C'est notamment le cas, par exemple, pour les Surhumains Sensoriels, les Médiums Extralucides ou les Psychiques Empathiques.

Chapitre 25

Une vraie cohue dans le stationnement ! Pompiers, policiers et ambulanciers y fourmillaient, tandis que les professeurs s'efforçaient de calmer l'hystérie collective. Si l'alarme avait été déclenchée durant les heures de cours, l'opération aurait été beaucoup plus simple, car nous aurions obtenu le compte presque exact des étudiants présents dans le bâtiment. Chaque groupe aurait déjà été formé et placé sous la responsabilité de son professeur.

Mais à l'heure du midi, il était impossible de déterminer qui restait au lycée pendant cette période et qui mangeait à l'extérieur. Les suppositions des uns et des autres nous avaient toutefois éclairés dans le cas de certaines absences. Cependant, nos tuteurs avaient cru plus sage d'attendre le début des cours de l'après-midi, lorsque tout le monde serait là. Ils pourraient ainsi procéder au décompte final et déterminer s'il y avait des disparus ou des blessés, ce qui compléterait l'enquête des services d'urgences.

Hormis la fille qui s'était foulé une cheville et un étudiant qui avait subi lui aussi les foudres de la mêlée, j'étais la seule blessée. La seule qui présentait des marques de brûlures sur la cuisse et qui affichait une plaie ouverte. Autant dire que j'attirais l'attention ! Étant donné leur nature, inutile de dire que mes blessures laissaient mes soignants sceptiques.

Au début, les intervenants croyaient que le chien de Zackary avait paniqué durant l'évacuation, sauf que nous ne nous étions pas croisés et qu'il n'était pas présent sur les lieux de l'incendie. J'aurais pu mentir et prétendre le contraire, mais impliquer un Normal dans mes mensonges me laissait quelque peu perplexe. Si je voulais m'en sortir sans attirer l'attention sur l'étrangeté de la situation, il me fallait trouver une excuse plausible.

—Aïe !

—Ce ne sera pas long, m'encouragea l'ambulancier en nettoyant la plaie toute gluante, coupant ainsi court à l'interrogatoire du policier. Qu'est-ce que c'est ?

—Un remède maison, dis-je, plus ou moins certaine de mon coup au sujet de la crème de Keishi.

Ma réponse souleva chez lui une pointe de dédain, comme s'il était d'avis que cette méthode archaïque n'avait plus sa place à notre époque.

—Mademoiselle? Pouvez-vous nous décrire en détail ce dont vous avez été témoin? reprit le policier qui attendait toujours que je parle.

Je me mordis la lèvre; un tic nerveux qui me prenait chaque fois que je me trouvais dans une impasse. «Allez. Réfléchis. Toi qui normalement, as une imagination débordante, ce ne devrait pas être compliqué d'inventer une histoire.» Quelqu'un toqua à la porte de l'ambulance et entra. Ouf! Sauvée!

—Mademoiselle Gordan, je suis contente de vous savoir saine et sauve.

—Vous êtes? interrogea l'agent.

—Je suis la personne responsable de cette étudiante.

Mon visage avait repris ses couleurs et pétillait d'espoir. Jamais je n'aurais cru être aussi heureuse qu'Helen vienne fourrer son nez dans mes affaires personnelles.

—Mais… regarde-moi donc les dégâts! Si j'avais su que Chuck serait si nerveux, je ne l'aurais pas fait venir.

—Chuck? s'étonna le policier.

Tout comme ce dernier, j'étais dans le brouillard. Ce n'est qu'après une ou deux secondes que je compris ce qu'elle essayait de faire.

—Nous voulions introduire Leeze à un chien-guide, mentit Helen. Ils devaient passer l'heure du midi ensemble pour faire plus ample connaissance, mais selon ce je vois, je constate que ce fichu cabot ne gère pas bien les situations d'urgence. Il faudra que je le renvoie à l'agence et que je rédige un rapport d'accident. Où est-il, d'ailleurs? Il n'est pas avec toi, Leeze?

—Euh… je… je ne sais pas où il est, improvisai-je. Il s'est enfui, je crois.

Dans quelle histoire rocambolesque m'impliquait-elle? J'espérais que ma piètre intervention ne nous démasquerait pas.

L'ambulancier coupa le rouleau de gaze et boucla mon bandage avant de s'attaquer à ma cuisse.

—Quoi qu'il en soit, plus de peur que de mal, mais au cas où, vous devriez aller à l'hôpital pour recevoir un vaccin contre la rage. On pourrait aussi vous prescrire un onguent antibactérien pour éviter une éventuelle infection, me suggéra-t-il.

Il s'affaira ensuite à ranger sa trousse de premiers soins avec l'agilité particulière des travailleurs du système de la santé.

—Ça devrait aller, dis-je en me levant de mon perchoir. Merci.

—Bonne journée, mademoiselle.

—À vous aussi.

Sur ce, Helen et moi sortîmes du véhicule, talonnées par le policier.

—Et pour l'incendie ? Savez-vous ce qu'il s'est passé ? Un bruit suspect ?

—Je… euh... je n'ai rien entendu. J'ai seulement senti la fumée et ensuite, la chaleur. Mais comme je ne connais pas encore les lieux, j'ai eu du mal à trouver la sortie et je me suis brûlée. Une chance qu'Evelyne était là pour m'indiquer le chemin.

« Oh mon Dieu ! Plus menteuse que moi, tu crèves ! » Les effluves de l'agent pointèrent leur méfiance à mon égard, telle une flèche publicitaire indiquant en grosses lettres illuminées : « Leeze Gordan, en tête de la liste des suspects. »

—Donc, vous dites qu'il n'y avait personne sur les lieux ? Est-ce que vous fumez ?

—Non. Je ne fume pas et je n'ai pas de briquet sur moi.

—Videz vos poches, s'il vous plaît.

J'obéis sans dire un traître mot. D'abord la poche de derrière, puis celle de devant. Je sortis mon sac-médecine, mais lorsque je sentis du mouvement, je le ramenai près de ma poitrine pour le protéger.

—Je… désolée… c'est un truc important. Personne ne doit le toucher à part moi, sinon les effets seront annulés.

—Qu'y a-t-il à l'intérieur ?

Le scepticisme de l'agent était compréhensible. C'est pourquoi j'ouvris le sac sans tenter de me défiler, de façon à ce qu'il puisse voir son contenu à distance. Rien de particulier pour la fille de métisse de la communauté Namisak que je suis, mais sûrement étrange aux yeux des spectateurs. Quelques feuilles égrainées de thuya et de sauge, des poils de plume de corbeau et une turquoise communément appelée par mes ancêtres amérindiens : *la pierre du ciel*. Une pierre curative qui apporte joie et bonne fortune, paraît-il, en plus de servir de protection. Du moins, selon les enseignements du peuple Navajo.

—Elle a dit qu'elle n'avait rien entendu, dit ma tutrice, ce qui ne veut pas nécessairement dire qu'il n'y avait personne.

Un moment d'hésitation après s'être assuré qu'effectivement, je n'avais rien d'inflammable sur moi, le policier se résigna, l'air de se dire que l'inspecteur en chef tirerait sûrement cette affaire au clair.

—Bien. Merci pour votre aide. Si quoi que ce soit d'autre vous revient, n'hésitez pas à me le signaler.

—Oui, Monsieur.

—Par ici, intervint enfin Helen.

Nous nous éloignâmes sans rien ajouter, pressées de fuir les lieux. Ce n'est qu'une fois suffisamment loin de l'ambulance que la pression descendit.

—Ouf ! On a eu chaud, soupira Helen.

—Pourquoi avez-vous menti ?

—Tu semblais dans l'embarras. Je me trompe ?

—Merci. Je vous en dois une. Je suis désolée de vous avoir obligée à faire ça.

—Ce n'est rien. Je suis là pour ça.

Elle remarqua sûrement mon air étonné, car elle crut bon d'ajouter :

—Mon rôle de tutrice ne se limite pas à assurer tes déplacements. On se comprend ?

—Mmh, répliquai-je en hochant la tête.

J'aurais tout donné pour pouvoir accéder à ses sentiments, pour comprendre ses intentions et ce qu'elle pensait de mon sac-médecine, dont elle venait tout juste de découvrir l'existence. Mais je ne pus aller au bout de mes questionnements et de mes doutes. On aurait dit que je frappais un mur, comme si mon esprit se butait à une barrière invisible. Étrange. Le fait que j'aie conscience de cette barrière aurait dû suffire à faire monter ma méfiance d'un cran, mais ce ne fut pas le cas. J'avais l'impression de perdre mon libre arbitre, chose qui, à bien y penser, paraissait absurde. Tout compte fait, peut-être m'en faisais-je inutilement. Peut-être étais-je juste fatiguée ?

—Oh, purée ! Voilà les vautours qui débarquent ! grogna ma tutrice.

Par vautours, elle voulait sûrement parler des journalistes. Elle passa son bras sous le mien pour me guider, puis dit :

—Viens. Rejoignons ta classe.

« La cause de l'incendie demeure un mystère. Selon les autorités, des traces de suie et de surchauffe auraient été trouvées à la bibliothèque, mais le feu aurait été rapidement maîtrisé par les gicleurs automatiques. Tout laisse croire à un geste prémédité, mais aucun suspect n'a été trouvé… »

Alors que la journaliste continuait d'étaler l'affaire devant la caméra, nos enseignants procédaient au décompte des élèves. Il faisait un froid de canard sous nos habits trempés et la plupart grelottaient si fort que leurs dents claquaient en chœur. De mon côté, je gardais mes mains sous les aisselles tout en me dandinant sur place. « Dépêchez-vous qu'on en finisse ! »

—Dix-neuf, vingt, vingt et un… Où est Shawn ?

—Il n'était pas là, ce matin.

—D'accord. Le compte y est.

Me tenant tout juste à côté du professeur, j'entendais le crayon griffer le papier à travers le brouhaha. Une fois la prise de présences terminée, de gros moteurs vrombirent au loin. C'était le rugissement des autobus qui se garaient dans le stationnement.

—Nous allons vous renvoyer à la maison, le temps de nettoyer tout ce bazar, annonça notre porte-parole. Profitez-en. Congé d'école demain aussi !

Les exclamations de joie fusèrent partout autour de moi. Pour ma part, je me contentai de lâcher un soupir de soulagement. Après ce que je venais de vivre, une nouvelle pause me ferait certainement du bien.

—Et pour nos affaires ? s'enquit subitement un élève d'une classe voisine, ce qui ne fut pas sans attirer l'attention de la nôtre.

—Personne ne peut entrer au lycée pour le moment, informa son professeur.

—Mais, ma veste ! s'exclama une fille. Il fait froid !

—Merde ! J'espère que mon téléphone n'a pas pris l'eau ! Ma mère va me tuer !

La vague de jérémiades grossit au point de se propager au sein des autres groupes, dont le nôtre. « Les réjouissances n'auront pas duré longtemps », pensai-je. C'est là que je réalisai que mon sac avait été laissé dans la classe, avec mon téléphone portable, mon inhalateur et mes calmants. Avec mon aventure qui avait fragilisé ma santé, cette nouvelle malchance n'augurait rien de bon. « Ne stresse pas avec ça. Tout ira bien. »

—On se calme ! intervint un enseignant. Non, mais… franchement ! Où est votre sens des priorités ! C'est effrayant ! Il y a des choses bien plus importantes comme, par exemple, le fait que tout le monde soit sain et sauf ! Et si vous continuez de nous interrompre, on va tous finir par crever d'hypothermie !

Le découragement des adultes était palpable. C'est alors qu'un petit comique crut bon de détendre l'atmosphère avec LA question du siècle :

—Hé ! Est-ce que ça veut dire que nous sommes dispensés de devoirs ?

—Je l'attendais celle-là... Congé de devoirs aussi.

À cette annonce, des cris de joie remplacèrent les lamentations. Jugeant primordial d'écourter le moment pour se mettre au chaud, notre chef de groupe haussa le ton pour être mieux entendu.

—M. Rochester, pourriez-vous guider les élèves jusqu'aux autobus ?

—Aucun problème ! Suivez-moi, les jeunes !

—Ceux qui habitent en ville, placez-vous en équipe de quatre.

Deux voitures furent nécessaires pour contenir les élèves de la classe qui habitaient dans les environs. Je montai dans celle d'Helen, qui devait également reconduire Evelyne et Zackary.

J'étais assise sur le siège voisin de celui de la conductrice. Pour notre plus grand bonheur, le chauffage avait été réglé au maximum. Sur le banc arrière, Fiével séparait son maître de son amie. Parfois, il passait la tête en avant pour me gratifier d'un doux frottement de museau moyennant quelques caresses. Le fait d'avoir ce gros toutou près de moi n'était pas sans me rappeler mes aventures avec Max et mon bras qui me faisait encore souffrir. Ayant du mal à taire mon inquiétude, je fronçai les sourcils.

—On y est, Leeze.

La voix de ma tutrice me tira de mes songes. « Enfin au bercail ! » Sans plus attendre, je mis le pied à terre.

—Fais attention à toi ! lança Evelyne.

—À plus ! me salua Zack.

—Oui. Vous aussi, faites attention, répondis-je poliment avant de claquer la portière.

Je rejoignis Helen derrière la voiture en faisant glisser ma main sur la coque pour me guider.

—Tiens, ta canne, dit la dame en me rendant mon bâton avant de refermer le coffre. Souhaite le bonjour à ton père et à ton frère de ma part !

—Dac.

« Étrange qu'elle n'ait pas cherché à en savoir plus sur l'incendie ou sur l'état de ma canne, » pensai-je. Lorsque la voiture se réengagea sur la route, je pivotai vers la droite et enjambai le trottoir. Tout ce que je voulais, c'était gagner mon lit. Mais tandis que je m'orientais vers la cour, une présence me surprit.

—Bonjour, mademoiselle.

—Bonjour. Euh… monsieur Colsman. C'est ça ?

—Oui, c'est juste. Votre capacité à reconnaître les gens m'épatera toujours.

—L'habitude, me contentai-je de dire en souriant innocemment.

« Va-t'en ! Ne t'éternise pas avec lui », me dis-je en poursuivant mon chemin.

—Est-ce que je me trompe ou il y a quelque chose de nouveau dans votre regard ? persista-t-il en me suivant au pas.

—Que voulez-vous dire ?

Mon regard… Comment pouvait-il y voir quelque chose puisque je portais des lentilles ? Sa question me surprit tellement que j'en oubliai la présence de la clôture. Ma canne la heurta en émettant un craquement si inquiétant, que je faillis trébucher.

—Faites attention, me secourut Colsman à la dernière minute. Il serait dommage de vous blesser davantage.

« Merde ! Quelle est cette puanteur ? » La chair de poule fit hérisser tous les poils de mes bras. Je ne m'habituerai jamais à la présence de ce voisin, ce sorcier plus que bizarre et à l'aura franchement nauséabonde. Il me faisait si peur, que mes idées s'embrouillèrent.

—Merci… euh… je dois y aller. Bonne soirée, dis-je en me détachant rapidement de ses poignes qui se voulaient un peu trop rudes sur mes épaules.

—À vous aussi.

Me voilà repartie. Je filais à vive allure vers la maison tout en comptant mentalement le nombre de pas à faire. Je tenais ma canne dans les airs, craignant qu'elle ne se brise davantage. Par chance, elle tenait encore en un morceau.

Dans les ténèbres, seuls mes pieds pouvaient me guider, mais c'était le cadet de mes soucis. Une autre crise s'amorçait. Mon souffle manquait et mon cœur devait travailler deux fois plus fort pour transporter l'oxygène jusqu'à mon cerveau. Il fallait fuir le monde extérieur ; ce prédateur plus que dangereux.

Le bout de mon pied droit cogna la première marche. Cela me stoppa si rudement que je basculai vers l'avant. L'escalier se dressa ainsi comme le dernier obstacle à franchir avant d'entrer dans ma bien-aimée forteresse. En posant la main sur les marches supérieures pour me soutenir, il me fallut peu de temps pour les escalader.

—Déjà rentrée? s'étonna David en se lançant à ma rencontre dès qu'il me vit sur le seuil de la porte. Tu aurais pu m'app…

Il se tut brusquement lorsque je m'appuyai contre le mur pour prendre de grandes inspirations.

—Attends… Assis-toi… dit-il en me rejoignant.

Il m'aida à m'installer sur le petit banc de l'entrée quand soudain, il s'empara de mon bras pour l'inspecter.

—Hé! Tu es blessée? Que s'est-il passé?

—Il y a eu un feu, l'informai-je, le souffle haletant.

Ses saveurs explosèrent tout autour de lui. Le choc de la nouvelle, sans doute. Puis il procéda à l'inventaire de mes blessures.

—Où as-tu mal? Est-ce que tu as besoin d'aller à l'hôpital? Attends... Je vais prendre ma veste.

—T'inquiète, je vais bien, lançai-je en le saisissant pour le stopper dans son élan de panique. Ce sont des choses qui arrivent.

Non. En fait, cette chose n'aurait pas dû arriver.

—Je savais que ce n'était pas une bonne idée de t'inscrire à cette école.

—Dave…

—Quoi?

—Oh, et puis… laisse tomber. Je… je suis fatiguée. Nous en parlerons plus tard, d'accord? répliquai-je pour justifier mon comportement bizarre.

Je voulus me lever, mais sa main me força à me rasseoir.

—Prends le temps de souffler, au moins.

—S'il te plaît… Je veux juste aller me coucher.

Mais il maintint sa position. Sans doute trouvait-il que j'avais l'air d'une morte-vivante, car il me demanda:

—Tu es sûre que ça va? Je me sentirais plus rassuré si on allait te faire examiner.

—Oui, Dave, je suis sûre.

Je me libérai gentiment de son emprise et me mis en route en m'efforçant de ne pas boiter. Il était inutile de l'inquiéter davantage. Du moins, pas tant que je n'aurais pas les idées claires; ce qui n'était pas le cas pour le moment.

—Ne t'attends pas à ce que je laisse passer, cette fois. Tu me dois des explications.

—Ouais, ouais...

—Et n'oublie pas le bouton de panique !

De l'autre bout du couloir, je levai la main pour lui faire signe que j'avais compris, puis commençai à descendre prudemment l'escalier menant à ma chambre.

Chapitre 26

Après un bon bain chaud, je ne pus faire autrement que de me laisser tomber sur la chaise de mon bureau. J'avais faim, mais la fatigue, la douleur physique et l'étourdissement me poussaient à la paresse.

Par chance, ma petite baignade parvint à résorber la crise d'hypertension avant qu'elle ne s'aggrave. Bon. O.K. Les calmants que j'avais sortis de la réserve y avaient contribué. Je reprenais peu à peu le contrôle de mon souffle et la douleur à ma poitrine finit par se calmer, au même titre que mon rythme cardiaque. Je pouvais enfin trier mes pensées.

—Max ? Est-ce que tu es là ? dis-je à l'intention de la carte que je caressais sous toutes les coutures. Si oui, comment as-tu fait ? Comment es-tu arrivé là-dedans ?

Quand j'étais petite, ma grand-mère me racontait plusieurs histoires mettant en scène des fantômes et divers esprits. Des histoires de possession, d'invocation, de harcèlement de fantômes ou de spectres. Mais jamais je n'avais entendu parler de la possibilité d'emprisonner l'esprit d'un être vivant dans un objet. Parce que d'une certaine manière, cette chose devait être vivante. Autrement, mon frère aurait senti sa présence depuis longtemps.

Trois questions s'imposaient. Pourquoi ? Comment ? Et qu'est-ce que ce bidule faisait chez moi ? Ce n'était pas un hasard si j'avais cette carte en ma possession, une carte, qui plus est, renfermait l'esprit d'une ancienne connaissance. Cela devait donc me concerner, tout comme il devait y avoir un lien avec la vision du Stonehenge que j'avais eue à l'école, qu'elle soit véridique ou non.

Il me restait maintenant à établir un rapport entre tous ces faits. De même, il me fallait savoir pourquoi ma présence à Jensfield semblait animer l'excitation chez les uns et la colère chez les autres. Savoir pourquoi Keishi et moi avions été *connectés* à la même vision.

Sur cette dernière réflexion, je glissai mon ordinateur devant moi pour écrire une nouvelle lettre à ma mère. Ma longue liste de tourments s'éplucha peu à peu, jusqu'à ce que je perde la notion du temps. Le sommeil vint me cueillir sur place.

Cette nuit-là, je n'avais pas rêvé ou du moins, je n'en avais pas le souvenir. J'eus brièvement conscience que mon frère m'avait installée dans mon lit, quelque part durant la soirée. Je me rappelais aussi qu'avant de me quitter, il m'avait chuchoté les mêmes paroles que maman nous disait avant de nous coucher.

—Puisse les anciens t'envelopper de leurs bras protecteurs et te soutenir dans les plus dures batailles jusqu'au lever du jour. Puissent-ils attraper tes mauvais rêves et les envoyer jusqu'au Grand-Esprit.

Tout en récitant la prière, David avait apposé une goutte d'eau sur mon front. De l'hydrolat, sans aucun doute. Puis j'avais senti une main se glisser sur mon oreiller. Une main qui dégageait l'arôme du thuya. Depuis la mort de notre mère, c'était la première fois qu'il la remplaçait dans son rôle de gardienne du sommeil. Ces mesures préventives ne pouvaient laisser présager qu'une chose : lui aussi sentait que quelque chose de mauvais se pointait à l'horizon…

***

Six ans et huit mois plus tôt – Troisième Voyage

Je ne me souvenais plus pourquoi nous nous étions rendus à l'hôpital, ma mère et moi, mais de mémoire, je l'attendais dans le couloir depuis environ une minute alors qu'elle était partie à la toilette.

Une civière passa devant moi. Une civière sur laquelle gisait un corps raide et entièrement couvert d'un drap blanc. En découvrant l'absence d'aura, la tristesse me piqua le cœur. J'avais l'impression que la scène se déroulait au ralenti tant cela me paraissait affreux. Car nul doute que là-dessous, il y avait une personne décédée.

Puis, le temps s'arrêta. Je commençais à comprendre ce que cela signifiait, même si j'ignorais encore le mode d'emploi : il me serait permis de faire un saut dans le temps pour sauver cet inconnu. Bien que quelque peu effrayée devant l'ampleur de mes obligations, je me sentais confiante en même temps, sachant que je n'accomplirais pas cette tâche toute seule.

Je me levai donc de mon siège et cherchai l'homme à la lanterne du regard. Je le trouvai près du corps, parlant dans le vide, sûrement avec l'âme qu'il était venu recueillir.

—Tu arrives trop tard, m'apprit-il après avoir écrit quelque chose dans son livre mécanique. Tes dix minutes sont dépassées.

Et voilà la première claque de la journée !

—Qu'est-ce que tu veux dire ?

—Le fil de vie qui relie son âme à son enveloppe corporelle est rompu.

Je pointai les yeux vers la civière immobile que poussait un aide-soignant tout aussi glacé dans le temps.

—Il va mourir, c'est ça?

—Techniquement, elle est déjà morte depuis longtemps, m'indiqua mon interlocuteur sans le moindre tact.

«Elle...» Voyant ses instruments disparaître comme par magie, je déglutis. La boule dans ma gorge témoignait de ma peine.

—Il n'existe aucune autre façon de l'aider?

—Dans son cas, cela n'aurait rien changé, même si tu étais arrivée à temps.

Sur ce, l'homme à la lanterne me quitta pour prendre la route du département des soins de longue durée, sans le moindre sourcillement ou une quelconque marque de compassion. Je le suivis, par crainte de me retrouver seule. Détour par-ci, détour par-là... impossible, pour moi, évidemment, de traverser les portes et les murs comme il le faisait si habilement. Je devais donc accélérer le pas pour le garder dans ma ligne de mire. Puis nous arrivâmes enfin à destination. Figée dans un environnement sans vie elle aussi, la famille de la défunte venait d'apprendre la nouvelle. Les larmes flottaient dans le vide et les visages trahissaient l'effarement et le désespoir.

La Faucheuse se tourna brusquement vers moi, comme si elle venait tout juste de remarquer ma présence. Ne remarquait-il pas que le temps était toujours arrêté autour de lui? Si tel était le cas, cela signifiait que ces arrêts n'étaient pas provoqués par moi. J'étais seulement celle qui revenait en arrière.

—Retourne dans ta réalité.

—Je veux lui dire au revoir.

—Inutile. Tu ne peux pas la voir.

—Montre-la-moi, alors, insistai-je en m'avançant d'un pas résolu. Tu sais, avec ta poudre spéciale...

Les mains jointes dans le dos, il se pencha à mon niveau et fouilla dans mon regard pour trouver des indices susceptibles d'expliquer mon comportement. Il devait me dépasser d'au moins une tête. Le genre d'individu grand et svelte, mais sans cette impression de supériorité qui caractérise les hommes d'autorité. Il avait des yeux doux et placides en même temps.

—Tu n’as pas peur, détecta-t-il au bout d’un court moment. Étrange… Habituellement, les Mortels ne nous font pas confiance.

—J’avais oublié à quel point la jeunesse pouvait être naïve… enchaîna-t-il en se redressant et en esquissant une ombre de sourire. Puisque tu sembles si décidée, je vais te montrer le dernier chapitre de sa vie. Mais, détrompe-toi… Ce n’est pas pour te donner la chance de lui dire au revoir que je te fais cette faveur. Tu devras te tenir à l’écart et te faire invisible, compris ?

—Mmh.

—Je te prierais aussi de ne pas me tenir rigueur pour les images que tu vas voir, crut-il bon d’ajouter en détournant son attention vers la famille éplorée.

En entendant cela, je me souvins de Max, de son corps déformé, couvert de sang, et de ses yeux terrifiés… De la douleur que j’avais ressentie, aussi. Je secouai la tête, abandonnant du même coup la peur qui me poignardait le ventre.

Je voulais simplement comprendre pourquoi certaines âmes devenaient des fantômes, pourquoi elles se perdaient dans les Limbes. À défaut de pouvoir les sauver de la mort, je voulais savoir si je pouvais leur éviter ce triste sort en m’assurant qu’ils se dirigeraient au bon endroit. Je voulais aussi comprendre comment les Médiums Extralucides voyaient. Comprendre ce que ma mère, mon frère et ma sœur avaient en commun alors que moi, je ne détenais pas le pouvoir de voir au-delà des apparences. Me rapprocher d’eux et de leur monde, en somme. Voilà les idées qui me traversaient l’esprit.

Après avoir remonté l’alarme de sa montre de poche, la Faucheuse me souffla de nouveau sa poudre magique au visage. Le bouleversement me saisit de plein fouet. Une femme apparut alors devant moi. Sa chemise d’hôpital ouverte dans le dos laissait voir sa culotte d’incontinence. La pauvre n’avait plus que la peau sur les os et presque plus de cheveux sur la tête. Les veines de ses pieds et de ses mains étaient cyanosées, de même que ses lèvres. Le respirateur artificiel n’avait sans doute plus suffi à la maintenir en vie.

—Papa, maman, Simon…

Elle se promenait à travers la foule inerte tout en essayant d’attirer leur attention. Les larmes ruisselant sur ses joues, elle tremblait comme une feuille. Je me demandais comment elle faisait pour se tenir debout avec des jambes aussi maigres et surtout, comment elle s'y prenait pour parler avec cet immense trou dans sa gorge. « C'est son esprit », conclus-je.

À l'aide de ma main posée sur ma bouche, j'étouffai mon hoquet de chagrin lorsqu'elle s'écroula au sol, incapable de supporter le poids de ses émotions. Pauvre femme. Elle n'avait pas plus d'une vingtaine ou d'une trentaine d'années et pourtant, elle avait souffert d'une mort lente et douloureuse, prisonnière d'un corps défectueux.

—Pourquoi moi ? demanda-t-elle à la Faucheuse. Je n'ai rien fait de mal. Je ne peux pas mourir comme ça…

L'homme à ma droite se contenta d'incliner la tête en guise de salutations révérencieuses et de lui répondre :

—Prenez le temps qui vous est imparti.

Je n'en revenais pas de le voir aussi indifférent. La détresse de la défunte était pourtant si évidente ! « S'il refuse de l'aider, je vais le faire. » Mais lorsque je m'avançai pour passer à l'action, il me tira et me retint par le capuchon de ma veste.

—Hé ! Lâche-moi !

—Je me doutais bien que tu me désobéirais.

Je me débattis, furieuse, mais sa force était telle, qu'il parvint à me traîner sans le moindre effort. Puis il me jeta devant lui, à la manière d'un vulgaire objet.

—Deux heures, c'est court pour faire son deuil, me lança-t-il à la dérobée. Nous n'avons pas le droit de lui voler son temps.

—Tu ne ressens donc aucune pitié ?

—Mon cœur ne bat plus depuis longtemps, indiqua-t-il. Mais dis-moi, où vont les âmes qui refusent de me suivre ?

Je portai mon regard vers la défunte, puis revins à la Faucheuse. Les Limbes. C'était d'ailleurs la raison pour laquelle je souhaitais aider la femme.

—Tu ne crois pas qu'il lui serait plus facile de comprendre si tu la consolais et si tu lui expliquais pourquoi elle doit te suivre ?

—Ce choix, elle doit le faire seule. Elle doit vivre ses émotions jusqu'au bout.

—C'est injuste, gémit la jeune femme. Nous venions d'emménager ensemble, Simon et moi. Nous devions nous marier. Je n'ai même pas eu le temps de tomber enceinte. Injuste. C'est vraiment injuste…

Mon cœur me faisait mal. Je souffrais pour elle.

—Je n'aurais pas dû. J'aurais dû écouter ton conseil et ne pas regarder.

En perdant pied, je m'accrochai brusquement au bras de la Faucheuse, qui demeura de marbre. Il déglutit. De toute évidence, il s'agissait d'un geste quelque peu inhabituel, pour lui, qui était plutôt perçu comme l'ennemi numéro un des hommes.

Au bout d'un moment, il m'écarta de lui et nous allâmes nous installer sur un banc, côte à côte. Le regard plongé dans le vide, il gardait le dos droit, tandis que son imposant chapeau faisait de l'ombre à son magnifique visage. Son aura toujours aussi léthargique et sa lanterne aux multiples secrets par-dessus son épaule le rendaient nébuleux. Combien d'âmes torturées y avait-il là-dedans ?

Je détournai le regard et essayai de contenir mes larmes au mieux de mes capacités. Un long moment s'écoula, moment au cours duquel je n'avais pas la force de quitter mon perchoir, ne serait-ce que pour retourner dans ma réalité. Attendre de la sorte chaque fois qu'un défunt fait ses adieux... Je n'arrivais pas à croire qu'un être puisse avoir une existence aussi obscure.

—Tu es bien émotive. Difficile de savoir si c'est une bonne chose ou non, avoua-t-il.

—Je ne sais pas ce qui est le plus triste, lâchai-je avec peine en essuyant le coin de mes yeux. Elle ou toi ? Depuis combien de temps fais-tu ce travail ?

—Je ne m'en souviens pas.

—Ça doit faire longtemps, alors.

—En années d'Hommes, oui, confirma-t-il en baissant le regard au sol.

—Dis, est-ce qu'on naît comme toi ou on le devient ? m'enquis-je au bout d'un certain moment de silence.

—On le devient.

—Oh... répliquai-je d'un air encore plus rembruni.

Je me demandais si ce n'était pas ce que tous les Voyageurs Temporels devenaient après la mort.

—Regrettes-tu ta vie d'avant ? Ta vie de mortel, je veux dire.

—Je ne m'en souviens pas, se résigna-t-il à répondre en secouant délicatement la tête de gauche à droite.

—Si tu ne t'en souviens pas, comment sais-tu que tu as déjà été humain ?

—C'est une certitude que nous avons en commun, mes semblables et moi.

Je lui pris la main, autant pour le consoler que pour me consoler moi. Quand nos regards se croisèrent, je fus surprise de voir son visage changer pour la première fois depuis notre rencontre. S'il avait laissé transparaître un semblant d'amusement à quelques reprises ou fait preuve d'indécision devant mon caractère enflammé, il semblait maintenant chercher des réponses, perdu dans une confusion.

—En fait, si. Je me souviens d'une chose, finit-il par dire, l'air d'avoir lui-même de la difficulté à le croire.

—Quoi ?

—Si je suis ici avec toi, c'est parce que je le devais, confessa-t-il avant de s'arrêter un bref instant pour assimiler ses sentiments. Je crois qu'on se connaît déjà, tous les deux.

Cette déclaration parut si troublante, mais si évidente en même temps. Je n'avais jamais eu peur de lui. De la mort, oui, tout autant que de la douleur que cela pouvait nous causer. Mais pas de lui. D'une certaine manière, je lui faisais confiance, car au fond de moi, j'avais toujours su qu'il représentait quelque chose d'autre. Pas un fantôme, pas une Faucheuse ni une quelconque entité de l'au-delà.

Juste un visage familier, mais dont j'ignorais encore le nom…

Chapitre 27

Le lendemain matin, je me réveillai en sursaut, couverte de sueur et de larmes. Mon souffle tressautait comme si j'avais pleuré toute la nuit et mes yeux brûlaient autant que du feu. Que m'arrivait-il ? Je me souvins avoir oublié de retirer mes lentilles de contact. Je les enlevai donc d'une main nerveuse. Par ce simple geste, ma vie bascula du tout au tout…

C'était comme fixer le soleil. Mes yeux larmoyèrent encore plus. Puis, la luminosité s'atténua, et je vis des ondes lumineuses aller et venir dans tous les sens. Devant ce constat des plus affolants, je me redressai subitement. Aussitôt, une vague d'étourdissements me frappa de plein fouet. Tant et si bien, que je me pris le crâne à deux mains, les paupières fermées et le dos penché en avant, pour reprendre mes esprits.

« Que se passe-t-il, encore ? O.K., ça va aller. Reprends-toi. » Après avoir rassemblé tout mon courage, je retentai ma chance. Le mot *voir* prenait tout son sens. Comme dans ce rêve qui se répétait nuit après nuit depuis notre emménagement ici, j'étais en mesure de discerner les dimensions des objets qui m'entouraient.

Effrayé, mon premier réflexe fut de me reculer dans mon lit, jusqu'à ce que le mur arrête ma course. Mon souffle se fit alors de plus en plus court, de plus en plus saccadé, et je remarquai que les flashs apparaissaient plus rapidement. Cette étrange vision semblait aller de pair avec mes sentiments.

Mon second réflexe fut de chercher une explication plausible. Peut-être n'était-ce qu'une illusion ? Je me frottai les yeux, puis les clignai plusieurs fois, très fort, persuadée que cela suffirait à me ramener à mon état normal ; mais rien n'y fit. Un autre rêve, dans ce cas ? « Si c'est un rêve, il est drôlement réel, me dis-je. Quoique ceux que j'ai faits au lycée semblaient réels, eux aussi. » Mais contrairement à là-bas, j'étais loin de m'être approprié une autre vie. La réalité était dure. C'était une brute qui avait besoin de temps pour être apprivoisée.

Je plissai les yeux pour mieux cerner les objets, les meubles et les dimensions de la pièce. Plus les choses étaient éloignées, plus elles semblaient sombres par rapport aux autres. Les plus brillantes se situaient à ma portée, sûrement parce que les vagues bleutées faiblissaient au fur et à mesure qu'elles franchissaient du terrain. « C'est pourtant bel et bien ma chambre. Enfin, je crois… Est-ce vraiment à cela qu'elle ressemble ? »

Pour une raison qui m'échappait, j'avais l'impression que mes yeux étaient devenus des récepteurs pouvant décrypter diverses ondes d'énergie émises par mon corps. Comment réussissais-je un tel miracle ? Pas la moindre idée. Avec précaution, je me penchai vers l'avant et vis qu'il n'y avait rien au pied de mon lit. Pas de chien ni de monstre. Je n'étais donc pas victime d'une nouvelle vision. « Comme s'il y avait une logique à tout ceci », me dis-je en réalisant l'absurdité de mes déductions.

Les questions se bousculaient dans ma tête, jusqu'à ce que le cri strident de mon réveille-matin me déconcentre. Je le frappai, lasse qu'il me harcèle ainsi chaque matin. C'est alors que je distinguai ma main droite ou plutôt, sa forme. Elle brillait dans le noir ; le choc total.

Ne sachant trop quoi penser, je passai un long moment à la contempler, avant de la comparer avec celle de gauche, comme pour me persuader que tout ceci n'était pas encore le fruit de mon imagination. Un pincement. La douleur fut suffisante pour me convaincre. Quelque chose en moi avait changé et ce n'était pas le fruit du hasard. Mon aventure de la veille m'avait transformée. Peut-être que cette chose qui habitait la bibliothèque du lycée n'était pas étrangère à ce qui m'arrivait ?

« Est-ce que vous voulez voir ? » m'avait-elle demandé. (Du moins, selon mes souvenirs.)

—Voir quoi ?

—Vous… ou plutôt, le potentiel qui se cache en vous. »

Était-ce là le soi-disant potentiel auquel elle faisait allusion ? Et Max… avait-il joué un rôle dans cette histoire ? Ma main se mit à trembler lorsque je levai mon bras pour effleurer le bandage qui l'enroulait. J'éprouvai une sensation de brûlure atroce. Pas seulement sur ma peau, mais jusqu'au plus profond de mes os.

En quête de réponses, je déroulai le bandage. Tout doucement, et avec la plus grande minutie. C'est là que je découvris l'étendue des dégâts. Des empreintes de crocs, certes, mais aucune plaie ouverte ou plaque de sang séché sur la peau. Que des cicatrices laissant croire qu'elles dataient de plusieurs semaines. Quand je les effleurai, un petit aïe sortit de ma bouche.

Les marques les plus surprenantes étaient celles qui entouraient la morsure. En fait, elles représentaient des symboles. Qu'était-ce ?

D'où provenaient-elles ? Une subite illumination ramena à ma mémoire les symboles que j'avais remarqués sur les armes des personnages fantaisistes, ceux-là même que j'avais aperçus lors de ma vision de la veille. Du coup, un vent de panique m'envahit à nouveau. Tout en examinant le reste de mon corps avec mes yeux et mes mains, je me mis à hurler.

—Dave !

En réponse à mon cri des plus primaires, un chahut épouvantable résonna à partir du rez-de-chaussée. Je pouvais entendre des pas se précipiter vers l'escalier, puis dévaler les marches deux par deux. À croire que le scénario de la veille au matin se répétait.

—Que… qu'est-ce qu'il y a ? interrogea David, à bout de souffle.

Avant qu'il n'arrive, je finis de me scruter de haut en bas. Seins de taille acceptable, bourrelets au ventre, bras un brin potelés, cuisses larges... Ouf ! Je n'étais pas devenue un genre de *Hulk* ou la *Chose* qu'on peut voir dans le film *Les Quatre Fantastiques*, car tout semblait correspondre à ma morphologie habituelle, hormis ces étranges cicatrices.

—Dave ! Ce n'est pas normal ! articulai-je en les lui montrant.

—Comment est-ce arrivé ?

Il se rua vers moi pour examiner mon bras. En posant le regard sur lui, je voyais une silhouette se dessiner chaque fois que les ondes bleues rebondissaient contre sa personne. À la fois surprise et ébahie par cette vision, j'écarquillai les yeux. Puis je m'agenouillai pour mieux cerner les traits de son visage. Aussitôt, il eut un mouvement de recul, l'air interloqué. Il se montra au comble de la surprise lorsque j'apposai ma main sur sa joue pour l'examiner plus en profondeur.

Cheveux mi-longs descendant jusqu'aux épaules, sourcils épais, repousse de barbe, traits plutôt carrés, grand nez droit et triangulaire, regard étonné pointé dans ma direction et essences auriques embrumées… « C'est lui. C'est David. »

—Je vois. Oui… je te vois, lançai-je, les larmes aux yeux.

Suite à cet aveu pour le moins étonnant, je crus voir son faciès se froncer. Il retira ma main de sa joue et dit :

—Arrête de me faire marcher. Ce n'est pas drôle.

Me fiant au salé de son aura, mes paroles l'avaient visiblement blessé. Il s'apprêta à rebrousser le chemin, quand je me jetai en bas du lit d'un bond assuré. Une fois le pied à terre, encore prise d'étourdissements. Je dus me tenir un bref instant contre ma commode pour trouver un certain équilibre. Certes, j'avais encore du chemin à faire pour me familiariser avec cette nouvelle perception de l'espace, mais ce n'est guère ce qui me préoccupait pour l'instant. Une seule idée trottait dans ma tête. Je titubai vers le miroir mural que j'avais recouvert de peinture quelques semaines plus tôt, pendant que David, qui assistait à ma course instable, eut comme premier réflexe de venir à mon secours.

—Leeze! Tu vas... s'écria-t-il avant de comprendre mon intention et de freiner son élan.

Je me retins contre le mur pour gratter le miroir. Lorsque je parvins à en libérer une petite partie, je tentai d'apercevoir mon reflet. Hélas, rien. Je ne voyais que les surfaces lisses du verre réfléchissant, du cadre et les grains de la peinture. Ma déception fut vive. J'effleurai le miroir du bout des doigts, déchirée entre le désir de voir mon visage et le fait de savoir que c'était tout bonnement impossible.

Je compris alors mon erreur. Un reflet n'avait pas de formes. Il n'était qu'une représentation en deux dimensions, une image dotée d'une seule perspective. Je soupirai. Je m'étais montrée naïve de croire ainsi aux miracles; car même cette nouvelle faculté comportait son lot de désavantages... Si toutefois il s'agissait vraiment d'un don. Se pouvait-il que le destin ait décidé de me punir pour avoir déjoué l'équilibre naturel des choses lors de mon aventure à la bibliothèque? Je n'en serais guère surprise. Après tout, l'un des personnages m'avait vue. Quant à savoir si ma présence là-bas avait créé un effet papillon vertigineux, je l'ignorais encore.

—Leeze, est-ce que ça va? questionna David.

Mon comportement bizarre devait l'inquiéter et il y avait de quoi. À la fois découragée et confuse, j'appuyai ma tête contre le miroir.

—Je... je ne comprends pas, soufflai-je d'une voix tremblante.

—Veux-tu en parler?

Je mis un temps avant d'assimiler les paroles de mon frangin, trop prise par mes émotions et mes pensées embrouillées. Je finis toutefois par me tourner vers lui, les joues inondées de larmes, et je lui dis d'une voix presque étouffée par mes pleurs:

—Je... je ne sais pas ce qui m'arrive.

David ignorait comment réagir face à ma détresse. Mon souffle haletait de plus en plus. Redoutant certainement que je fasse une autre crise, il m'emprisonna subitement dans ses bras.

—Papa. Je veux voir papa, réclamai-je.

—Hé... je sais que c'est difficile. N'aie pas peur. Nous allons nous en sortir.

Le pensait-il vraiment? J'en doutais. Nous restâmes ainsi quelque temps, puis il fouilla dans ma commode.

—J'ai un sérieux besoin de café, lança-t-il après m'avoir refilé ma boîte de calmants. Allons discuter de tout ça en haut.

J'engloutis mes précieux trésors, puis j'obtempérai sans rouspéter. Comme j'avais du mal à m'orienter, David me donna la main et me guida pas à pas. J'étais si faible, que je devais m'accrocher fermement à lui. Complètement perdue, je regardais partout. Bien que je les aie côtoyés tous les jours, les objets et les meubles me semblaient étrangers. Ce n'est qu'en les touchant que je me souvenais les avoir réellement utilisés. L'effet de surprise et de confusion n'aidait certainement pas ma cause. Un mur par-ci, un meuble par là... Je manquai d'ailleurs une marche en essayant de m'orienter à l'aide de ma vue. De ce fait, mon genou se cogna contre le bois.

—Aïe ! grognai-je en me frottant frénétiquement.

—Fais attention, dit mon frère en m'aidant à me redresser.

Jamais je n'aurais cru que m'orienter serait plus difficile en voyant qu'en étant aveugle. Faut dire que quatre ans s'étaient écoulés depuis l'accident. Depuis le temps, je m'étais adaptée à ma condition et voir d'un seul coup était non seulement éblouissant, mais dur à apprivoiser.

Aussi, à chaque pulsation cardiaque, j'étais frappée par une montagne d'informations. Puis, avant que j'aie le temps de saisir la nature des éléments que je percevais à ce moment-là, c'était de nouveau le trou noir. Ce duel perpétuel entre la lumière et les ténèbres était si étourdissant, que j'éprouvais du mal à me concentrer, à établir les priorités. Si bien, que je me heurtai à une commode dans le couloir et me cognai contre le cadre de porte qui menant à la cuisine.

On m'avait souvent dit: « Surveille tes pensées, car elles pourraient devenir réalité. » Ces paroles ne pouvaient pas s'avérer plus exactes qu'en ce moment. J'avais souhaité rester dans mes rêves, mais je n'aurais jamais pensé en être dérangée. En fait, je n'aurais jamais pensé vivre une telle transformation.

Du côté de David, je sentais que même s'il voulait me faire confiance et croire à cette possible convalescence, il n'arrivait pas à croire que du jour au lendemain, un non-voyant puisse retrouver la vue. Peut-être était-ce parce que je côtoyais plusieurs Normaux et qu'inconsciemment, je voulais être comme eux ? Je me serais alors inventé une autre vie pour atténuer mes tourments. Telles étaient les possibles déductions… déductions auxquelles je croyais également.

Même l'ouverture d'esprit a ses limites et avec mes antécédents… Jusqu'où devais-je accepter la folie pour être encore considérée comme saine d'esprit ?

Malgré ses réticences, David me supportait. Il restait calme, sachant pertinemment que défier une personne sujette à des délires psychotiques n'arrangeait pas les choses. Pour ma part, je lui en étais reconnaissante. Un rien aurait pu me faire sombrer dans un nouvel état d'hystérie et je craignais que cette fois, mon pauvre cœur n'ait pas la force de le supporter.

Chapitre 28

Mon aîné alluma la cafetière, puis me tira une chaise.

—Tu devrais t'asseoir, suggéra-t-il.

J'obéis en silence et ma langue me confirma sa surprise; je n'avais pas besoin d'inspecter les distances avec mes mains pour m'exécuter.

Il alla préparer deux cafés en ruminant quelques théories. D'après mon radar personnel, son aura était confuse. Aussi, son silence tranchant me confirmait qu'il était perdu quelque part dans ses réflexions. Les cafés prêts, il s'assit devant moi et prit le temps de goûter le liquide chaud et amer de sa tasse.

Quant à moi, je continuais de lui jeter des coups d'œil furtifs. Sûrement qu'avec toute cette histoire, il n'avait pas eu le temps de se vêtir. Mais quand même, le fait de le voir revêtir un unique caleçon serré me rendait mal à l'aise.

—Pourquoi tu fais cette tête? s'enquit-il.

—Tu as vieilli, dis-je pour oublier son apparence assez révélatrice.

—Ah, oui? Tu m'étonnes, répliqua-t-il en roulant les yeux vers le ciel.

Je n'avais pas besoin de prendre compte de ses saveurs... Son sarcasme suffisait à me prouver ses soupçons.

—Tu sais ce que je veux dire.

—Non, pas du tout, laissa-t-il entendre en croisant les bras et en s'appuyant sur le dossier de sa chaise. Je ne suis pas différent de tout à l'heure, tu sais.

—Je sais. C'est... C'est juste que je ne te voie pas de la même façon. Euh... je veux dire que je ne t'imaginais pas comme ça.

—Et comment me vois-tu, maintenant?

Je plissai les yeux et me penchai plus en avant. Mon frangin écarquilla subtilement les yeux lorsqu'il constata que je le scrutais de haut en bas.

—Tu sembles avoir des traits plus sévères que lorsque nous étions jeunes, dis-je en mimant la forme. Tu n'as plus l'air d'un sale gosse, mais d'un homme.

—Arrête, Leeze, ce n'est pas drôle.

—Je ne plaisante pas.

—Ne me prends quand même pas pour un imbécile. Tu ne me

feras pas croire que tu ne l'as pas remarqué quand tu m'as sondé avec tes mains.

Cette dernière réplique me fit l'effet d'un coup de poignard dans le dos.

—Dans ce cas, quelle est cette boursoufflure en forme d'arbre que tu as sur la clavicule ? Je vois aussi un triangle avec des spirales, à l'intérieur.

—Tu vois ça ? dit-il en soulevant un sourcil perplexe.

—J'ai entendu papa et Eddie parler d'un sceau. J'imagine que c'est lié. Je me trompe ? Et qu'est-ce qu'un sceau, pour commencer ? Pourquoi en as-tu un sur toi ?

Il parut d'abord étonné, puis embarrassé.

—Ne bouge pas, commanda-t-il en se levant de son siège.

La frayeur me frappa. Si bien, que les questions qui pendaient au bout de mes lèvres s'évanouirent. La seule idée de perdre ma bouée de sauvetage me rendait vulnérable. Heureusement, Dave revint quelque temps plus tard, vêtu plus convenablement.

—Alors ? Tu me crois, maintenant ?

—Je crois juste que c'est impossible, répondit-il en regagnant sa place.

—C'est pour cette raison que tu as pris la peine de t'habiller, je suppose…

—Ce n'est pas que je ne te crois pas, explique-t-il, visiblement choqué par ma riposte. C'est juste que c'est trop gros… Et en général, il y a des règles en magie et en physique. Genre… tu serais prête à croire que tu as réellement retrouvé la vue sans te poser de questions ?

—Si tu n'avais pas été là, je ne l'aurais pas cru, en effet. Je croirais que ce n'es pas réel. Ce serait tellement plus simple.

—La vie n'est jamais simple, soupira David.

—Mmh.

Le voyant prendre une autre gorgée de café, je fis de même, à défaut de savoir quoi répliquer.

—Et pour ton bras ? Que s'est-il passé ? reprit-il après avoir longuement réfléchi.

—C'est Max qui m'a fait ça.

—Ma… Max. Ce Max-là ?

—Mmh, acquiesçai-je avec un signe de tête.

—Petite garce ! Je ne te savais pas aussi menteuse ! lança-t-il, le visage complètement transformé.

Choquée, je le dévisageai. Que lui arrivait-il ?

—Lâche-moi avec tes airs d'enfant battu ! Je ne sais pas ce qui se passe dans ta petite tête, mais t'as intérêt à stopper la comédie, enchaîne-t-il en pointant sa cuillère à café vers moi. Je pourrais te couper la langue et te la faire manger pour le dîner. Ce serait mieux que d'entendre la merde qui sort de ta bouche.

Après avoir passé ses cheveux derrière les oreilles, il trempa l'ustensile dans sa tasse. Tout en remuant son contenu, il continuait à soutenir mon regard. Son aura n'était plus la même. Le ton de sa voix, l'expression de son visage et ses mimiques avaient également changé en un battement de cil. Le coin de ses lèvres était courbé vers le haut, ce qui lui donnait un air purement mesquin. Son petit doigt pointé en l'air et son torse qu'il gardait bombé me faisaient penser à une femme snobinarde. Oui, une femme. Sans savoir pourquoi, j'avais cette impression.

Je luttai contre l'oppression de la panique. Mon frère ne m'avait jamais regardée ainsi, et ses paroles n'avaient jamais été aussi dures, si… grossières. Si j'avais peiné, plus tôt, à me calmer, mon pouls, lui, n'eut aucun mal à reprendre son sprint fou. Aussi, augmenta-t-il la fréquence des ondes qui se projetaient sur les objets.

Désespérée, je me pris la tête à deux mains. Mon médicament n'agissait pas. Peut-être avais-je développé une résistance ? Allez savoir. Toutes ces lumières qui allaient et venaient me donnaient un sérieux mal de tête.

—Dave ! Arrête ! Tu me fais peur.

—Je te fais peur ? gloussa-t-il après avoir retrouvé une voix et une aura normales. Je pourrais dire la même chose de toi.

Je le fixais d'un œil méfiant. J'avais l'impression d'être au beau milieu d'un film d'horreur, genre *Shining* ou *Amytiville*. Soudain, un sentiment de déjà-vu me frappa. Aussi, me fallut-il un certain temps pour trouver le courage de parler.

—Qu'est-ce que tu me fais ?

—De quoi tu parles ?

—Tu ne te souviens pas ? questionnai-je en braquant un sourcil.

Alors que nous nous confrontions du regard, il affichait un air interrogateur.

—Ah... je l'ai encore fait, c'est ça ? réalisa-t-il.

Que pouvais-je répondre ? Il s'empressa d'ajouter :

—Je m'excuse. Peu importe ce que j'ai dit, ne le prends pas personnel… Je suis juste fatigué.

On ne me la faisait pas à moi. Il voulut prendre ma main pour me rassurer, mais je me dérobai en moins de deux. Du salé vint envelopper ma langue. Ma réaction l'avait blessé et j'en étais navrée. Sauf que j'avais trop peur de lui pour le laisser me toucher.

Je ne comprenais pas ce qu'il lui arrivait, mais je me souvenais du moment où notre mère avait complètement perdu le contrôle de son corps. Je me souvenais du jour J, de cette minute qui avait chamboulé notre vie à jamais. Était-ce le sort qui guettait également David ?

—À quand remonte ton dernier voyage astral ? m'enquis-je pour essayer de comprendre.

—Il y a longtemps.

—Pourquoi refuses-tu de me le dire ? insistai-je en sachant parfaitement qu'il me cachait quelque chose.

—Pour la même raison que tu refuses de me dire combien de sauts tu as faits ce jour-là.

Mon cœur se tordit de douleur.

—Vu qu'il t'a fallu seulement six voyages temporels pour perdre l'usage de ton premier œil, continua-t-il dans son analyse, et vu que tu as failli y rester… Combien en as-tu fait pour essayer de sauver Hateya ? Six ? Sept ? Huit, peut-être ?

Peu importe la façon dont je reformulais mes pensées, je n'arrivais pas à trouver une raison valable pour cracher le morceau. Être témoin de la mort d'un être cher peut nous hanter jusqu'à notre dernier soupir. Si je lui avais dit le nombre de fois que j'avais vu Hateya mourir par la faute de notre propre mère, non seulement j'aurais remué le couteau dans la plaie, mais il nous aurait tous pris en pitié. Il s'en serait voulu également, parce que David Gordan était ainsi. Il prenait le fardeau des autres sur ses épaules.

Comme un écho lointain, les cris de ma petite sœur me revinrent en tête, accompagnés de nouvelles bribes de souvenirs que je chassai aussitôt de mon esprit.

—Que se passe-t-il avec nous ? demandai-je.

—Je ne sais pas. Mais il est clair que le retour de ta vue et les marques sur tes bras sont des mauvais présages.

—Tu crois ?

« Très rassurant. »

—Avec la magie, il faut toujours s'attendre au pire.

—J'ai entendu dire que c'est à cause de cette ville que nos énergies sont perturbées, ajoutai-je en portant instinctivement ma main à mon bras. Peut-être qu'elle nous stimule.

—Comme un amplificateur, tu veux dire ?

—Est-ce que ça existe ce genre d'endroit ?

—Il existe des lieux de cultes où certains Médiums aiment se rassembler pour faire leurs rituels, mais je ne sais pas... C'est de toute une ville, qu'on parle, pas d'un cimetière ou d'une vieille maison.

—Avec le procès des sorcières et l'avent, peut-être qu'il s'est créé une sorte de bulle magique ou un truc du genre ? Comme si toutes ces énergies négatives que les gens entretiennent chaque année influaient sur nous.

—Je ne sais pas.

—Peu importe. Allons-nous-en d'ici. J'en ai marre.

Je ne disais pas cela pour moi, mais pour mon frère. Si tout ce que je vivais moi-même me déboussolait, c'est le cas de David qui m'inquiétait le plus. Le simple fait de l'imaginer tomber dans la même folie que les autres Voyageurs Astraux... Non. Valait mieux ne pas y penser.

—Je ne demande pas mieux, finit-il par dire, mais je ne pense pas que ce soit réversible.

Lui qui détestait Jensfield, je me demandais pourquoi il tenait à y rester, tout à coup.

—J'ai peur, avouai-je.

—Moi aussi je ne le sens pas.

—Pourquoi veux-tu rester, dans ce cas ?

—Parce que le mieux serait de découvrir le comment et le pourquoi avant de tenter quelque chose. Et puis, tu l'as dit toi-même... On ne peut pas abandonner p'pa. Avant de prendre une décision, ce serait préférable d'attendre qu'il revienne et d'en parler avec lui.

Dans un sens, il avait raison. Fuir sur un coup de tête ne servait à rien. À preuve : nous avions fui la grande ville pour ce petit patelin et nous étions encore pris dans le piège de la magie. Et puis, les paroles de David me rappelaient ce dont j'avais été témoin au Stonehenge... Les dessins qui racontaient l'histoire d'un peuple vivant sur une île mystique. Il fallait que j'en parle à mon père. Lui saurait comment interpréter tout ceci.

—Commençons par la base, reprit Dave. Que s'est-il passé, hier ? Je veux tous les détails.

L'histoire était tellement troublante que je fus forcée de fermer les yeux et de tout raconter depuis le début, après une grande inspiration.

—Je ne sais pas si je suis folle ou si j'ai encore toute ma tête, mais…

Je lui exposai toute l'affaire, pendant qu'il se faisait muet, trop choqué pour réagir.

—C'est fou, hein?

—Complètement fou, valida-t-il.

Il réfléchit un moment puis me demanda:

—Je peux voir la carte?

—Elle est dans ma chambre.

Sans dire un mot, nous nous y rendîmes pour inspecter l'objet.

—Elle est blanche des deux côtés, constata David.

—Est-ce que tu sens quelque chose?

—Non.

—Mais, tu es pourtant lié avec les Limbes.

—C'est justement ce qui est bizarre.

Cela concordait avec ma théorie voulant que Max soit toujours vivant. Enfin, d'une certaine manière. Mais ce que je trouvais le plus étrange, c'était que moi, je voyais bien les symboles en trois dimensions qui apparaissaient juste au-dessus de la carte. Aussi, le chiffre *un* me laissait croire qu'il y en avait d'autres. Combien y en avait-il encore et à quoi servaient-elles? Je l'ignorais.

—Appelle-le, me pria David en me rendant mon bien.

—Je ne sais pas comment.

—Essaie. Si tu dis que Max est lié avec la carte, ça ne devrait pas être un problème de l'invoquer ici.

—Max. Je t'appelle… Montre-toi, finis-je par obtempérer.

Rien ne se produisit.

—Max! Est-ce que tu m'entends? Allez! Ce serait bien que tu viennes, car à cause de toi, on va me prendre pour une menteuse!

—Il y a peut-être une façon de faire, une formule... un geste...

—Je ne pense pas, non, répondis-je en grimaçant.

—Il ne faut écarter aucune possibilité.

—Tu es sérieux?

—Ça ne coûte rien d'essayer.

Comme si nous étions dans l'un de ses mangas. Je soupirai un *bien* sans conviction avant de fermer les yeux et de lever la carte à deux mains devant moi.

—Je t'invoque ! Je t'ordonne de te montrer ! Je te somme d'apparaître devant moi !

—Laisse faire. Ça ne doit pas être ça, lança mon frère, lui-même découragé par le ridicule de la situation.

—Je te l'avais dit.

Il se massa l'épaule, alors que son cerveau semblait s'activer à vive allure. On aurait dit qu'il portait le poids du monde sur ses épaules. Il ne trouva toutefois aucune réponse concrète à notre problème.

—Montons, dit-il, notre café va refroidir.

Nous retournâmes en haut et reprîmes nos places. J'avais gardé la carte avec moi, comme si ma vie en dépendait.

—Est-ce qu'il s'est passé quelque chose la première fois qu'il est apparu ? poursuivit David.

—Je sens sa présence chaque matin depuis que nous sommes dans cette maison, mais il ne m'est réellement apparu qu'à la bibliothèque, lorsque l'entité a voulu...

—Tu n'en as pas parlé, me coupa mon frère.

—J'ai essayé. Rappelle-toi la fois où je t'ai dit que je sentais quelque chose de bizarre dans ma chambre…

—Oh... je ne pensais pas que… finit par répondre David après avoir mis un bref moment à se remémorer cette scène.

—À vrai dire, j'ai moi-même du mal à y croire. Donc…

En buvant une autre gorgée de café, il analysa les diverses possibilités.

—Tu as fait des rêves prémonitoires. Bizarre… Il n'y a aucun Psychiques Intuitifs dans la famille.

—Au début, je le croyais aussi, mais finalement, je ne pense pas qu'il s'agisse de rêves prémonitoires.

—Qu'est-ce que tu veux dire ?

—Plus les jours passent, plus sa présence se fait sentir et plus mes rêves sont clairs. Mes réveils sont de plus en plus difficiles, comme si mes rêves deviennent réalité et que la réalité devient rêve.

—Tu veux dire qu'il s'est matérialisé peu à peu ?

—Genre. Comme s'il avait besoin de temps pour prendre sa forme finale et comme si ma transformation se faisait tranquillement en moi. Tu comprends ?

—Ouais. Je saisis l'idée, répliqua David avant d'y aller avec de nouvelles déductions. Donc, Max t'a attaqué à la bibliothèque, mais en même temps, il ne s'agissait pas vraiment d'une attaque ; il l'a fait pour te protéger ou pour te permettre d'expérimenter une certaine forme de… vision.

—Ouais... euh… enfin… je crois.

—Ça y est, j'ai mal à la tête.

—Bienvenue au club !

—Dans le genre compliqué, ça bat tous les records, soupira Dave, visiblement découragé, en s'affalant contre le dossier de sa chaise. Je n'ai jamais entendu parler d'un truc pareil.

—Moi non plus.

—Attends, attends… reprit-il après avoir eu une subite illumination. De ce que j'en comprends, il semble vouloir te protéger et n'apparaît que lorsque tu es en situation de danger ou encore, lorsque tu as besoin d'aide.

—Comme un genre de gardien ?

—Si on veut, oui.

Cette théorie me paraissait loufoque.

—Et que disent tes mangas au sujet des cartes magiques ? À part tes trucs d'invocation, je veux dire…

« Je n'arrive pas à croire que j'en sois réduite à lui demander une chose pareille. »

—Oh... tu t'avances dans un terrain assez vaste. J'ai vu des démons, des esprits, des machines de combat créées par l'homme, des êtres vivants piégés par des ensorceleurs… Les mangakas ont beaucoup d'imagination, tu sais.

Cette fois, c'était à mon tour de m'effondrer, tant j'étais découragée. Je soupirai, le visage aplati contre la table.

—On n'est pas sorti de l'auberge ! lâchai-je.

—Je ne te le fais pas dire.

Un silence s'ensuivit, silence au cours duquel chacun de nous ruminait ses propres théories. Puis David sortit son téléphone portable de sa poche.

—Qu'est-ce que tu fais ?

—J'appelle p'pa pour savoir quand il va revenir.

Il composa le numéro et attendit quelques secondes. Aucune réponse. L'épicé remplit ma bouche.

—Il n'est jamais là quand nous avons besoin de lui, se désola-t-il.

—On pourrait peut-être appeler oncle Eddie? proposai-je. Étant donné qu'il habite les environs depuis plusieurs années, il saura peut-être nous expliquer ce qui se passe.

—Ouais... bonne idée.

Mon frère appela donc Eddie, mais encore là, pas de réponse.

—Attends... il est peut-être au boulot à l'heure qu'il est.

Nouvelle tentative... même résultat. David jeta le téléphone sur la table.

—Eddie ne s'est pas présenté au restaurant, aujourd'hui, souffla-t-il inquiet.

—Et si on allait le voir chez lui?

—Pas dans ton état.

Sa réponse fut aussi rapide qu'inflexible. Pour le contredire, je devais l'être moi aussi. Première étape: me lever. Je ressentis certes des vagues d'étourdissements, mais celles-ci se faisaient de moins en moins agressives. Un premier combat de gagné!

—Ce n'est pas comme si j'étais à l'agonie. Je suis quand même capable de marcher.

—Vraiment, je serais plus à l'aise si tu restais ici.

—Et puis quoi encore? ricanai-je en prenant cette réplique comme un défi. Est-ce tu vas m'empêcher de sortir jusqu'à la fin de mes jours?

Sans crier gare, je pivotai vers le couloir menant à la porte du sous-sol et lançai:

—Laisse-moi le temps de me changer et on y va!

Détrompez-vous. Mon assurance n'était que de la poudre aux yeux. J'avais probablement autant d'appréhension que mon frère. Mais cette fois, j'avais choisi d'affronter la situation de front plutôt que de m'apitoyer sur mon sort et attendre que les réponses viennent d'elles-mêmes à moi.

Chapitre 29

Armée de mes doutes, je me battais pour trouver du courage. «Bon. À trois, je me lance», me promis-je. «Un.» Je mis la main sur la poignée de porte, prête et parée pour le lancement. «Deux.» Je déglutis et serrai davantage ma prise, redoutant de succomber à ma peur de ne pas pouvoir affronter le monde extérieur. «Trois... J'ai dit trois!» Malgré mes bonnes intentions, mes pieds restèrent figés sur place. J'avais l'impression qu'ils pesaient une tonne. Aussi, dus-je faire appel à toutes mes énergies juste pour arriver à en remuer un d'à peine un centimètre.

«Trois!» beuglai-je dans ma tête. Ma poitrine se serra devant la guerre qui faisait rage dans mon cœur. Je n'avais pas encore lâché la poignée, mais je n'avais pas encore eu la force de bouger. Il fallait faire quelque chose. Je ne devais cesser de réfléchir, fermer les yeux et me jeter à l'eau... Voilà la solution.

J'ouvris la porte en trombe et me propulsai à l'extérieur. Une petite victoire honorable, vu les efforts fournis. Or, une fois sur le perron, je paralysai brusquement. Voitures et piétons qui circulaient, feuilles et brindilles qui dansaient au gré du vent, les insectes qui volaient autour de moi... tout apparaissait à une vitesse folle devant mes yeux et ***la frayeur que cela suscitait en moi*** n'arrangeait rien à la situation. Le rythme des ondes s'accélérait en même temps que ma panique. Elles allaient et venaient si rapidement qu'on aurait dit un stroboscope clignotant à vive allure.

David sortit à son tour et s'affaira à verrouiller la porte derrière lui, sans remarquer ma détresse.

—Tu es sûre que ça va? s'enquit-il.

—Je... J'ai mal à la tête, bégayai-je en abaissant le regard vers le sol.

—Tu as oublié ta canne.

—Merci.

À la vue du bâton recouvert d'un ruban adhésif, mes yeux devinrent aussi ronds que des billes. C'est ce que mon frère avait trouvé de mieux pour le solidifier et cacher ses meurtrissures peu esthétiques.

Ces retrouvailles me procurèrent un regain d'espoir. Je regardais cette chose familière qui autrefois, caractérisait la source de ma puissance, et me demandais: «Et si je pouvais redevenir l'héroïne que j'étais ? Mais pas de saut dans le temps, cette fois. Juste moi et mon bâton contre les adversités du monde. »

J'avais été de ceux qui se laissaient écraser par leur handicap, comme si le fait d'être limitée dans l'espace m'empêchait de sauver des vies. Mais peu importe, puisque je possédais maintenant un nouvel atout. Un peu contraignant, certes, mais qui me rendait unique par rapport aux autres. Sorciers inclus.

Les yeux fermés, j'y allai de quelques jeux de doigts avec le bâton pour le faire tournoyer. La douleur à mon bras freina toutefois mes ardeurs, faisant que la canne tomba au sol.

—Merde !

—À droite.

Je retrouvai ma canne après quelques tâtons. « Laisse tomber. Tu ne vas tout de même pas devenir la version féminine de *Daredevil* », me dis-je.

David apposa doucement ses mains sur mes épaules et me tourna vers lui.

—Si c'est trop pour toi, tu peux m'attendre ici.

—Non. Je veux venir, grimaçai-je suite à ce contact physique non autorisé.

—Toi et ta fierté, je te jure… grommela David en me lâchant et en secouant la tête, visiblement découragé. Tu bats tous les records.

—Et j'y tiens. À moins que tu préfères me voir couchée en boule et pleurer jusqu'à ce que je me dessèche comme un pruneau ?

Après une fraction de seconde au cours de laquelle la surprise se mêla à l'amusement, David me tendit quelque chose.

—Dans ce cas, mets ça.

J'empoignai l'objet, incertaine, et le fixai un moment avant de réaliser qu'il s'agissait de lunettes fumées.

—Tu sais bien que je déteste ça ! ronchonnai-je.

—Je sais, mais là, tu n'as pas le choix, chuchota mon frère après s'être penché vers moi. Et pourrais-tu essayer d'être plus discrète, s'il te plaît ? Arrête de regarder partout et de fixer le sol comme si tu avais quelque chose à cacher. Tu vas nous faire repérer.

À cette remarque plutôt insultante, je roulai les yeux vers le ciel, tandis que mon frère franchissait déjà les marches, inconscient que ses propos m'avaient vexée. Je soupirai et finis par poser mes lunettes sur mon nez.

—Wouah ! lançai-je, étonnée.

—Quoi ? s'inquiéta mon frère.

—Je ne vois plus rien.

J'enlevai mes verres fumés, puis les remis. Rien à faire. Chaque fois que je les portais, je perdais complètement la vue. « Si mon corps est devenu un émetteur et mes yeux des récepteurs, c'est logique. »

—Je me demandais, aussi, comment tu faisais pour voir avec tes lentilles, dit David.

—Je ne les ai pas mises. Elles me brûlent trop les yeux.

Après s'être empressé de rebrousser chemin, il me saisit le visage pour m'examiner en profondeur. Sa tête hocha d'un côté, puis de l'autre, tandis que son faciès s'étira d'étonnement.

—Incroyable. Tes cataractes ont vraiment disparu, souffla-t-il.

—Pour vrai ?

Il fit signe que oui, tout en continuant son examen.

—Mais si je suis guérie, je devrais voir normalement, non ?

—Ce serait logique, en effet. À moins que ta vision soit si endommagée que ton cerveau s'est créé une nouvelle connexion, supposa David en remettant les lunettes sur mon nez pour ensuite se reprendre sa route. Quoi qu'il en soit, ce sera plus facile pour toi de faire comme si rien ne s'était passé.

Curieusement, mes retrouvailles avec ma cécité me soulagèrent. Pour le peu de temps que j'avais eu pour expérimenter ma vision échographique, cela m'avait paru à la fois merveilleux et terriblement stressant. J'avais toujours désiré retrouver la vue et je m'étais crue assez forte pour affronter ce changement. Or, ce n'était pas le cas. Moi qui me plaignais depuis longtemps de mon handicap, je réalisais à présent qu'en fin de compte, ce n'était pas si mal. J'avais appris à vivre avec.

Nous traversions notre allée lorsque j'entendis les miaulements familiers du félin qui, comme à son habitude, s'amenait à notre rencontre. Sauf que cette fois, il s'arrêta brusquement dès qu'il fut à notre portée. Sans savoir ce qui lui prenait, je tendis le bras vers lui. En retour, j'eus droit à des feulements et des crachats, suivis d'un coup de griffe lancé dans le vide pour m'avertir de ne pas m'approcher davantage.

—Sale chat, pesta David en me tirant en arrière.

—Qu'est-ce qui lui prend ?

Je voulus rassurer l'animal, mais mon aîné me retint près de lui.

—Laisse-le. Le taxi arrive.

Sans nous attarder davantage, nous montâmes à bord du véhicule. La maison d'Eddie se trouvait dans une petite rue rurale aux abords de la ville. Durant le trajet d'une quinzaine de minutes, j'en profitai pour tester les limites de ma vue. Je fis glisser mes lunettes sur le bout de mon nez et regardai discrètement autour de moi. Les fenêtres faisaient rebondir la lumière telle de grandes surfaces plates. J'ouvris celle qui se trouvait à ma portée, mais me ravisai après quelques secondes. La voiture roulait beaucoup trop vite pour voir quoi que ce soit de cohérent.

Aucun paysage. Que des silhouettes déformées par le mouvement s'offraient à ma vue. « Un autre désavantage. » Puis le véhicule s'arrêta enfin.

—Merci, dit David après avoir payé le chauffeur.

—Bonne journée ! lança l'homme.

—Ouais, vous aussi.

La voiture nous abandonna et la quiétude de la campagne inonda la place. Gazouillements d'oiseaux, brise fraîche faisant danser les feuilles dans les arbres, chants des grenouilles… L'odeur de l'humidité remplissait mes narines, nimbant celle de l'environnement en un grand tout brumeux.

—Par ici.

Je mis en route en même temps que David, me fiant à mon ouïe pour arriver à le suivre. L'épaisse boue provoquait un léger effet de succion à chacun de mes pas. *Flop flop flop…*

Les Empathiques les plus doués arrivaient à voir les auras des plantes et des animaux. Eddie étant l'un de ceux-là, je me demandais quel genre de décor il voyait à travers ses yeux. Avec tous les halos de couleurs qui devaient s'afficher autour de lui, le spectacle devait être magnifique.

Mon corps se raidit en moins d'une demi-seconde lorsqu'un chien se rua vers nous. Il grognait et jappait autant qu'il le pouvait. Sur le coup, je pensai vraiment qu'il me boufferait toute crue, mais le son d'une chaîne le stoppa dans son élan.

—Merde ! Il m'a fait une de ses trouilles ! râlai-je.

—Va de l'autre côté.

Cela dit, David me tira par la veste pour m'obliger à changer de place et marcha devant moi pour me servir de bouclier.

—Les animaux sont-ils tous fous ou c'est moi qui ai un problème ? demandai-je, déboussolée.

—Quand quelque chose sort de l'ordinaire, ils le ressentent. Non seulement tu as défié les lois de la physique traditionnelle, mais celles de la magie également. Ne l'oublie pas...

«Autrement dit, ils me voient comme une erreur de la nature... Chouette! C'est très encourageant.» D'un pas lent et réfléchi, nous gravîmes les quelques marches, puis David toqua à la porte.

—Oncle Eddie! C'est nous!

Aucun signe de vie, sinon un bruit causé par de l'eau qui s'écoulait.

—Est-ce que tu entends? demandai-je en tendant l'oreille.

—Ouais.

Il toqua à nouveau, mais toujours pas de réponse. Il joua avec la poignée et constata qu'elle était déverrouillée. Nous entrâmes donc.

—Oncle Eddie? Bordel!

Le chahut provoqué par mon frère me surprit. J'entendis un robinet couiner, puis l'eau s'arrêta de couler.

—Oncle Eddie! reprit David d'un ton plus fort. Tu es là?

Si les *flop flop* qu'on entendait sous nos pieds me laissaient deviner qu'il y avait un important dégât dans la maison, ce sont les jérémiades de mon frère qui m'en firent connaître l'ampleur.

—Argh! Merde! Il y en a partout! s'écria-t-il en même temps que je pouvais entendre d'autres *flop flop* sous ses pas.

—Euh... je peux faire quelque chose? proposai-je en m'accrochant à ma canne.

—Il doit avoir une serpillère quelque part... Ah! La voilà! lança David en revenant vers moi. Nettoie, s'il te plaît. Je vais faire le tour.

—Mmh.

Je me déchargeai de mon bâton et m'exécutai. De longs va-et-vient suivirent. Chaque fois que je le jugeais nécessaire, je tordais la serpillère dans l'évier et continuais mon manège. Je ne nettoyais que de petites surfaces à la fois pour éviter de m'embrouiller.

Puis la serpillère se heurta à quelque chose de solide fixé au sol. Je remontai mes lunettes sur le sommet de ma tête, non sans effectuer un mouvement de recul au moment où je fus confrontée à la lumière. J'avais l'impression d'être soûle, comme si mon équilibre était soudainement devenu précaire. Mon mal de tête s'accentua, mais je tins bon. Je relevai la chaise que j'avais fait tomber et la remis à sa place. Ce faisant, je vis quelque chose qui ressemblait à une cigarette sur le bord d'un cendrier. Comme je ne pouvais certifier à cent pour cent qu'il s'agissait bien de cela, je fermai les yeux et humai les odeurs. Du coup, un air de dégoût s'afficha sur mon visage.

C'était bel et bien une cigarette qui semblait se consumer d'elle-même. Tout près, se trouvaient une tasse et un tas de grands papiers très minces; sûrement un journal. Non sans quelques difficultés pour la rejoindre du doigt, je touchai la tasse. Le café était tiède. Cela faisait donc peu de temps que notre oncle avait quitté la maison.

—Il n'y a personne, m'informa David en revenant au rez-de-chaussée.

—En tout cas, il est clair qu'il était ici il y a peu de temps.

—Et il n'était pas seul.

Ce disant, mon frère pointa la porte du regard. Je m'avançai en m'appuyant contre le mur pour maintenir mon équilibre. Je me penchai, mais après inspection, ne vis rien d'assez distinctif pour m'éclairer sur la nature de la chose.

—Des traces de bottes, indiqua David. Deux paires différentes.

Sur ce, il recomposa le numéro d'Eddie. La sonnerie du téléphone retentit dans la pièce voisine, sur la table basse.

—Plus ça va, plus cette histoire sent mauvais, m'inquiétai-je.

—Ce n'est peut-être rien...

—On devrait peut-être appeler la police…

—Il faut attendre vingt-quatre heures avant de signaler une disparition.

Je remis mes lunettes, fatiguée de me sentir comme si j'avais fêté toute la nuit. Au fond de moi, j'espérais vivement avoir un signe de vie de notre oncle.

—Je vais lui laisser une note. Juste au cas où, proposa David.

—Dac.

Ceci fait, nous sortîmes de la maison. Dès qu'il nous vit, le chien s'agita à nouveau. «Cette fois, je ne le laisserai pas faire.» Je relevai mes lunettes sur ma tête et concentrai mon regard sur lui.

—Ça va aller. Je ne suis pas méchante, tentai-je pour le rassurer.

Me voyant effectuer quelques pas chancelants en sa direction, le cabot émit quelques gémissements de soumission et alla se réfugier dans sa niche. Avec ma canne devant la poitrine pour me protéger, j'avançai d'un pas, puis d'un autre, et encore un autre…

—Il pourrait te mordre, me prévint David.

—Je ne pense pas qu'il soit dangereux.

Je voulais démontrer au chien, mais surtout à moi-même, que je n'étais pas le monstre qu'il croyait voir. Il finit par se coucher, les oreilles penchées en arrière et les gros yeux piteux rivés sur moi. Je le flattai sur la tête, qu'il penchait vers le bas, inquiet. Peu à peu, il se sentit en confiance. J'en profitai pour m'accroupir un peu plus et gratter son cou.

—C'est bien… Tu vois? Je ne veux pas te manger.

Ses oreilles bougeaient au même rythme que les ondes échographiques qu'il était le seul à entendre. L'énergie que je dégageais émettait donc une sorte de signal que les animaux pouvaient percevoir.

—Bon chien, continuai-je en le caressant.

Soudain, ma main se porta instinctivement vers mon bras meurtri.

—Aïe!

Le fer chaud se resserra sur ma peau, qui cuisait littéralement. Du coup, une odeur de brûlée envahit l'air. C'était si souffrant, que je finis par m'effondrer. Il n'en fallait guère plus pour que le chien s'agite à nouveau. Sauf que cette fois, plutôt que de se jeter sur moi, il tenta de fuir par tous les moyens.

—Dave! Ça fait mal!

Mon frère m'empoigna aussitôt avant d'apposer une substance froide et épaisse sur ma blessure. La boue suffit à apaiser le feu.

—Ça fait du bien? s'enquit-il.

Je me mordis la lèvre, fermai l'œil droit et me risquai à regarder ma blessure avec le gauche.

—Mmh, grognai-je.

Je levai le bras près de ma poitrine. Voyant que le bandage s'était consumé de lui-même, je crus, pendant un moment, qu'il avait emporté ma peau avec lui. Or, tout était intact. Rassuré, mon frère se leva pour aller à la rencontre du chien.

—Calme-toi, espèce de cabot!

Mais l'animal continua de japper. Impossible de le calmer. Alors qu'il tirait à grands coups sur sa chaîne, l'inévitable finit par se produire.

—Et voilà! Il a filé! lança David.

—Nous devrions essayer de le rattraper.

—Tant que tu seras dans les parages, il ne risque pas de revenir. Mais t'inquiète, les chiens finissent toujours par revenir au bercail.

—Si tu le dis…

—Ça va aller ? demanda David en m'empoignant sous le bras pour m'aider à me relever.

—Est-ce que j'ai l'air d'aller bien ? grommelai-je en me libérant d'un mouvement sec. Non, mais… regarde-moi… Qu'est-ce qui ne va pas chez moi ?

—Calme-toi avant de faire une autre crise.

De l'acide émanait de lui, mais il n'en laissait rien paraître. Son calme inébranlable me laissait sans voix. J'étais toujours la seule à péter les plombs. Il posa mes lunettes sur mon nez pour couper ma vision, ce qui m'enleva un fardeau. Après de grandes inspirations, mais surtout, après avoir expulsé ma colère à l'aide d'un coup de pied sur la niche du chien, je repris le contrôle de mes émotions.

—Allons nous asseoir, suggéra David.

Nous nous installâmes sur une des marches de l'escalier, d'où il appela un taxi. Après quoi, il inspecta ma blessure sous toutes ses coutures. Je le laissai faire, ne comprenant pas moi-même ce qui m'arrivait.

—Je viens de comprendre… Bon sens ! s'exclama-t-il. J'aurais dû y penser avant.

—Comprendre quoi ? m'inquiétai-je en me détachant de lui.

—Max est ton Totem. En fait, il y a de fortes chances pour que le chien soit ton animal spirituel.

—Et quel est le rapport avec la carte ? Et les marques ?

—Aucune idée.

« Donc, j'aurais un animal Totem. C'est déjà plus sympa qu'un esprit mort-vivant », pensai-je en secouant la tête.

—Selon les anciens, ce n'est pas de cette façon que ça fonctionne, déclarai-je, sceptique.

—Je sais.

Je grimaçai, cherchant d'autres hypothèses. Ou tout au moins, quelque chose de plus vraisemblable.

—Si ce que tu prétends est vrai, supposai-je, sais-tu ce que signifie le Totem du chien ?

—Minute… répliqua David avant d'appuyer sur les touches de son téléphone. Bon voilà… Le chien sert les philanthropes, ceux qui dévouent leur vie au service des autres. Il est synonyme de fidélité et accorde une grande importance à la famille et à l'amitié.

Une description assez juste de la fille que j'étais autrefois. Pour celle que j'étais devenue, par contre, j'en étais moins sûre.

—Tu crois qu'il nous est possible de changer de Totem ?

—Je ne pense pas. Il est censé représenter ce que nous sommes, notre nature profonde.

Je réfléchis. Les demi-réponses commençaient à m'énerver. Elles suscitaient beaucoup de questions, mais aucun éclaircissement. Tout d'abord, pourquoi maintenant et pas avant ? Si le chien était mon guide ou un porteur de messages, il aurait pu se manifester avant... Cette histoire n'avait aucun sens.

—Oh...

—Quoi ?

—Il serait aussi le gardien des lieux sacrés, poursuivit David.

—Par lieux sacrés, tu veux faire référence à... ma vision ?

—Peut-être.

—Je hais les énigmes, soupirai-je.

—Tu as intérêt à t'y faire, car je crains que nous n'ayons pas fini de nous poser des questions.

—Ouais, sûrement, gloussai-je, découragée.

Après avoir ruminé quelques instants, un flash me traversa l'esprit.

—Hé... si mon Totem est le chien, quel est le tien ? Le hibou ?

—Non. Jamais. Tout, sauf ça, répondit catégoriquement mon aîné.

—Non, mais avoue qu'il semblait t'apprécier, cet oiseau. Il te suivait partout chez grand-papa.

—Tu veux dire qu'il me prenait pour une proie, oui ! dit David en frémissant. Argh ! J'en ai la chair de poule juste à y penser.

Il ne paniquait pas lorsqu'il voyait des fantômes près de lui, ni lorsque nous devions affronter des situations étranges, mais lorsque je parlais d'un malheureux hibou, par contre ! Le souvenir que j'en avais n'était pourtant pas si terrible. Quoique je n'aie pas été témoin de toute l'histoire...

—Et s'il faisait comme Max ? le questionnai-je pour le taquiner. S'il réapparaissait subitement ?

—N'en parlons plus.

Le moteur d'une voiture vrombit au loin. Sauvé ! David se leva, profitant de cette diversion pour clore le sujet.

—Le taxi arrive.

« Peureux. »

Médiumnité pour les Nuls, Article 4

Seules les Faucheuses peuvent traverser les Limbes sans se perdre ou se faire attaquer. Cela est dû à leurs lanternes mystiques qui éclairent la voie et chassent les âmes perdues de leur chemin. Il leur arrive aussi de croiser la route d'un Voyageur Astral. Des rencontres amusantes, car ces derniers préfèrent les fuir, ignorant si elles constituent une menace ou non.

Chapitre 30

De retour au bercail, le téléphone de la maison se mit à sonner. Sachant que seulement quatre personnes connaissaient notre numéro, il y avait de quoi être surprise. Je réussis à décrocher après cinq sonneries.

—Lizy, entendis-je mon père prononcer avec un regain d'espoir.

—Papa ! Nous avons essayé d'appeler !

—Je suis désolé. Je viens juste de prendre vos messages. Quelque chose d'important vient d'arriver au boulot.

—Ici aussi. Il faudrait que tu reviennes plus tôt, s'il te plaît.

—Dès que mes recherches seront terminées, je te promets de revenir.

—Quand ? demandai-je, non sans craindre qu'il ne répète au téléphone sa fameuse manie du : « Aussitôt arrivé, aussitôt parti. »

—Le plus tôt possible. C'est promis.

—P'pa, c'est maintenant que nous avons besoin de toi. J'ai quelque chose d'important à te dire.

Des sons suspects parvinrent jusqu'à mon oreille, ce qui attira l'attention de mon paternel au point où il ne m'écoutait plus. Pendant que des bruits de marchandises qu'on trimballait se faisaient entendre, des voix inconnues le pressaient de quitter les lieux avant qu'ils arrivent et mettent la main sur le matos. Enfin, c'est ce qu'ils disaient. Je me demandais qui pouvaient être ces *ils* dont ils parlaient et de quel genre de *matos* il s'agissait.

—Oui, oui... j'arrive, leur répondit-il.

—P'pa ?

—S'il arrive quoi que ce soit, n'hésite pas à appeler les urgences, d'accord ? Eddie est parti pour quelques jours. Il vous appellera lorsqu'il sera de retour.

—Ouais…

—Je t'embrasse et embrasse ton frère de ma part. Bye.

—O…

Sur ces derniers mots, il raccrocha la ligne. Je fis donc de même, déçue et bouche bée en même temps.

—Ouais. Moi aussi, soupirai-je.

—Laisse-moi deviner... Finalement, il ne viendra pas ? soupçonna David.

Même s'il tentait visiblement de se contenir, je savais bien qu'il en avait plus que marre du comportement de notre père.

—C'est bizarre. Je crois que quelque chose s'est passé à son boulot, informai-je. Je ne l'ai jamais vu aussi paniqué.

—Tu sais bien qu'il s'emporte toujours pour un rien lorsqu'il s'agit de son précieux travail.

—Mais cette fois, c'est différent.

—On s'en fout ! lança David. Il n'est pas là, ce qui veut dire que nous devrons nous débrouiller seuls. C'est pas comme si nous n'en avions pas l'habitude…

Cela dit, il prit le chemin de sa chambre en maugréant la frustration qu'il accumulait depuis trop d'années. Que faire, maintenant ? Pas la moindre idée. Le néant total.

***

Le soir venu, je m'assis sur mon lit. Tenant la fiole de mon père d'une main et la carte de l'autre, mon regard se promenait entre les deux pour les examiner minutieusement.

—Le chien est donc le gardien des lieux sacrés, dis-je en me remémorant les paroles de David.

Les théories que mon père m'avait racontées avant son départ gagnaient de plus en plus en crédibilité. J'en vins à me poser les questions suivantes : la vision que j'avais eue indiquait-elle comment voyager dans cet autre monde ? M'était-elle destinée parce que mon Totem était le chien ou était-ce une simple coïncidence ? Et puis, étais-je la seule à voir ce genre de choses et à posséder une carte comme celle-ci ?

« Impossible, me dis-je. La Terre est habitée par sept milliards d'humains et trois pour cent de ceux-ci sont des sorciers… cela fait environ deux cent dix millions de confrères aux pouvoirs magiques plus ou moins prononcés. »

Parmi ceux-ci, il devait sûrement y en avoir un qui me ressemblait, non ? Et il y avait Keishi… Lui aussi avait eu un bref aperçu de cette vision. Et voilà que je revenais aux mêmes interrogations qu'avant. Pourquoi moi ? Pourquoi lui ? Pourquoi maintenant ? Ça n'en finissait plus. J'avais l'impression que mon crâne allait éclater. Je secouai la fiole, comme si je m'attendais à ce qu'elle me mette sur le chemin de l'illumination !

—Glogulo.

«Glo… Quoi?» Sous le choc, je portai la fiole près de mon oreille. Aucun son. J'aurais été étonnée qu'il en soit autrement. La fatigue commençait sérieusement à se faire sentir...

—Un bon bain chaud te fera du bien, décidai-je pour chasser ma folie passagère.

Je déposai ce que mon père appelait *Aqua Vitae* dans le petit coffre où je dissimulais mes souvenirs les plus importants. «N'y pense plus. Contente-toi de vivre le plus normalement possible et tout ira bien.» En refermant le boîtier en bois, je freinai mes inquiétudes et mes questions.

***

L'eau semi-translucide ondulait en un voile lumineux au-dessus de moi. Voilà une image floue et partiellement altérée de la silhouette des objets. Voilà un monde complètement à part qui me donnait l'impression d'être coupée de la réalité. Seuls les battements de mon cœur me permettaient de saisir mon lien avec le monde.

Puis, mon souffle manqua. En catastrophe, je sortis la tête hors de l'eau. Je ne comptais plus le nombre de fois où je m'étais immergée depuis le début de ma baignade et pourtant, je m'amusais toujours autant. Je me frottai le visage et les yeux mouillés.

Les gouttes qui tombaient dans le bain provoquaient des ondes autour de leurs points d'impact. Voyant cela, mon amusement s'accentua. Curieuse, je glissai ma main pour créer des vagues miniatures autour de moi. L'eau miroitait dans tous les sens en raison des gouttelettes qui faisaient dévier la lumière çà et là. J'en pris dans ma main pour la faire tomber lentement devant mon visage.

Bien que soumise au rythme imposé par les pulsations échographiques, ma vision était étonnamment précise. La chute brillait de mille éclats et les gouttes sur mes mains humides leur donnaient un relief parsemé de bulles qui elles, scintillaient d'un bleu semi-transparent.

Me voici comme un enfant redécouvrant le monde sous un nouvel œil. Un monde mystérieux et effrayant. Les détails du quotidien ne m'avaient jamais paru aussi fascinants et déroutants en même temps.

La température de l'eau avait refroidi depuis belle lurette. Or, ce fut mes doigts fripés qui me convainquirent de sortir du bain. Enroulée dans ma serviette, je regardais l'eau couler dans le conduit d'épuration pour lui dire *au revoir*, non sans une pointe de regret. Mais je me rassurais en me disant que je pourrais revivre l'expérience autant de fois que je le voudrais.

Tandis que le dernier tourbillon se créa sous mon regard nostalgique, je crus cerner un changement, dans l'eau ; une vague plus sombre. Je plissai les yeux, me penchai plus en avant. C'est là que j'entendis :

—Glogulo.

Cette fois, j'avais bien entendu la voix fébrile ; un chuchotement qui ressemblait à un éclaboussement. Une autre vague à la silhouette allongée apparut alors dans l'eau. La chose qui ressemblait à un ver semi-transparent serpenta jusqu'au vortex pour disparaître dans le conduit.

—Glogulo.

Cette chose était-elle là-dedans depuis le début ? « Oh purée ! » Catastrophée, je m'inspectai… les bras, les jambes, les cheveux, le cou. Je me sentais sale. Ayant l'impression d'avoir été souillée par des parasites, je craignais qu'ils se soient collés à moi. Ouf ! Il n'y avait rien. Peu importe ce que j'avais vu et entendu, la chose était partie. Je n'arrivais toutefois pas à calmer cette désagréable sensation sur ma peau. La folle envie de prendre une douche me tenaillait. Juste au cas où.

J'ouvris le robinet, mais alors que le jet d'eau s'écoula du pommeau, je sondai la douche, persuadée de voir bientôt apparaître la chose. Pourtant, je ne vis pas l'ombre d'un ver et je n'entendis aucune petite voix étrange répéter l'étrange mot : Glogulo. Là, c'est vrai, je devais être vraiment fatiguée.

Puis, la raison me frappa. Qu'est-ce que je faisais là ? C'était illogique de croire qu'il y avait quelque chose dans l'eau. Or, ça ne m'avait pas empêché de m'affoler comme si j'y voyais un réel danger. Je coupai le courant. Encore une fois, j'avais l'impression de ne plus savoir discerner la réalité du faux. Je vivais ce combat intérieur qui me ramenait constamment aux années les plus sombres de ma vie. Peut-être que c'était là la particularité de Jensfield ? Peut-être que ce lieu animait tout ce qui était enfoui en nous, nos peurs comme nos vieux démons ? À force de craindre d'être folle, je risquais de le devenir vraiment.

Je me tapotai les joues pour me ramener sur terre. « Ne laisse pas le stress l'emporter sur ta santé mentale. Va te coucher et repose-toi. Tu en as assez bavé pour aujourd'hui. »

Une fois habillée et ma salle de bain rangée, je retournai à ma chambre en terminant de sécher mes cheveux avec ma serviette. Ce faisant, je me cognai contre le coin de mon bureau. Je ne comptais plus le nombre de fois où cela m'était arrivé depuis ce matin. Des ecchymoses, j'en aurais plusieurs à partir de maintenant. Exténuée, je me laissai tomber sur le lit.

—Mon lit d'amour. Je ne pourrais pas vivre sans toi. J'espère que tu en es conscient. Si tu savais comme je t'aime, lui dis-je en le tapotant affectueusement.

Les yeux fermés et les lèvres formant un arc vers le haut, je savourais le confort de mon meilleur ami. Au diable l'oreiller. Au diable les couvertures et les événements étranges qui sont survenus aujourd'hui. Juste le fait d'être étendue là, en étoile, à fixer le plafond écaillé, me faisait du bien. C'est dans cette position des plus insolites que je m'endormis peu de temps après.

***

Le lendemain, mon frère m'obligea à rester au bercail. La semaine s'annonçait courte et ce n'était pas pour me déplaire. Mais qui dit jour de congé, ne veut pas dire paresser. Pour rentabiliser notre temps, David eut l'idée de me présenter une série d'objets que je tentai d'identifier à l'aide de mes yeux.

—Mmmmhhh, essayai-je de deviner, assise les jambes croisées sur le divan et en inclinant la tête de côté pour analyser méticuleusement le premier objet.

C'était rond. Une balle ? Une pomme ? La texture poreuse de sa surface éliminait ces deux possibilités.

—Une orange ?

—Exacte, confirma David, à la fois surpris et content.

Il fouilla une nouvelle fois dans le sac où il avait regroupé les objets pour en sortir un truc carré d'environ la même grosseur que ma carte supposément vierge, mais beaucoup plus épais. Du coup, mes épaules devinrent plus légères. Non à cause de ma dernière victoire, mais en raison de mon frère.

5 novembre 2016

J'avais oublié l'importance d'un sourire, d'un regard. À quel point ils peuvent faire du bien et à quel point chaque détail non verbal peut transmettre des informations sur le ressenti des gens et sur le prochain geste qu'ils vont poser. J'ai le talent de cerner les émotions autrement et j'ai encore le réflexe d'utiliser ce radar plutôt que de me fier à ce que je vois. Mais cela n'égale en rien la beauté qui anime le visage de David lorsque je vois ses traits s'étirer de joie. Cela n'égale en rien le sentiment que j'éprouve à le retrouver, comme si pendant toutes ces années, j'avais dormi au point de me retrouver dans un état semi-comateux.

David a grandi, maman. Si tu le voyais ! Son visage d'adolescent a changé. Il a maintenant l'apparence d'un homme. Mais parfois, j'ai l'impression qu'il m'est inconnu tant il ne concorde pas aux souvenirs que j'en avais gardés. Tout comme il ne concorde pas à l'idée que je me faisais de sa nouvelle image.

Son odeur et sa voix me rassurent toutefois. Désormais, je ne suis plus seule dans les ténèbres. Il est avec moi et cela suffit à apaiser mes tourments.

—Et ça ?

—Euh…

Tâchant d'oublier la boule d'émotion qui me montait aux yeux pour me recentrer sur notre petit jeu, je fronçai les sourcils et plissai les yeux. Sur le nouvel objet, je pouvais voir plusieurs touches.

—Mon téléphone ? Euh… non... attends. Il est plus petit et moins épais… Ah ! Une calculatrice !

—Bingo !

J'affichai un air triomphant. Il n'y avait rien d'exceptionnel à ce que je venais de faire, mais n'empêche que cela me rendait très fière. Dave déposa le sac au sol et dit :

—J'avoue que tu me surprends.

—Je sais, je sais. Je me surprends moi-même, dis-je en me tapant l'épaule pour m'autoféliciter.

Bien que j'avais vécu les quatre dernières années dans la noirceur la plus totale, mes connexions se reconstruisaient rapidement. Beaucoup plus que je l'aurais espéré. Pour la plupart des objets exhibés par mon frère, je me devais d'applaudir ma mémoire, car c'est elle qui me permettait de les reconnaître. Dans le cas des objets plus difficiles à identifier, ceux dont la couleur peut servir d'indice, je dus faire appel à mes autres sens.

Outre ces petits exercices, je me déplaçai dans la maison pour m'habituer à cette nouvelle vision intermittente. Mes pas étaient lents et maladroits, alors que mes bras étaient tendus devant moi pour toucher le moindre objet capté par mon regard échographique. La table, les chaises, le sol et le comptoir... Tout me semblait vertigineux et confondant.

Aveugle, je pouvais entendre le bruit d'une foule. Mais pour cerner la quantité approximative de personnes avec l'ouïe, je devais calculer, me concentrer sur chaque voix, chaque geste et chaque bruit. Lorsqu'une odeur captait mon attention, c'était comme si les autres s'effaçaient partiellement pour me permettre de l'identifier. Avec la vue, par contre, c'était différent. Le décor s'affichait en un seul tout et le cerveau analysait l'information à la vitesse de l'éclair. Devant moi, tout se meublait en un claquement de doigts et tout disparaissait aussitôt pour se meubler à nouveau.

J'avais encore beaucoup de travail à faire, mais plus j'apprivoisais l'environnement, plus je prenais confiance en moi. Le fait de connaître la maison sur le bout des doigts rendait la tâche plus facile. Les seuls détails qui me donnaient du fil à retordre étaient mes maux de tête et mes étourdissements. Tout au long de la journée, ils s'intensifiaient peu à peu, ce qui m'obligeait à remettre mes lunettes fumées.

Le soir du jeudi, David et moi cuisinâmes ensemble. J'étais l'assistante personnelle du chef… Enfin, de l'homme de la maison qui se débrouillait avec ses compétences limitées. « Va me chercher ci… Va porter ça… Remplis ci, jette ça. » Des ordres simples et clairs auxquels j'obéissais avec la plus grande attention. À un certain moment, n'ayant plus rien à faire, j'empoignai un couteau qu'il me retira aussitôt.

—J'aimerais ne pas me transformer en wendigo, si ça ne te dérange pas.

—Franchement, je n'ai pas cinq ans.

—Peut-être, mais pour l'instant, contente-toi d'éplucher les légumes. Tes doigts t'en remercieront.

Épluche-légumes en main, j'effectuai des va-et-vient en défoulant mon exaspération sur la pauvre carotte. Après avoir grommelé des jurons à peine identifiables, je massacrai une autre carotte.

On dit qu'un bon repas se prépare avec amour. Si tel est le cas, le nôtre serait assurément infect. Oh ! Surprise ! Ce n'était pas mauvais ; même que ça sentait extrêmement bon sur la table. J'inspirai une bonne bouffée et levai mes lunettes fumées pour contempler le contenu de mon assiette à l'aide de ma fourchette. Un mélange de plusieurs formes et textures formait comme une île dans un océan de sauce.

—Ce serait chouette que tu finisses de manger avant demain matin, lança David.

—Ah ah.

Je remis mes lunettes sur mon nez et pris ma première bouchée. Que du bonheur !

—En parlant de demain, dis-je, j'aimerais aller à l'école.

—Ou tu peux venir avec moi. J'avais prévu aller à la bibliothèque municipale pour faire quelques recherches.

Keishi, Helen ou peut-être même Melissa seraient certes en mesure de nous fournir des réponses, mais dire à mon frère que j'envisageais impliquer des étrangers dans nos affaires reviendrait à lui annoncer que je voulais servir de cobaye pour des scientifiques.

—Si je suis incapable de passer à travers cette fichue année scolaire, comment pourrai-je travailler plus tard ? demandai-je pour le convaincre de me laisser aller à l'école. Et désolée, mais je n'ai pas envie de vivre sous votre tutelle jusqu'à la fin de mes jours. Je veux vivre ma vie, moi aussi.

—Tu ne peux pas tout affronter en même temps. Le mieux serait de te concentrer sur un problème à la fois.

Puisque mon stratagème n'avait pas fonctionné, je décidai de le relancer en usant cette fois de psychologie inversée.

—Donc, j'ai fait tout cet entraînement pour rien ? Très bien. Je vais rester ici. Je n'ai rien à perdre puisque j'ai déjà de mauvaises notes de toute façon. Mais si tu veux me tenir en laisse, j'aimerais au moins récupérer mes affaires. Serais-tu assez aimable pour m'accorder ce droit ?

David n'était pas idiot. Comme il me connaissait parfaitement bien, il savait que je jouais la comédie. Malgré tout, il ne put s'empêcher de se sentir coupable. Il prit un certain temps pour peser le pour et le contre.

—Tu te sens assez à l'aise pour y retourner ?

Gagné !

—Avec mes lunettes, je ne risque rien.

Il affichait toujours son aura méfiante, ce qui ne m'étonnait guère. « Heureusement que je ne lui ai pas parlé des apparitions dans mon bain. »

—Ça va aller, Dave. Vraiment. Je vais faire attention.

Ma canne recouverte de ruban adhésif noir, le bandage autour de mon avant-bras, mes lunettes, mon sac-médecine… J'étais équipée pour affronter le monde extérieur sans trop de tracas. Que pouvait-il m'arriver de plus ?

Chapitre 31

«Ne lui fais pas confiance. Il est dangereux, commanda la voix dans ma tête quand je franchis le seuil de la demi-porte du secrétariat. Tu vas le regretter.» Tout en moi me criait de rebrousser chemin. Malgré tout, je m'accrochai à mon sac-médecine, résolue à trouver des réponses aux questions que je me posais sur cette ville de fous.

—Bonjour, dis-je en m'approchant de quelques pas.

—Que puis-je pour vous? répondit la secrétaire, après avoir cessé de taper sur son clavier.

—J'aurais besoin que vous appeliez Keishi pour moi. C'est important.

—Keishi… dit-elle, comme s'il pouvait y avoir plusieurs élèves de ce nom.

—Euh... son nom complet est Keishi Hua Yaza… Yamasaki. Enfin, quelque chose qui ressemble à ça.

—Ah! Ce jeune homme! s'exclama-t-elle. Je suis désolée, mais il n'est plus inscrit à notre lycée.

—De… depuis quand? questionnai-je, complètement anéantie.

—Depuis l'incendie.

Je serrai mon sac plus fortement dans ma poche. «Ne le fais pas. Tu vas le regretter si tu t'impliques avec lui… Non... attends. Et pourquoi lui, d'ailleurs? Tu pourrais tout aussi bien aller voir Helen. Elle pourra certainement répondre à tes questions.»

—Dans ce cas, pourriez-vous me donner son numéro de téléphone?

—Je ne suis pas autorisée à donner des renseignements personnels sur nos étudiants et la direction est très ferme là-dessus. Vous pouvez demander à ses amis ou à ses camarades de classe…

Cela risquait d'être difficile, car ici, il faisait peur à tout le monde.

—Ex-étudiant, la corrigeai-je. Mais, merci quand même, terminais-je en tournant les talons et en faisant tapoter ma canne au sol jusqu'à la sortie.

—Bonne journée, me souhaita-t-elle avant que je ne franchisse à nouveau le seuil.

—Ouais. À vous aussi.

Une fois rendue dans le couloir, je m'arrêtai pour me marmonner à moi-même: «Ne me dis pas que tu fuis à cause de ce qui s'est passé entre nous.»

—Euh… pardon? C'est à moi que tu parles? demanda un garçon qui passait à côté.

—Désolée, répondis-je en secouant la tête, les joues écarlates.

«Laisse tomber. Le premier cours va bientôt commencer et de toute façon, ton téléphone est dans ton sac.» Aussi, je me dirigeai vers ma classe pour récupérer mes affaires.

***

«Merde! Je suis dans le pétrin!» J'avais oublié le cours de sport.

—Déposez vos lunettes et vos cannes dans les estrades derrière vous, et rejoignez-nous ici, commanda M. Adams.

«Mauvaise idée.» Ces mots se répétaient en boucle dans mon esprit. Devais-je simuler un malaise ou quitter le cours? Cela me semblait les solutions les plus logiques. Mais d'un autre côté, je ne pourrais pas fuir chaque fois qu'un obstacle se présenterait sur ma route. Il faudrait bien apprendre à me débrouiller.

Ma tête ne démordait pas. «Non, non… ne fais pas ça.» Et elle avait raison. Il fallait rester sage, ne pas me placer dans des situations à risque.

—Monsieur! Je ne me sens pas bien.

—Besoin d'aller à l'infirmerie?

Me faire ausculter par une infirmière? Oh, mince! Je n'avais pas pensé à ce détail.

—C'est juste que je ne me sens pas en forme, aujourd'hui. Est-ce que je pourrais rester sur le banc de touche?

—Ne sois pas nerveuse. Tu vas aimer le *cécifoot*, je te le garantis. Et si tu sens que c'est trop pour toi, rien ne t'empêche de quitter le match. D'accord?

Je pouvais aussi appeler David et retourner chez moi. Ce serait plus simple. Eh bien non, je ne pouvais pas! La loi de Murphy avait de nouveau frappé. Résultat: vu le temps qu'il avait fallu pour éteindre les arroseurs, mon téléphone avait pris l'eau. Complètement fichu! «J'aurais dû faire comme tout le monde et le garder sur moi… ou à la limite, le laisser dans mon casier.»

—D'accord? répéta le professeur.

—Ouais... d'accord, soupirai-je.

C'était sorti tout seul. L'idiote! Non sans me maudire pour ma maladresse, je rejoignis le reste de la classe. Après quoi, j'entendis un grognement.

—Hé... qu'est-ce qui te prend, aujourd'hui? dit Zack en tapotant Fiével qui du coup, devint moins agressif.

—Désolé. C'est bizarre. Il ne fait jamais ça d'habitude, m'assura son maître.

—Peut-être qu'il ne se sent pas bien? tentai-je de supposer.

Heureusement, le dressage vigoureux de l'animal en faisait un chien plus docile que le cabot de mon oncle. Je me déplaçai néanmoins de quelques pas, le plus loin possible de cette zone de guerre, puis enlevai mes lunettes. Éblouie par la lumière, je fermai les yeux et pointai la tête vers le sol. Très subtil de ma part. «Personne n'a rien remarqué. Non?» m'interrogeai-je après coup.

J'y vais d'un petit regard périphérique tout en restant sur la défensive. Remarquant qu'un élève de la classe des voyants, qui s'échauffait sur la piste de course, portait son attention sur moi, je pivotai aussitôt dans le sens opposé. «Oh, bordel! J'ai l'air encore plus louche.»

Une aveugle ne regarde pas le sol et ne réagit pas comme je le faisais. «Reste calme. Joue l'innocente. Tu es bonne à ce jeu.» Il fallait que je me contente de regarder devant moi tout en évitant de réagir aux mouvements que je percevais. Je devais rester passive et ne pas me faire repérer. Du moins, pour cette première journée.

Après s'être approché de moi, Fiével se mit à me fixer sévèrement, comme s'il surveillait mes moindres faits et gestes. Je le fuis farouchement afin d'aller rejoindre le groupe rassemblé près de l'enseignant.

—Mon assistant va vous fournir une paire de protège-tibias.

Aussitôt, on me refila des jambières. Tout le monde s'assit au sol pour enfiler son équipement. Je suivis le mouvement en m'efforçant de positionner mon regard droit devant. Ce faisant, je constatai qu'il y avait des barrières latérales autour du terrain et que les buts semblaient plus petits que ceux qu'on utilisait dans les matchs de soccer ordinaire. Ils étaient loin, difficiles à cerner, mais la différence se percevait clairement.

—Quelques directives avant de commencer, ajouta M. Adams en attendant que nous finissions notre tâche.

Il secoua un objet sphérique duquel sortit un bruit de grelots, puis poursuivit.

—Souvenez-vous de ce son. C'est le ballon.

Il appuya ensuite sur une petite manette et des *bips* se firent entendre à chaque bout du terrain.

—Chaque but émet un signal. Essayez de vous fier à celui-ci pour vous orienter.

Il déposa ensuite le ballon qu'il retint avec son pied et rangea sa manette avant d'ajouter à son discours :

—Des barrières ont été érigées pour éviter les hors-jeu. Interdiction de toucher le ballon avec ses mains, de tirer ou de retenir un joueur ou de le pousser volontairement. Si un joueur commet une faute, l'équipe adverse se mérite un tir de pénalité. Des questions ?

Comme personne ne répondit, il reprit la parole.

—Mon assistant et moi serons les gardiens de but et c'est nous qui dirigerons les équipes. Si vous avez le ballon, vous devez crier : *j'ai* pour permettre aux autres joueurs de s'orienter en fonction de votre position. Celui qui est prêt à recevoir la passe doit signaler sa présence en criant : *oui*. Si un joueur de l'équipe adverse veut tenter quelque chose pour récupérer le ballon, il doit crier : *voy*. On évite ainsi de mauvaises surprises. Pigé ?

—Ouais, approuvèrent en chœur les élèves, dont certains étaient déjà debout, prêts à se lancer sur le terrain de jeu.

Je me levai à mon tour. Pas sûre de me souvenir de toutes ces directives, mais bon... il fallait se lancer.

—Le *cécifoot* n'est pas inconnu pour la plupart d'entre vous, mais soyez indulgents avec les nouveaux, d'accord ? Et je veux vous entendre communiquer. Ne la jouez pas solo. Sinon, amusez-vous. C'est le plus important.

Les équipes formées, nous déterminâmes qui irait sur le terrain. Je faisais partie du premier lot et évoluais dans la même équipe que Zackary. Dommage pour Evelyne. Comme elle jouait pour l'équipe adverse, nous lui promîmes de nous mettre à deux contre elle. Idée de Zack, cela va de soi.

—Vous n'êtes vraiment pas cool ! se plaignit-elle.

—Oui, oui... nous t'aimons nous aussi, répliqua Zackary avant de réaliser la teneur de ses dernières paroles. Euh... je veux dire... N'est-ce pas, Leeze ?

Sa panique intérieure me rappelait celle d'Evelyne à la bibliothèque. De ce fait, le coin de ma bouche s'arqua vers le haut.

—Comme on dit : plus on taquine, plus on aime, dis-je.

—Ah ! ah ! Dans ce cas, tu dois vachement m'aimer ! riposta Evelyne pour le piquer.

Que de sous-entendus entre ces deux-là ! N'importe qui devinerait qu'il y avait une attirance réciproque derrière leurs faux airs de simples amis. Ne trouvant rien à ajouter, Zack abrégea la conversation.

—On devrait y aller.

La mise au jeu faite, tout le monde s'agita sur le terrain. Je me repliai sur moi-même en voyant les joueurs courir pour se lancer à la chasse de ce foutu ballon qui tintait au rythme des grelots. Au bout d'un moment, je me dis que je devais faire quelque chose, peu importe quoi. Après une première tentative, le ballon roula jusqu'à mes pieds par je ne sais trop quel miracle.

—J'ai ! hurlai-je comme si je venais d'accomplir le plus grand exploit de l'univers, exploit dont je n'avais pourtant aucunement le mérite.

—Oui ! répondit une voix à ma droite.

Je levai le pied sans réfléchir. C'est là que j'entendis :

—Non ! Il ne fait pas partie de notre équipe !

Trop tard, le coup était parti.

—Ah ! ah ! Je t'aie eu ! s'exclama le joueur en s'enfuyant.

Zack vint à ma rencontre pour me dire, les yeux pointés dans le vide :

—C'est une tactique courante. Fie-toi aux directives du gardien de but. Dac ?

—Dac !

Et il repartit à la chasse du ballon. Je fis de même, mais de façon plus maladroite et plus confuse. Si on voulait tester ma nouvelle compétence, cela commençait fort. Je ne savais plus où donner de la tête, vacillant entre la vue et l'ouïe, entre les distances que je devais garder et celles à parcourir. Il fallait que je m'arrête deux secondes pour faire une mise au point.

—On s'active, mademoiselle Gordan ! cria M. Adams.

« C'est ça, moque-toi », grommelai-je à ma propre intention.

Après avoir fait mes calculs et identifié les membres de mon équipe, je piquai une course jusqu'à l'autre bout du terrain, là où le jeu battait son plein.

—Voy ! criai-je.

Comme j'arrivai par la droite, je pivotai sur moi-même pour réaliser une feinte vers la gauche. Ne m'ayant pas vu venir, impossible, pour le joueur, de prévoir ma tactique.

—Hé ! rugit-il, complètement désorienté.

—J'ai ! signalai-je en m'éloignant comme une souris.

Je commençais à piger le jeu. Sachant qu'entre deux battements de cœurs, il pouvait s'écouler une à deux secondes, le mot d'ordre pour bien m'orienter était l'anticipation. Je devais anticiper les mouvements de tout ce qui bougeait autour de moi. Là, les choses allaient devenir intéressantes.

—Sam est démarqué ! informa mon professeur.

—Oui ! valida ce dernier.

C'était bel et bien la voix de Sam. Aussi, je reconnus la forme de son short, car il s'agissait du point de repère que je m'étais donné pour le différencier des autres.

De la gauche, la voix d'Evelyne cria un *voy !* Pauvre petite chose toute fragile qui courrait avec peine… Elle n'avait pas la forme physique d'une sportive, mais elle avait au moins le mérite de se donner à fond. Raidissant mes muscles, j'étais prête à l'affronter. Or, ma confiance démesurée se transforma en erreur fatale quand au dernier moment, un autre *voy !* se fit entendre à ma droite. Voilà un joueur beaucoup plus rapide et agressif que mon amie.

Une autre tactique de l'ennemi : détourner l'attention. Je louai d'ailleurs le ciel de porter des protège-tibias. J'avais beau tout faire pour préserver mon précieux ballon, les coups de pieds survenaient de partout pour m'en empêcher. C'est lorsqu'un autre joueur vint leur porter main forte que mon manque d'expérience joua en ma défaveur… Encore une fois, l'équipe adverse partit avec son gain.

—Merde ! jurai-je, furieuse, en me réactivant et en me promettant de me venger.

—Changement ! cria M. Adams.

—Quoi ? Déjà ?

« Je n'ai même pas eu le temps de m'échauffer ! »

—Allez, allez ! nous pressa le professeur.

Je sortis du terrain. Ma jambe tressautait d'impatience sur le banc de touche. Je ne tenais plus en place. L'alarme de ma montre m'énervait. Deux grandes inspirations dans mon inhalateur plus un médoc avalé avec de l'eau. Beaucoup d'eau, car ma soif était insatiable.

Fiével s'assit près du banc et continua de me fixer de son œil scrupuleux. J'essayai de ne pas lui porter attention, mais ne pus retenir quelques regards furtifs dans sa direction. Juste au cas où il aurait la mauvaise idée de me mordiller. Il se traîna de plus en plus près chaque fois que mon attention se portait ailleurs. L'hypocrite !

—Va-t'en ! Allez ! Ouste !

Mes marques au bras commencèrent à brûler. Le bandage n'allait pas encore cramer… « Non, Pitié ! » Je mis instinctivement ma main dessus et glissai le plus loin possible.

—Changement ! cria mon enseignant.

Ah ! Sauvée ! Je m'élançai sur la piste, gonflée à bloc, et surtout, soulagée de quitter mon poste. En m'éloignant de Fiével, la sensation de brûlure s'apaisa.

Pour ajouter de la pression sur mes épaules, je fus celle qui, cette fois, devait faire la mise au jeu. Moi contre le joueur de l'équipe adverse, tous deux à une dizaine de pas du ballon.

—Un, deux, trois… Go ! cria l'arbitre.

Mes pieds décolèrent du sol à une vitesse fulgurante et je fus la première à toucher le ballon.

—J'ai !

—Oui ! cria deux de mes coéquipiers qui s'étaient démarqués.

J'optai pour qui occupait la position la plus stratégique, c'est-à-dire celui qui se trouvait le plus loin possible de Shawn, le joueur plus expérimenté de l'équipe adverse, celui-là même qui avait réussi à me choper le ballon tout à l'heure. Heureusement, mon plan fonctionna… Pour un temps, du moins, car la maladresse de mes coéquipiers eut vite raison de notre avantage.

« Ah non ! Cette fois, tu ne marqueras pas ! »

—Voy ! criai-je en me jetant sur Shawn.

—Hé !

Trop tard, j'étais déjà partie dans la foulée, non sans me marrer comme une dingue. Pur orgueil de ma part. Je l'avais verrouillé dans ma ligne de mire. Non parce que je le détestais, mais parce qu'il était le plus fort du lot et que je voulais me mettre à l'épreuve. Certes, le duel n'était pas équitable. Avec ma vision échographique, je trichais, mais bordel que j'adorais ça !

Plus merveilleux encore était de constater que mon organisme se mettait lui aussi en action. Les ondes s'accéléraient devant moi.

Les interruptions étaient moins longues, ce qui amenuisait les anticipations. Aussi, l'adrénaline finit par me faire oublier mon mal de tête.

—Lesley ! Leeze est démarquée !

Je scrutai le terrain du regard pour trouver ma coéquipière à plusieurs mètres de moi.

—J'ai ! cria-t-elle.

—Oui !

Elle flanqua un gros coup de pied au ballon qui dévia vers la gauche. Beaucoup trop loin, à vrai dire. Je n'eus toutefois aucun mal à le récupérer.

—Ouais ! Bien joué, Leeze !

Je ne comptais plus le nombre de fois où j'avais prononcé le *Voy* de plus en plus redouté par mes adversaires. Une chaleur indescriptible s'intensifia en moi. Voilà une étincelle de vie et de force que je n'avais jamais ressentie. Du moins, pas aussi intensément que maintenant. La partie de *cécifoot* avait peut-être mal commencé, mais elle était devenue complètement épique. Soudain, le coup de sifflet final annonça la fin du cours. Dommage. Je m'amusais comme une folle !

—Tu es une bombe à ce jeu-là ! me félicita Zack. Tu devrais te joindre à une équipe officielle !

—Vous venez ? questionna Evelyne, pressée d'en finir avec son calvaire.

Je ne pus répondre, car trop essoufflée par l'effort. Mais mon visage triomphant voulait tout dire. Alors que les étudiants prenaient la direction des estrades, je m'étendis sur la pelouse, la main sur la poitrine et le souffle court. Mon cœur qui martelait ma cage thoracique ne m'avait jamais paru aussi extraordinaire malgré les *bips* émis par ma montre pour me prévenir du danger.

—Un, deux, trois, commençai-je à chuchoter, les yeux fermés, quatre, cinq, six…

—Un problème ? me questionna mon enseignant, penché au-dessus de moi.

—Je vais bien, le rassurai-je en prenant une grande inspiration. Parfaitement bien.

—N'ayez pas peur de le dire si quelque chose ne va pas.

—J'ai juste besoin de reprendre mon souffle.

M. Adams reprit sa route et guida le peloton d'élèves qui déviaient de leur trajectoire. Quant à moi, je restai là, complètement immobile. Le ciel était beaucoup trop loin pour que je puisse percevoir de la lumière. Un sourire béat s'afficha sur mes lèvres. Non que j'arrivais à voir quelque chose, car dans cette position, je me sentais de nouveau aveugle. Tout ce qui pouvait me rendre heureuse, en cet instant, se résumait à la satisfaction d'avoir le monde à ma portée. Qu'importe si je souffrais toujours de problèmes d'hypertension et que je pouvais en mourir.

L'alarme s'arrêta enfin, mais à ce stade, je ne m'en préoccupais plus. J'avais porté mon regard vers mon bras étendu de tout son long sur la pelouse. Les petites brindilles caressaient ma peau. On aurait dit un lit soyeux et rafraîchissant. Voilà une autre merveille de la nature que ma vue, mon toucher et mon odorat n'avaient pas manqué de saisir les secrets. J'avais l'impression de ressusciter de mes cendres ; le plus beau jour de toute ma vie.

—Bosiba.

Mon sourire s'estompa. D'où venait cette voix ? Je perçus une petite créature semi-transparente, comme celle que j'avais vue dans mon bain. Mais cette fois, elle avait un corps plat et allongé. Ancrées dans la terre, les brindilles d'herbe me donnaient l'impression de lui servir de doigts.

—Qu'est-ce que… dis-je en me redressant d'un bond.

—Mademoiselle Gordan ! Arrêtez de rêvasser ! Au vestiaire et plus vite que ça ! commanda l'assistant du professeur en rassemblant les barrières.

—Ouais ! J'arrive !

—Bosiba.

Tout le gazon s'animait sous mes pieds. Craignant de me faire agripper, j'accélérai le rythme jusqu'aux estrades. Un dernier coup d'œil vers le terrain ; plus de petites créatures filiformes au sol. Elles s'étaient brusquement évaporées, au même titre que leurs voix. Je déglutis. Étais-je la seule à les voir ? « Autrement, j'en aurais entendu parler », pensai-je.

Je savais que ce n'était ni des fantômes, ni des spectres, ni des Faucheuses. Qu'était-ce, alors ? Je repensai à Max, mon supposé animal Totem. Les chiens pouvaient voir et entendre des choses qui échappaient à la perception humaine. Étaient-ce donc…

***

Cinq ans et demi plus tôt

Étendue sur la pelouse, ma mère tenait Hateya dans le creux de ses bras. Comme elle aimait si bien le faire, elle lui parlait des croyances de son peuple. De mon côté, vu que je n'avais pas la vision des Extralucides, je préférais m'exercer au combat en fendant le vide de mon bâton.

—La Terre est une mère nourricière qui abrite en son sein une multitude d'enfants, entendais-je du coin de l'oreille. Tous ses enfants sont des fragments de son essence primordiale. Ainsi, chaque pierre, chaque arbre, chaque animal sont constitués d'une énergie qui lui est propre, d'un esprit. Les créatures vivantes sont toutefois différentes des éléments primaires comme par exemple, le feu ou l'eau. Contrairement à eux, nous possédons deux esprits; un esprit physique, lequel est lié à ce monde, et un esprit éthéré qui lui, est lié au Grand-Esprit ou, comme nos voisins l'appellent: le Grand Manitou.

—Wow! Ça veut dire que les arbres et même les insectes sont comme nous? s'égaya ma sœur.

—Notre âme éthérée est quelque peu différente au cours de notre vie humaine, mais oui... nous sommes semblables.

***

—Tu es pleine de surprises. Je ne te savais pas aussi douée pour le *cécifoot.*

Je sursautai et tournai sur mes talons. C'était la voix d'Helen. «A-t-elle remarqué que je voyais?» N'importe qui aurait pu juger que depuis tout à l'heure, j'avais un comportement étrange.

—Il s'agit juste de piger le truc, m'empressai-je de répondre.

Je m'efforçai de ne pas réagir devant sa silhouette qui se dévoilait enfin à moi. Cheveux coupés près des oreilles, traits arrondis, hanches larges… une femme d'apparence ordinaire, quoi.

—Je t'attends devant les vestiaires, m'indiqua-t-elle.

—J'arrive.

Je mis mes lunettes et empoignai ma canne. Le fait qu'Helen n'insistait pas sur ce qu'elle venait de voir accentuait ma nervosité. «Elle l'a remarqué. C'est clair.»

Chapitre 32

Ma tutrice me conduisit jusqu'à son bureau. Tout au long du trajet, son silence inhabituel me rendait nerveuse. Était-elle furieuse ou préférait-elle jouer la carte de l'ignorance ? Peut-être attendait-elle justement le moment d'être seule avec moi pour me réprimander ? Elle prit soin de fermer la porte derrière nous, ainsi que les stores.

—Depuis quand as-tu senti le changement s'opérer ? se lança-t-elle finalement.

Et voilà ! L'interrogatoire commençait ! Ce n'était pas comme si je ne m'y attendais pas. En fait, j'aurais été bien plus inquiète de la voir conserver son mutisme. Au moins, je n'avais plus à craindre sa réaction.

—Je ne vois pas ce que vous voulez dire…

—J'ai l'impression que c'est depuis l'incendie, réfléchit-elle à voix haute. Est-ce que je peux voir ?

Voir quoi ? Mes yeux ? J'eus un mouvement de recul lorsque je l'entendis s'approcher de moi.

—J'aimerais bien que nous restions dans les limites du professionnalisme, s'il vous plaît, dis-je. Ma vie privée ne vous regarde pas.

J'en avais du culot pour lui répondre de la sorte. Et alors ? Les règles de ma famille étaient claires et compte tenu de la situation, il était d'autant plus judicieux d'augmenter ma vigilance. « Si je ne peux rien faire contre ce qu'a découvert Keishi au sujet de mes visions, pensai-je, je peux au moins m'assurer que cela ne s'ébruite pas davantage. » En fait, je ne savais pas d'où me venait cette méfiance soudaine.

—Tu es maintenant devenue une proie très alléchante, le sais-tu ?

Elle avait gagné. L'angoisse m'envahit.

—Une proie ? répétai-je

—Tu veux garder tes distances ? Bien. Mais avant de refuser de me parler, écoute au moins ce que j'ai à te demander.

Quelqu'un cogna à la porte.

—Ah ! Mel ! Tu tombes à pic, s'exclama Helen en allant ouvrir. Entre. J'allais justement lui expliquer notre proposition.

Mel s'exécuta, puis se dirigea vers le fond de la pièce. Je l'entendis bondir pour s'asseoir sur le comptoir. De son côté, Helen referma la porte et s'assit sur sa chaise à roulettes.

—Assieds-toi, me pria-t-elle.

J'obéis et prit place sur la table d'examen.

—Quelle proposition ? interrogeai-je en entendant Mel fouiller dans les tiroirs sans la moindre retenue.

—Je crois qu'unir nos Cercles constituerait une solution efficace pour nous protéger contre les autres sorciers, proposa ma tutrice.

—Unir nos Cercles ?

—Tu sais, lorsque plusieurs Cercles de Magie se rencontrent pour former un clan, expliqua Mel.

Devant mon air confus, elle arrêta de fouiller les tiroirs et s'exclama :

—Ah non ! Ne me dis pas que vous êtes sans protection ! Aucun de vous n'est donc lié à un Cercle ? Même pas un Cercle Familial ?

—Euh... je ne pense pas. Qu'est-ce que c'est, au juste ?

—Un Cercle de Magie est un pacte entre plusieurs sorciers autour de la même pyramide de cristal, continua Helen après un petit moment de silence. Lorsque nous appartenons à un Cercle, nous détenons un lien très fort avec ses autres membres. D'ailleurs, ça m'étonne qu'une sorcière de troisième niveau ne connaisse même pas ce principe élémentaire.

Je baissai la tête, gênée d'apprendre que des trois, j'étais encore la plus ignorante. Peut-être était-ce parce que les chamans de la communauté Namisak ne fonctionnaient pas ainsi... Enfin, peut-être.

—Disons que mon père n'est pas très ouvert à la sorcellerie. Quant à ma mère, elle avait vécu tellement de choses, durant sa jeunesse, qu'elle voulait nous en préserver, me défendis-je.

—Mais en refusant de vous joindre à un Cercle, vous vous exposez à toutes sortes de dangers, argua Helen. Un sorcier malintentionné pourrait faire ce qu'il veut avec toi... Comme Keishi, par exemple.

Elle mit l'accent sur le nom de Keishi, ce qui me donna des frissons. Moi qui me trouvais assez démunie avec ma déficience visuelle, je me demandais ce qu'il adviendrait si Keishi décidait de s'en prendre à moi. Me voulait-il réellement du mal ? Il me faisait peur et sa présence me dérangeait, oui, mais je n'avais pas l'impression qu'il cherchait à s'imposer. Autrement, il aurait déjà agi. Et puis, la familiarité rassurante que j'avais ressentie dernièrement remettait en cause la haine que j'éprouvais à son égard.

—Ta famille du côté maternelle n'a pas tenté de vous prendre sous sa protection ? reprit ma tutrice, m'obligeant ainsi à sortir de mes réflexions. Ce serait la moindre des choses, après tout.

—Ils sont tous morts et depuis, nous avons coupé les ponts avec les Namisaks.

—Oh... je suis désolée de l'apprendre.

Helen fit rouler sa chaise pour s'approcher plus près de moi. Enfin, c'est ce que le bruit émis par les roulettes me permettait de croire.

—Eh bien… si ça te dit, on pourrait te prendre sous notre aile. Que dirais-tu de faire partie de notre Cercle ?

—Je ne sais pas trop… Est-ce que je devrais faire quelque chose de spécial ?

—Tout ce que tu aurais à faire se limiterait à participer au rituel d'initiation.

J'enfouis ma main dans ma poche. Je venais de comprendre d'où venaient mes doutes. L'intuition provoquée par mon sac-médecine ne pouvait pas être plus claire que maintenant.

—Je ne sais pas si c'est une bonne idée. Je dois d'abord en parler à mon père.

—Nous, on fait ça pour ton bien, tu sais. Comme tu es déjà plus à risque que ton frère en raison de tes ennuis de santé, nous serions plus rassurées si nous savions que des personnes veillent sur toi lorsque tu n'es pas avec lui.

Certes, le fait de me retrouver sous la protection de deux sorcières aussi douées m'enlèverait un poids sur les épaules. « Non. Résiste. Suis ton instinct, cette fois », me répétai-je en mon for intérieur. Mel finit par quitter son perchoir pour s'asseoir à côté de moi. Comme elle le faisait toujours, elle me demanda la permission de me toucher :

—Je peux ?

Et comme la plupart du temps, elle n'attendit pas ma réponse avant de s'exécuter. Ce faisant, elle finit par voir mon instrument de protection que je serrais très fort dans ma main.

—Qu'est-ce que c'est ?

—Rien d'important.

Je voulus le dissimuler dans ma poche, mais ma nervosité était telle, que je l'échappai au sol. Je me précipitai pour le ramasser, mais Melissa fit de même. Hélas, elle fut plus rapide que moi.

—Non ! Ne le touche pas ! m'exclamai-je.

—Pourquoi ?

Trop tard, elle l'avait fait, ce qui brisa le charme de protection. De là, tous mes doutes à leur sujet s'évaporèrent.

—Alors ? Tu te joins à nous ?

—C'est d'accord, acquiesçai-je.

—Parfait ! lança Helen en se levant d'un bond. Est-ce que tu es libre, ce soir ?

—Euh… quoi ? Si tôt ?

—Le plus tôt sera le mieux, répliqua Mel en s'accrochant plus fort à mon bras. Dis-toi que plus tu attendras, plus tu seras à risque.

—Allez ! On t'invite ! s'exclama Helen en frappant dans ses mains, apparemment satisfaite.

Prise au piège, je téléphonai à mon frère pour le prévenir de mon absence. Il refusa, mais sur le commandement de mes deux amies, je raccrochai. David devait paniquer. Non. Pas de la panique. Le connaissant, il devait être furieux.

Après quoi, on m'emmena en voiture et en aucun moment je ne me suis sentie en danger. Une simple soirée entre filles ; voilà ce que je me disais. Moi qui n'avais pas participé à ce genre de soirées depuis des lustres, j'avais l'impression de redevenir normale. J'en oubliais même la raison de leur invitation et les interdits de mon père. Nous nous arrêtâmes quelque part et nous traversâmes une longue allée de gravier.

—Bienvenue à la maison, dit Helen.

Elle m'ouvrit le passage et ferma la marche derrière sa nièce. Les deux m'invitèrent ensuite à enlever mes chaussures, mes lunettes, et à me décharger de mon sac d'école et de ma canne.

Je clignai plusieurs fois des yeux pour m'habituer à ma vision échographique. Autour de moi se dressait un salon ouvert sur le reste du rez-de-chaussée et au milieu de la pièce, trônait fièrement l'escalier en forme de *L* que nous empruntâmes. Bien que tout était épuré et impeccable, il y avait quelque chose d'étrange. Une lourde atmosphère planait dans cette demeure. Une amertume qui me rendait mal à l'aise.

Voyant mon faciès rembruni, Melissa passa son bras sous le mien, ce qui apaisa mon esprit. Il s'engourdit tellement, que même les pulsions échographiques ralentirent.

Je me sentais heureuse d'être là, choyée d'être avec ma meilleure amie. Car oui, c'est ce que je disais au sujet de Melissa. Elle était la personne la plus chère à mon cœur, la plus magnifique qu'il m'avait été donné de rencontrer. Cheveux parfaitement bouclés et descendant en bas des omoplates, visage à la fois lisse et effronté... Son corps mince et tout en courbes était embelli par des vêtements qui la mettaient en valeur. Elle méritait amplement sa réputation de reine du lycée.

Les dernières marches franchies, nous empruntâmes un long couloir, puis passâmes devant une porte close. Ce faisant, je ne pus m'empêcher de me tourner vers la droite, subjuguée par les informations que je recevais à cet instant précis. Voyant ma mine, Helen s'arrêta pour me demander :

—Est-ce qu'il y a un problème ?

—Non, ça va, répondis-je pendant que Melissa essayait de me rassurer dans ma tête en y incrustant les mots : « Ne t'inquiète pas ».

J'étais certaine qu'il y avait quelqu'un d'autre ici, mais je fis passer ce détail dix pieds par-dessus ma tête. « Ne t'inquiète pas. » Et je repris ma route.

D'une main sûre, Mélissa ouvrit le passage et me conduisit vers l'autre côté de l'embouchure. Quelle ne fut pas ma surprise en apercevant l'incroyable spectacle qui s'offrait à moi ! Je n'arrivais tout simplement pas à y croire.

Chapitre 33

«Tout va bien. Il n'y a pas de raison de s'inquiéter.» Contre le mur opposé, une table drapée de tissu servait de présentoir. Dessus, il y avait un gros bouquin, peut-être un grimoire comme en possèdent certaines familles de sorciers. Il était entouré de plusieurs bougies et de quelques objets que ma vue partielle peinait à décrypter. Les nombreuses tablettes qui garnissaient les murs étaient remplies de petits sacs et de pierres de différentes formes. Des herbes qu'on souhaitait sûrement faire sécher pendaient du plafond, avec, en leur centre, des cordes garnies de bidules qui ressemblaient à... Je plissai le regard, incertaine. «Non. Attends. Des osselets? Ce sont des os d'animaux qui sont suspendus devant moi?» Des dents, des petits fémurs, des crânes... «Tout va bien. Il n'y a pas de raison de s'inquiéter.»

Les fenêtres et la cheminée qui m'apparaissaient condamnées par des planches attirèrent également mon attention. Puis, ce fut le grand cercle gravé au sol qui piqua ma curiosité. Je me demandais combien de trucs échappaient à mon radar. Y avait-il des symboles peinturés partout? On aurait dit une maison hantée typique des histoires d'horreur. Ni plus ni moins.

—Bon sens! Tu devrais voir la tête que tu fais! ricana Mel.

—Je suppose que vous n'avez pas de salle d'enchantements chez vous? supposa Helen.

Médusée, je tournai vers cette dernière.

—N'aie pas peur, me dit-elle en souriant. La plupart des sorciers ont une pièce comme celle-là, chez eux. C'est juste que dans notre cas, nous ne ressentions pas le besoin de la dissimuler derrière un placard ou dans un recoin caché du sous-sol.

—Euh... non. Ce ne sont pas tous les sorciers qui ont ce genre de trucs.

Chez moi, nous avions des outils chamaniques comme le voulait la tradition de la tribu, mais rien de comparable à ce que j'avais sous les yeux. Une pièce entièrement dédiée à la pratique de la magie? Et puis, quel genre de magie pratiquaient-elles? À voir ces trucs aussi macabres, ça n'augurait rien de bon. Mais quand même, je leur faisais confiance. Il n'y avait aucune raison de s'inquiéter.

—Enlève ton bandage. Tu auras besoin d'être confortable pendant le rituel, expliqua Helen.

Lorsque je m'exécutai, une grimace apparut sur le visage de mes hôtesses. Elles ne connaissaient visiblement rien au sujet de ces marques. Du moins, je l'espérais.

—Enfile ça. Et pas de sous-vêtements, s'il te plaît, précisa ma tutrice.

Mille et une questions se bousculaient dans ma tête, mais mon cœur préférait les ignorer et ma bouche se taire. Je me contentais de suivre le mouvement, persuadée que mes *sœurs* sorcières n'avaient aucune mauvaise intention à mon endroit.

Aussi, j'enfilai la robe cousue dans un tissu ample et très léger. Si léger, que je me demandais si j'avais vraiment quelque chose sur le dos. Puis j'enlevai mes sous-vêtements que je déposai près de ceux de mes amies. Dès que nous fûmes prêtes, les filles se mirent à l'ouvrage. Melissa déposa six bougies de manière stratégique sur le cercle, puis les relia entre elles à l'aide de traits tracés à la craie. Elle plaça ensuite six autres bougies aux intersections de ces mêmes lignes. En analysant leur disposition, je pus déceler la forme d'une étoile à six branches.

—Avant de commencer, je dois te demander si tu es fatiguée.

—Non, répondis-je à Helen.

Une odeur très forte parvenant jusqu'à mes narines accrocha mon attention. « De l'encens. »

—Bon. Commençons.

Ma tutrice fit volte-face, s'approcha de moi, puis me guida jusqu'au centre de la pièce; là où se trouvait le fameux cercle. Après m'avoir indiqué de me tenir debout à l'intérieur d'un des sommets de l'étoile, elle fit de même, suivie de sa nièce.

Je ne pus m'empêcher de fixer le genre de module qu'elles avaient positionné au cœur de l'étoile. D'après la forme, ça ressemblait à une pyramide dotée d'une base aussi large que trois poings d'homme. Sur les côtés étaient accrochées six bagues de soutien, dont trois se prolongeaient avec des pierres taillées en longues pointes.

—C'est une pyramide de quartz clair, m'informa Helen en remettant une pierre taillée à sa nièce. Grâce à ceci, nous pourrons rester liées les unes aux autres. Chaque membre du cercle doit en posséder une. La pierre est en quelque sorte la prolongation de nous-mêmes, le lien physique qui nous permet de nous sceller avec d'autres sorciers, Tiens, Leeze... en voilà une pour toi.

Sur ces mots, elle me présenta une pierre. Je la pris et l'examinai du regard et du toucher.

—Pour l'instant, reprit-elle, la tienne est vierge. Mais on va lui demander de se lier à toi.

«Comment fait-on cela?» aurais-je dû demander. Mais le pouvoir qu'elles avaient sur moi était tel que je n'en voyais pas l'utilité. Tout comme je ne voyais pas l'utilité de me questionner sur ce qui adviendrait après avoir accepté d'entrer dans le Cercle, ni de m'interroger sur les trois autres pointes qui devaient sûrement appartenir à d'autres sorciers.

Un sourire en coin s'afficha sur le visage d'Helen. Sans s'éterniser davantage, elle et Melissa installèrent leur quartz dans les bagues du module. Je voulus les imiter, mais on m'en empêcha.

—Donne-moi ta main, demanda Helen en s'étirant pour prendre un petit couteau posé sur le bureau.

Anxieuse, je me mordis la lèvre inférieure, mais finis par obéir. Lorsqu'elle coupa le creux de ma main, un petit *aïe* s'échappa de ma bouche.

—Maintenant, tiens ton quartz et répète après nous.

Encore là, j'obtempérai docilement, puis récitai les paroles:

—Que mon corps, que mon esprit se lient à celui de la pierre. Que le cercle de mes alliés s'imprègne en moi pour ne faire qu'un avec mon âme.

Une fois ces mots lâchés, toutes les bougies à l'intérieur du cercle s'éteignirent les unes après les autres. La noirceur ne changeait rien à ma vision échographique, mais mon imagination se plaisait à mettre en scène le décor ténébreux de la pièce. Les petites volutes de fumée que je percevais à peine se rassemblèrent en un grand tout au-dessus de la pyramide. Après avoir frôlé le module, elles se lancèrent à ma rencontre. Du coup, j'eus un mouvement de recul.

—Ne bouge pas. Laisse-la prendre possession de toi, m'ordonna Helen.

Je sentais la fumée glisser sous ma robe pour caresser chacun de mes membres. Si je me contraignais à l'immobilité, je ne pus réprimer le frisson qui me parcourait l'échine. Non un frisson de plaisir, mais de dégoût et de peur.

La fumée violait mon intimité comme autant de mains baladeuses et effrontées. Elle montait de plus en plus haut, jusqu'à m'étrangler la gorge. Ma confiance aveugle venait de s'effriter.

—Maintenant, prend une grande inspiration, poursuivit Helen.

Je ne voulais pas. Mon instinct me criait de retenir mon souffle, mais mon besoin de respirer fut le plus fort. La fumée pénétra à l'intérieur de mes narines et glissa jusqu'à mes poumons. Dans ma main, mon sang se fit aspirer par la pointe du quartz. Après quoi, elle craqua et se fendilla à plusieurs endroits. Ensuite, une signature énergétique se grava peu à peu sur sa surface, semblable à celles qui se trouvaient sur les instruments des Psychiques.

—Connectons-la à la pyramide.

Je restais figée, confuse et effrayée. Ma raison m'avait quittée. Je ne comprenais plus ce que je faisais ni pourquoi je me trouvais dans cette maison. On m'aida donc à m'asseoir et on me guida pour insérer mon quartz dans sa bague de soutien. Le sang à l'intérieur de la pointe s'incrusta dans la pyramide, qui se mit à flotter dans les airs et à pivoter de plus en plus vite. C'est à ce moment que les bougies se rallumèrent une à une. J'eus soudain la nausée. Quelque chose de nauséabond planait autour de moi ; un parfum que je détectais pour la première fois.

—Et maintenant ? Est-ce que tu es fatiguée ? me demanda-t-on.

—Non, répondis-je en levant la tête pour remonter jusqu'à la source de cette voix inconnue.

—Bordel de Grand-Esprit de merde ! lâchai-je.

En cet instant, je compris d'où venait l'apparence hideuse des sorcières dans les contes pour enfants. J'ai aussi compris pourquoi on les qualifiait de démoniaques à une certaine époque. Les personnages qui se trouvaient devant moi semblaient sortir tout droit d'un cauchemar. Des pustules aussi grosses que des billes, des crânes presque dénudés, des dents pourries, des déformations corporelles… L'abus de la magie était évident. Helen accumulait de la graisse là où il ne fallait pas, tandis que Melissa n'avait plus que la peau sur les os, comme si elle se mourrait à petit feu. « J'aurais dû remarquer leur morphologie hors norme, ne serait-ce qu'en les touchant », pensai-je.

Leurs silhouettes contrastaient totalement avec celles qu'elles affichaient avant le rituel. Leurs épouvantables auras m'étouffaient. Dans le tourment de ma confusion, la confiance et la sérénité m'abandonnèrent pour faire place au regret.

—Je présume que le sort ne fait plus effet maintenant que tu es l'une des nôtres.

Un sourire triomphant sur le visage, la créature flasque et pleine de bourrelets sous le menton toucha son tatouage sur le front. Elles s'étaient donc cachées derrière un charme de dissimulation. La peur au ventre, je me levai d'un bond.

—Je… je dois y aller.

—Pas si vite. Nous n'avons pas fini ! lancèrent les sorcières en se levant telles des prédatrices.

—Si, c'est terminé, décrétai-je. Je ne veux plus faire partie de votre Cercle.

Je reculai d'un pas lorsque je les vis tendre le bras vers moi. Si mes déductions étaient exactes, je sombrais sous l'influence de Melissa chaque fois qu'elle me touchait.

—Et je ne veux plus que vous vous approchiez de moi, les avertis-je d'un ton ferme. C'est clair ?

Pas de chance. La porte se situait de l'autre côté. Il faudrait me faufiler sans me faire attraper. Mes muscles se raidirent, prêts à courir. Ceux de mes ennemies aussi. Sans réfléchir, je me précipitai vers la porte en choisissant d'affronter Helen plutôt que sa nièce. Voyant ses bras immenses s'enrouler autour de moi, je me débattis, mais sans succès.

—La carte… Tu l'as avec toi ? me demande-t-elle.

—Non !

« Merde ! Elle pèse une tonne ! » Melissa s'approcha et menaça de prendre la relève. Je cessai tout mouvement. J'avais peur de perdre une nouvelle fois le contrôle de mes pensées.

—Et ton frère, il est au courant pour ta transformation ? renchérit la tante.

—Non.

—Pas de ça avec moi, m'avertit-elle en m'écrasant encore plus fortement contre elle. Nous finissons toujours par savoir ce que nous voulons.

« Qu'est-ce que tu attends ? Réveille-toi ! » me grondai-je en mon for intérieur. Ce n'était pas le moment de dormir. Qu'importe l'issu du combat, il fallait réagir. Je glissai mes bras au niveau de ma poitrine en les faisant passer sous ceux de mon adversaire et en donnant un coup sec vers l'extérieur, je la fis lâcher prise. Je lui flanquai ensuite un coup de coude au visage, puis un coup pied sur le tibia. Lorsqu'elle s'écroula, j'en profitai pour prendre le chemin de la sortie.

—Mel ! Attrape là ! rugit Helen tout en essayant de se relever.

Aussitôt, la Psychique s'élança vers moi. Je réussis à me faufiler hors de la pièce après lui avoir lancé la pyramide de quartz qui flottait toujours dans les airs. Ma canne… Il fallait que je la récupère au plus vite.

En route vers l'escalier, je me crus à deux doigts de la liberté, mais on m'empoigna par le gilet et on me tira brusquement dans la direction opposée. Une main se plaqua ensuite sur mon front ; une main d'homme, sans aucun doute. Elle m'immobilisa. Juste une fraction de seconde, mais ce fut suffisant pour Helen, qui vint me chuchoter à l'oreille :

—Maintenant, tu es fatiguée. À trois, tu vas t'endormir. Un… deux… trois.

S'ensuivit un claquement de doigts, puis ce fut le trou noir.

Chapitre 34

Je repris mes esprits, après je ne sais combien de temps. Ma vision échographique prit un certain temps avant de fonctionner normalement, ce qui ne fut pas sans augmenter l'incompréhension et la peur qui embrumaient mon esprit. Où étais-je ? Pourquoi ne pouvais-je pas bouger ? Je me débattais, me tortillais dans tous les sens, mais les liens clouaient mes poignets et mes chevilles contre la chaise. Allez… Un dernier tour de force.

—Argh ! Merde ! rugis-je.

Rien à faire. J'étais prise au piège quelque part, dans une pièce inconnue, petite et sans issue.

—Hé ! Laissez-moi partir !

Helen ouvrit la porte en accordéon, ce qui me permit de reconnaître la chambre où nous avions effectué le rituel. Je devais être dans une penderie ou quelque chose du genre. Je notais d'ailleurs qu'une table avait été posée au centre du cercle de magie. Pourquoi ? Aucune idée.

—Ah ! Tu es enfin réveillée.

Melissa suivait sa tante pas-à-pas, un bol et une tige à la main. Je ne pouvais déterminer s'ils étaient faits de bois ou de pierre.

—Vous savez que c'est un kidnapping ? les accusai-je.

Aucune des deux ne se soucia de cette dernière réplique. Une fois le signal donné par Helen, Mel frappa la tige contre le bol. Elle fit ensuite siffler ce dernier en faisant rouler la tige sur son pourtour. Plus la friction s'éternisait, plus le chuintement envahissait mes oreilles. Cette fréquence des plus uniques vibrait jusque dans les confins de mon esprit.

—Est-ce que tu aimes ? me demanda Helen en se penchant à mon niveau, la main appuyée sur le dos de la chaise.

—Allez au diable, espèces de folles ! rageai-je en serrant les dents.

Suite à ma réponse des plus grossières, elle m'empoigna le menton et me força à l'affronter du regard.

—Je t'ai posé une question.

Voyant que j'étais résolue à la bouder, elle répéta :

—Est-ce que tu aimes le chant du bol tibétain ?

Sa poigne m'écrasait de plus en plus. Pas de doute, elle dominait la situation. Cela ne m'impressionnait toutefois pas. D'un mouvement sec, je me libérai de son emprise et lui crachai à la figure :

—Pourquoi aimerais-je, hein ? Jamais je n'aimerais quoi que ce soit venant de vous !

En guise de réponse à mon insulte, elle émit un sourire. Un bref affrontement du regard s'ensuivit. Bien que je ne voyais que deux billes au cœur de son visage gras et asymétrique, je pouvais reconnaître l'assurance d'une adversaire qui contrôlait la situation grâce aux effluves nauséabonds qu'elle dégageait.

Elle claqua des doigts comme elle le faisait à chaque fois depuis notre première rencontre. Sauf que cette fois, j'étais presque sûre que quelque chose me filait entre les doigts. Avais-je eu une absence ? Aucune idée. Mais au moment où son claquement avait surgi, j'eus l'impression d'avoir perdu le fil de la réalité durant peut-être un millième de seconde. Ou un milliardième de seconde ? Encore là, je n'en avais aucune idée.

Il y avait ce sentiment de brouillard dans mon esprit et mes interrogations furent interrompues lorsque je pris conscience qu'Helen s'époumonait devant moi.

—Ma tante !

Melissa se lança au secours d'Helen et l'aida à inhaler quelque chose via un encensoir qu'elle tenait suspendu par des chaînes. Cela semblait porter ses fruits. Je compris que l'abus de leurs pouvoirs avait non seulement des répercussions sur leur apparence, mais également sur leur santé. Pourquoi continuaient-elles donc de recourir à eux ? Qu'y avait-il de si important chez moi pour qu'elles risquent leurs vies ?

—Tiens. Prends une dose, conseilla Melissa.

—P… articula Helen avant de tousser et de parvenir à répondre : « Pas maintenant ».

—Nous nous débrouillerons sans toi.

—J'ai dit : pas maintenant !

Je plissai les yeux et penchai la tête en avant. Une dose… Elles parlaient sûrement du cylindre que Melissa tenait entre ses doigts. « Voilà comment elles font pour survivre, même si elles utilisent leurs pouvoirs. Mais d'après ce que je vois, ce n'est pas à toute épreuve. » En effet, leur apparence effrayante en tous points révélait une faille dans leur système.

Soudain, un homme entra en trombe dans la pièce voisine. Ses odeurs et ses effluves auriques étaient assurément ceux de l'inconnu que j'avais capté avant de perdre connaissance. Selon ce que je pouvais sentir, je savais que ce n'était pas un sorcier. Juste un simple humain.

—Ah ! Richard !

Helen se racla la gorge pour clarifier sa voix, alors que l'homme s'orienta vers le grimoire pour déposer des affaires sur la table. La dame vint l'assister dans la préparation d'un mélange que je ne pouvais identifier. Sans quitter son ouvrage des yeux, il lui demanda :

—Est-elle réveillée ?

—Oui.

—Bien.

—Et les autres ? questionna Helen en pointant son attention vers la porte de sortie.

—Ils vont arriver sous peu.

Sur ces mots, je me raidis. Qui étaient ces autres ? Et combien étaient-ils ? Quelques secondes s'écoulèrent durant lesquelles mes ravisseurs continuaient de concocter leur recette secrète. Par moments, Helen alla décrocher des herbes du plafond ou fouilla dans les sacs, sur les tablettes. Les *poc poc poc* et les mouvements de coude répétés de Richard me donnaient l'impression qu'il écrasait le tout dans un mortier avec l'aide d'un pilon.

Lors de mes vaines tentatives pour me détacher, je crus aussi distinguer la forme faiblarde d'un autre cylindre avec une aiguille au bout. Enfin, c'est ce que je croyais, mais je n'en étais pas certaine. J'étais trop loin pour voir clairement ce qu'ils faisaient.

—Pourquoi me gardez-vous ici, hein ? Qu'est-ce que vous attendez de moi ?

Plutôt que de me répondre, Melissa se coucha sur la table du centre et les autres déposèrent l'encensoir à côté d'elle. Par précaution, sans doute.

—Bien installée ? s'enquit Helen en lui enfonçant une aiguille dans le pli du coude.

—Ça peut aller.

Derrière leurs odeurs fétides, je pouvais détecter une certaine appréhension. Chez Melissa comme chez Helen. Cette dernière termina de recueillir le sang de sa nièce et s'appuya sur la table pour lui demander gentiment :

—Allons-y avec la question habituelle. Est-ce que tu te sens fatiguée ?

—Non.

—Si, tu l'es, enchaîna Helen en faisant claquer ses doigts près de son oreille. Tu te sens de plus en plus engourdie. Chacun de tes muscles se détend et tes paupières sont de plus en plus lourdes. Et à trois, tu vas t'endormir. Un… deux… trois.

Un autre claquement de doigts et je vis Melissa sombrer dans un profond sommeil. « Elle ne claquait donc pas des doigts pour rien », réalisai-je. J'eus un frisson. Elle m'avait fait le coup à quatre reprises et seul le Grand-Esprit savait ce qu'elle m'avait demandé durant ces moments d'absence. « Allez ! Tu dois sortir d'ici ! » Je tortillai mes poignets avec plus de vigueurs, tout en surveillant mes ravisseurs. Les cordes m'entaillaient la peau. Je sentais le liquide chaud couler jusqu'à mes doigts, mais je m'en moquais. De son côté, Helen alla donner le sang recueilli à son acolyte, puis ils le mélangèrent à la recette.

—C'est prêt, dit l'homme.

Peu importe ce qui était prêt, je ne voulais pas savoir ce que c'était. Je voulais juste retourner chez moi et faire en sorte que ce cauchemar se termine. Soudain, je vis l'homme pivoter sur ses talons de façon à me faire face.

—Bonjour, mademoiselle Gordan.

Un vent de panique monta en moi. Si bien, que je m'acharnai de plus belle contre mes satanés liens.

—Détachez-moi tout de suite !

—Oui, bien sûr, gloussa-t-il bêtement en montrant des dents parfaitement symétriques.

Hein ? Il acquiesçait aussi aisément ? Si je fus surprise, ma tutrice le fut encore plus. Rectification… Ex-tutrice.

—Mais elle…

Un seul regard de Richard suffit pour la convaincre d'obtempérer.

—Oui, monsieur. Tout de suite, monsieur.

Je me figeai. Helen craignait la réaction de cet homme, c'était évident. Et si une sorcière aussi puissante se soumettait comme un toutou à son maître, cela signifiait qu'il y avait de quoi se méfier.

Tel qu'il lui fut commandé, elle commença à détacher mes cordes. Celles aux chevilles, puis aux poignets. Le désir de lui flanquer un bon coup de pied me chatouillait les orteils. Devrais-je ? Peut-être vaudrait-il mieux m'enfuir avant que les *autres* n'arrivent ? « S'ils n'ont eu aucun mal à me mettre K.O., je ne vois pas comment j'y arriverai cette fois… Sauf que Melissa dort, maintenant», argumentai-je dans ma tête. D'un autre côté, il me sera plutôt difficile de quitter ce minuscule recoin.» Le mieux serait d'analyser la situation avant d'élaborer un plan.

Durant ce temps, Richard approcha un siège près du mien, à l'embouchure de la penderie, et y posa son arrière-train, de façon à me dominer. Non pas en se donnant une expression sévère ou en mettant de l'avant une carrure imposante, car il affichait une tout autre allure. Il était plutôt soigné et élégant. Chic, même. Donc même s'il ne ressemblait en rien à un ravisseur, il arrivait à me dominer grâce à son calme assuré et à l'avantage qu'il avait sur moi. Vrai que j'ignorais son identité et ce qu'il me voulait.

—Je suis navré pour notre manque de civilité, commença-t-il, mais je dois avouer que nous vous avons sous-estimée. Je n'aurais jamais pensé que vous douteriez jusqu'au bout et que vous désobéiriez à certaines de nos directives en fraternisant avec l'ennemi. Mais peut-être était-ce dû à cette chose que vous trimbalez toujours avec vous, très chère…

Il parlait sûrement de mon sac-médecine et par *ennemi*, il faisait sûrement allusion à Keishi.

Helen réussit à me libérer. Enfin ! Je frottai mes poignets douloureux, puis ma main se posa instinctivement sur mon crâne tout aussi douloureux. Une migraine atroce me tenaillait, comme si on avait écrasé mon cerveau avant de le macérer dans de l'eau bouillante.

—Que… qu'est-ce que vous me voulez ? questionnai-je en fronçant les sourcils et en guettant la réaction de mon interlocuteur.

—Rien de compliqué, répondit-il avec un sourire venimeux. Nous voulons empêcher votre élévation.

—Je… je ne vois pas de quoi vous voulez parler.

—Elle ment. Elle a déjà une carte en sa possession, lança Helen après s'être précipitée vers le grimoire qui se trouvait dans l'autre pièce.

Je la fusillai cette dernière. « Comment ? Comment connaît-elle tous ces détails que personne n'est censé savoir ? » J'avais beau retourner la situation dans tous les sens, je n'arrivais pas à saisir. « À moins qu'elle l'ait découvert lorsqu'elle m'a hypnotisée », conclus-je.

—Je comprends que tous ces changements dans votre vie doivent être perturbants, reprit Richard, mais nous vous prions de coopérer, s'il vous plaît. En échange, il nous fera plaisir de vous admettre au sein de notre programme.

Leurs allégations n'étaient pour moi que du charabia. Je scrutai furtivement les lieux du regard, à la recherche d'issues de secours. Bon. Je savais déjà qu'il n'y en avait pas dans la penderie. Les fenêtres condamnées de la chambre, au même titre que la cheminée, n'étaient pas des options envisageables. Il ne me restait plus que la porte d'entrée, mais si j'avais échoué précédemment, il faudrait cette fois que je redouble d'efforts et que je fasse preuve de ruse pour m'en sortir.

Deux autres personnes pénétrèrent alors dans mon champ de vision. Je plissai les yeux pour les scanner rapidement de haut en bas. Visiblement deux hommes; les autres membres du Cercle magique, sans doute. Curieusement, le plus vieux, de par son odeur, me rappelait quelqu'un. Non! Ça ne pouvait être… notre voisin d'en face?

—Mon… Monsieur Colsman?

Pour toute réponse, il se contenta de hocher la tête pour ensuite rejoindre Richard, toujours près de moi, comme si de rien n'était. L'autre homme, lui, alla plutôt se stationner près de la Psychique pour l'assister dans sa tâche.

Ma mine se renfrogna et mes yeux confus se promenèrent entre Colsman et Richard, puis Richard et Helen, avant de revenir sur Colsman. Je comprenais maintenant pourquoi il s'intéressait autant à ma famille. À croire que tous les détraqués de la ville préparaient leur coup depuis le déménagement!

—Tss. Vous croyez sincèrement qu'on va vous laisser faire? Tôt ou tard, je peux vous garantir qu'on vous jettera en prison, maugréai-je en serrant la chaise si fortement que mes jointures blanchirent.

—Qu'est-ce que tu vas faire? Alerter la police? Vas-y. Fais-le, ricana Colsman.

Mes poings se serrèrent davantage. Tellement, que j'aurais pu imprégner mes ongles dans le bois si j'en avais eu la force. En cet instant, j'aurais voulu lui arracher la tête pour qu'il ne puisse plus jamais sourire ainsi. «J'aurais dû suivre les conseils de Keishi et quitter cette maudite ville.»

Mais même si je l'avais voulu, je n'aurais pas pu. Les faux-amis étaient les plus fourbes et les plus redoutables de tous les ennemis. Melissa m'avait prise sous son aile dès notre première rencontre et sachant à quel point j'avais du mal à lui refuser quoi que ce soit, même avec mon sac-médecine, je n'avais eu aucune chance. D'une certaine façon, David aussi semblait avoir succombé à son charme. C'est pourquoi il lui avait donné le bénéfice du doute malgré sa méfiance. C'est sûrement pourquoi, aussi, il semblait de plus en plus attaché à Jensfield. Lui qui voulait tant partir au début... Je me mis ensuite à réfléchir. Aurait-elle pu le toucher et trouver le moyen de lui souffler un vent de confiance, comme elle l'avait fait avec moi ? Effectivement, les occasions avaient été nombreuses.

« O.K., laisse tomber. Contente-toi de revenir au plus urgent et de trouver une solution », me sermonnai-je. Or, le problème était que je ne connaissais pas la nature des pouvoirs de tous les membres du Cercle. Aussi, j'avais perdu ma seule protection. J'étais donc mal fichue. « Réfléchis… Allez… Réfléchis. » Je pris une grande inspiration.

—Je suis curieuse de savoir ce qui peut être si important pour que vous en arriviez à kidnapper une personne et la faire chanter, continuai-je dans une ultime tentative de me calmer.

Oui. Il fallait que je me calme. Si je me laissais emportée par la panique ou la colère, je risquais de me mettre encore plus dans le pétrin. Par chance, mon indicateur d'hypertension ne s'était pas encore activé.

—Vous avez été choisie, mademoiselle Gordan, expliqua Richard. Dès que nous avons repéré votre dossier, nous savions que vous présentiez peut-être le potentiel pour devenir l'une des nôtres. Mais il fallait en être sûr. C'est pourquoi nous avons convenu de vous examiner dans un environnement contrôlé avant de prendre une décision. Malheureusement, vous êtes devenue ce que nous craignons que tout sorcier ne devienne.

Ses paroles me rappelèrent quelque chose. Je secouai la tête pour chasser cette pensée. « Ce n'est sûrement pas ça. Non. Pas eux. » Je me demandais si les *ils* dont il était question lors de mon entretien téléphonique avec mon père étaient les mêmes *ils* qui me faisaient face en ce moment.

—Le repérage de mon dossier ? essayai-je pour leur faire cracher les vers du nez.

—Qui vous a donné la permission de quitter le centre ? Et pourquoi Jensfield ? Réfléchissez…

—Non. C'est mon père qui… Attendez. Vous me dites qu'il est au courant de tout ?

—Disons que nous gardons un œil sur ses recherches depuis longtemps et qu'il est vrai que nous avons peut-être influencé sa décision, valida Richard, dont l'aura ne me disait rien qui vaille.

—Qu'allez-vous faire de lui ?

—Nous pouvons concevoir que nos méthodes paraissent rudes et que vous puissiez avoir une mauvaise opinion de nous, mais ce n'est pas ce que vous croyez.

Il déviait le sujet ; signe flagrant qu'il ne voulait pas répondre. Aussi, depuis le début de la conversation, il argumentait inutilement, ce qui indiquait qu'il cherchait à m'amadouer. Je ne lui laissai pas le temps de continuer son discours ô combien magnifique, préférant l'arrêter avant qu'il s'enlise plus profondément dans son charabia.

—Désolée, mais ça ne m'intéresse pas. Je ne veux pas faire partie de votre programme ou de je ne sais quelle secte bizarre. Peu importe ce dont il est question, je ne vous dirai rien. C'est clair ?

Mon obstination semblait irriter Richard. Caché derrière ses traits de gentleman au visage passif, un léger rictus apparut pour aussitôt s'effacer. Quand je le vis prendre une seringue, je me rétractai, prête à me défendre. Il pointa donc le cinquième membre du groupe avec la tête.

—Vous voyez ce monsieur ? Si par malheur vous refusez de coopérer, ils nous ont donné l'autorisation d'utiliser la manière forte… Et je peux vous assurer que ce n'est pas ce que vous voulez.

Ils. Ils n'étaient donc pas seuls dans le coup.

—Donnez-moi votre bras, commanda Richard en tendant la main devant lui.

Mon regard se posa momentanément sur les autres membres du Cercle qui se rassemblaient au seuil de la penderie. Vu l'épicé de son aura, celui dont j'ignorais encore le nom semblait me défier. Ma crainte monta alors d'un cran.

Je finis par obéir, cernée par ce qui me semblait être une meute de loups affamés. Richard m'injecta la formule secrète, celle-là même qu'on avait mélangée avec le sang de Melissa. Ma vision s'obscurcit graduellement, puis les battements de mon cœur se détachèrent du centre de ma poitrine pour battre partout autour de moi…

Le Guide du Sorcier, Article 4

Les sorciers peuvent se lier les uns aux autres grâce à un Cercle de Magie. Cela permet de lancer des *appels à l'aide*, de traquer la position des autres et même, de lancer des sorts à distance. Il peut aussi y avoir des avantages ou des inconvénients supplémentaires, selon les pouvoirs des membres qui en font partie.

Chapitre 35

Liverpool, Royaume-Uni – Jour de l'incendie

Le doigt dans l'oreille, Adèle tentait de répondre au mieux à sa mère.

—Je suis avec une amie, dit-elle en cherchant une excuse plausible pour expliquer la cacophonie autour d'elle. On mange sur la terrasse d'un bistrot très sympa. Je t'y emmènerai, un jour. Tu verras. Tu vas adorer.

Comme elle ne comprenait qu'à moitié les paroles de son interlocutrice, elle la coupa dans son élan.

—Bon. Ce n'est pas que je m'ennuie, mais je dois y aller. Ne m'attends pas ce soir. Je t'aime, laissa-t-elle entendre avant de couper la ligne.

Adèle soupira. Elle attendait depuis presque une heure devant le club qu'elle avait aperçu durant sa première et dernière tentative de divination à vie. Bon. O.K. Ce n'était pas elle qui avait commandé aux runes de lui parler. Disons qu'en tombant au sol, celles-ci avaient décidé de s'activer d'elles-mêmes, sans préavis. Il y avait aussi le fait que les règles de son clan étaient claires. Elle n'avait pas le droit d'utiliser ses pouvoirs sans supervision et la famille de son fiancé lui tomberait dessus si la nouvelle parvenait jusqu'à leurs oreilles. Les runes lui avaient toutefois prédit que son destin se scellerait ici, dans ce club.

Déjà, c'était un fait: les Oracles ne voyaient jamais leur propre avenir. Même sa grand-mère, Mirabella, n'avait pu voir clairement son futur de son vivant, parce qu'elle était trop intime avec elle. Le fait qu'elle avait pu accéder à ces informations *par accident* avait de quoi susciter la curiosité.

L'édifice se dressait timidement au cœur des gratte-ciels du centre-ville qui lui faisaient de l'ombre de part et d'autre. Voilà le seul bâtiment qui ne semblait pas avoir été modernisé, ce qui le rendait d'autant plus singulier dans cette jungle de béton. La file s'allongeait derrière Adèle, mais devant, c'était au point mort.

—Il doit y avoir un moyen de s'entendre, susurra un idiot qui souhaitait entrer à tout prix.

Sur ces mots, il sortit son portefeuille, mais l'un des vigiles croisa ses bras épais, affichant fièrement ses muscles aux veines saillantes.

—Vous savez qui je suis? s'indigna l'impatient. Demandez à n'importe qui! Ils vous le diront!

—Que tu sois riche, célèbre, un prince, un roi ou le sauveur du monde, je m'en balance. Tu ne peux pas mettre les pieds là-dedans. C'est un club privé.

La colère de l'autre fut telle, qu'il flanqua un bon coup de pied aux barrières de sécurité. Et puisqu'il ne semblait pas vouloir se calmer, les colosses durent le prendre à deux pour le jeter plus loin.

Témoin de la scène, Adèle recula pour éviter d'être mêlée à la querelle. Elle scruta la foule autour d'elle, tâchant de comprendre quel genre de clientèle on admettait dans ce lieu. Des personnages de toutes sortes se profilaient sur le trottoir. Des vieux, des jeunes, des mères de bonne famille et des voyous, dont certains se cachaient sous un chapeau, un épais manteau ou un foulard. Elle mit ce dernier fait sur le compte du froid, mais son petit doigt lui disait qu'ils avaient d'autres raisons de se voiler ainsi.

Elle serra fermement son sac à main contre sa poitrine, pensant qu'elle faisait peut-être bien une erreur, finalement. Comme elle se permettait ce genre de folie pour la première fois, elle ne savait pas du tout à quoi s'attendre. Peut-être se prendrait-elle un vent monumental? Si elle avait été plus intelligente, elle ne serait pas venue seule. Keishi aurait pu être à ses côtés, mais il lui aurait été difficile de la rejoindre étant donné qu'un océan entier les séparait.

Le connaissant, le garçon aurait sûrement ronchonné et répété que c'était une mauvaise idée, qu'il fallait se méfier d'un endroit comme celui-là. Et puis, qui aurait cru qu'à cinq heures du soir il y aurait autant de gens? Était-ce seulement un club? Parce qu'à première vue, ça n'en avait pas l'air, même si un écriteau le confirmait au-dessus de la porte et que la musique grondait entre les murs.

Adèle secoua la tête. «Je peux me débrouiller toute seule. Je n'ai pas besoin de son approbation pour faire ce que je veux.» La file bougea enfin, de sorte qu'elle se retrouva devant le vigile qui la détailla en fronçant les sourcils. Elle aurait pu jurer l'avoir vu humer discrètement son parfum, même s'il n'avait bougé. «Un Surhumain Sensoriel, devina-t-elle. Ils trient donc les Normaux des sorciers... Ce n'est donc pas un club, mais un genre de repère.»

Les sorciers dégageaient prétendument une odeur et une énergie particulières. Indétectables, semblait-il, sauf pour eux et quelques rares Médiums et Psychiques. Les plus pures pouvaient même déterminer le niveau de magie de leurs semblables, ainsi que la catégorie à laquelle ils appartenaient. Le vigile tamponna la main d'Adèle, hocha la tête et lui ouvrit le passage. Des cous s'étirèrent derrière elle pour découvrir ce qui se cachait à l'intérieur de la fameuse bâtisse, mais un mur perpendiculaire bloquait la vue. Dommage pour eux.

La jeune femme pénétra à l'intérieur, non sans remarquer les symboles runiques qui ornaient les arêtes du mur protecteur. Parfaitement intégrés au décor, seuls les initiés avaient l'œil assez aiguisé pour les identifier. Elle contourna la barrière visuelle d'un pas réfléchi et se retrouva devant une grande embouchure dévoilant un bar et une piste de danse des plus ordinaires. Des danseurs, un DJ, des banquettes, des tables et un éclairage rétro qui vacillait... Cela ne concordait pas du tout avec les images perçues durant ses songes. Un couple la devança et traversa de l'autre côté de l'arche. En les voyant, elle crut voir l'encre briller sur leurs mains. En fait, elle en était persuadée. Elle arrêta un autre client en plein vol, puis dit :

—Excusez-moi, pouvez-vous me dire quel est cet endroit ?

—Demandez au comptoir des admissions.

Et à l'instar des autres, l'homme continua sa route. Dans son cas également, l'encre scintilla brièvement sur sa main avant qu'il ne pénètre dans l'embouchure. « Vas-y », s'encouragea Adèle.

Elle fit le pas requis et franchit la frontière. Son tampon s'activa alors et le décor fictif se dématérialisa pour laisser place à un endroit complètement différent. Du coup, ses yeux s'écarquillèrent. « C'est un repère, ça ? » Elle avait l'impression d'avoir été plongée dans un autre monde. Un monde à la fois grandiose et gigantesque, beaucoup plus grand que ce que laissait présager l'extérieur du bâtiment.

Tout autour rappelait le style *Empire*. Les meubles, la boiserie, les tapisseries sur les murs, les lustres au plafond… Tout laissait croire qu'on se trouvait dans une grande gare datant de l'époque victorienne. Tout le long du sol de marbre, on pouvait voir des symboles runiques. Ces derniers se rassemblaient pour ensuite former un cercle au centre de la salle. Une formule à la fois complexe et unique était écrite. Du jamais-vu, mais franchement bien pensé. « Un sort de dissimulation qui crée une barrière magique pour nous protéger des Normaux », comprit Adèle après un bref examen. Devant elle était fixé un grand écriteau où figuraient les règles les plus importantes. Des règles strictes, dignes d'une société secrète.

Elle déglutit. Voilà qui refroidissait encore plus ses ardeurs, mais elle savait que revenir en arrière lui était impossible. Si c'était son destin d'être là, il veillerait à la ramener, qu'importe la façon et le temps que cela prendrait.

Elle se positionna derrière une file de clients qui attendaient de passer dans l'un des quatre détecteurs de métaux. Ceux-ci conduisaient les invités jusqu'aux ascenseurs dorés, tout au fond du grand hall. Des portes s'ouvraient et se fermaient à tour de rôle, après une sonnerie indiquant aux usagers qu'ils étaient arrivés à destination.

—Ton odeur m'est inconnue. Est-ce la première fois que tu viens ici ? interrogea l'agent lorsqu'Adèle atteignit le comptoir d'admission.

—Euh... oui.

—Comment as-tu entendu parler de cet endroit ?

Elle ne répondit pas, ne sachant pas si elle devait se fier à un inconnu.

—Tous les nouveaux sont intimidés au début. Mais si tu as été appelée ici, c'est parce que tu as du talent.

—Appelée ? Comment ? Est-ce vous qui m'avez demandé de venir ?

Adèle ne comprenait plus rien. Ce qu'elle avait donc détecté n'était pas un appel de son destin, mais une interférence, une invitation qui lui était destinée. L'homme tendit la main et dit :

—Passeport.

Cette demande, elle se souvenait l'avoir entendue dans ses visions. Elle lui refila le document, non sans avoir hésité. L'agent lui demanda ensuite d'apposer ses doigts sur une tablette d'encre pour qu'il puisse obtenir ses empreintes digitales. Ceci fait, il remit le tout à un vieillard qui scanna la tablette des yeux, bien installé sur une chaise en bois.

Cet homme portait un drôle de casque qui le connectait à une machine hors norme. Un objet cylindrique muni d'un numéro d'identification fut créé puis déposé dans un tube qui l'aspira aussitôt dans les confins de l'édifice. Un petit temps d'attente s'ensuivit, ce qui irrita les clients pressés qui attendaient en file. Après quoi, une petite lumière s'alluma.

—Tu es maintenant enregistrée dans la base de données, informa l'agent en redonnant le passeport à Adèle. Tous les clients doivent suivre le protocole d'intégration. Tu n'as qu'à demander aux valets des ascenseurs et ils te conduiront au bon endroit.

—Des ordinateurs, ça ne vous tente pas? s'étonna Adèle.

—Un ordinateur ne remplacera jamais la magie.

«Parce que la mémoire d'un vieux de quatre-vingt-dix ans est plus fiable, peut-être?» L'aîné se contenta d'adresser un sourire édenté, tandis que l'agent s'empressa de pousser un panier devant lui.

—Les appareils électroniques et tout objet pointus ou métalliques sont interdits, à moins que tu veuilles te rendre au marché; dans tel cas, il te faudra passer par la file destinée aux clients du Grand Marché.

«Voilà qui est plutôt contradictoire... se dit Adèle. L'endroit grouille de caméras et de machines.» À contrecœur, elle se déchargea de son portable, de ses clés, de son collier et de ses boucles d'oreilles. Un numéro de série lui fut attribué: le même qu'elle avait entrevu sur le petit cylindre. L'agent sortit ensuite une seringue d'une boîte, puis sans crier gare, écarta son épaisse chevelure de son cou.

—Qu'est-ce que vous faites? interrogea Adèle en se reculant.

—Un sérum à base de *Taxus Baccata*, répondit l'homme en exhibant la seringue qu'il tenait entre ses doigts. Ça diminue les effets secondaires de la magie en les canalisant ailleurs.

—Comme?

—Ça dépend des cas. Des verrues, des boutons, des problèmes de poids, d'ongles ou de pilosité. En cas d'abus, il peut s'ajouter des troubles respiratoires ou digestifs.

Choquée, Adèle regarda tout autour d'elle. Dans les autres files, les sorciers rendus à l'étape des détecteurs de métaux dévoilaient brièvement leur visage au grand jour afin d'être inspectés par les agents. Certains faisaient de l'acné sévère, d'autres avaient plusieurs dents cariées. Une vieille femme aux oreilles poilues et au menton monstrueusement barbu représentait parfaitement ce que l'agent voulait dire *par problèmes de pilosité*.

Tous, sans exception, se faisaient injecter le sérum sur l'épaule, le flanc ou la cuisse avant de procéder à l'inventaire de leurs biens. Pour ceux qui se trouvaient dans la file des marchands, il y avait surtout des herbes, des pierres et des breloques chamaniques. Dans les autres files, on pouvait plutôt voir de la paperasse ou des médicaments.

—C'est déjà mieux que de subir la malédiction, s'impatienta l'agent.

On avait toujours rabâché à Adèle le danger qui venait avec le titre de sorcière. Même si ce n'est pas l'apparence que les filles de vingt et un ans souhaitent avoir, elle ne risquait pas de développer ce genre d'inconvénients, car elle s'était promis de ne pas utiliser ses pouvoirs. Juste un coup d'œil dans l'espoir de trouver ce qu'elle cherchait et puis, elle repartirait. Elle aimerait bien savoir ce qu'elle voulait trouvert, mais hélas, elle l'ignorait.

Elle dévoila donc son épaule d'une blancheur typique des rousses de sa catégorie et l'injecteur automatique effectua un *stak*. Le coup fut si rapide qu'elle sursauta. Mais fort heureusement, il y eut plus de peur que de mal. Les préliminaires terminés, elle se retrouva enfin devant les ascenseurs. « Où conduisent-ils ? » Elle mit un bon moment avant d'oser en choisir un.

—Quels Départements ? demanda le valet d'environ le même âge qu'elle.

—Le Département de Reconstruction Faciale, déclara le premier passager qui effectivement, avait grandement besoin de se rendre là-bas.

—L'Aire de Repos pour nous, dit une femme accompagnée de son mari.

—Le Grand Marché, dit un quatrième.

Vêtu d'un costume digne des films d'époque, le valet pesa sur les numéros des étages demandés. Chaque fois qu'il commandait une destination, les passagers devaient apposer un doigt sur le tableau de bord pour s'identifier. Adèle jeta un coup d'œil en direction de l'agent des admissions. « Pas d'ordinateurs, hein ? »

—Et toi ? Tu vas où ? lui demanda le valet en exhibant des dents blanches qui contrastaient un peu avec sa peau chocolat.

Adèle s'accrocha à son sac. Elle ne saurait dire pourquoi, mais il y avait quelque chose de faux dans le sourire de cet homme.

—Euh… je ne sais pas. C'est la première fois que je viens.

—Ah... d'accord, dit le valet après s'être empressé de chasser la petite grimace qui venait de s'afficher sur son visage. Pour compléter ton intégration, tu dois te rendre au Département d'Orientation.

Les autres clients s'échangèrent un regard complice qui donnait froid dans le dos. Mais avant qu'Adèle ne puisse suivre le cours de ses pensées et quitter la cage, le valet appuya sur le bouton *B-1* et ferma manuellement les deux séries de portes.

—En route ! s'exclama-t-il avec un entrain exagéré.

L'ascenseur monta pour reconduire les premiers passagers. Chaque département dévoilait des endroits trop vastes et trop bondés pour être abrités dans un seul édifice. Adèle se demandait comment une telle chose pouvait être possible, tout comme elle se demandait pourquoi le trajet entre chaque arrêt était beaucoup plus long qu'il le devrait. Elle avait parfois l'impression que l'engin se déplaçait à l'horizontale, ce qui était absurde.

Lorsque les portes se refermèrent sur la place du Grand Marché, elle se retrouva seule avec le valet. Assez étrangement, l'ascenseur donnait l'impression de redescendre.

—Tu peux poser tes questions, l'invita le valet.

—On se croirait dans le film Men in Black, version sorciers, confessa Adèle qui éprouvait de la difficulté à croire ce qu'elle vivait.

—On ne me l'avait jamais faite celle-là ! gloussa l'homme.

—Est-ce vraiment sécuritaire, ici ? Vous ne risquez pas de vous faire repérer par les Normaux ?

—Ça n'en a pas l'air, mais je peux te dire par expérience que c'est l'organisation la plus puissante que je connaisse.

—Ah...

Surprise par une légère faiblesse, Adèle s'appuya contre le mur, pendant que son interlocuteur pointait à tour de rôle son attention sur l'horloge et la caméra de sécurité à peine visible. Ils arrivèrent finalement à destination, mais alors que les portes s'apprêtèrent à s'ouvrir, il appuya sur le bouton pour les maintenir fermées.

—As-tu un Cercle de Magie ?

—Ouais. Comme tout le monde.

—Si c'est le cas, ne passe pas cette porte. Viens avec moi.

Le ton de l'homme était si grave, si inquiétant, qu'Adèle perdit tout ce qui lui restait d'assurance.

—Que… Que se passe-t-il ?

—Cette compagnie n'est pas ce qu'elle prétend être, informa le valet en sortant une vis de sa manche. S'ils ont été en mesure de t'appeler, c'est parce qu'ils ont intercepté la connexion psychique que tu as avec les autres membres de ton Cercle. À moins que ce soit l'un d'eux qui t'a vendue…

Adèle avait de la difficulté à croire que ses proches aient pu faire une telle chose. Il pouvait aussi s'agir d'un des Cercles de Magie Élémentaire, ceux qui ne voyaient pas d'un bon œil la venue de Psychiques de deuxième niveau dans le clan des sorciers de pure souche.

Son engourdissement s'intensifia et ses idées s'embrouillèrent.

—J'ai besoin de ton aide, dit le valet. Viens appuyer sur ce bouton pendant que je bloque la porte.

—D'accord, obtempéra Adèle d'un pas chancelant. Mais, qu'est-ce que tu comptes faire ?

Soudain, l'alarme sonna et l'ascenseur se remit si brutalement en marche, que les deux occupants perdirent l'équilibre. Adèle échappa son sac au sol et ses précieuses runes s'étalèrent devant elle. En catastrophe, elle s'agenouilla pour les ramasser. Ses mouvements devenaient de plus en plus difficiles à exécuter et sa vision se faisait de plus en plus trouble.

—Code Blanc, alerta plusieurs fois une femme par l'intermédiaire de l'interphone.

—Merde !

Le valet se servit de la vis pour ouvrir un panneau secret dissimulé sous le tableau de bord. Il arracha ensuite quelques fils d'un coup sec, ce qui freina la course de l'ascenseur et coupa la caméra de sécurité, puis il utilisa la même vis pour bloquer les engrenages de la porte.

—Je... Je ne me sens pas bien, lança Adèle en se prenant la tête. Je crois que ça vient du sérum.

—Ce n'est pas un sérum que tu as reçu, mais un tranquillisant, l'informa le valet en se grattant derrière l'oreille.

—Pour... Pourquoi ?

—Argh.

L'homme finit par retirer de lui-même ce qui ressemblait à petite puce à deux pointes. D'après le sang sur ses doigts, l'objet avait dû être enfoncé bien loin sous sa peau. Il l'écrasa de son soulier :

—Parce que c'est ainsi que la Fraternité fonctionne, expliqua-t-il en tapant du talon pour trouver la sortie de secours. Ils piègent les personnes naïves pour les intégrer dans leurs programmes.

Adèle s'écroula au sol, incertaine d'avoir compris la dernière phrase. Dans un dernier éclair de lucidité, elle crut voir son interlocuteur retirer sa chemise. Des bruits glauques de muscles qui se tordaient et de craquements d'articulations emplissaient l'espace restreint. Puis, quelque chose se décolla de lui.

Ils n'étaient plus seuls. Une autre silhouette se trouvait avec eux, mais la vision troublée de la jeune femme l'empêchait de la distinguer clairement. Elle sentait seulement qu'on la soulevait dans les airs.

—Kei… Keishi, souffla-t-elle d'une voix à peine audible. À l'aide.

—Ne t'inquiète pas. Je vais nous sortir de là, la rassura le valet après l'avoir installée sur son dos.

Telles furent les dernières paroles qu'elle entendit avant de perdre complètement connaissance…

***

Jensfield, Canada – Jour de l'incendie

...Mais, maman, est-ce que tu y crois, toi ? Quel genre de destin sordide nous a-t-on réservé ?

La vie vient d'étaler un puzzle devant nous. Et bien que j'ignore pourquoi et à quoi ressemblera le résultat final, elle vient aussi de nous fournir notre première paire. Il nous reste maintenant neuf cent quatre-vingt-dix-huit morceaux à assembler avant que l'image de la vérité se dévoile enfin à nous.

À supposer que tout ceci ait un sens et que tout ce qui nous arrive ait un but...

Je t'aime et tu me manques.

Alors que je m'étais assoupie à mon bureau, Max se matérialisa derrière moi sous sa forme bestiale. Il s'assit calmement et bientôt, une autre entité vint le rejoindre pour me contempler silencieusement. La morsure qui cicatrisait, les connexions de mon cerveau qui se re-programmaient pour contrer les dommages permanents de ma vue... bien que cela n'en avait pas l'air, mon sommeil était récupérateur sur bien des plans.

David descendit l'escalier, ce qui mit fin à la réunion secrète. Max retrouva sa forme de carte et Ry'zatèl, l'entité de la bibliothèque, s'évapora en un nuage étincelant.

CPSIA information can be obtained
at www.ICGtesting.com
Printed in the USA
LVHW081025060822
725338LV00015B/921

9 782924 849415